21 世纪都市文化跨学科研究书系

◇ 2021 年广东省社会科学研究基地东莞理工学院城市文化研究中心扶持项目
◇ 2020 年长沙市资兴商会重大委托项目"都市社会的商业文化研究"

时间之恋：都市文化的审美传播

聂　茂　何宇轩 ◎ 著

中南大学出版社
www.csupress.com.cn

·长 沙·

图书在版编目（CIP）数据

时间之恋：都市文化的审美传播／聂茂，何宇轩著.
—长沙：中南大学出版社，2021.8
（21世纪都市文化跨学科研究书系）
ISBN 978-7-5487-4411-5

Ⅰ．①时… Ⅱ．①聂… ②何… Ⅲ．①城市文化—研
究 Ⅳ．①C912.81

中国版本图书馆 CIP 数据核字（2021）第 071644 号

时间之恋：都市文化的审美传播
SHIJIAN ZHILIAN：DUSHI WENHUA DE SHENMEI CHUANBO

聂 茂 何宇轩 著

□责任编辑	浦 石
□责任印制	唐 曦
□出版发行	中南大学出版社
	社址：长沙市麓山南路　　　邮编：410083
	发行科电话：0731-88876770　　传真：0731-88710482
□印　装	湖南省众鑫印务有限公司

□开　本	710 mm×1000 mm 1/16	□印张 19.25	□字数 313 千字	
□版　次	2021 年 8 月第 1 版	□印次 2021 年 8 月第 1 次印刷		
□书　号	ISBN 978-7-5487-4411-5			
□定　价	118.00 元			

总序　跨学科研究打开都市文化的新天地

欧阳友权

一

当下的中国，是一个快速发展的中国，是日新月异的中国。农耕时代的小桥流水，原始乡村的诗情画意，"日出而作，日落而息"的田园牧歌，"醉后不知天在水，满船清梦压星河"的宁静悠远，正日益成为来去匆匆的都市人残留在记忆深处的一抹乡愁。

与此同时，四通八达的高速公路，森林般扩展的居民小区，随处可见的脚手架，川流不息的车辆与人群，以及霓虹灯、酒吧、立交桥、环形剧场等极具现代性和都市气息的生活场景，不仅浓缩了现代城市的发展变化，也充分彰显了高科技和物质文明的高度融合给整个社会带来的深刻影响。而以"北漂""沪漂""深漂"为代表的城市奋斗者则正在不同的城市以辛勤的努力为自己的幸福拼搏，在梦想的道路上奔跑。这些潮水般涌入的异乡者以最快的速度和最小的代价，想方设法找到属于自己的精神栖息地，让喧哗与骚动、痛苦与欢乐、诗意与汗水尽情地释放，他们不仅源源不断地为都市文明增加新的元素，输入新的血液，也理所当然地获得了与乡村生活不一样的感受，与城市原居民不一样的境遇。他们"漂"来"漂"去，真实地呈现出受时代大潮裹挟所带来的个人命运的种种变化。这些充满油烟味、泥土味、汗臭味和人情味的大大小小的变化，都凝结成转型时期都市生活韧性十足且多姿多彩之审美经验的一部分。无论你喜欢与否，也无论你接受与否，你都身处其间，无可逃离，也不想逃离。

随之而来的是都市文化的更新、再造与嬗变，文学叙事的革命，文化生态的重建，城市空间的延伸，时间观念的裂变，网络文艺的转向，地域文学的分流，大众心理的迷茫与踟蹰，阶级固化的打碎与重构，文化征候的忽左或忽右，等等，这些问题也越来越集中地浮现出来。如何面对这些问题，如何透过现象看清本质，如何把握社会脉动，深刻诠释中国经验，是当下人文社会科学和广大学人面临的重大机遇与挑战。中国社会发展的大潮一泻千里，汹涌澎湃，各种新生事物层出不穷，改革阵痛在所难免，新的审美对象、审美范式、审美形态矗立在现实面前，我们的学科发展和学术追求是融入其中，创新担当，以鲜活的思想讲述改革开放所带来的新事物、新现象、新场景，还是固守原本自成体系的学术范式，守正出新，在圆润完备的体系里做精做深，已越来越成为中国学人的道路选择和学术分野。

二

很长一段时间以来，学科的范畴和学术的"楚汉之界"泾渭分明，壁垒森严，彼此不得越雷池半步，每每强调"隔行如隔山"，自设禁区，画地为界，精耕细作，带来的结果必然是，细分的门类越来越多，研究的范围越来越狭窄，解决问题的能力也越来越弱。不可否认，这种精细分工和"守土有责"在特定的时代和文化背景下发挥了积极作用，也产生了一大批优秀的学术成果，成为"术业有专攻"的典范，但这种传统的学术方式在多元文化、多重场景、多维主体的挑战下也越来越暴露出自己的短板、不适、苍白和无力。因此，在新的历史时期，一切有追求、有抱负、有责任的学人，更应该在纷繁芜杂的现象、纷至沓来的问题、此起彼伏的时代大潮中，勇敢地走出书斋，拥抱沸腾的现实生活，大胆设想，小心求证，以跨学科的研究、大学术的视野、与时俱进的姿态，全身心投入到学科建设和学术创新的实践中。

聂茂是一个出道较早、著作颇丰的作家，也是一个感觉敏锐、非常勤奋的学者，他生于湖南，长于湖南，工作在湖南，湖湘文化中"经世致用"的精髓对他产生了深刻影响。同时，他有着丰富的媒体从业经验和出国留学的经历，思想活跃，视野开阔，学术领域宽广，在新闻传播、文学评论、文化产业、网络文艺等领域都有建树，这为他这些年来跨学科研究的大学术追求提供了坚实基础。

某种意义上，跨学科研究如同多兵种联合作战的现代化军队，能够以强大的战斗力重塑文化研究的新格局。特别是在大文科建设的时代背景下，从理论和实践层面推动跨学科融合，充分运用各学科之间的特色和优势，关注中国现实，回应大众关切，用新的角度，从新的切口，进入研究对象，这样的跨学科研究必将为当前的学术研究带来新的变化，获得新的收获。文化研究的价值体系一方面以审美的方式发现和阐释世界，一方面又以意识形态的角度评析和研判世界，两者都面临着深刻转型，而转型中的巨大困惑和危机也越来越多地激发学人的思考，一系列现象与本质问题亟须从理论上做出清理与反思。

聂茂跨学科研究不是一时的心血来潮，更不是赶时髦、趋时尚、追热点，而是从进入学术生涯的那一天起，就自觉沉潜其中，一以贯之地坚持着自己的学术理想，守护着自己的学术良知。早在2005年，聂茂进入到中南大学任教不到一年，当年9月8日《文艺报》双周刊的头版头条《学科带头人特别报道》栏目里，就醒目地记录了他所追求的"跑马人生"。他清醒地意识到，学术研究要有独特的方法和视角，强调"不拘一格，立异标新，要有拓荒者的勇气和高屋建瓴的气魄"。他呼唤一种"大学术"，追求开放性、包容性和新锐性，认为学术应当走出"象牙之塔"，"学术成果应当转化为生产力，及时为社会、为国家建设服务"。

三

"21世纪都市文化跨学科研究书系"就是聂茂带领自己的弟子(其中4名博士、1名硕士)历经数年，默默耕耘，呕心沥血，努力践行"跨学科研究"和"大学术"追求的集中奉献。该书系包括5本著作、170余万字，聚焦都市文化的方方面面，致力于各学科之间的融合贯通，将个性空间与社会场景、大众思潮与小众肌理、抽象理念与具象审美有机结合起来，透过纷繁复杂的表象，深入到事物的本质，让学术绽放力量，让审美重拾尊严，让文化回归现实。这种跨学科研究不仅面对过去、现在，更面向未来。聂茂希冀在更多的融合中，真正打破学科界线，去除学科藩篱，用哪怕是尚未成熟的冒险精神，充分展示学术的内在力量和直面当下的责任与担当，以"自反而缩，虽千万人吾往矣"的勇气，确立跨学科研究的立场、观点、方法和范式。

正是基于以上考虑，摆在面前的这摞沉甸甸的书系便有了叙写一般城市文化研究读物"不一样的风景"：《时间之恋：都市文化的审美传播》一书以高速公路和高速铁路作为切入点，见证了"高速时代"社会心理、大众生活和时间观念的深刻变化，并对中国的现代性、文化身份的认同与反省、媒介意义的生成与阐释，以及都市与乡村的流动空间做出了全面而深刻的分析。《空间之美：转型社会的文化镜像》紧紧抓住"空间"二字，细致剖析了速度、空间等变化对人们的思想、心理和精神产生的震撼，兼具思想性、哲理性和文学性，颇像一本韵味十足的文化散文。《文学之光：多维视野下的精神命途》运用优秀文化传统和中华美学精神，对21世纪中国文学的发展状态、内在结构、作家心态、书写特点和价值重构等做出深入细致的解读和阐释。《虚拟之虹：网络文艺的符号世界》结合互联网的时代语境，与传统文艺符号进行比较，阐明了网络文艺符号的本质特征和网络文艺符号的生产机理，在网络文艺学理层面上具有一定的开拓性。《地域之魅：新世纪常德文学发展研究》聚焦湖南常德市改革开放以来在书写中国经验和社会转型方面的文学实绩，努力彰显新时期常德文学的精神命途、责任担当、道路选择与家国情怀等，为文学湘军的发展提供了可资借鉴的地域资源与文化自信，为气象万千的中国其他地方文学的发展提供了实证研究和新的学术范式。

毫无疑问，"21世纪都市文化跨学科研究书系"打开了都市文化研究的新天地，为日后学术同行的相关研究提供了重要的学术资源。整个书系至少在以下三个方面体现了作者的积极探索和不懈努力：

其一，夯实了都市文化研究的学理基础，彰显了跨学科研究融合创新的时代意义。该书系涵盖了文学、艺术、哲学、美学、社会学、传播学、心理学、空间设计、道路、桥梁、工程等跨学科知识，真实反映了 21 世纪新科技所带来的社会变革的强大力量。随着社会心理的深层变革，人工智能的快速迭代，科技革命朝着纵深发展，社会问题日益综合化、复杂化、模糊化，应对这种现实变化亟须学科专业的整合应用，推动跨学科融合发展是新文科建设的必然选择。同时，该书系中的每一部著作都是团队合作的结果，各书之间既有较强的系统性，又有各自的独立性，努力打破学科专业的壁垒，积极尝试跨专业之间深度融通、文科与理工农医交叉融合，充分融入现代信息技术赋能文科教育，从时间到空间，从城市到乡村，从传统到现代，对接社会和各个行业，革故鼎新，而这，也正是新文科建设和跨学科研究的题中之义和价值所在。

其二，新文科建设和跨学科研究的前提和归宿是重新认识和发掘中国文化与都市文明的丰富资源，以实际行动进入学术现场，兼容并蓄，有容乃大。该书系强调拓展研究对象，打通学科分野，直面社会当下的学术主旨。作者的研究对象非常广泛，包括广告牌、服务区、高架桥、报警亭，话题包括视频、综艺、旅程等等，整个书系以审美文化、文艺评论、大众传播相结合的方式，重新检视人们司空见惯的事物，找到那些因为习以为常而失去了审美直觉的存在，以陌生化的体验重建学术研究的观念、范畴和谱系，反思传统学科思维在当代语境中的问题，探讨审美实践、文艺评论和大众传播实践在城市变革中面对高科技力量所带来的种种变化和发展，分析当下社会的审美焦点、文学实绩，以及网络符号生产的状况、传播和变迁。作者还试图挑战横亘于学科与学科之间、理论与实践之间、网络与现实之间的二元对立，从审美和批判的角度直面城市新变，重构城市形象。

其三，作者用纵横交织、自上而下、由里而外的方式，生动阐释城市文化与乡村文化共生共融的关系，充分展示了 21 世纪跨学科研究对于继往开来、积极拓展新文科建设的重大价值。从这个意义上说，本书系的出现可谓恰逢其时。聂茂和他的弟子们带给我们的启发是，学术研究不可耽于眼前的自足，而忘却未来的挑战。真正的大学术既要有"究天人之际，通古今之变，成一家之言"的抱负，又要有"为天地立心，为生民立命，为往圣继绝学，为万世开太平"的雄心，更要走出"象牙之塔"，将学术之根深深扎进脚下的这片土地，尽情书写充满泥味、汗味和烟火味的时代华章。

1837年，爱默生在哈佛大学举办的"美国大学优等生联谊会"年会上发表了一个著名的演讲，他郑重其事地提醒台下的美国青年，希望他们日后不要成为"在美国"的德国学者、英国学者或法国学者，而要成为立足于美国生活的"美国学者"。爱默生语重心长地说："我们依赖的日子，我们向外国学习的漫长徒期，就要结束。我们周遭那千百万冲向生活的人不可能总是靠外国果实的干枯残核来喂养。"他认为美国人倾听欧洲的时间已经太久了，以致美国人已经被人看成是"缺乏自信心的，只会模仿的，俯首帖耳的"。爱默生的这个演讲，对今天的中国人，特别是中国学者来说，不仅是一个警醒，更是一种启示、一种鞭策。相信聂茂及其弟子们的这套书系，能够成为都市文化研究新的学术亮点，积极推动新文科建设和跨学科研究的创新发展；也衷心祝愿聂茂和他的弟子们为发展既有世界视野又有中国风骨、中国精神、中国气派的学术研究继续新的探索，做出新的贡献。

是为书系总序。

（作者系中南大学原文学院院长、二级教授、博士生导师，国家教学名师，国家社科基金学科评审组专家，享受国务院政府特殊津贴，中国作家协会网络文学研究基地首席专家，澳门文化产业研究所所长，茅盾文学奖评委，鲁迅文学奖获得者。）

目　录

第一章　肃穆与崇高

一、天涯：时间的悲怀

这绝对是一种肃穆。

肃杀，落叶，委顿，不会出现在以高速著称的各类交通工具上。事实上，高速公路上没有浓荫，也没有古老而高大的树木。只有夏天，只有利刃般的速度，只有呼呼的响声。

漂泊者的悲情之美，主要表现在残阳如血，乌鸦倦归。一声声啼叫，在天际间飘游。生命有如落叶，在道路的大海上漂浮。他们不知道目的地在哪里，他们将要到达哪里。面前的一切是无穷无尽的路途，是坦荡的直抵天底的路途。此时，他们不仅仅面临一个个惊险的瞬间，也面对自己的人生，面对自己真实的内心世界。他们通过表现速度和情感的方式来高扬意志力；通过记忆和理性的方式来控制想象力，而冲动的生命力，却寄托在尖利的风中、旷远的荒漠和两旁文化的诗意之中了。

每个人都希望创造未来，因为未来是要用想象力去把握的，未来是要以意志力去创造的，而他们追求未来，是为了超越现实的悲剧。人生有太多的悲剧，太多的鲜血和太多残酷的故事了。犹如台湾诗人痖弦的《从感觉出发》，为我们留下"一部感觉的编年纪"，诗人品味"沾血之美"，诗意于是"自焦虑中开始"，抒情主人公像"一个患跳舞病的女孩"，苦苦倾诉其生命体

1

验——现实美的特征被意象化，"沾血之美"即是悲情之美。抒写悲情，漂泊的身世之感，便化作一代人的心声。这声音有如另一个诗人张默的《时间，我缱绻你》——

> 时间，我悲怀你
> 一滴流浪在天涯的眼泪
> 怔怔地瞪着
> 一幅满面愁容的秋海棠①

在这里，"天涯"的空间与"流浪"的时间相互印证，个人的身世折射出一代人的命运，于是大地的版图上有了"满面愁容的秋海棠"出现在泪眼之中。漂泊的身世，就这样成为旅行者叙事的起点。面对人生中的悲剧情境，创造生命的本真境界，行驶在道路上的人手握方向盘，一定要头脑清醒，不要迷失方向。因为一旦出现错误，悲剧不仅给予了自己，而且也给予了结伴而行或迎面邂逅的无辜的他者。

每个人的每一天都面对着生与死，都在生与死的轮回中体验着人生的酸甜苦辣。在命运之途上奔走是一首首活着的有血有肉的诗，是宏大叙事中的一个个生命本体。他们在感受着时代的巨变，也感受着经济的转型所带来的心灵震撼。他们试图透过心理的时间直观生命的本质，把沧海桑田的历史感悟，转换为生与死的对立："那些墓前的石雕/所发出的寒光/绵延成今日的川流"——道路两旁的一座坟碑成为生命的警钟。通过这些本真意义上的言谈或叙说，通过时间过程使生存得到形而上的艺术表现，不仅给自身而且给世界以生存的意义。沧海桑田的时空变幻，凸显出生存自由的特质。

人生立足于现在，立足于奔腾的现实中。在人生的旅途上，时间非但是客观的历史尺度，而且也是主观的生命尺度。他们明白，要在急遽变化的时代里不迷失自我，就必须抓牢记忆，在工商业化的都市生活中，一片绿土便足以象征心灵的故乡。沧桑巨变，守护那片心中的绿土，也就可以保持精神

---

① 张默. 张默诗选（六首）[J]. 诗江南，2016（04）：62-64.

的活力。他们也许不会写诗，但心中装满诗意；他们也许还没有上升到审美层次去观照自己的行为，但他们也在"美的一瞬，一瞬的美"中感受生命过程的点点滴滴。奔腾与静止，漂泊与坚守，残阳与黎明，春夏与秋冬。从内到外，从天到地，从起点到终点，他们都在"追寻"的过程中。一种"想飞"的冲动时刻盘桓于脑际。

正如著名诗人洛夫在《烟囱》中所描绘的："我是一只想飞的烟囱"。耸立于城市中的烟囱也有了"想飞"的欲望和冲动。虽说它们此身难离所在的空间，而心却早已想飞走天外。这种超越现状，又意味着超越时空，亦即表达一种使心灵获得自由的向往，便是悲情之美的现实写照——

> 他们把我悬挂在空中不敢让我的双脚着地
> 他们已经了解泥土本就是我的母亲
> 他们最大的困扰并非我将因之而消失
> 他们真正的恐惧在于我一定会再度现身

这是生活在大地上的生命个体对于土地的切肤之痛、切骨之感。旅行者把这种感受体验得更加深刻、更加真实。无论你以多快的速度，无论你借助怎样的技术，无论你想飞的愿望多么强烈，你终究无法真正飞起来，你终究无法离开大地，成为一只自由的鸟。你想摆脱羁绊你的地球引力，那是不可能的。上帝在创造你生命、给予了你奔腾自由的同时也注定了你只能在地球上的某个区域奔腾。

如此灼热的感受，生动，传神，真实，正如梦也是真的一样，人生旅途中自有真实的自我感觉和自我意识。脱离现状的心理态势无法脱离方向盘的自主精神，每个在路上的人都对家园有一种向往，那是目的地，是避风港，是意味深长的一种记忆。家园是一个内在于社会的、私有的精神空间，是后时代社会一个标志性的隐喻。它喻示着一种回归而非出走，一种私人话语而非公共空间，一份诗性人生的个人档案而非历史的烦嚣演出。①

———————————

① 沈奇. 蓝调碧果[J]. 创世纪诗杂志，1995(06).

坦荡如砥的一条条公路使"大地被阉割了"。但诗意的家园反而生生不息，使生命得以延续。家是一个与权势无关之处，是一个以亲情取代利害、以友情取代名利的地方，是一个以快乐原则取代现实原则的场所。回家的心情，是尽情想象、任意发挥的游戏心态。奔走在人生旅途中的人，他们抒写漂泊的身世之感，是通过高扬的诗意来表现自己对家园的渴望与向往，从而把握生命的航舵，激发创造的潜能。①

作为地面上的一个匆匆过客，面对这片广漠无垠的土地，你容易被它散发的魅力与粗糙的诗情所折服。车在行进中，峰峦叠嶂，山高水长，你在感受"人定胜天"的突兀时，也感觉到了骨子里的痛。近处平行延展的道路和挡板在视觉上强化了水平方向的延伸感，而远方的呼唤加快你的奔走欲念。你别无选择，紧紧盯着前方，并巧妙地捕捉到脚下柔软的地平线的波动，以此强化山丘和自身的运动感。即便是下意识而为，你也明白你活着的此时此刻的真实感。与前现代的古典意境不一样，你的行进要迫使自己的眼睛做水平的移动，以此漫游寻觅汹涌而来的风景中种种特别趣味的元素。

心情的波浪起伏、风景的漫无止境、壮观与宁静、地平线的无尽延展、令人目眩的光线中的宏大，这些效果不仅仅是被你照相式地复制，而是被一次次强化。来自高处的天籁之声，匍匐大地的鲜花野草以及无法走完的海洋……与之交替闯入眼帘。沿途看到一些皱巴巴的铁挡板或废品堆放场，标志着文明和它的衰落，就像国外的"公路电影"一样，它最大限度地展示了人类生命的痕迹，即便现在看来它再度被大自然接手。

公路上的行驶者能以一种特殊的方式，看待一些特殊的风景，它包含着古老国度里新的经济发展的命运定数。在这些悲情之美的叙事中，自然表现为一个准绳，任何人类在场的证据都无可比拟。有时候这些叙事是对自由的一曲伤感赞歌：在突如其来的巨岩脚下，眼前的世界仿佛人类地球之外的另一世界。

奔走，奔走。像球一样高速地旋转。其实，速度并无直线与曲线之分，速度的旋转是人心的旋转。风也是无颜色的，但有时我们却看见它裹着一层

---

① 章亚昕. 论台湾创世纪诗社的"大中国诗观"[J]. 山东社会科学, 1999(01)：3-5.

青皮，从车玻璃边快速划过。留下来的是风的爪痕，更是生活的印记。生命已经从自己拍摄的电影背景中剥离，叙事的主题发掘出自己的感官魅力与美感，具象出如同音乐营造的情绪、别具一格的色彩和沿途的村落已然明显地衰落。途中，你也许会碰上不远处在屋檐下玩耍的小男孩的凝视，一种无父的血的记忆撞入你的脑海，其精神指向比小男孩承载了更大更沉重的未来，它唤起了逝去和没落的感觉。或者说，这一幕诉说了对过往的留恋，而使当下浸没在悲情的、病态的美丽中。

那个傍晚，出走的人再也没有回家；

那个傍晚，离巢的鸟再也看不到返回的身影；

那个傍晚，落下的夕阳再次来到山脚，并以更加悲情的方式缓缓落下，宣告一种留恋。

二、赤子之心

何谓赤子？老子说："含德之厚，比于赤子。"也就是说，赤子之心，依本性存在，天真纯朴而至智，是"道"与"德"合而为一的最佳象征。用诗人罗鹿鸣的话来讲，赤子之心，就是爱家人至真、爱恋人至痴、爱朋友至纯、爱祖国至臻、爱大地至极，率然天性，浩然无私，一往情深："母亲似的故乡/我留你在拓荒的路上/尽管在你的催促下走了很远/我仍然回头把你张望"①（《高原·故乡》）

公路上的赤子之心应该保持一种自负，一种自信，甚至一点自恋。奥地利诗人里尔克说："如果那是自负/那就让我/在祈祷中自负。"高速公路将人的赤子之心以无遮掩的方式尽情地展露出来。具有赤子之心的人应该让创造力自内心生长出来，把灵性彰显出来，让创造力长出行走的脚和飞翔的翅膀，让整个世界的生活罩上一个虔敬的、富有柔情的、充满韵味的光环，仿佛国画大师在菊花蕊上轻灵一点就渲染出的秋天的万种风情。

这不是艺术的狂妄，而是人的率真。每一个有真情实感的人，在人生的

---

① 陈庆云. 赤子之心与现实关切［N］. 文艺报，2005-8-24.

旅途中，在战胜生活、超越生活、获得安慰的过程中，都对自身都有一种美丽的期待。可以说，上帝把每一个人都塑造成天才，有些人明白它，但更多的人不明白。事实上，只要你去寻找，那个能够与你的安慰紧密结合、相互催化的像灵性一样虚无缥缈的东西就在途中的某一个地方。你得去发现，去感悟，去理解。你得有一颗敏感的心，一颗透明纯净的赤子之心。

有人说，人生就像一个寻宝的过程，这里不仅仅是艰辛与乐趣的展示，更重要的是，沿路众多的西瓜、桃子和芝麻都拥上来和你亲近，而你在多大程度上拥有对于自己的自信的确信将决定你在路途的哪一点上停驻下来，而这种停驻决定了你所获得的安慰的数量与品质。E·贝克曾说，我们的一生都在追求着使自己的那种茫然失措和无能为力的情感沉浸到一种真实可靠的力量的自我超越之源中去。

换句话说，我们都是在由平庸向着天才的自信艰难跋涉，它作为一种可靠的力量，是整个内心世界建构的支柱，是魔化外在世界的神奇的手杖，它使人们确信人能够依靠自己的意志活动来使整个世界屈从于我们情绪的节律，并在这种节律中感受到"同在"和爱的充盈。这种爱以感情的温暖把无限的力量引入自身，承受它，并且仅仅是承受它。只有这样，他的自负、自信、自尊才能找到可以在内心精神世界躺下来的自由的、温暖的床位。

正如里尔克所说的，他们要开花，开花是灿烂的；可是我们要成熟，这叫作居于幽暗而自己努力。这样的诗，让人感受到一种温和的不屑一顾，一种完整的自信与骄傲。

当然，对于普通人来讲，天才仍然是一件过于缥缈的宝物，可重要的是我们为此发展了自己的创造力，即使没有开出绚烂的玫瑰，清幽淡雅的兰花也是令人欣慰的。匆匆一生，我们总没有辜负自身的潜质就好，我们为自己内心的澄明，为自己的赤诚，为自己的率真，为应有的自信做过努力，套用海德格尔言说"存在之思"的一段话，我们的这种努力也许"终究是一条无法回避的幽僻小径，它拒绝成为一条拯救之道，也不会带来什么簇新的智慧，这条小径至多不过是一条田间小路，它穿过田野，它决不轻言放弃，但它总已放弃，即放弃自诩是一种约束性的学说、一种有效的文化成就或精神行为"。

就像那小小的安慰一样，赤子之心将摒弃日常标准的约束，在流言中闲庭信步或者信马由缰，奔向一种完整和自足。而这种完整是人生的完整。公路的折断处容易使人想起残破或残缺，更容易使人想起悲情之美，但完整——无论是完整的过程还是完整的生命都是一种沉静的美，一种至高的安慰！

每一条路的坦荡、率真和自恋不仅表现在形式上，更隐含在道路本身中，隐含在每一辆车、每一个行走其间的人、每一次落日与朝阳。在这里，生命之门打开了，封闭的灰尘被阳光穿透，自信与自爱的大地结下了艳丽之果。

试想，如果我们没有能够保持住自己的自信与骄傲，没有能够让创造力开出芬芳的花朵，没有能够让赤子之心在阳光的照射下熠熠生辉，那么，个体生命的安慰将会被动地受制于他人他物，我们就会嗅到世俗生活制造出的带有腐烂、残破和颓废的酒精味混杂的香水味。在每一个人的灵魂里都有一个脆弱的孩子，一颗不被他人伤害也不会伤害他人的童心，当他还没有能够及时地长大，生命的主体就会选择将他隐藏。

在奔腾的速度之中，在复杂的生活之中，在每时每刻都面临危险的旅途之中，呵护这样一个孩子显得既危险又不合时宜，而人们标签规制的"自负"或"骄傲"这类评价是因为他们对于这个孩子还有矛盾的依恋。但大多数时候，人们选择了遗忘、选择了随波逐流，因为这样可以给他带来暂时的安慰，尤其可以给他免除不少麻烦。"枪打出头鸟""风毁茂林"，这样的告诫已经太多。于是，信奉"独善其身"者越来越多。只有极少数人感到了矛盾的撕咬，在背弃传统的路途中行走使他们的旅程增加了艰险。他们不断地选择抗争，坚持自己的特立独行，但要获得成功并不容易——聪明的大多数人的趋利避害说明了这一点。抗争所带来的创伤将使得他们的安慰在空廓的原野上开出"零落成泥碾作尘"的悲情之美——这也许就是为什么人们更愿意把悲剧和忧愁当成高品质的安慰，因为这里包含了他们的某一段心路历程或是曾经嗅到的命运的叹息，"美丽总是愁人的"，连沈从文先生都这么说。

哲学上有个著名的命题，即生是由死来规定的，一些思想家对此有过深刻的阐释，可笔者想，能听到那声大胆的率真的"犬吠"就够了，因为它会迫使我们回头来索取那些安慰我们的东西。有人更愿意把它们看作是人生的意义，因为只有它们是唯一平等地掠过每一个人的心灵的东西，不论贫富贵贱，不论才智高低，所有的人生活动都与它们息息相关，而所有的宏大命题又都将在它们的面前退居其次，就像阶级斗争并不总是能为情人们不能继续生活在一起这一事实负责，满足与死亡的趋同才具有真正的力量，那种祝福人的激情、回忆、想象、爱恋的安慰才具有真正的意义，那种保持赤子之心的形而上学意义，甚至从某种角度来说，那种对于"灵魂"留存的假想也不过是人生前的一种安慰，精神充实、节制有序的安慰。

在人生的旅途上奔走的人每时每刻都面临生与死的考验。其实，即使是身居陋室的人，即使将自己封闭在城市的喧闹之外的人，即使那些试图做到"大隐隐于市"、有着"高尚者"美誉的饱学之士，他们的每时每刻也同样面临生与死的考验。"生之不怯，死之不惧。"这是一种境界，这样的境界看起来简单，却并非人人都能做到。

事实上，绝大多数人乃至所有人都不过会像虫鱼鸟兽一样在这个世界上销声匿迹，即使由于他生前所作的卓越的努力而保存下来某些"痕迹"、那些被上升为"灵魂"的留存的奢侈行为——这本身也许确实构成了人生意义的一种，无论它们由于后辈的宽容与尊重而绵延多久，都无法改变那个由呼吸来表征思想的感性生命（植物人除外）的终止。他的所谓的"灵魂"只是参与了别人的生活，就像无数的先辈参与进了他的生活一样，那个感性的他终究已经无法因此而得到安慰——那种由快乐、悲伤、爱恨情仇所构成的生命之弦的微微颤动已经戛然而止，再也无法奏出令人安慰的（或是追求中的）乐曲。

明乎此，保持一颗赤子之心，保持固有的自信或自负，甚至是骄傲，都是一种可贵的责任，一种对自我的发现与珍视，一种对生命的尊重与敬仰。

不可否认，活在地面上的每一人都在追求人生的意义，即便是遥远村落里的老妪也不例外。而今天在公路上奔走的人对此感受更深、体验更真。这个命题就像死亡的阴影一样追随着每一个人，从出生直到冥灭，让人窒息。它只能够被暂时忘记，却从来不会离去。它像一条忠实的老狗蹲守在每一个人的门口，随时准备来索取它的食粮——那种让你不得安生的烦躁、空虚、盲目的争夺。

困惑，奔走，寻找。有的时候，你不得不把家迁到那些清晰可见的地方，那里有足够多的人与你趣味相投，你们会为一幢更好的房子、一声充满恭维的问候而奋斗不息，这样，你就可以避开那条饥饿的、温和的但却迫切的老狗，你的生命将因此而碛入瑞士出产的精良的钟表里面，似乎既高雅又安心。舒适的床以及情人的欢笑会尽可能地让你在夜间成功地清除掉那条狗的叫唤，就好像你已经很久没有想到过死亡。你欣喜地发现，你最晚的一次认真的沉思还是童年的某一个孤独的时刻，可那是幼稚的，而你已经成功地超越了它。一切都自然而然，没有什么更必要的东西会来打扰了，是这样吗？

你也许听到了灵魂的喊叫。一种声音在寂寞中久久不去。那是赤子之心的回答。

辜鸿铭认为，真正的中国人就是有着赤子之心和成年人的智慧、过着心灵生活的这样一种人。他进一步分析指出，在现代欧洲，宗教拯救了人的心灵却忽略了人脑；哲学满足了人的脑却又忽略了人的心灵。对中国人来说，佛寺道观以及佛教、道教的仪式，其消遣娱乐的作用远远超过了道德说教作用。宗教是一种感情或激情的东西，它与人的灵魂相联系。中国人之所以没有对于宗教的需要，是因为他们拥有一套儒家的哲学和伦理体系，是这种人类社会与文明的综合体取代了宗教。

赤子之心是净化的艺术，是一种宗教信仰。歌德曾说，"谁拥有了艺术，谁就拥有了宗教"。哲学家因为懂得宇宙的法则和秩序、科学家因为了解宇宙的奥秘和秩序，他们感觉不到大自然的压力，因此，他们也不需要宗教。但对于大多数人来说，他们既不是诗人和艺术家，也不是哲人和科学家，而是一群凡夫俗子。对他们来说，生活充满了困苦，每时每刻都要经受各种事故的打击。这些打击，既有来自自然界的恐怖暴力，也有来自同胞的冷酷无情。有什么东西能够帮助人类减轻这个神秘莫测的世界所造成的重压？唯有宗教。宗教给人以安全感和永恒感。

耶稣说："我赐给你安宁，这种安宁，世界不能给你，也无法将它从你身上剥夺。"①

与世俱来的安宁就是赤子之心的形而上学的意义。戏剧般变化的人生，其文化幻象就是将这种意义开发出来，应用到实际工作中，使之生发出足够多的热量。中国古老文化中有许多优秀的品质，但不少可贵的品质因为没有足够的认识而被慢慢改变、湮没乃至消失。正如有学者指出的那样，传统文化中原来支撑专制和身份等级的意识习俗，也有可能转化为有益的民族风习。契诃夫在海参崴的酒吧中，曾邂逅一个清朝中国人。此人每欲饮酒，必先举杯以左手遮杯，向四座让曰："请！请！"然后再喝酒。契诃夫后来以赞赏的口吻写道，中国人是一个怪有礼的民族。这样的礼文化有何不好？脱离身份等级体制的礼文化，将是一种文明教养，民族的风貌。一旦树立起大体符合人的需要，释放人的创造性的相对良性体制，自然会形成支撑体制的良性意识和风俗。②

这种良性意识和风俗在欧洲、美国和东方的日本、印度等地都有同样重要的意义。全球化旅游的背景可以把文化的差异拉得更大，也可以将文化的幻象粘合得更好。关键在于，你是否拥有一颗赤子之心。奈保尔在一本书中曾经写到一个叫拉蒙的青年人，他"是一个孩子、纯真的男人、另类创作家。在他看来，世界既不美丽也不丑恶，人生虽然不算美好但也不值得悲哀。我们的世界并没有一个地方，可以让这种人安身立命。……他不懂幽默，也不会假装。对他来说，这个地方就像另一个地方、没啥分别；世界充满了这种地方，而我们就在这样的地方过生活，对周遭的世界视若无睹。"

令人惋惜的是："拉蒙死了。我必须替他讲几句公道话。他是我们家庭信奉的那个宗教的一分子；我们都是这个宗教的不肖子孙，但我却觉得，这种沉沦把我俩结合在一起。我们是那个巨大的、朦胧的、神秘的国家的一部分——小小的但非常特殊的一部分——只有在我们想到她的时候，这个国家才会对我们产生意义，而即使这样的时候，我们也只是她的一群远房子孙。我希望，拉蒙的遗体会受到应有的尊敬；我期盼，他们能够依循古老的印度

---

① 辜鸿铭. 中国人的精神[M]. 海口：海南出版社，1996：42-43.

② 孔志国等. 文化的盟约 当代文化问题十二讲[M]. 北京：团结出版社，2003：11.

教礼仪，让他安息，只有这样做，才能赋予他的生命些许尊严和意义。"①

换句话说，人应当有信仰，有自己的宗教。永葆一颗赤子之心，在任何情况下你都不会迷失方向。特别是在坦荡如垠的大路上，在快速的行驶和燃烧中，你心如明镜，远方的山脚下，一团火烧的云紧紧地看着更远方的大海，那里，海鸥成群，白帆一片。

而在更远更远的山脚下，就是太阳的家。

三、漂泊者的情感挣扎

太阳的家一定是一个火热的家，是灵魂深处的温馨之家。在路上，在人生的奔波中，这种家不仅仅是指那个小小的精神港湾，不仅仅是指一个你最关爱的那个人在依门等候你，不仅仅是一盏马灯挂在屋檐下照着你深夜归来，不仅仅是一群孩子在眼瞪瞪地指着月亮说："妈妈，爸爸是在那个凉凉的灯笼下吗？"这种家还有更深一层的意义，也许是人生的最好归宿，一抔黄土，一个小小的巢。

遗憾的是，许多人，特别是那些早已上了路的人，一辈子都没有找到这样的家，一辈子都在寻找中度过，在焦虑中度过，在等待和被等待中度过，在守望和被守望中渡过。因为这个家需要种种元素，需要一些心情，一份美丽的期望。如果没有，那就不停地寻找，不停地奔波，在泥浆的小路上，在广阔的大道上，在奔腾的情绪中……

生命中还有另一种美丽，它也需要寻找，需要品味，是在落寞的时刻，在手扶孤独的门槛，那一阵阵的痛感，微微的，像入酒的梅，散发一点点伤感，譬如下面的这一幕——

天下着雨，小小的雨，四周都是。她一个人走着，表情落寞，沿着香云河的长堤。

① 奈保尔 V S. 幽黯国度：记忆与现实交错的印度之旅 [M]. 李永平，译. 北京：三联书店，2003：26-27.

雨水淅淅沥沥地下着，淋湿了她，淋湿了我，淋湿了心！我来不及看清楚就从她身边闪过。她有什么心事？那是一个很美的影子，美得叫你心颤，凄美，绝艳！

想回去看看，可是我没有！回家了，想给她送把伞，可是我没有！我想她一定出了什么事，她一定很伤心！一种深切的孤独和抑郁，我能感觉到；一种悲情之美，我能体会得出。

担心她会出什么事，当我再回去的时候，她已不在，雨还在下！我有些欣慰，想她是回家了吧？我有些失望，错过！错过？错过也是一种美丽吗？

接下来的日子一天天过去，什么也没发生，我每天上班，每天都从河边经过，偶然想起，想起……

有人说回忆总是最美的；有人说这像一阵风，飘然而过了，才能回味她的味道；有人说也许这就是昙花一现的美丽。

可是回忆，有时候是很痛的；可是风，有时候是很冷的；可是昙花，只是黑夜的精灵。

也许有时候，美丽只是个瞬间的概念，她消失了，像美丽的虹。

只是那场雨，还在下……

往往很多时候，美丽只是一种心情。

于是有些时候，回忆也是一种美丽。

不错，回忆也是一种美丽，有时甚至是一种心碎的美丽。在人生的旅途中，这样的回忆又何止一次两次！两颗心不经意地邂逅，像发酵的饼，成熟了。然而，相爱却无法相守，命运的捉弄和冷酷的现实无情地摧残着两个人的心理防线，一声声撕心裂肺的呼喊是她/他对不公命运的抗衡与呐喊，也是她/他对爱人濒死边缘的疾声召唤。他对她的依恋，她对他的爱意，从她模糊的泪眼中明晰可见。伴随着小提琴哀怨的音符，呼应着低婉深情的歌声，一段有关爱情、生命的真实道白，升华在了我们每一个心存真爱人的心底。此时此刻，我们在恋人眼中看到的并不仅仅是一个殇情的往事，而更像是一缕冰冷的秋雨，淋透了彼此平凡而脆弱的生命。

在途中，在人生的困境中，在道路的奔跑中，一辆辆车飞过去了，但一颗颗心却留在了天涯海角和风雨飘摇之中。人在天涯，诗意也就涌上心头。诗并非人人能做，也并非分行的文字就是诗。诗也不是人人不能做，也不是没有分行的文字就不是诗。真正的诗在生命体验中，出生入死、血泪浇铸，是天路历程，是人人能写、又是人人难以写好的乡愁之美。

在这种乡愁之美中，人生旅途是一片逐渐展开的视野，脚下所行，眼中所见，心中所想，组成主体与客体浑然合一的风景线。然而身入困境，有如进行曲中出现休止符，剧场的幕布缓缓落下，演员就不再是角色，语言脱离原有轨迹便成为诗。我们脱离现实的时空，想象过去与未来，乃能面对一种超越性的精神境界，使生命空间无限扩大，使生命历程极度延长……超现实的时空离不开边缘处境，边缘处境"像一堵墙"，它使碰壁者发现"一切都是相对的、有限的、分裂成对立面的"，从而产生自觉的自我意识，在无路之处探索出路，于困境之中寻找自由，所以"体验边缘处境和去生存，是同一回事"。①

风雨中的漂泊是一种困境，这种困境往往能够成为创作的源泉。每一个人都是诗人，当远走他乡，为生存奔波，伊甸园情结却总在心头，与边缘处境浑然合一。于是人生的不幸遂成为生存的象征，它启示人们在创造性想象中去从事超越性的反思。

从都市里出走，从社会这个大染缸中出走，通过各类交通工具的运载，来到远方的生命之岸。人在这个时候有一种边缘处境的感觉，其深层蕴涵是多维度的、含蓄的，带着棱镜的闪光。首先是空间的边缘处境，造成了奔走在道路上的人们有一种文化移民心态。他们由于饱经历史沧桑，从此地到彼地，从乡村到城市，又从城市返回故里，或者经过已经陌生的故里。他们背井离乡，远离本土，其文化心态也就随着环境的变化而变化。天涯游子漂泊的身世，构成了一个反传统情思的意象原型，一种对命运的隐喻。他们由此而获得从事艺术探索和精神历险的强大心理动力，立足于生命体验，从感觉出发，并在超越性反思中，以意象语言取代了造成悲剧性现状的权力话语，所以他们的着眼便不再是现实主义或浪漫主义，而是古典主义与超现实主义

---

① 徐崇温. 存在主义哲学[M]. 北京：中国社会科学出版社，1986：275-278.

的混合。他们的每一天从身世之感出发，用速度、力量和果决来表现其充满血泪的心路历程，他们与沧桑巨变、与性灵肉体一起共同创造其展示民族情境、时代心境、文化语境的精神性史诗。①

漂泊可以等待，但人的成长是不能等待的。在这个过程中，会有一丝挣扎，一种情感的叛逆。有时，你觉得漂泊就是一个寂寞的音符，从树丫上缓缓落下，又从泥土里缓缓升起，带着阳光的气息。有时，你又觉得漂泊如一泓清水，可以在你手心里逗留，但还是会从你的指缝间流走，空留缕缕凉意。或者又如一缕幽香，但不是那种馥郁的，也不是那种清淡的，而是要消耗掉你的所有鼻息之后你才能有所嗅闻。这香气如游丝般在水面迂回，柔柔的，带着冷暖适中的温度。且这香气不是在弥漫，而是飘散着……漂泊的情感不会借此来提醒你她的存在，她只是顽皮地、身不由己地播撒着这些味道。漂泊可以幻化成任何东西，但没有谁愿意将她比喻成天使。

其实，漂泊又何尝不可以是折断翅膀的天使呢？

"少小离家老大回，乡音无改鬓毛衰。儿童相见不相识，笑问客从何处来。"这古老的诗境只有那些长年奔波在外的人才能真切地体验到，其心酸，其苦楚，其梦魂缠绕的又岂止是故乡的那一碗井水？

作家奈保尔曾这样深情地写道：小时候，印度存活在我的心灵中，是我的想象力驻留的地方。它并不是后来我在书本和地图上认识的真实的印度。

……我来到了伦敦。这座城市变成我的世界中心；经过一番艰苦的奋斗，我才来到这儿。但我迷失了。伦敦并不是我的世界中心。我被哄骗了，而我没有别的地方可去。伦敦倒是一个让人迷失的好地方。没有人真正认识它、了解它。你从市中心开始，一步一步向外探索，多年后，你会发现你所认识的伦敦，是由许多个社区乱七八糟拼凑而成的城市，社区与社会之间，阻隔着一片又一片阴森森、只有羊肠小径蜿蜒穿过的神秘地带。

在这儿，我只是一座大城市中的一个居民，无亲无故。时间流逝，把我带离童年的世界，一步一步把我推送进内心的、自我的世界。我苦苦挣扎，试图保持平衡，试图记住：在这座由砖屋、柏油和纵横交错的铁路网构筑成

---

① 章亚昕. 论台湾创世纪诗社的"大中国诗观"[J]. 山东社会科学, 1999(01)：3-5.

的都市外面，还有一个清晰明朗的世界存在。神话的国度全部消退了，隐没了；在这座大城市中，我困居在比我的童年生活还要窄小的一个世界里。我变成了我的公寓、我的书桌、我的姓名。①

然而，一个朋友离乡多年后回到印度，其情其景，让奈保尔感触很深。这个朋友一个人坐在孟买码头上守着他那一堆行囊，哀哀哭泣。他已经忘记印度到底有多贫穷。这是一个典型的印度故事——它的人物和情节安排、它的通俗剧色彩以及它的感伤，渐渐流露出印度特有的风味和情调。

在这个故事中，最能够体现印度精神的却是它对贫穷的态度：对成天忙着其他事情、偶尔思索贫穷问题的印度人来说，贫穷能够在他们心中引发出最甜美的情感。哦，这就是贫穷，我们国家特有的贫穷，多悲哀啊！贫穷激起的不是愤怒或改革，而是源源不绝的泪水，而是最清纯的一种情操。"那年，这家人变得那么的贫穷"，备受读者爱戴的印地语小说家普林神德在作品中写道，"以至于，连乞丐都两手空空离开他们家门口。"这就是我们的贫穷：让人感到悲哀的倒不是乞丐本身，而是这群叫花子竟然两手空空离开我们家门口。

这就是我们的贫穷：以印度各种语言文字写成的无数短篇小说中，这种贫穷逼迫一个又一个清纯美丽的姑娘，出卖身体，赚钱偿付家人的医药费。②

尽管印度是奈保尔的祖宅地，尽管他的童年的梦还滞留在贫穷的柴门上，尽管那条通往井口的路损得更烂，但当从异国他乡忐忑归来时，他丝毫没有衣锦还乡的喜悦，相反，他感觉到一种陌生，一种无奈，一种伤感。

奈保尔痛心地写道：身在印度，我总觉得自己是一个异乡人、一个过客。它的幅员、它的气候，它那熙来攘往摩肩接踵的人群——这些我心里早已经有准备，但它的某些特异的、极端的层面，却依旧让我觉得非常陌生。不由自主地，我试图通过一个岛民的眼光(莫忘了，我是在一座小岛上出生、长大的印度人)，观看印度这个国度：我刻意寻找我所熟悉的那些细微而容易掌

---

① 奈保尔 V S. 幽黯国度：记忆与现实交错的印度之旅[M]. 李永平，译. 北京：三联书店，2003：28-30.

② 奈保尔 V S. 幽黯国度：记忆与现实交错的印度之旅[M]. 李永平，译. 北京：三联书店，2003：35.

握的事物。初履斯土，我就发觉，种族的血缘关系和共同点，有点会变得没有多大意义。我在德里的俱乐部和孟买的公寓结识的印度人，我在乡下"郡县"遭遇到的村民和官员，在我眼中，全都是陌生人——他们的身世背景，对我来说是一个谜团。

"在日常生活中，他们所受的限制和束缚比我大得多，但他们却是一个泱泱大国的百姓；他们能够轻易地、毫不浪漫地接纳和理解巨大、复杂的事物。"①

奈保尔作为一个漂泊者的情感挣扎浓缩了一个民族的经验，它是奈保尔个人的，也是印度这个民族的。它给予经济发展水平不高的国家人民、特别是中国人民以巨大的心灵启迪。从个人小我到民族大我，从情感走向到国家话语，从物质到精神，漂泊者在思考中生活，思考者在生活中漂泊。漂泊可以是肉体的出走，也可以是精神的游离。别以为待在城市的一隅独守空门就没有漂泊的体验。漂泊是一种情绪，一种感受，一种氛围。

在阳光中下雨，是漂泊；

在闹市中失语，是漂泊；

在旅途中漫无目的，在人生之路上没有方向，在黑夜里找不到家的钥匙，在喧哗的舞会中特别孤独，在伸出的双手找不到接应……漂泊无处不在。你无须徒劳地挣扎，努力过好每一天、每一刻，直视漂泊，就像直视老虎海水般的眼。

四、文化帝国主义的幽灵

这是一个幽灵，在世界的每一个地方游晃，带着强势的语言、食物、时装和流行的动作，有时甚至是无声无息的，却在人们潜移默化中进行意识形态的渗透。无论你是否承认，也无论你用什么方式进行拒绝，它都是那么霸道，却又让你在温情中甘愿接受这种霸道，就像肯德基和麦当劳或好莱坞大

---

① 奈保尔 V S. 幽黯国度：记忆与现实交错的印度之旅 [M]. 李永平，译. 北京：三联书店，2003：196-97.

片一样。

为此，爱尔兰诗人叶芝曾经以警觉的笔触写道——

> 长久以来，
> 我就注视着这双眼睛，
> 这聪慧又简单的人。
> 我注视着他的脸，
> 要发现
> 那为我的民族和生活而写作的精神。①

不过，叶芝倡导的"为民族和生活而写作的精神"正在世界上许多地方丧失，中国也不例外。文化的渗透常常带着消费的因子，帝国主义的入侵不再是刀枪和炮弹，而是柔性的、略带麻痹的"可口可乐"。因此，知识分子对这种精神的丧失负有不可推卸的责任。

全球化使世界各个部分更好更真实地走向一起。跟随它们的是知识和文化的各个领域。慢慢地它们交织成一个知识和文化的国度。这个国度超越政治或地缘领域。它的结构与法官的法庭和绅士的代表大会没有什么两样。这个国度将最终成为将世界连接在一起的真正纽带。一个现代学者比其他公民更多地受益于这种交往的扩大和相互的沟通，受益于这个大规模扩大又大规模集中的时代，受益于民族之间互相接触，与历史接触的时代。他的日常精神历程包含的有关种族的回忆和种族的想象比前人更多。他过去的和将来的视野更开阔。他生活在更广阔的世界里——他事实上生下来享有的就不仅是一个城市的自由，无论这自由多么高尚；他生下来就成为正在兴起的国家的新公民。这个国家没有边界，没有种族或强权，但是有最高的理智——这是从柏拉图到歌德的一切伟大学者或者朦胧或清晰的梦。②

实际上，是席勒第一个提出并阐述"文化帝国主义"这个概念的。1976

---

① 萨伊德. 文化与帝国主义[M]. 李琨，译. 北京：三联书店，2003：332.
② 萨伊德. 文化与帝国主义[M]. 李琨，译. 北京：三联书店，2003：61.

年，他在一本名为《传播与文化霸权》一书中提出：文化帝国主义是许多过程的总和。经过这些过程，某个社会被吸纳进入现代世界体系之内，而该社会的主导阶层被吸引、胁迫、强制，有时候是被贿赂了，以致他们塑造出的社会机构制度符合于，甚至是促进了世界体系之中位居核心位置而且占据支配地位之国家的种种价值观与结构。"他对文化帝国主义的批判与基本论述揭露了跨国传播现实状况，并启迪了全球各地的传播学研究者。

对"文化帝国主义"这个概念进行多层次阐释的学者有很多。比如，布鲁克和斯塔利布赖斯就提出要"运用政治与经济权力，宣扬并普及外来文化的种种价值与习惯，牺牲的却是本土文化。"而巴克提出："到底'文化帝国主义'指的是什么几乎没有任何精确的定义。它似乎是说，帝国主义国家控制他国的过程，是文化先行，由帝国主义国家向他国输出支持帝国主义关系的文化形式，然后完成帝国的支配状态。"不过，国际政治现实主义学派创始人汉斯·摩根索曾在其代表作《国际纵横策论：争强权，求和平》中则提出文化帝国主义是对人心的征服与控制。正如西赛尔在《归来的回忆》里所写道——

我接受，我接受，无保留地接受，
海索草合着百合花的沐浴
也不能纯洁我的种族，
我的被玷污的种族，
我的被醉汉践踏在脚下的种族。[1]

必须看到，帝国主义与全球化并不相同，它们的差异在于，前者有较为明确的文化意图，后者却没有什么具体的目标。既然旧式的帝国主义体系已经被全球体系所代替，文化帝国主义的语境也就随之发生了改变。全球化不仅体现在国际金融、跨国公司的出现，还体现在文化体验与思维方式的扩展与重塑。全球化进程将削弱所有民族国家的文化向心力，即便是先前帝国主

---

① 萨伊德. 文化与帝国主义[M]. 李琨, 译. 北京：三联书店, 2003：328-29.

义时代的权势中心国家亦不能幸免于此，展现在世人面前的将是一幅充满了不确定、矛盾，既缺乏道德合法性也令人更难把握的后现代图景。尽管转变这种境况尚存一线希望，但要消解现代性已经"自主化"的全球机构与制度又谈何容易。

在此意义上，汤林森认定现代文化的全球化是我们的文化宿命。

对文化帝国主义的分析对象主要是以美国为蓝本的。不可否认，美国文化帝国主义有两个主要目标：一个是经济的，一个是政治的。经济上是要为其文化商品攫取市场，政治上则是要通过改造大众意识来建立霸权。娱乐商品的出口是资本积累最重要的来源之一，也是其替代制造业出口在世界范围内获利的手段。在政治上，文化帝国主义的重要作用在于将人们各自从他们的文化之渊源和团结传统中离间出来，并代之以新闻媒介制造出来的、随着一场场宣传攻势变幻的"需求"。在政治上的效果则是把人们从其传统的阶级和社会的圈子中分化出来，并使得人和人之间产生隔阂。

与此同时，美国文化帝国主义的主要目标是对青年进行政治上和经济上的剥削。帝国主义的娱乐和广告业以那些最容易受美国商业宣传影响的青年为猎获物。其讯号是简单而又直接的："现代性（Modernity）"是和消费美国宣传媒介产品联系在一起的。青年人代表了美国文化出口的主要市场。他们最接受消费主义和个人中心主义宣传。大众传媒以盗用左派的语言和将不满情绪引向奢侈性消费来操纵青少年的反叛行为。

诺贝尔文学奖获得者、智利诗人聂鲁达对此深表忧虑，他写道——

> 我知道他，当我还能够
> 当我还能看见
> 当我还能发声。
> 我在爆炸声中找到他
> 紧握他那完好的臂膀。
> 我对他说，
> "一切都会过去，你将依然活着，
> 你点燃了火焰，

你得到了你应得的。"

不要使人不安，
当我似乎孤独的时候，我并不孤独。
有人对我听而不闻，
但我歌唱过的，我的知音，
会生生不息，将乾坤扭转。①

有学者指出，之所以说美国的帝国主义文化是一种幽灵，主要依据是：（一）它要捕获大众，而不仅仅是转化头面人物。（二）大众媒介，尤其是电视，侵入各个家庭。客观存在不仅从"内部"和"底层"起作用，而且从"外部"和"上层"起作用。（三）现代文化殖民主义具有全球规模，它的冲击无所不在。以"全世界为一家"的欺骗来为神化帝国主义势力的种种象征、目的和利益服务。（四）大众媒介作为今日文化帝国主义的工具而言只是在形式的意义上属于"民间"组织，披上合法的外衣以便将帝国主义的利益作为"娱乐"和"新闻"来宣传。（五）在现代帝国主义时代，政治利益是通过帝国主义的主题来表达的。"新闻报道"将镜头聚焦于中美洲的雇佣农民士兵和海湾战争中面带微笑的来自劳动阶级的美国黑人。（六）由于在不受法律制约的资本的控制下实现和平和繁荣的诺言与日益增长的贫困和暴力的现实之间的距离越来越大，大众传媒已经将其节目中从不同观点讨论的可能性进一步缩减。与全面文化控制配对的是将现存资本主义的残酷性与自由市场的迷梦般的许诺完全分离。（七）为了搞垮有组织的反抗，文化殖民主义想要消灭民族认同或将其实质的社会经济内容掏空。为了破坏社区团结，帝国主义把对"现代性"的崇拜吹捧成是跟外来信条一致的。在"个性"的名义下，社会公德准则被攻击，人们的个性在传媒的信息的控制下被重新塑造。正当帝国主义的武器肢解一个民间社会，帝国主义的银行掠夺该国经济之时，帝国主义媒介向个人提供了那些逃避现实的认同。

---

① 萨伊德. 文化与帝国主义[M]. 李琨，译. 北京：三联书店，2003：333.

换句话说，美国的文化帝国主义一方面以毁灭性和罪恶的手段来丑化其革命对手，另一方面又鼓励对亲西方政权的大规模暴行的集体性"记忆缺失"。西方传媒从来不告诉其听众反共亲美当局在危地马拉屠杀了十万印第安人，在萨尔瓦多屠杀了七万五千劳动人民，在尼加拉瓜杀了五万人。大众传媒完全掩盖由引进市场经济在东欧和苏联造成巨大灾难的事实，这些灾难使得几亿人遭受贫困。[1]

这种情形在奈保尔的著作中得到了充分地反映，他以印度为例，认为克什米尔人那中世纪式的心灵，面对这种文化帝国主义现象，却漠然无动于衷。它存在于这样的一个世界中：尽管历经沧桑，这个世界依旧保持它的和谐与秩序，依旧可以被人们"视为当然"。这样的心灵只重视事物的延续性，从不曾发展出历史意识——历史意识是一种丧失感（sense of loss）——也许不曾发展出真正的美感意识——那需要天赋的评鉴能力。把自己封闭起来时，这种缺失会使它感到安全。一旦暴露出来，它的世界就会变成童话中的桃花源，显得无比脆弱。从克什米尔祈祷曲转到锡兰电台广告歌，只需切换收音机频道；把克什米尔玫瑰转换成一盆塑胶雏菊，也只是举手之劳而已。[2]

与印度不同，中国人对文化帝国主义比较敏感，但又有些无奈，有一种"剪不断、理还乱"的复杂情绪。因为帝国主义对中国的侵略有着一百多年的历史，所以在中国人的集体无意识当中，对"帝国主义"的一切形式有着本能的拒绝乃至深恶痛绝。自1949年中华人民共和国成立至20世纪70年代末，中国人过去所接受的"帝国主义"的概念，主要依据的还是列宁对帝国主义的论述，指称帝国主义是垄断的、寄生的、腐朽的、垂死的资本主义，是资本主义发展的最高阶段。其基本特征是垄断代替了自由竞争，形成了金融寡头的统治；对内残酷压榨劳动人民，对外推行殖民主义和霸权主义政策，而且，帝国主义是现代战争的根源。

正由于此，在大多数中国人的脑海里，"文化帝国主义"所引起的联想，

---

① Petras J. Imperialisme abad 21［M］. Yogyakarta：Kreasi Wacana, 2002.

② 奈保尔 V S. 幽黯国度：记忆与现实交错的印度之旅［M］. 李永平，译. 北京：三联书店，2003：201.

或者说我们通常理解的"文化帝国主义，"注重的是"帝国主义"的内涵在"文化"领域内的表现，比如对西方国家中华人民共和国成立前在我国兴办教育、设立学校、派遣传教士等，我们通常就斥之为"帝国主义的文化侵略"。就此而言，我们对帝国主义与文化帝国主义的认识，更多的是取自政治、经济、军事的层面，也就是说，注重的是帝国主义的殖民主义侵略、掠夺、压榨和霸权。

然而，自1978年改革开放以来，中国发生了翻天覆地的变化。我们既引进了西方先进的生产技术设备，同时又引进了大批的文化产品。可口可乐、麦当劳、好莱坞电影、迪士尼、多媒体等具有象征意义的美国文化，一方面极大地冲击着我国的文化工业，另一方面，它们更改变着我们的生活方式和我们的生活观念。

全球化使西方的生活观念文化产品更快更好地销售到世界的各个地方。目前，西方文化品位和西方文化习俗正在日趋全球化。无论是在服装、食品、电影、电视，还是在建筑设计方面，这样的例子俯拾即是。

可以说，在这个世界上，只要有人居住的地方都有大量西方的文化产品、西方的文化习俗和西方的文化样式的存在。这种几乎可以说是无处不在的、纯粹物质的美国文化产品，在世界范围内将文化全球化。①

世界上没有一朵花与另一朵花完全相同，更没有一个人跟另一个人完全相同。这是上帝创造万物的初衷。但文化帝国主义的幽灵却像魔鬼撒旦一样，打着规范化、格式化、制度化和全球化的招牌，将标准、内容和使用模式变得越来越趋向一致。如果每一朵雪花都是美国式的，如果每一个微笑都是英国式的，如果每一个礼仪都是法国式，这个世界将是多么地单调，多么地乏味和可怕！

五、搭讪的理由

他将自己封闭在那个小小的空间里已经很久了。他对周围的世界发生了

---

① 郭英剑. 带镣铐的文化帝国主义[J]. 民族艺术，2000(01)：88-94.

什么一概不知。他总是在晚上起来，坐在灯光下冥思苦想，不明白为什么要活在这个世界上。他曾经试图割脉自杀，因为他觉得人总免不了一死，无论你多么努力，付出多少汗水，取得多少成绩，最后都得化为泥土。既然这样，还不如早点与尘世决别，让别的什么人、比如说那些急于出生的后来者占据他的空间，做一点他们将来觉得有一点意思的事情。

后来是一个捡垃圾的老太太让他感动了。那个老太太风雨无阻地在街道上忙碌，也到他的窗下将丢弃的纸屑和饭盒捡走。他觉得上帝把他送到人间，就会有理由的。上帝没有告诉他什么理由，这正是他之所以活着、需要去寻找的理由。

于是，他走出了那个小小的有些霉变的空间。向久违了的太阳敬了一个礼。他上路了，先是街道小路，然后是大路，最后直接出了城，来到了公路上。尽管他到现在为止还不知道他要到哪里去，但他觉得，只要上路了，只要在公路上，他的生命就开始燃烧起来。他没有停下来并重新回到那个小屋去的冲动，只是执着地向前走。

欲望不强烈，也许越走就会越强烈；

目的不明确，也许越走就会越明确。

行动，就是欲望；行动，就是目的；行动，就是活在地面上的价值所在。

正如有人指出的：人，这个辩证的现象——被迫永远地移动。因此，人永远无法获得一个停歇之地，在上帝那里驻足……那些固定的标准是多么不名誉啊。谁能制订出标准？人是一个"选择"，一种抗争，一种不断的成长。他是永远的移民，内心中的移民，从一抔黄土到上帝，他是一个自己灵魂中的移民。[①]

互联网使人快速介入社会，并且产生种种幻象。哪怕你对这个社会没有什么好感，但是这就是你生活的环境，就是你证明你活着的空间。你可以奔走，也可以停歇，但你不会停止。这种状况有如1959年法国导演戈达尔的电影《筋疲力尽》一样。你可能是一个游走于社会边缘的人，比如说一代名贼，你就是电影中的米歇尔，偷车，杀人，从马赛一路狂奔来到巴黎。你继续偷，

---

① ShaRiati A. On the sociology of Islam: lectures [M]. Berkeley: Mizan Press, 1979: 92-93.

并且抢，一边寻找欠你钱财的朋友，一边劝说你爱上的姑娘跟你远走罗马。

必须找到一个让你这么做的理由。如果不是你试图跟这个社会搭讪，你肯定还会继续混迹于这个社会的不规则的边缘。但你通过搭讪跟街头卖报的美国姑娘帕特丽夏好上了，而帕特丽夏想当记者和作家，想融入社会主流，她最终向警察告发了你，按她的说法，她是以告发你来证明自己并不爱你。帕特丽夏的告发举动的确有些不可理喻，但不过是人类生活中无数不可理喻的现象之一。

在这个飞速旋转的社会里，对个体既产生向心力，也产生离心力。你被离心力甩到了边缘，正如你在片头所说，"我是个混蛋，我没有别的选择"。而帕特丽夏却还在向心和离心的两股力的作用下徘徊，一不小心她也许就会被离心力抛开去，跟你一起走上一条不归路。

毕竟，像你那样反一反社会的冲动是很多人都想犯的一个毛病，你在跟社会捣乱，跟整个社会作对。你激起的是观影者爱恨交加的感情，人们希望你亡命天涯，却不愿看到你毙命街头，因为我其实是观众的一种捣乱心理在银幕上的投射。

帕特丽夏其实只是想借警察之手赶走你，赶走你这个她显然已经爱上的危险人物，她在告发你之后，却又劝你快走，但你拒绝了。你的朋友最后给你送来了钱，也叫你逃走，但你说你玩够了，你累了。最终你被警察击中，摇摇晃晃地跑过一条街，筋疲力尽地倒在了街头。在断气之前，你向冲跑过来的帕特丽夏做了几个鬼脸，"你真差劲。"说完你就阖上了眼睛。

"差劲？"帕特丽夏怔了片刻，掉头而去，把问题留给了观众。面对这个社会，你选择了死亡，简直有点自绝于人类的味道，但是你是"自由意志"，这名存在主义的贼，与"愤青""局外人"和"垮掉的一代"可以说是同伙。

在电影"新浪潮"中，导演戈达尔用"纪实"摄影和"跳接"剪辑打造了银幕上的生活碎片及其节奏，生活并不是流畅的，生活其实是琐碎的，影片中那些多余的镜头，一如我们生活中扔不掉的垃圾。[①] 而那个在窗下捡垃圾的老太太最后连你一起装进了麻袋，因为你已经改变了自己，改变得连她都认

---

① 子曰. 现代人精神病历本：以电影为例 [M]. 长沙：湖南文艺出版社，2004.

不出来了。她不用跟社会搭讪，她在真实地生活。

某种意义上，这个电影可以看作是一个童话，一个可以在公路上表演得更加刺激的童话。但如果真是那样，寻找生存的理由就不是由你这个名叫米歇尔的存在主义的贼，而是童话创作者本人来完成。

有时，各种公路很容易就将生活变成了童话，比如，关于灰姑娘与王子的童话，在现实的网络中每每得到验证，只不过验证后又立即破灭，童话创作者还说是现在的爱情原本就这么短暂。这样的态度使古老童话变得有些虚假。

按照学者的分析：童话是在床头讲述的集体意识的故事。童话存留在文化记忆之中，因为它们能够解释我们所共有的人类状况的危机。童话是大家共同分享的一种对于愿望的满足，是解决冲突和赋予经验以意义的抽象的梦。在某种程度上，大多数童话都是庆贺不胜任的旧自我即将在一个更高的生存层面上重生时在比喻意义上的死亡。童话就像沙龙的小船，将我们渡到一个凡俗和永恒、神圣和世俗相会的世界；一个占卜过去和未来的世界；一个善与恶发生冲突，但真、善、美注定要胜利的世界。

因此，童话首先是对人类个性的隐喻，是对个人心灵为挣脱恐惧和强迫行为而做的挣扎的隐喻。[1] 这种隐喻的叙事对象一般就是关于想象群体中的人们，这些城市中的流动工人和大都市人的空间从来就不单单是处于同一水平线上的。他们呈比喻性的运动要求在书写中呈现一种"双重性"；这种表现的时间性在文化形成与社会过程中穿行，它没有"中心的"因果逻辑关系。[2]

另一方面，与社会搭讪有时仅仅出于一种缓冲情绪紧张的需要，有时干脆是一种恶作剧，或对自我的妥协。这样的例子有很多，无论是大人物还是普通百姓，无论你是否封闭自己。当一方面你有足够的权力宣判某种价值死刑的时候，也许几乎就在同时，你的另一方面却在接受别人的审判。人人用不着跟社会搭讪，特别是不需要跟权势搭讪，但人人都有意无意中这么做了。如果就此问题翻看历史，答案会更加带有讽意。

比如，有一次，斯大林对帕斯捷尔纳克说，他的一位朋友喜欢写诗，这

① 伯格. 通俗文化、媒介和日常生活中的叙事[M]. 南京：南京大学出版社，2006.

② 柯里. 后现代叙事理论[M]. 宁一中，译. 北京：北京大学出版社，2003.

位朋友想听听帕斯捷尔纳克对这些诗的看法。几天后他给帕斯捷尔纳克送来了诗。送走斯大林后，帕斯捷尔纳克马上就明白，这是斯大林本人写的，诗写得相当单调乏味。

帕斯捷尔纳克还来不及思考如何回复斯大林，电话铃突然响了。是斯大林打来的，他问那些诗写得怎么样。帕斯捷尔纳克不想委屈自己，不想玷污诗歌的美好，便果断地说：诗写得很不好，并劝斯大林让他的朋友最好去干别的、对他更合适的事情。

电话的另一端，斯大林沉默了一会儿，然后说："谢谢您的坦率，我就这样转达。"

当然，这位"朋友"有"别的、对他更合适的事情"可干，并且干得很出色，他操持着一个大国，对所有人都有着生杀予夺之权。

不过，在诗歌的行当里，权柄却落到了帕斯捷尔纳克手里。不过，这个原本不想跟社会搭讪的好汉最后付出了沉重的代价，直到他跟自己作出妥协。

另一方面，斯大林想跟诗人搭讪，不管出于何种目的，这种搭讪都令人寻味。其实，斯大林完全可以把权柄夺过来，就像他夺过的其他权柄一样。然后用这些权柄狠狠地打击敌人。

在中外历史上，这类事情很多。比如，秦始皇时代、希特勒时代以及萨达姆时代都采取过同样简单而又有效的手段。值得称赞的是，帕斯捷尔纳克在自己拥有权柄的领域内，充分使用了一次否决权。但要做到这一点，却必须冒着失去生存乃至生命的权利的危险。这与我们平常所见到的那个帕斯捷尔纳克大相径庭，此时的他所表现出来的勇气，确实令人感奋。

得失只在一念之间。历史却记住了这一切：帕斯捷尔纳克在诗歌的国度里宣判了斯大林的死刑，而斯大林却有权在现实的国度里宣判帕斯捷尔纳克本人及其诗歌的死刑。帕斯捷尔纳克因《日瓦戈医生》而获得诺贝尔文学奖，但这本书却被认为污蔑了苏维埃制度。于是全苏开始了对作者的攻击。

但幸运的是，其时已经到了赫鲁晓夫时代。被愚弄了的苏维埃公民愤怒地要求苏维埃政府将帕斯捷尔纳克这个"人民公敌"驱逐出境。全苏共青团第一书记谢米恰斯特纳同志坚定地指出，"让他到自己的资本主义天堂去吧"。帕斯捷尔纳克不敢去国外领取奖金，他不断地写信向当权者求情，要求当权者允许他留在自己的祖国。

"让我离开我的祖国，"帕斯捷尔纳克在当权者的认罪信中这样写道，"对于我来说相当于让我去死亡。"虽然这样夹起尾巴与祖国搭讪，与当权者搭讪，但诗人的日子并没有因此而好起来，从此，他过着离群索居的生活，直到生命的终结。①

与此相类似，肖洛霍夫也与斯大林扳了一次手腕。应当说，在苏联作家当中，肖洛霍夫比较幸运，就像那年他去打猎时，竟然在打到一只野鸡的同时也打下了一个诺贝尔奖一样。1932年和1933年冬春相交之际，"死神席卷了顿河、库班河和乌克兰"，饥荒使三四百万人横尸遍野。

斯大林政府却"对饥馑地区实行了封锁"，饥民被以"查找敌人"的名义"受到镇压……2.6万名共产党员被开除出党，5.5万人受审，2110人被枪决。"肖洛霍夫有一年半的时间完全放弃了创作，"为拯救顿河而斗争"，一再冒死向斯大林本人上书，"为十万不幸的人请命"。报纸公开指斥他的行为是"歪曲现实的意义……以反动和敌视的态度描写现实"，"边区区委指责他从事反革命活动，斯大林责备他在政治上近视，为怠工分子辩护"，但他仍然软硬不吃，一意孤行，"在同领袖——统治者——的交往中，不止一次地显示出政治上太无知了！"

然而，这位在政治上"无知"的作家，显然命运好过了其他作家。斯大林就这样放过了他，这倒是令人费解的。②

在新媒体时代，互联网的运用和媒体的发达使与社会搭讪变得毫无理由。只要鼠标一点，键盘一敲，你可以发表任何宣言，没有谁知道电脑屏幕上显示的是人的想法还是一只狗的想法。在这样的背景下，如果不是精神病患者，就没有与社会搭讪。即使在自己小小的、近乎封闭的空间里，只要你有电脑，并且懂得使用，你仍然可以随时随刻地跟全世界的人民联系在一起。

---

① 龙飞. 作家左琴科、阿赫玛托娃被迫害引出斯大林接班人之争[N]. 天津日报，2004-4-19.
② 陈世旭. 陈世旭散文选集[M]. 天津：百花文艺出版社，2012.

六、后现代启蒙

媒体和公路延伸了人的身体，也打开了人们"别一样"的思维的窗口。后现代语境中的新启蒙由此而生。

新启蒙当然是针对旧启蒙而来的。刘梦溪认为，"五四文化启蒙带有隔代启蒙的特点，即二十世纪初做十八世纪应该做的事，本身是补历史的课"。同时，这种补课"是在帝国主义列强的枪炮的逼迫下进行启蒙"。这种时代背景使得"五四文化启蒙运动显得慌乱、匆促、紧迫，饥不择食，急于求成，仿佛要在几年内做完十年、几百年的事情，忽略了文化变异的渐进性"。

同时，由于欧风美雨来势迅猛，中国"迎拒失调缺少文化的儒化过程"，"民智有所启发，但没有普及理性。"①正因为此，新启蒙变得十分必要。

阿尔都塞认为文学艺术起着建构主体和启蒙心智的作用。在这一语境中，主体指个人，个人一方面受制于诸如民族国家之类更大的权威，另一方面，其内心生活又部分地由人是一个自由的行为者这一幻觉构成。② 新媒体的文化幻象使新启蒙变得扑朔迷离。

1975年，美国导演米洛斯·福尔曼拍摄的《飞越疯人院》颇能说明一二。这部电影采用了文化象征的表现手法，再现了疯人院这个人类的幻觉场域的离奇与古怪：白色的墙壁，白色的服装，以及白色的一颗颗没有色彩的心灵……在疯人院，护士长拉奇德小姐用她慈祥的目光、亲切的话语囚禁了一切，她就像个责无旁贷的母亲一样监护和管教着病人们，直到穿着黑夹克的麦克默菲从教养院来到这里，如黑旋风般搅乱了这里的白色恐怖。

作为一个不听话的病人，他要求在例行的心理治疗时间打开电视收看球赛，在病友们的赞成票太少的情况下他急躁地做着"新启蒙"的工作：在放风的日子里他拉开护士长，带领病友在大海上尽情玩耍；圣诞夜，他和病友们伴着《蓝色多瑙河》旋转跳跃，并让小青年比利在一个女人那里完成了他的

① 刘梦溪. 社会变革中的文化制衡——对五四文化启蒙的另一种反省[J]. 二十一世纪, 1992(04).
② 柯里. 后现代叙事理论[M]. 宁一中, 译. 北京：北京大学出版社, 2003.

"成人礼"——但是，比利因害怕惩罚而在恐惧中自杀了，麦克默菲的逃跑计划也最终泡了汤。他身上的黑色随着施行于他的电疗和禁闭而越来越少，最后也变成了完全的白色。

然而，他的挑战精神造就了另一个英雄——那个因不满现实而装聋作哑的印第安酋长。"我不能够这样留在这里。"他用枕头闷死了他失败的战友，然后搬起了那个被盘根错节的水管紧紧咬住的舆水池，他用舆水池砸破疯人院的铁窗，奔向了黎明和森林……他随风飘起的长发让我们看到了人的飞越。

这一部由来自欧洲的流亡导演的好莱坞娱乐片，以悲喜剧的形式反思了文明与野性、体制与个性、秩序与自由等现代性主题，最终使"疯"与"不疯"的标准发生了逆转。[①]

在这部电影中，一个个急促的画面就像我们在高速公路上感受到的迎面而来的一个个场景一样，是那么尖利有力。画面能够引起共鸣，在我们心中唤起各种没有认识到的和受到压抑的感情。画面还能使我们感受并仿佛亲身体验到极不相同的情感，如厌恶和极度的恐慌等。

电影必须呈现给观众一个不仅有逻辑上的联系，而且有强大的情感冲击力的叙事，这就是蒙太奇派用场的地方。将任何两段"任何种类的电影放在一起，这种并置必定联结成一个新的概念，一种新的特性。"[②]

但是，如果没有新启蒙，没有对新近发生的事物的强有力的宣传，人们对于电影生活或现实生活中出现的新思维遂难以理解、接受和支持。比如，人们经常谈起名牌，可是，对于没有被广告符号或媒体文明污染的山沟里，这种对名牌的追求就失去了意义。人们对于 NIKE 鞋的认识与一般普通鞋的认识并无二致，山民们可能还会根据自己的价值判断，认为一双解放鞋比一双 NIKE 鞋更加耐穿。从这个意义上说，广告起着美化生活和启蒙大众心智的作用，是新启蒙文化的一部分，这是后现代时代文化镜像的一个特点。

即是说，高速公路不仅把广告及其广告文化推到人们面前，而且也使公

---

① 子曰. 现代人精神病历本：以电影为例[M]. 长沙：湖南文艺出版社，2004.

② 伯格. 通俗文化、媒介和日常生活中的叙事[M]. 南京：南京大学出版社，2006.

共生活向另一领域(比如说经济领域或消费领域)转型。在人生之途的文化幻象里，"个人可以逃避理想化家庭生活的重负……以一种特殊的经验，个人穿行于陌生人中间，或更重要的是穿行于那些决定对他人漠然而视的人们中间"，于是，沉默被动的旁观大众可以看到少数闲游者、浪漫派艺术家、政治领袖们过度表现的个性。而当代私密社会甚至可以说取消了这种公共领域。于是政治学变成了手段，"超凡的"领袖的个性被电子传媒投射给大众，这使得大众完全被动而且相互之间很大程度上被隔绝开来。新启蒙话语被一再解构，人们无法容忍这个短语的陈旧含义，而宁愿相信一条广告的煽情表演。

虽然广告的符号意义的诠释权掌握在消费者手中，但消费商品的符号意义是先行的，广告和时尚杂志预先所编结的万花筒般的意义网络，无疑搭起了商品符号的全部认知结构。消费者的诠释离不开这张网。

同时，消费是主动的，而消费主体却是被动的、软弱的，"只是玩弄游戏的抽象范畴(虽然表现上是主动的)，而这个游戏由体系而来，主体并没有真正的发明力量"。

鲍德里亚对此予以了总结："个体对市场行为适应以及总的社会态度，对生产者的需求和对技术结构目标的适应，就是体制的自然特征(最好说逻辑特征)。其重要性会随着工业体系的发展而增加。"[1]

后现代语境下，新启蒙话语犹如鸣响了一声喇叭。公路上车流如河，那一声喇叭比浪花还轻，但却能激起太阳的反射，穿过封闭的玻璃，直刺你的眼睛。

七、速度症候群

"症候"是一种病的表征，一种蛛丝马迹式的前兆。之所以叫作"群"，是因为它是经常性的，是复数。或者说，这是一种有时间性的精神疾病，一个小时来一次，一天中反复出现。

---

[1] 波德里亚. 消费社会[M]. 刘成富，全志钢，译. 南京：南京大学出版社，2000：61.

速度症候群，就是高速公路上的行驶者不断在跟速度过不去。开车者整天都脸上泛着忧郁而紧张的蓝色，只要谁超过他的车，他就会立即反超。尽管道路两旁不时闪过限速牌，但他顾不了那么多。在别的时候，他总是落在别人后面。现在是在高速公路上，他再也不愿落在人后。

他开着车，开着他自己的生命，在高速公路上放开了。老板的脸色看不见了。同事的不友好看不见了。妻子的唠叨也看不见了。能够看见的是一辆又一辆车子从身旁疾过，能够看到的是速度表的数字在不断地颤动。他觉得不再压抑了，他开始兴奋起来。无论有多少车道，无论有多么危险的超车，他都不会让自己落后在人生的大道上。

于是，我们看到高速公路上险象环生。连大客车也不例外，它在快车道根本不在乎超车者的感受。特别是那些老牛负重般的大货车，也要在快车道上"过把瘾"。这样的状况，其结果就是连环追车、翻车，伤亡事故也跟速度表上的数字跳动成正比。

从文化幻象来看，高速公路上的速度症候群让人有些眼花缭乱。在这里，透过压抑的开车者的目光，我们看到的是真实的对象，是外在世界的存在，这种存在就是大理石、水泥地面、有颜料凝结在上面的防护栏、按某种频率振动的空气波、缝上书皮的印有文字的广告牌，等等。另一方面，审美对象是观察者以审美的方式体验真实对象时产生的存在。所以，它是观察者脑中的建构或重构，审美对象可能存在于真实对象不在场的时刻。一个人可以仅仅通过虚构的对象拥有审美体验。

例如，当我们重复记忆中的一首诗时，可以想象那些字母和相应的声音等。因此物质性的书本不是文学作品，而是使这部作品"定型"或是让读者接近它的一种手段。某种意义上说，一本书的物质特性或其他人工制品并不能反映固定于其中的审美对象的性质。无论你读的精装本还是平装本，《废都》依然是《废都》。

此外，仅仅阅读并不就是审美体验。正如仅仅看一座雕像不是审美体验一样。它们仅仅是审美体验的开端，接受者必须对审美对象的"场域"和"世界"进行某种精神建构。①

由于速度症候群的普遍存在，高速公路两旁的房子总是距路面有一定的距离。车毁人亡有时还会殃及四周，这是保持距离的理由所在。防护栏只能对一定的速度有缓冲的价值，对真正的高速无能为力。也许是心灵的不安，也许是经常听到或真正有过入侵者的遭遇，人们用铁栅栏将自己圈定起来。在大都市，这种状况很常见。比如，在巴西首都巴西利亚，当地居民就要用铁栅栏围起自己的住宅，"那一座座漂亮的房屋前面拔地而起的铁栏杆通常有一层楼房高，使人看后觉得这里的人们仿佛生活在牢笼里。在巴西首都巴西利亚的郊区，连贫苦家庭也在住所周围竖起铁栏杆。这样做既是为了防盗，也是为了向世人宣布他们已经在城市里夺得了一块个体领地。"②

就像高速公路上全封闭的空间一样，中国的城市居民楼也是这种状况。城市的形成与发展直接反映了人类生产和生活空间形成与方式的变迁，而且速度越来越快。从人类生存空间形成发展的历程看，它经历了由穴居到宅居，从逐水草而定居到择地而定居，从相对分散的农村定居到更为集中的城市聚居的转变。这一转变过程包括部落—小村—村庄—小镇—城市—大城市—城市群。③

如果说速度症候群让人们普遍感觉紧张、不安、刺激或兴奋的话，那么，它的造成主要是由于人们拥有的空间太少、人们总希望赶到前面更加广阔的地方实现心灵上的真正飞翔。所以，人们才会冒着生命危险不断地追赶着速度、追赶着前面的车辆。

高速公路的处境可以看作是城市居住现状的条件反射。英国学者在《城市经济学》一书中指出："现代城市居民出生在公共医院，在公立的学校和大学受教育，生活中的不少时间用在搭乘公共交通工具上，通过邮局和半公营的电话系统通讯，饮用公营的水，经由公共的污物处理系统清除垃圾，读公

---

① 巴雷特，纽博尔德. 媒介研究的进路[M]. 汪凯，刘晓红，译. 北京：新华出版社，2004：594-595.

② 瓦拉达雷斯，雅科. 巴西利亚人的住宅是城堡[J]. 信使，1999(9)：29.

③ 张鸿雁. 侵入与接替：城市社会结构变迁新论[M]. 南京：东南大学出版社，2000.

立图书馆里的书，在公园里野餐，受公安、消防、卫生机构的保护，最后死在公立医院，可能还安葬在公墓里。尽管是思想保守的人，他每天的生活也难以避免同政府以及许多地方公共服务的决策息息相关。"①

由于人多，一辈子都在排队的中国人，当高速公路将他们放到一个比较自由的境地的时候，他们难免不忘记速度牌上的限数，他们要奔腾，要赶在别人的速度还没有起来前超过人家。这不是与"让一部分人先富起来"相类似吗？由于不能让每个人同时富起来，那些速度快的人、手脚麻利的人就有可能走到时代的前列。就算天上掉下馅饼，也只有那些起得早的人才能从容地捡到啊！

那些捡不到馅饼的人怎么办？那些在高速公路上跑不快的人怎么办？或者说，那些在高速公路上超过限速而使车辆失控了的人怎么办？结果好像总是不妙。车毁人亡，伤人害己，这类事故太多太多了。究其因，那些冲动的人处于一种自杀者的幻觉境界。紧张、冲动、释放压抑，他们并不是忘乎所以，但他们一步步走向生命的悬崖：自杀。

涂尔干认为，无论何地，城市的自杀现象总要比农村普及。文明主要集中在各大城市，自杀也主要集中在各大城市。有时候我们甚至会看到，某些传染病的策源地竟然是国家的首都和重要的城市，疾病从这里逐渐会蔓延到整个国家。

他进一步指出："自杀数量的增长趋势证明了人类的幸福正在不断减少，而这种幸福指的正是平均幸福。"他对平均幸福概念的解释是："事实上，当我们说一个社会比另一个社会更加幸福的时候，是针对幸福的平均程度而言的，即社会普通成员所享有的幸福。他们既然具有比较相似的生活条件，就要受到相同的生理环境和社会环境的影响，必然会形成某种生活方式，继而形成某种共同的享受方式。如果我们把所有个人因素或局部因素从个人的幸福中抽离出来，只保留某些普遍因素和共同因素，那么剩下的便是我们所说的平均幸福。"只有所有人都享受到平均幸福，社会展现的幸福才是理想中的

---

① 巴顿. 城市经济学[M]. 北京：商务印书馆，1984：155.

幸福。①

因此，高速公路上的速度症候群之所以会酿成一个又一个灾难，就是因为它没有让所有人都享受到平均幸福。那些车子质量不好的开车者、开大货车的人与那些开着宝马、奔驰者相比，他们要在速度上较劲，因为别的时候、别的地方，他们想较劲都没法做到。现在好了，他们终于可以在同一条高速公路上奔跑了。"你超过我，难道我永远是一个落伍者吗?"他们有了这样的心情，还能不坏事吗?

八、西部笔记

高速公路从东到西、从城市到农村，穿过戈壁、荒漠，穿过森林、隧道，逢山开路、遇水架桥。在这样一部时代史诗中，最令人震撼的要算西部笔记的文化元素渗入其中。

在高速公路进行的文本中，政府决议中的"西部笔记"这一带有散文化的标题已经暗示了景观中神话般注入的观念。没有任何其他作品如此直接有效地涉及"西部崛起"这个主题：这一切并非徒具地理意义，而更是一个符号，一个有着"全民总动员"之力量的立国之本。在这个意义上，日渐崛起的西部也许用"新西部"来命名更合适。因为这有助于绘出容易理解的原始风景和社会肖像，同时结合了图像表述与精神震撼。

在此背景下西部粗粝的地表正映照在崛起之梦的光芒下，到处都是全新开始与乐观主义的灯塔。这种西部观念在过去是难以想象的激动，但在新时期高速公路的行进中得到了巧妙地暗示，随即便被细节淹没。在人们的记忆中，西部的风景上只能看到牦牛、寒风、拉拉稀稀的瘦干的野草和几个孤零零的个人，早已生活在这些地区的人们留下他们文明社会的佐证。他们面对衰落腐朽无动于衷，很少有住宅、电影院、店铺与街道，更不用提布告牌和霓虹灯了。在人们陈旧的想象中很难躲开这样的感受：文明曾经无可否认地到过这些地区，留下了它的印记，但大自然已经重新夺回了它对景致的控

---

① 涂尔干. 社会分工论[M]. 渠东，译. 北京：三联书店，2000：204-205.

制。

在西部笔记的文化元素中，眼下强调更多的是布告板与各种招牌，它们成为城镇之明显衰落的符号。招牌总是出现在风雨侵蚀的房屋门面、废弃的电影院或酒吧——它们所载的讯息不再有人领会。在一个由早已完全失声的匿名信息构成的环境结构里，频繁出现说明了它们的支配地位。所有遗留下来的是街牌、路标和公告，却绝没有一个能够理解并使用它们的人。先民们的智慧可以削弱对落后观念的攻讦，是大自然的吝啬才造成这里的贫困。而这里的贫困又突显了东部或沿海发达地区在改革开放后享受到的文明成果。作为文化资源和生命活力的表现，西部地区暗喻的文化优势是别的地方所没有的，它们成为西部崛起的理由。

除了极少的地区之外，早期西部的文化往往将对象抽离于它的周围环境之外，并赋予它寂寥荒野之中典型的戏剧性情境。这种情境唯有通过毫无遮挡的凝视，才有可能带给人清晰的视角与提示：原始的景物、房屋门面、格墙或大型招牌等等，都表明了生活在此的人们顽强的个性，和对未来充满的信心。西部笔记的文化元素其实也是中国传统优秀文化的一部分，在高速公路的开采中，它们愈来愈引起世人的兴趣，有一些甚至是十分独特的。在开放西部的过程中，这些文化元素无疑是需要保护和利用的。

有人对这些文化元素进行了分类和总结，并以笔记的方式对它们一一进行归类。这样一部小小的白皮书对于中国西部崛起之决策制定者们而言，其启迪意义当不可小视——

　　中国书法、篆刻印章、中国结、京戏脸谱、皮影、武术；
　　秦砖汉瓦、兵马俑、桃花扇、景泰蓝、玉雕、中国漆器、红灯笼（宫灯、纱灯）；
　　象形文字、木版水印、甲骨文、钟鼎文、汉代竹简；
　　茶、中药、文房四宝（砚台、毛笔、宣纸、墨）、四大发明；
　　竖排线装书、剪纸、风筝；
　　佛、道、儒、法宝、阴阳、禅宗、观音手、孝服、纸钱；
　　乐器（笛子、二胡、鼓、古琴、琵琶等）；

龙凤纹样(饕餮纹、如意纹、雷纹、回纹、巴纹)、祥云图案、中国织绣(刺绣等)、凤眼；

彩陶、紫砂壶、蜡染、中国瓷器；

古代兵器(盔甲、剑等)、青铜器、鼎；

国画、敦煌壁画、山清水秀、写意画、太极图；

石狮、飞天、太极；

对联、门神、年画、鞭炮、谜语、饺子、舞狮、中秋月饼；

鸟笼、盆景、五针松、毛竹、牡丹、梅花、莲花；

大熊猫、鲤鱼、芭蕉扇、风箱；

黑头发、黄皮肤、杏旗、黄河；

唐装、绣花鞋、老虎头鞋、旗袍、肚兜、斗笠、帝王的皇冠、皇后的凤冠；

泥人面塑、锄头、清朝大辫子、铜镜、大花轿、水烟袋、鼻烟壶、筷子；

华表、牌坊、寺院、古钟、古塔、庙宇、亭、井、黄土、民宅；

金元宝、如意、烛台、罗盘、八卦、黄包车、鼻烟壶、鸟笼、长命锁、糖葫芦；

玉佩、鹫、千层底、刺绣、丝绸、檐……①

以上这些西部笔记中的文化元素特征十分明显。不管你走到了世界上的哪一个角落，只要你拥有或理解这些文化元素，你一定跟华夏文明有着千丝万缕的关系。这些文化元素不仅仅存在于西部地区，在东部、中部或城市屋檐下，也会或多或少地存在，有一些已经被时间磨损，有一些因为主人的不珍惜而慢慢消失。但不管怎样，西部地区这种集束的、密集式的发现因为西部大开发而前所未有地呈现出来。作为国人的身份基因，这样的元素当然需要好好保护。

但高速公路的宏大话语和"西部大开发"的巨型语言对这些埋藏在地下的文化元素或流行于市民中的风俗民情必定会造成某种损坏。关键在于，让高速公路与文化联姻，让经济、地产和建筑等与文化携手，只有营造一种可

---

① 冯宗智. 中国传统文化元素有哪些？[N]. 中国经营报, 2005-6-30.

体验的精神空间，把发展当作手段，把家园变为不单单是一个可供住宿的地方，更为人们提供一种精神或文化等深层面的归属感，唯其如此，西部崛起才不失其意义。

换言之，西部的荒凉只是暂时的，但西部的文化却是永远的。

九、环形剧场的意志

高速公路俨然一个环形剧场。在这里经过的每一辆车、每一个人都在人生的舞台上进行或长或短的演出。听不到呐喊或掌声，但你能感受沉默的观众在远远地注意你。你的一举一动，你的一言一行，尽管隔着厚厚的玻璃，仍然被电子记录眼扫描得一清二楚。

速度是如此地快。没有聚光灯，但你的视觉意志得到了充分地考验。

不妨设想一次难忘的旅行吧。你放弃铁路和航空，坚定地选择了乘坐大巴从高速公路直奔目的地的方式，这本身并没有什么特别的理由，也一点都不令人觉得奇怪。你没有什么其他不适之感，但是不久，你突然觉得你的右臂和右腿完全麻痹了。这种麻痹是间歇性的，因而你有时显然也能完全正常运动。几小时以后，这种麻痹依然持续下去，并且还伴随着右脸肌的感染，由于这种感染，你的言语声只能很轻，并且很吃力。你完全麻痹时期的状况，只能做这样的描述：你在想移动肢体时，感到无能为力；你绝不可能用意志引起运动。反之，在不完全麻痹阶段和渐愈时期，你则觉得你的臂与腿是十分巨大的负担，你用极大的努力，才能把它们举起。

你觉得事情很可能是这样的，即这种情况除了麻痹的四肢的肌肉以外，是由其他肌肉的有力的神经支配活动引起的。麻痹的肢体的感受性，只有大腿的一个部位是例外，其他部分都完全保留下来，从而使你还能知道肢体的位置与被动运动。

在高速公路的奔跑中，你发现，麻痹的肢体的反射兴奋性有异乎寻常的提高，而这主要是在受到极其轻微的惊动时由剧烈的抽搐表现出来的。视觉与触觉的运动印象保留在记忆里。同时，也发生了运动的幻觉。你以为你能感觉到这只麻痹的手的张开与合拢，在这种时刻它的全部活动似乎受着一只宽敞而紧绷的手套的限制。但你在注意这个现象时却相信，这里绝没有任何静止的迹象。对于这只手的屈肌你只有很少的控制能力，对于它的伸肌你则完全没有什么控制能力。

从眼肌出发的感觉，意义很小。人们通常不大注意眼睛的运动，并且对象在空间中的位置始终不受这种运动的影响。如果设想两个覆盖着活动网膜的球面，它们在空间中固定不动，而网膜则转动，那么，人们略加思考就会相信，所视对象的空间量值只能用固定球体上的两个反映位置加以规定：一种取决于网膜上映象点的坐标，另一种取决于视觉点的坐标，这些成分在视觉点随意变化时都经历了相互补偿的变化。

如果现在人们不承认神经支配过程的感觉，而否认在周围刺激起来的眼肌运动感觉的重要性，那就只剩下一种选择，即把注意力的位置视为取决于一定的心理生理过程，而这种过程同时也是物理环节，它引起眼肌的相应的神经支配活动。但这种过程毕竟是一种中枢过程，而"注意力"也毕竟几乎不同于"视觉意志"。①

值得一提的是，视觉意志在一些原始土著身上体现得并不明显，原因在于其对世界讯息接受和处理的感官功能不同。比如，对许多非洲人而言，眼睛仅仅被看作是意志的工具，而不是接收的器官。耳朵才是主要的接收器官。造成非洲人对文字的不敏感，是由于词语写成文字之后，它们就成了视觉世界的一部分。像视觉世界中的大多数成分一样，它们就变成了静态的东西，因此就失去了听觉世界一般非常典型的动态特征，尤其是口语世界的典型特征。书面词语失去了许多个人色彩。听见的话通常是针对自己的，看见的字多半不是针对自己的，因为它可以阅读，也可以不阅读，全凭各人的兴之所至。写下的字失去了许多感情色彩和强调的言外之意。因此一般地说，语词成为视觉的文字之后，对观者来说成了比较冷漠的世界——这是语词的"魔力"被抽空了的世界②，与视觉意志存在较大的差异。

有人对此做了生动的分析：在拼音字母技术的内化之中，人从耳朵的魔

---

① 马赫. 感觉的分析[M]. 洪谦等，译. 北京：商务印书馆，1986.

② 麦克卢汉，秦格龙. 麦克卢汉精粹[M]. 何道宽，译. 南京：南京大学出版社，2000：174-75.

力世界转入中立的视觉世界。这种环境是统一的时间和统一而连续的空间。在这里，"原因"是高效的、序列的。事物的运动发生在单一的平面上，都是按前后相继的顺序展开的。但是，非洲的儿童生活在隐含的、富有魔力的、铿锵的口语世界之中。他遭遇的不是高效的原因，而是轮廓场中的显形原因，任何无文字的社会都要培养这样的轮廓场。

卡罗瑟斯说：乡间的非洲人主要是生活在一个声音的世界里——这个世界对听话人来说，装载着直接而亲切的意义。相反，西方的欧洲人主要是生活在一个视觉世界里——这个世界总体上对他是冷漠的。因为耳朵的世界是一个热烈而高度审美的世界，眼睛的世界却是一个相当冷静而中性的世界，所以对听觉倚重的人来说，西方人看上去的确是非常冷冰冰的鱼。[①] 在这样一条冷冰冰的鱼的眼里，视觉的变化与调控出于下意识的本能活动，意志的刻痕并不明显。

但是，高速公路却使人们真正体验了视觉意志的强烈变化，其精细的感受对于你的人生观来说都有着重要的意义。艾略特曾说：历史上有许多狡猾的通道、机巧的走廊和问题，它们用耳语的野心欺骗我们，用虚荣来引导我们。历史不是事实的编纂，而是对生活动态过程的洞见。这样的陈述与莎士比亚所说的有异曲同工之妙：满天的星辰，在运行的时候，谁都恪守着自己的等级和地位，遵循各自的不变的轨道。在高速公路上行驶，以及在人生的轨道上行驶，又何尝不是如此呢？历史过去了，但你感受到了。无论是视觉意志或是天体轨道，每一物体都有其内在的规律。当你用一种规律去限定另一种规律时，麻烦就会不期而至。比如，你在环形剧场里开枪，即使枪口对着天花板，那刺耳的声音也一定会恐吓住所有在场观看的人。

换句话说，这个声音不协调，它出现在不该出现的地方。人们可能注意到"剧院里开枪"的不和谐状态，可对类似的情况并没有上升到举一反三的层面去思考。比如，汽车造成都市非集中化的极端形态，并且很快引起管理集中化的极端形态，其间的隐喻是不言自明的。萧伯纳在《卖花女》中写道：魅力从她的每一个毛孔汩汩流出，她在打蜡的地板上翩翩起舞。人们喜欢欣赏

---

① 麦克卢汉，秦格龙. 麦克卢汉精粹[M]. 何道宽，译. 南京：南京大学出版社，2000：173.

卖花女的魅力，可对随之而来的危险并无足够的警觉。

原因在于，新环境的变化。《老子》中曾有"明道若昧，进道若退"之说。因为新环境中显而易见的东西实际上是旧东西的幽灵。出现在电视上的电影。出现在电传上的是原来就有的书面词语。昧而不彰的变化之力是新的速度，新的速度改变一切力量的形态。新速度创造了隐蔽的新背景，在新背景的衬托下，老背景成为已经退场者的形象。退场者的功能是提示隐蔽的新环境。

德布罗意在《物理学的革命》一书中指出：经典物理学忠于笛卡尔的理念，给我们说宇宙很像是一座巨大的机械装置，可以非常精确地加以描绘，其零件分布在宇宙各地，它们在时间的流动中变化……然而这样的概念要依赖几个隐含的假设。我们几乎在不知不觉中承认了这几个假说。其中之一是，我们几乎本能地将自己的感知分布其中的时空框架，一个完完全全僵化和凝固的框架。原则上，每一个物理事件都可以非常精确地被分派到框架中的某一个地方，不依赖它周围正在发生的一切动态过程。①

高速公路的动态过程从一开始就形成了，尽管它是以全封闭的形态体现出来。它被视为环形剧场，就是要求这个世界的居民不仅当一个合格的观众，而且参加剧组的创作，从中明白：失去传统形态的身份和忠诚即使人人得到解脱，又使人人游离于别人的游戏之外。对自然的尊敬就是对自己家园的尊敬。事实上，从"把自然当作美"走向"把自然当作力量和财富的源泉"，这一场深刻的裂变是突然发生在市场经济转型之中的。因此，我们应当把自然当作一件艺术品来处理，珍惜它释放的氧气和能量，而不是粗暴地撕裂它。

总之，高速公路的环形剧场不希望听到刺耳的枪声，而希望看到遍地的鲜花绿草，以及连绵不断的像云朵一样悠闲的牛羊、马匹和诗意的黄昏……

---

① 麦克卢汉，秦格龙. 麦克卢汉精粹[M]. 何道宽，译. 南京：南京大学出版社，2000：155.

十、网络时代的孤独

犹疑。焦虑。紧张。茫然。一封又一封电子邮件发出去了，电脑屏幕上是一片空白；一辆又一辆车疾驶过去了，公路上留下一阵战栗。

在人潮汹涌、纷繁忙碌的都市中，有不少人每天都在为事业打拼，也换来丰厚的回报。他们的生活十分简单，除去每周几次去体育馆健身外，几乎所有私人时间都是在家里度过的：看书、看电视、看碟、玩游戏、上网，几乎不与身边朋友保持联系，即使周末也是如此。

他们天生就不爱折腾，有着自己的生活空间，每天在办公室度过十二三个小时，吃盒饭和方便食品已成为习惯。他们穿着简朴，举止文雅，生活欲望低，喜欢独来独往的生活，对婚姻的需求并不迫切。他们认为爱情是可遇不可求的，因此不会花太多心思和太多的时间去追求和讨好异性朋友。他们不会为了社交而去社交，尽量使自己的人际关系简单化。他们从事的职业大多压力较大，竞争激烈，常常处于高度紧张的状态。所以有限的一点私人时间便显得非常珍贵，他们宁愿摒弃社交，一人独处。

当每年两次的黄金周来临时，他们不会去挤高速公路的末班车，不愿到名胜古迹留下"到此一游"的回忆。他们更愿意待在自己的房间里，更加疯狂地享受孤独。电子为他们提供了虚拟的精神空间，高速公路则为他们提供了身体的空间。如果愿意，他们可以将精神空间与身体空间结合起来，做一个真正的"孤独贵族"。

一颗心灵寻求理解而不可得，是因为现代文明切断了感受社会的情感的神经。这是电子时代都市孤独症的新特征。从心理学上分析，孤独可分为三种类型：第一类是慢性孤独。这类孤独是由于一个人长期以来一直没有获得一个满意的人际关系网而产生的。人是社会性动物，任何人的健全的社会生活都必须有完整的社会关系网络，以满足社会性的需求，获得依赖，享受亲密感，享受友情、爱情，彼此认同，表达好感，得到心理和情感上的支持。

第二类叫作转换型孤独。这类孤独是由于社会关系网的丧失所引起的，如至亲至爱的关系中的某个人离世，婚姻关系破裂，工作、生活环境的变换导致原有的情感维系中断，陷入孤独。

第三类是日常暂时性的孤独。这种孤独是短暂的、偶尔发生的，这种孤独即使是生活得非常幸福的人们也会有所体验。

从这三种分类来看，慢性孤独、转换型的孤独都是由于社会网络的缺失而引起的，而暂时性的孤独，或许只是一种寂寞或无聊。

但是，仅仅把孤独综合征归咎于缺乏社会网络似乎也不够充分，人们都说中国社会是一个关系社会，人们很注重营造自己的社会关系网，家人、亲戚自不用说，朋友、同学、同事、战友、老乡、生意伙伴、网友，许多人的社会关系的网络不可谓不庞大，网络间的联络方式又极为方便，固定电话、移动电话、手机短信、电子邮件、实时在线聊天，人们可以随时随地保持联系，但是为什么还会感到孤独呢？

应当说，造成孤独的原因有很多，个体差异性很大。孤僻消极的个性是内因；现代都市的拥挤、社会竞争的加剧、生存压力的加大、信息的泛滥是外因。此外，戴着面具的职业角色，以及单门独户、封闭的现代住宅也是诱发都市孤独症的原因。

孤独感产生后随之带来的通常是情绪低落、忧郁、焦虑、失眠等不健康状态。心理科医生指出，有孤独倾向的患者来就诊时并不知道自己症结在此。他们的失眠、焦虑等临床症状严重影响了正常的工作和生活，结果就医时发现已患了严重的孤独倾向，也就是说，是孤独倾向直接或间接造成了上述症状。

孤独能够解除吗？能够解除的孤独算得上真正的孤独吗？有人说，走出家门，跟朋友相聚，你就不会孤独。果乎此，孤独便只是一场无聊的游戏。只有心灵的落寞像水稻一样生长，那才是孤独。真正的孤独是不需要安慰，不需要解除，也无法安慰，无法解除的。你见过老虎眼中发出的寒冷的光芒吗？

事实上，电子时代的孤独综合征有如荒诞派戏剧表现的两难处境一样：行动的人似乎并没有卷入自己的行动。经过3000多年专业分工的爆炸性增长之后，经历了由于肢体的技术性延伸而日益加剧的专业化分工和异化之后，我们这个世界由于戏剧性的逆向变化而收缩变小了。由于电子技术使地球缩小，我们这个地球只不过是一个小小的村落。一切社会功能和政治功能结合起来，以电的速度产生内爆的因素，改变了中老年、少年和其他一些群体的社会地位。从交往受到限制的政治意义上说，要遏制这些群体已经不再可能。他们现在与我们的生活息息相关，正如我们与他们的生活紧紧地纠缠在一起一样，这可得归咎于电子时代的媒介。

高速公路把人推进到拥挤的忧虑社会里，因为电子技术的内爆迫使人承担义务并参与行动，他完全不能顾及个人的任何"观点"。观点的偏颇性和专一性在电子时代完全行不通，无论观点是多么高尚。在信息这个层次上，也发生了同样令人不安的变化，宽泛的形象代替了纯粹的观点。

如果说 19 世纪是编辑的座椅的时代，那么我们这个世纪就成了精神病学诊治台的世纪。椅子作为人的延伸，是从臀部分离出来的专用家具，是从这部分器官分离出来的独立结构。与此相反，精神病学家的诊治却使整体的人得到延伸。诊治台清除了表达个人观点的诱惑，排除了使事情理性化的需求，所以精神病学家要使用让病人躺下的诊治台。①

高速公路快速地使人从一个城市到达另一个城市。但高速公路使人变得懒惰起来：明明花了一两个小时可以到达目标人面前，可就是懒得付出行动。他们宁愿打一个电话，或者发一条短信，或者写一封电子邮件完事。他们在虚拟的空间非目标人交谈太多，在虚拟的社区留恋太久，那里热闹太甚，这使得他们在真实的生活层面上反而渴望安静，渴望无为，渴望孤独……

因此，当老虎在森林中发出吼声的时候，究竟是孤独的释放，还是孤独的展示呢？

里尔克写道："上帝啊，我的房屋没有屋顶，雨落进了我的眼里。"

里尔克又写道："谁这时没有房屋就不必建筑，谁这时孤独就永远孤独！"②

诗人没有故乡，注定他永远寻找故乡。里尔克在给他的女友的信中写

① 麦克卢汉，秦格龙. 麦克卢汉精粹[M]. 何道宽，译. 南京：南京大学出版社，2000：225.

② 里尔克. 里尔克诗选[M]. 绿原，译. 北京：人民文学出版社，1996.

道："你知道吗？倘若我假装已在其他什么地方找到了家园和故乡，那就是不忠诚。我不能有小屋，不能安居，我要做的就是漫游和等待。"

是时候了。在伟大法则来到诗人内心的时候，诗人自感自身仍未做好准备，所以有一种焦虑，让他徘徊，游荡在词语之间进行思考。这并未让他消沉，反而因体认到这种伟大事物而生出了决心。诗人承认自己之存在不够丰盈，但又因为打开了自己的命运之门而无比激动。

这是作为诗人的里尔克对绝对孤独的一种彻悟及自省。我们阅读这样的文字，就能体味到秋日的肃穆与崇高，以及孤独之心的颤抖。

第二章　诗意的叙事

起初，神创造天地。地是空虚混沌；渊面黑暗。神的灵运行在水面上。

神说："要有光。"于是就有光了。

神看光是好的，就把光与暗分开了。神称光为昼，称暗为夜。

有晚上，有早晨，这是头一日。

——《圣经·创世纪》

一、旅行中的速度

我们每时每刻都在跟叙事打交道，无论是否愿意，无论心情怎样，我们都要面对叙事。我们的言语，我们的讲话，我们的行为，我们的思想，我们的交往、表达和书写等等都离不开叙事。通过叙事，我们像音符找到提琴一样实现自己的行为目的；通过叙事，我们像森林找到阳光一样使梦想变得丰富多彩；通过叙事，我们像爱情找到玫瑰一样让所有的文字、符号、空气、水分都赋予独特而神圣的意义。

正如符号学大师罗兰·巴特所指出的那样：这个世界的叙事数不胜数。首先，用以叙事的各种样式数量惊人，这些样式本身份布在不同的物质之中，就好像任何材料都可以用来讲故事：口头的或书面的谈话、移动或固定的形象、手势和所有这些东西的有组织的混合体都可以支持叙事；在神话、寓言、故事、悲剧、喜剧、史诗、历史、哑剧、绘画、电影、连环画、新闻和交谈中都能找到叙事。不仅如此，在这些几乎是无穷无尽的形式中，叙事伴随着人类历史的开始而出现；任何地方都没有也从未有过没有叙事的民族；所有的阶级和所有的人类团体都有自己的故事，而这些叙事往往为文化不同的、甚至截然相反的人们所享有；在好坏文学之中，叙事从不偏好好文学；叙事是国际性的，它跨越历史，跨越文化，它像生活一样，就在那儿。[1]

众所周知，任何叙事都有着一定的构成元素，这些元素像高楼大厦的一砖一瓦一样严格按照设计家的审美趣味和内在结构支撑着各自的话语秩序。那么，高速公路的叙事元素又是什么呢？除了叙事舞台上的主角（叙事者或受叙者）这"万物之灵长"的人之外，高速公路上其他一切东西，譬如它的内部建构，它的精神态势，它的思想脉络，连同车辆、天气、噪声、速度等等都是叙事元素的话语系统。例如，高速公路上按相应规定设置的交通标志、标线、立面标记、紧急电话、公路信息板、公路通讯、监控、收费设施等交通管理设施。而在叙事家族的族谱上，各单位元素又可分离出一棵细节繁复的家谱大树。比如，公路上设置的警告标志、禁令标志、指示标志以及指路标志等就是交通标志这个母系族谱的兄弟姐妹，而标志的名称、设置位置、形状、尺寸和颜色等则是执行/操作叙事的家庭范畴。

一般而言，高速公路和一级、二级公路都设置有齐全的交通标线。运输繁忙的三级公路以及视距不符合要求的路段，都会设立分道行驶的行车道中心线，同时尽量利用跨线桥的墩、台、上部构造以及交通岛、安全岛等设施设置立面标记。为了应对叙事的突发性，高速公路在适当的间隔内均设置紧急电话，供驾驶人员及时向管理机构报告事故、故障和求援等。在特大桥上，还会根据需要设置紧急电话。

当叙事发生到一定阶段，要求参与的各元素便是全方位的。比如，高速公路在必要路段会设置公路信息板，随时将气象、交通情况以及与之有关的交通限制等通知给驾驶人员。管理者还会考虑可能发生事故（如火灾、交通事故、堵塞等）的地段，根据需要设置交通监控设施。作为叙事元素的一个

① Barthes R. The semiotic challenge [M]. New York：Hill and Wang, 1988：89.

重要组成部分，在收费公路上，有关方面会根据交通量大小和收费方式合理确定收费口数量和收费广场规模。

此外还有公路管理房屋，包括生产生活用房及场地，为保证叙事的有序进行和整齐美观，它们大多以布局合理、设施适用、环境整洁、方便生产与生活作为实用生活美学原则，根据不同等级公路管理工作的具体内容、劳动组织、机械配备等在适宜的地点设置。

例如，公路与公路平面交通的形式，就要根据交通量大小及交叉口地形等情况选定。平面交叉路线应为直线并尽量正交。当必须斜交时，交叉角应大于45°。平面交叉点前后各交叉公路的停车视距长度所构成的三角形范围内，应确保"通视"无障。当条件受限制时，这两个停车视距均可减少30%，并会在适当位置设置限制为平坡。紧接该段的纵坡，一般不会大于3%，困难地段也不会大于5%。而在高速公路与其他各级公路交叉地段，叙事的风格都采用立体交叉式对话方式。立体交叉形式将根据具体情况采用互通式立体交叉或分离式立体交叉。互通式立体交叉的形式、设置的间距及加(减)速车道、匝道的设计，都会根据有关规范及具体情况确定。

当公路的长龙与铁路"老大哥"发生碰撞或冲突时，如何保证叙事的顺利进行？此时的叙事构成有着严格的科学定律，因为任何一点马虎或不负责任地"王顾左右而言他"都将导致难以估量的灾难，因此，这样的叙事往往庄重肃穆，以量化的方式发表精确见解。即公路与铁路平面交叉时，交叉路线两侧应各有不小于50 m的直线路段，并尽量正交；当必须斜交时，交叉角应大于45%。在平交道口处，应保证汽车距离交叉道口相当于各该级公路停车视距并不小于50 m的范围内，能看到两侧各不小于规定的距离以外的火车。当受条件限制，在距铁路轨道外侧5 m处停车，应能看到两侧各不小于规定的距离以外的火车，以确保安全。当不能保证上述规定的要求时，应按有关规定设置看守……

总之，高速公路上的叙事元素不胜枚举，这些像电脑机械板上密密麻麻的节点和线路设置一点也不妨碍智力卓越的人类用魔幻般的组织能力将它们一一归纳整理，各就各位，共同构成千军万马般的叙事集体。在这个或沉默或喧闹的价值链条上，路线、路基、路面、隧道、桥涵、车辆及人群荷载等这些基本元素往往在风景的外部以各自的方式抒写一部快速流动的辉煌的历史。

二、车道的规则

暮春之间，当你怀着好奇或者感恩的心情匍匐田埂的时候，你能感受到水稻拔节的声音、大地本身的交流声、蛙声和虫鸣。这一曲和谐的奏鸣曲是由天地万物依照各自的行为规则在叙事学的严谨指挥下共同奏响的。

没有规则无以成方圆。高速公路的车道设定也有着其固有的行为规则。无论是根据集纳的方式，还是统计学上的历史陈迹，它们都坚定地站在认知时间、文化和速度的另一端。在过去，几乎过量的努力付诸一个又一个实践，行人、轿夫、贩夫走卒和三教九流都游走于这条尚未开发的大道，希望以此提供更有力的世界认知。现代技术的发展几乎以准民主的方式侵蚀所有题材，不管这个题材是多么遥远。而拜超级现代的数字化技术所赐，现在的认知能够以任何方式在视觉和感觉上重建仿造的"真实"。每一个单独的车道，每一个最小的叙事单位，车流、石头和钢筋水泥都可以被改变。既然已经不再有原本，也就不再有任何"事实"的证据。叙事的组织学在时间历程中的属性完全改变了，从独一无二的乡间小道，到数字化克隆后的电脑图形，叙事的不同风格以惊人的速度出现并且繁殖。在人类史上空前的范畴，我们遭到叙事的轰炸。

然而，高速公路从一开始就统领了一切，它不容置疑的专制和从容不迫的意志力是空前的。在话语之外，它用权力制订规则，用"封闭性"保证了横向无干扰、行车速度快、通行能力大，从而实现它高效、安全、节时、舒适的优势性；但另一方面，它走上了一条反民主的道路，人为地阻隔了车辆和司乘人员与外界的联系，并给部分旅客和车辆带来不便和困难。但是自由畅通有时需要牺牲民主、甚至以生命作为必要的代价：由于驾驶员必须保持精力高度集中，容易造成精神上的疲劳；更由于线路线型单调，也易引起驾驶能力的降低，导致事故率上升。

当然，安全与自由是连在一起的。而与自由相关的不仅仅是人与人和人与物质世界。一个生活在现代都市并且在高速公路上奔驰的人对于物质方面的选择或许比生活在贫困的乡村多，但这并不意味着他有更多的自由。如果你不遵守车道的行为规则，在乡村也许更安全、更自由。

有一些人喜欢思考深刻的问题，比如那些个人自由的倡导者对于民族自由是持充分肯定态度的，但对于民族自由的追求并不必然增进个人自由。由于民族间各种差异与对抗，有时，大伙宁可选择一个本族的专制君主以牺牲个人自由的代价换取民族自由，而不是选择一个外族多数构成的自由政府（即便在这个政府个人自由会大得多），而这种民族自由的诉求还可能成为被专制政府利用来限制个人自由的借口。而更多的人将能力与自由混为一谈。

针对这种现状，哈耶克指出："这种视自由为能力或力量的观点，一经认可，就会变得荒诞至极，使某些人大肆利用'自由'这一术语的号召力，去支持那些摧毁个人自由的措施……有些人甚至可以借自由之名而规劝人民放弃其自由。"[①]中国的"大跃进"和历次政治运动，都论证了这一观点的正确性。对于能力与力量的迷信还可能导致集权性的国家，因为人们相信"人多力量大"，集体的力量总是超过个人的力量，而集体的力量在通常情况下都是通过强制性手段才能达到——因为人的差异性决定了强制的有效性。正如哈耶克所说的"控制环境的集体力量观取代了个人自由观，而且在集权国家中，人们亦已借自由之名压制了自由"。

车道规则的设计者也许没有考虑这么多，但叙事者或受叙者可以按自己的方式思考一些细小的事情，使紧张的叙事变得更紧张，或者使紧张的叙事变得很轻松。你在快速行进，你的动力来自车道本身的秩序和力量，而不是一些包括民主、自由在内的宏大话语，尽管你也想到一些东西，比如否定性自由/消极自由和肯定性自由/积极自由。你一旦进入这个误区就等于进入了危险领域。因为，在哈耶克思想里，他的自由观是消极自由：它描述某种特定的障碍——他人实施的强制——的不存在。它要求别人不做什么——否定性命令，而不是要求别人做什么——肯定性命令。别人不对叙事者实施强制，这就保证了个人的自由。

---

① 哈耶克. 自由秩序原理[M]. 北京：中国社会科学出版社，1997：3-18.

"自由虽不保证我们一定获得某些特定的机会，但却允许我们自由决定如何处理或运用我们所处于其间的各种情势。"这样的话是不适合在高速公路上思考的，在城市高楼上的办公室里，要明白这样的话语都十分困难，何况奔驰在速度飞腾的路上？你一定被弄得疲惫不堪，这绝不是车道规则的设计者所愿意看到的。

幸而，车道的前方就有加油站，离加油站不远的地方还有停车场、商店、急救站、医护站、修理所、供水系统、浴室、餐馆和公共厕所，等等，所有这些，都是保证车道在叙事过程中的顺利行进的。如果你是一个用另一种认识系统（比如说语言和文字）进行叙事的公路"他者"，你仍然可以依靠车道两旁或前方的交通标线获得信息，做出英明决定。这些嵌画在道路上的各种线条、图线、文字、符号和设置在路上的立面标记、突起路标及路线轮廓都是公路庞大叙事系统的组成部分。

技术再现的时代已经进入一个全新的维度。随着电子监控仪的出现，技术革命的年代将超越它自身，并将获得彻底胜利。车道设定的行为规则考虑了公路上叙事主体的方方面面，例如，交通标线不仅规定用白色和黄色，而且细分出指路、警告和禁令等不同语符的意义。研究表明，在困难的视觉如低亮度、快速显示等条件下，图形符号信息无论在辨认速度还是在辨认距离上均比文字信息要优越。用图形符号来表征信息的另一优点是不受语言、文字的限制，只要设计的图案形象直观，不同国家、不同民族和不同语言文字的驾驶人员均可理解、认读。这就是车道四周布满树叶般的图形之原因所在。

当你从匝道进入叙事中心，在行车道进行大面积的抒写，在超车道做出翻页的决定，你浏览四周，除了滚动式交通电子情报板"请遵守交通规则"（红色）和限速数字显示板，你还很容易找闯入你脑海里的各种话语符号，比如，你看到了熟悉的加油机和扳手等符号标志，你明白强度写作到了该休息的时候了，因为前面就是停车区，车道上的预告标志已经清楚地用一个杯子表明你可以坐下来喝一杯茶，休息一下了。

三、视野里的绿

　　高速公路就像一部文学作品，有开头、铺垫、过程、高潮和结束，而绿化带贯穿于叙事的始终，有着抒情意义上的两极，我们称之为艺术和美学。艺术指的是由作者(道路管理者、路桥工程师和一线施工人员等)创作的文本，而美学指的是由读者(司乘人员、乘客和旅人等)完成的美学现实。绿化带的精神学意义就作者而言，它是创作走势、个人性格、历史记忆、生活经历和叙事风格的外化；而就读者而言，它是集体经验、美感、舒适和诗意生活的具体化。

　　换言之，绿化带对设计者而言，意味着浪漫主义的花朵找到了叙事的精神土壤；对使用者而言，则意味着现实主义的草木找到了抒情的大地关怀。

　　从叙事学的实用意义上看，绿化带具有诱导视线的作用。因为人的视野存在宽度和空间深度的发展态势，车辆行驶时视野是按道路前方情况而变化的，画面的形状、内容及深度、宽度不断变化，形成"车行景异"的动态景观。路旁的绿化带是在视野所及范围内的重要参照物，成片成行的树木花草，可以成为人的视觉器官的屏障，给人以安全、舒适的享受，起到诱导交通的作用。用树种或植物方式的变化表达所辖界限的变换，作为醒目的标志，也是叙事符号学上的一种表现手法。在高速公路毫无修饰的故事进行中，必要的构造物如桥梁、涵洞、挡土墙、护栏、广告牌等都是单调的构造物，是基本的叙事元素，并未起到美化作用。只有绿化带，让紧张的叙事出现片刻的松弛，让绷紧的琴弦得到瞬间的休息。特别是夜间行车，绿化带的植皮和树木还可以防眩遮光，在一定程度上减少了叙事的危险和车毁人亡的悲剧发生。

　　具体地说，绿化带的叙事内蕴至少包括在公路用地范围内进行绿化、美化路容和保护环境三个方面。高速公路均应进行专门的绿化设计，协调环境景观，其中有一些叙事原则，比如，在公路路肩上不得植树。在公路交叉范围内和弯道内侧植树，则应满足视距要求。粗细树枝及矮林均不得伸入公路建筑限界内。

　　在精神指涉的向度上，绿化带的物质范畴包括树木、花卉、草坪、经过管理的天然植物、池塘水面、园林小品等；若按组织构造来分则有行道树、片林、林带、灌木丛、草坪绿地等。其强音表达主要表现在中央分隔带上，由于面积较宽，它的绿化，在整体景观中有防止眩光、诱导视线等作用，因而最为叙事学中的设计者和使用者所看重。

至于公路两侧的绿化带，以及在路肩外护栏至公路边界护栏间，营造各种形式的绿化带，这种散文诗般的叙事，主要起着防护和改善景观的辅助作用，是时间性的节点，是写意画中的山影或画家的图像。而绿化带的重大主题，主要体现在生物防护绿化工程的诗学路途上，对易于遭受水毁、塌方和水土流失严重的道路、高路堤、边坡、桥梁引道边坡等处采用草坪、灌木及小冠花、活柳坝等生物防护措施，以控制道路的自然灾害，保证叙事的永远畅通。

每一章都有一个叙事核心，景点绿化是核心中的精神具象，它包括桥头、立交桥环围区、桥涵隧道、上下边坡、停车场及高速公路附属服务设施的绿化及其他风景点、园林小品等，在叙事路数上，往往采取提供过路行人多样性景观，用最佳风景特征的抒写方式引人入胜，从而避免高速公路在叙事前行中景观的单调和意义的苍白。

绿化带的精神学意义主要是为公路上行进的广大读者提供审美对象。这是一种全新的艺术欣赏，而艺术欣赏作为大众的解码活动，读者必须具备一定的知识储备，比如说对于艺术作品的编码方式（比如十四行诗的格律）的基本掌握，而这种知识储备是需要教育的，并不是所有的人一出生就对交响乐或十四行诗有一种欣赏能力。[①] 对绿化带的理解也需要教育，读者应当具有相关的知识储备，否则就会遭遇意义的重创，使绿化带成为与水泥、钢管无二的原始物语。

庆幸的是，"人在车上坐，犹如画中游"。这已成为叙事者与受叙者精神指涉的目标共识。打开高速公路这部新时代史诗，我们欣喜地发现，公路两边不见了一行行干巴巴的水泥挡土墙的枯燥叙事，取而代之的是绿树草皮真

---

① 陶东风. 日常生活的审美化与文艺学的学科反思[J]. 中南大学学报(社会科学版)，2005(03)：312.

情而惬意的抒写，即便是在地质复杂的红砂岩陡壁上也采用了网架植草的表述方式，使图案不一、形态各异、风光无限的自然景观以立体再现的手法诗意地呈现出来。据道路建设者说，这些叙事在原来的设计方案上是没有的，把水泥墙改为绿树草皮，小小改动，意义大不一样：造价虽然高了许多，但却多了绿色、花卉、氧气和水分，保护了生态环境。当你进入一个个流动的大小花园时，你所获得的精神价值怎能用物质的银两计算出来呢？看着沿途绿化带上推动叙事前进的女贞、棕榈、杜鹃、桂花及许许多多不知名的绿树与新西兰或马尼拉草皮高低错落，相映争翠，你精神大振，情不自禁地发出由衷惊叹："这样的高速公路真是太美了！"

四、监控中的自由

当速度达到 100 码或者 120 码的时候，人们在高速公路上总能看到一个又一个警示牌。叙事进行到一个转弯的角度，这种警示更带有深情的安全呼唤。然而，人们往往不以为然，总以为是某种潜伏的电子监控带着科学技术的手段跟某个叙事的主角形成对峙，甚至让叙事突然中断。

客观事实是，为了惩罚胆大妄为者，为了让所有叙事都按照正当的速度和规律在既定的章程内顺当地进行，电子监控是必需的装备。大多数时候，它设立在公路的交叉路口，跟红绿灯保持友好的距离，并且亲密合作，共同奏响时代颂歌。但有的时候，它更希望安插在隐蔽处，在三月的挡风口，在潮湿的树荫里，在人的心灵上投下一个挥之不去的影子。

由此，它获得了一个令人不安的名字：窥视者。通过窥视而监控，通过监控而约束，通过约束而规范。这种窥视在叙事学上跟阴谋无关，尽管激进主义者已经为它编织了"莫须有"的罪名。

如果从病理学上解剖，人们容易看到：窥视，是人的一种本能，虽然它可能会引发道德上的焦虑和法律上的后果，但人长了一双眼睛，除非瞎掉，不让它们去看是不可能的。明地里看和暗地里看，不过是看的两种方式，正如世界上有白天和黑夜，看世界也有看的方式上的区别。而或明或暗的电子监控镜头，很大程度上就是一种窥视行为。黑下来的路段，或叙事疲惫到一定程度，你的思想开了小差，你的约束失去控制，车飞起来，速度在脚上无知地往上蹿。此时的电子眼睛正埋伏在暗处，明亮开阔的公路，是它们观看的对象，你在车子里，你的行动受制于座位，与镜头保持着若即若离的距离，这种情景从病理解剖学上说就是窥视。虽然看高速公路的叙事表面上是一种集体行为，但黑暗或隐蔽处使每一个叙事者都有了一定的独立性，这恰恰是一种典型的窥视，①只不过窥视的内容都发生在公路上，并不会一定程度上引发现实中的道德焦虑和法律后果：罚款往往是最简单的叙事停顿。

高速公路上的监控设施是对信息的收集、处理、编辑和解码。飞驰而去的一辆辆汽车就是一团团奔腾而来的信息，电子监控以卫士般的眼睛坚守自己的叙事职责。在信息爆炸的年代里，任何一辆车的出轨，所引发的不仅仅是道德上的后果，更是生命的残缺或花朵的凋谢。

事实上，人类的信息已经异化为压迫人自身的存在物。人在驾驶室前坐着，就把自己的注意力投入了被观察的对象。当人们买得起汽车时，就把自己的灵魂卖给了公路中不确定的存在。有时，人们解嘲说这是宿命，更多的时候因为一种提醒或心中的警惕就能破解命运之劫难。

有人从传播意义上分析，认为电子监控录像所记录的形相世界是真实的虚假。因为世界不再是亲证，而是共用假相的他证。眼见为实，此为事实，并非实质。它是强迫性合成并以诱惑为最大特征的灌输，使个体失去真实生存的机会。这种观点的关键处表现在两点：一、"虚假的意义不是指它编造了假相，而是它编造了相，相就是非真实"；二、"电子监控用少数人的片面想象，压制和覆盖大多数人的个人想象。非民主本质在于人似乎没有回避的权利。"由此断定电子监控仪"失去文化和道德判断以及感情延续。过分丰富的表象掩盖了人的本性。"②

换句话说，叙事主体对监控客体存在先天的抵触和不信任情绪。他们的理由是：汽车的速度掌握在叙事主体清醒的头脑或者法律规定的范围之内，如果机械出了故障，或者任何一丝闪失，被抓住的不是合法者之前或之后的

---

① 子曰. 现代人精神病历本：以电影为例 [M]. 长沙：湖南文艺出版社，2004.

② 朱青生. 创作札记——对"电视反录像装置"的自述阐释 [J]. 方法，1999(02)：58-60.

违规者，而是合法者本人。他们更相信自己的眼睛，认为或明或暗的"窥视"——何况不是行进的故事主角，而是机械式的冷漠叙事——不能说明任何问题，信息的堆积会出现错乱，电子技术本身也会有"懈怠"的时候，人们不应当依靠一种不能言说的客观叙事去行使庄严的判罚。

然而，监控是必要的，与"窥视"无关，与"偷窥"更无关。监控与窥视或偷窥的区别在于：前者是一种理性；后者是一种病态。相同点在于，两者都释放着一种叙事本能，都带着隔岸观火的痛感或快感，并终于有所发现：一桩谋杀案！或一起超速事件或一桩车祸！可是，两者的相同或相异又能说明什么呢？当我们在高速公路上透过车玻璃观看别人的时候，我们正被安装在交叉路口或隐蔽处的电子监控所窥视，我们试图摆脱，仿佛一条阴影限制了我们的自由，事情的真相在于，恰恰是这种监控的存在为生命构筑了安全的长堤。电子眼睛很冷，可它看出的是血和火。

五、护栏的暗喻

这是封闭性叙事所必须具备的话语结构。护栏，司机生命的最后一道安全屏障，它以刚性的目标直接矗起叙事的长廊，没有任何多余的修饰，质朴，干练，坚固，沉默。护栏以适当的高度承受着冰冻日晒和暴风雨侵袭，它像两条长龙式的铁轨，将高速公路的日常叙事推向记忆的远方。

如果说，食品的保鲜需要冰箱，爱情的保鲜需要忠诚，友谊的保鲜需要付出的话，那么，高速公路的保鲜需要护栏。奔跑在人生的旅途中，或者在文章抒写以前，你的头脑就会有一种印象，一种深度结构左右着你的视线，那是暗喻的护栏或护栏的暗喻。

美国叙事学大师柏格指出：暗喻在日常生活中随处可见，它不仅出现在语言中，也出现在思想与行动之中。我们以思考与行动的普通的概念体系在本质上是隐喻。控制我们思想的概念不仅仅是心智方面的东西，它们也控制着我们日常的所作所为，直到最平凡的细节。我们的概念结构决定了我们感知什么，在这个世界上如何行动，以及怎样与他人发生联系。因此我们的概念体系在定义日常现实生活中起着中心的作用。如果我们关于概念体系在很大程度上具有隐喻性这一观点是正确的，那么我们的思考方式、我们的经历以及我们每天所做的一切都是暗喻。①

因此，把护栏当作高速公路的暗喻是有理论依据的。高速公路上最平凡的细节，往往跟我们每个路途上的叙事者都有着宿命般的关系。

犹如文字的张力有大有小一样，护栏叙事中最大的支撑就是对防冲撞能力的考验，包括它的强度、压力、承载力以及风景之外的品质。瞧，一辆轿车带着一股酒气，以麻痹的速度，疯狂地奔腾而来，它用剧烈的响声宣告一个消息——任何轻佻的拥抱或亲吻都需要付出沉重的代价：车头翻回了路中央，与另一辆不更世事的小车相撞，大难不死的肇事驾驶员用血写的方式向撞歪的护栏献上一份酒后清醒的敬意。

按照设计者们的叙事意愿，如果在重型车、大型车比例高的路段、大坡度路段以及桥梁等需要特殊防护的危险路段，应当设置三波形钢护栏——护栏家族中的最新子民，脉管里流着最高技术含量的血液，据说有这样的好汉保驾护航，就可以减轻事故的严重度，并减少二次事故的发生。

一般高速公路上的护栏每年都要刷防锈漆，即使使用镀锌材料也得每 12 年一换。但现代科技的发展使护栏的安全叙事建立起更为可靠的长久机制，倘若采用热浸铝防碰撞板，就会 20 年不腐蚀，彻底解决了护栏防腐问题。不过，专家们的理想乌托邦难道真的得到了实现吗？

护栏作为一道暗喻，稳稳地矗立着，除了在显而易见的高速公路的两旁，还在许多地方，比如，在各级道路上，在积雪、积沙、波浪、坠石、弃物等妨碍交通安全的盲点上，在车道拐弯的叙事死角上，在你我诚实的心灵和携手共创的精神链条上。

六、收费站的厚描述

每一个情节都有它结束的时候，每一个故事都有它山穷水尽的地方。而每一次结束恰恰都是下一个情节的开始，每一次山穷水尽也都是柳暗花明的

---

① 伯格. 通俗文化、媒介和日常生活中的叙事[M]. 姚媛，译. 南京：南京大学出版社，2006.

转机。

收费站，在高速公路的文化镜像中，它是窗口，是门户，是驿站；它更是出入的灯塔，是疲劳之后的停顿，是目的地的最后接近。而从文化叙事中的厚描述来说，它是心灵家园的回归，是记忆符号的"他者化"，是从一个话语体系向另一个话语体系的深度转轨。

什么是"厚描述"？这是吉尔兹的独创，他把文化比喻成文本，认为"人类的文化就是文本的合奏"。而文化研究的任务，就是用一种符号学的方法"来帮助我们进入到我们的研究对象所生活的概念世界，从而使我们能够在某种引申意义的条件下同他们进行交流"，[①] 这也就是其所谓的"厚描述"（thick description）的方法，它强调对文化进行解释（或阐释）而非社会的功能—结构分析。于是乎，符号、仪式、事件以及历史遗物、社会配置、信仰体系等"文本"，都可以放在符号学的结构之下进行审视，它们的内在关系构成了一个文化的意义体系。

高速公路作为一个文化意义自然生成的独立体系，收费站为整个叙事的进展提供了经济学上的动力支撑，它将穿越而过的种种人流和车辆连成一线，并一一留下清晰的时间标记，同时把城市与乡村、眼前与远方用虚构或写实的手法理性地串联起来。

虚构或写实的叙事在此是闭合的：有开头、中间和结尾，高速公路过程中会出现种种叙事细节，不少情节还偏离我们的主观愿望。在这个很少进入学者分析的过程中，叙事也比日常生活集中得多，只有几个人，只有一个固定的空间。因此，叙事谈论的是特别的人和特别的冲突、问题、威胁或使生活变得复杂和趣味的任何东西。另一方面，我们的日常生活相对平凡，而我们的体验一般也不如叙事中的人物的体验那么紧张和令人兴奋。我们大多数人都不是间谍、警察和冒险家，或诸如此类的人，尽管我们有自己的问题，但是一般这些问题并不威胁到生命。

在高速公路的平常生活中，我们体验的大多是重复。我们可以把日常生活描述为波澜不兴，而我们所关注的虚构叙事作品中的人物的生活却波澜起

---

① GEERTZ C. The interpretation of cultures: selected essays [M]. New York: Basic Books, 1973: 452.

伏多有变故，非常紧张。人物常常面对各种死亡和毁灭。他们没有所谓的日常生活，他们的生活充满兴奋和挑战。我们用虚构叙事作品来填补日常生活中的许多空闲时间。我们从虚构叙事作品中得到大量满足，并将这些作品用于许多方面——从替代性兴奋到安然无恙地探索禁忌话题。①

当叙事主体讲述到最惊心动魄的时候，我们来到了收费站，这是盼望已久的时刻，尽管旅途的趣闻也许进入到高潮部分，但比起回家的兴奋，所有虚构或写实的叙事都是那么苍白。此时，车速终于慢了下来，各种纠葛在结尾里得到了解决。

值得注意的是，高速公路上的日常生活并不总是或者也许并不经常有闭合的因素，至少在结束之前没有。叙事主体的日常生活基本上处于过程"中间"，大伙在其中工作、观看和娱乐等等。但收费站的文化进入或叙事分出并不是纠葛的解决，尽管在某些情况下是一种解决。相反，它们或多或少是古老"故事"的突然结束或悄然开始。

七、隔离栅的象征

当护栏的意义转身之后，我们回过头来，发现隔离栅已站立在叙事的中间，在高速公路坚挺的脊梁处，等待着我们叙事的深度介入或深情描绘。

这是一个关于生产、安全、个人进取心和追求幸福的人的故事。隔离栅带着管理者的严肃密切关注着周围的一切。飞驰而去的车流犹如黑白电影的复片回放，无声的表情和动作优于有声的对白，画面的蒙太奇剪辑足以让观众在沉默中领悟一切。当你进入到这种时刻，卓别林的《摩登时代》便不可抑制地突入叙事的中心：影片的开头，一面巨大的时钟指向早上六点，如潮的猪群被赶进屠宰场，而上班的人流也同时涌进工厂，镜头的交叉并置使已进入流水线的工人的命运昭然若揭。工人查里只因一只苍蝇给他添乱，就导致整条生产线停了下来。他被选中做边吃饭边干活的吃饭机器的实验品，结果

---

① 伯格. 通俗文化、媒介和日常生活中的叙事[M]. 姚媛，译. 南京：南京大学出版社，2006：161-
　　162.

往他嘴里喂的玉米飞快转动，像个捣乱的大牙刷，而替他擦嘴的海绵块也不听使唤，狠狠地抽他的耳光，最后查里随着传送带一起卷进了大机器，恐慌使他把女人的裙扣和男人的鼻子都当成了他该去拧的螺母……查里就这样被关进了精神病院。[①]

　　荒唐往往比真实更有力量。作为叙事学上的象征，高速公路上隔离栅的文化意义是显而易见的，它并不是护栏的重复或延伸，虽然它们有着一定的交叉，它更像权力运作中的分界线，是矛盾群体中的两极，是两个趣味方向的截然相反，是一种典型的"区隔"行为。

　　法国思想家布迪厄认为，审美与文化领域的斗争主要表现为"区隔"行为，通过设计一种特殊的生活方式来跟别人进行区分，这种区分的策略本身就是一种权力运作的策略，它把趣味分成不同的等级并把它延伸到道德的领域。而什么是"高级的"趣味、什么是"低级的"趣味的界定权力（象征权力）则掌握在权势者手中，下层弱势群体没有这种界定权力。所以，趣味看似一种自然的、中性的、跟权力不搭边的东西，好像不能进行政治经济学的分析，但实际上一种所谓"高雅"趣味作为一种文化资本是需要投资的。而这，仅仅可以看作隔离栅在高速公路上文化意义的深度发掘。

　　隔离栅的叙事学本身更多的还是规范和秩序，它带着人为的叙事霸气将高速公路毫无商量地切入两半，其后果便是，车辆人流钻进了高速公路上庞大的叙事网络，与电脑屏幕上茫然而清晰的鼠标有着相同的孤独症。从社会学上分析，现代都市人群已经习惯于在虚拟的世界里游弋，高速公路、网络和电视便是这样的空间地带。网络巨大的优势在于其沟通是双向式的，人渴望被了解的欲望甚至比渴望了解他人的欲望更加强烈，而虚拟的屏障或现实的隔离栅也有利于使人在不存在潜在敌意和戒心的轻松状态下完全释放自己的真实想法，这种缓压的方式是良性的。

　　但与此同时，网络也会将孤独更加明显地凸现出来，因为同时处理好现实与虚拟两种世界的关系对于大多数人来说并非易事，网络在解决了表面的欲求问题之后，也同时激发了人们渴望将虚拟纳入现实的新欲望，而实际上

[①]　子曰. 现代人精神病历本：以电影为例[M]. 长沙：湖南文艺出版社，2004.

的不可能和虚拟世界天生的易碎性就平添了很多无奈和烦恼，新的孤独又体现在新的失落之中。

车队像一条河，缓缓地流在那深冬的风里。

而孤独而失落的隔离栅则带着一脸的灰尘文字，默默地，一如既往地，固执而决然地，在深冬的风里忠诚地站立。

八、高架桥上的风景

当高速公路把此地的时间快速运送到彼地的庄稼地时，一种对话式的联结友好地建立起来。从乡村到城市，从高原到平地，从他者到自我，一双双互动的手将叙事的世界浓缩到一个小小的杯子里。那里风景如画。

高架桥是画面中突起的长虹。

站在高桥架上观看日出或日落，有一种诗意的享受；观看如潮的车流，有一种心跳的惊讶；观看沿途的历史文化，有一种理性的思考。一座桥，缩短了两边的心理距离，建立了快速的对话机制。

人文关怀，这个热辣的复数名字，它以种种诱惑的力量充实着一个个朴素的故事。站在高架桥上，许多人有些无动于衷，或者只将它视为横跨两地的一种联系，或者匆匆而过。高架桥成为实用主义者的一条捷径。但对于作家刘震云而言，站在高架桥上构思，已经成为一个怪癖或者爱好。他的讲述由此开始——

我们家有一个二姥爷，家里丢了一头牛，二姥娘跟他怄气，觉得这日子没法过了。我二姥爷说没法过就算了，于是他就离家出走了。他来到新乡，第一次见到了火车。他发现这火车不用拉就会跑，觉得特别好；觉得有火车我还跟老婆怄什么气啊，就回去了。

我第一次见火车，也感觉特别庄严。带兵的排长问我："你想家吗？"我说："有白馒头吃，永远不想家。"可是我们坐的是一个闷罐子的火车，这火车没厕所，没法撒尿。清早的时候，所有的战士都排着队，把车门拉开一条缝，往外撒尿。轮到我的时候，我有一个毛病，在晃动的物体上，撒不出来。排长就跟我急，说后面还有那么多人，让你撒你又不撒，你肯定没尿。我说，排长，我确实有尿，但是我确实撒不出来。排长说，撒不出来，待会儿再撒。他一拉我，我一转身，撒出来了。撒了他一裤子。排长说，刘震云啊，我算认识你了。我说，排长，我想家了……

后来，我站在北京的立交桥上，感到很恐怖。因为世界上有那么多人，那么多生命，每个人的出身、生命、隐私、教养都不一样。但是当他们上下班时，有一个东西非常一样，那就是表情的麻木。这些人今天知道明天要干什么，明天知道后天要干什么。他们的日子就是重复，那么，他们为什么不疯掉呢？他们生活的支撑点在哪里？最后，我在一个地方突然豁然开朗，搞懂了。在菜市场！我发现再有教养的人，再对钱不在乎的人，再对生活毫不计较的人，一进菜市场马上变成了另外一个人。

讨价还价，就为二分钱的差价。二分钱掉在地上，没一个人拾。但是一到买菜卖菜的时候，寸步不让，寸土必争，甚至出卖自己的人格：说谎——"你为什么卖一毛五啊？我刚才发现一韭菜摊，那就一毛三，比你这还好。"

其实刚才那韭菜摊是不存在的。这就证明，这二分钱的差价，已经超过了二分钱本身。他如果买到了一毛三的韭菜，拎着一毛三的韭菜往家走的时候，他战胜的不是韭菜，也不是小贩，而是整个世界，这跟美国总统开多国首脑会议，拎回去一揽子计划，在意义上是完全等同的。因此，所有人的价值和他的智慧都有可以实现的地方，那就是菜市场。所以，好多人问我，为什么《一地鸡毛》开头是说小林家一块豆腐馊了，我说因为这块豆腐是从菜市场买到的。这个时候，发现天上又飘下了另外一缕阳光……①

人文关怀如何体现？人文精神深藏在哪里？作家刘震云站在立交桥上思考了这些平实的问题，他启发我们一种思路：立交桥作为高速公路的一个又一个叙事支点，在城市、在城市和乡村的中转站或出口处，在人流漂移的地方，在空间断裂的中途，它就带着暖暖的祝福深情地向你张望。

---

①　文池. 思想的境界：在北大听讲座［M］. 北京：新世界出版社，2002：116-117.

九、报警亭的独白

报警亭很大程度上是一种戏剧，或者说是一种叙事传媒。很多报警亭尽管不是"戏剧"，却包含戏剧结构或叙事元素。在这里，作为叙事的主角，电话是报警亭提供信息的最常用的手段，它冷静并且清醒地站立在道路的两旁，绝大多数情况下处于休息式的工作状态。除了提供求助的信息或解决问题的方案，它当然也可以有其他的功能，例如，可以将一个场景或事件转移到另一个场景或事件上去，使城里值班室的接线员至少感受到了一种危急的现场感。

作为高速公路家庭成员中一名信息传递者，报警亭像城里的知识青年下放到了乡里去，具有敏锐的文化身份辨识能力。时间流逝了那么久，而在它心灵的感觉仍然还在昨天。当年，城里的报警亭对高速公路的认识是那么地无知，最终撤离栖居的地方是因为一次又一次血的叫喊，虽然离开得很痛苦，却又是那么地坚决，义无反顾。

来到高速公路后，在直到现在很长的日子里，报警亭以一个漂移者的身份发表着一份份充满复杂情感的内心独白——

对我来说，即使在高速公路上待了好几个月，在我眼中，都市人贡献的文明所遗留的痕迹，依旧带着几分虚幻不实的色彩。我在一个城市的街角出生、长大。对我这种出身卑微者来说，高速公路和城里的大街小巷或乡间小道一样，是一个具有多重性格和面貌的地方，频发事故似乎是它们唯一的表征，人们不停地使用我，也有人粗暴地将我砸得稀烂，留下一个又一个遍体鳞伤、功能不全的我，甚至只是一具徒有其表的尸体。最令人伤心的还有：我的一个小兄弟竟然被一个无能的小偷肢解，卖进了收破铜烂铁的废品收购站。小偷从老板手上拿到脏兮兮的30元钱后，打着响指轻佻地离去，留下我的小兄弟独自躲在臭气熏天的废物中哀号。这件事，我是通过当地的媒体报道出来后，才粗略地知道的，并且深深地感到悲哀。

正因为此，我带着决然的态度离开了那个熟悉、陌生而又多事的地方。

然而，这个高速公路，在我抵达的那一刹那，我就莫名而且深深地感到不安。那时我刚被施工人员冷漠地扶起来，抬头一望，就看见道路两旁上起重机上展示的全都是英文名字，与我熟悉的方块汉字大异其趣。当一个怪异但却早已存在的事实终于获得确认、展现在我的眼前时，我的心里就会感到不安——骤然间，我丧失了评估的能力，眼前的一切仿佛都变得虚幻不实。对我来说，这种不安还有更深一层的根源。面对这些生动的景象，我猛然醒悟，这些年来，我在潜意识中一直欺骗自己：白雪皑皑、矗立在冰蓝天空下的群峰和一望无涯的宽阔的大道，确实是存在的，一如我祖母家里那些宗教图画所描绘的那样。我童年的街头小巷——在我想象中，好似一块从我祖母的屋子延伸出来的土地，与周遭的异质文化完全隔绝开来——高速公路是不存在的。这种想法是怎样形成的呢？都市原始居民的小社区，虽然正在萎缩中，但仍旧自成一个世界，跟日益拓展的移居者打交道，不啻是一种侵犯——我宁可跟自己比较熟悉、比较了解的外省人和乡下人交往。人们每天都得接触这种异质文化，最后完全融入其中。我真的改变了，有得也有失。失去的是一个曾经完整无缺的东西，得到的是飞速而去的一次次记忆。

　　在这种心态下，面对城里人遗留在我心灵里的痕迹，在新的岗位上，我原本应该冷静，漠然，甚至无动于衷。然而，这些痕迹却迫使我面对一个铁的事实：我一直在欺骗自己！虽然这种自我欺骗是隐藏在内心深处那个容许幻想存在的角落，可是一旦被揭穿，我还是会感到非常痛苦。这种羞辱，我以前从来不曾体验过。在这方面，我的感受肯定比那些熙来攘往、你追我赶奔波在高速公路上的漂浮者，要深刻得多。这种情况就像在遥远的印度特里尼达，像一个叫奈保尔的大作家发出的感叹：我从不曾感受到身为殖民地子民的屈辱，但外来的、不相干的人，反而会有这种感受。①

　　而今，我逐渐习惯了自己的角色。一个比城里遭受小偷更为可耻的痛苦是：许多情况下，站在高速公路两旁的我的兄弟姐妹，原本就是一具具空壳，只能做个扮相，不能进行实战。我们被匆匆设置下来，我们的能量根本没有得到发挥。在冰冷寂寞的风中，我看到一次次事故因为我们的缺席，而让魔

---

① 奈保尔. 幽黯国度：记忆与现实交错的印度之旅 [M]. 李永平，译. 北京：三联书店，2003：271-273.

鬼将不该收走的生命一揽子地夺走了。我只有在风中哭泣，特别是当事故责任者惊慌失措地跑到我面前，准备利用我的能量而与急救中心进行紧急呼救的时候，我完全无能为力，只能眼睁睁地看着绝望者那一张张扭曲的脸孔，连一句安慰的话儿都无从说起……

十、限速牌的警示

这是现实主义的书写风格，是理性叙事学的全面张扬。限速牌，当你再一次审视高速公路时，你会发现：这个世界的存在本身就是为了最终的平安和谐。一切存在都在呐喊呼号，希望能够提升到科学或诗学的水平，这是一个形而上的问题。在这个意义上，"限速牌"给人和物都赋予另一种存在的形态，并使之完美。

按照传媒大师麦克卢汉的说法，媒体就是信息，高速公路就是人体的延伸，限速牌就是高速公路上的报纸，它的警示带有新闻叙事的意义。当年，马拉梅把报纸看成是终极的百科全书的最初级的形态，认为报纸几乎具有超人的意识范围，它只需要等待完全模拟意义上的精确安排，去完善并置条目和主题的情况。这里隐含一个警示的命题：作者把自己完全抹掉，因为"这样一本书不容许任何人的签名"。艺术家的职责不是自己签名，而是去读事物的印记。他只需要提示存在，而不是给存在签上自己的大名。[①] 高速公路上的限速牌之警示恰恰就在这里。

高速公路也具有意识形态的宏大话语之特质，只是人们一般有意无意地漠视这种特质的存在。当高速公路与经济、文化、政治乃至民主、自由联结起来时，人们才会突然发现，两者之间的内在关系是如此地密切。

事实上，一切官方的警示强加于存在之上的虚假的理性、伪造的联系和骗人的智能，都在高速公路叙事主体的预见之列。圆形的红线，巨型的牌子，一个阿拉伯数字厕身其间。这种醒目的符号已经迈出了民主的第一步，表现在它非个性化的条目并置之中，无论你是否有意忽略或者漠视，这样的

① 麦克卢汉，秦格龙. 麦克卢汉精粹[M]. 何道宽，译. 南京：南京大学出版社，2000：104-105.

编排总能给人传递强烈的信息。每条高速公路上的这种"大众传播"并不缺乏道德教喻，因为从广而告之吵吵闹闹的爱好和抗议里，警示的失灵让人看到了"原初的奴役状态"是多么地触目惊心，看到了非通天塔所引起的语言/思维混乱导致的无奈结果。尽管如此，但矗立的警示牌很像是一对蓄势待飞的翅膀，只需等待"展开的时机或振翅的节律"，就可以使人们摆脱所有鱼目混珠的"秩序"。

当速度提高到一定数字，叙事主体、车辆和高速公路本身的承受能力就是一个最大的考验。速度就是自由，时间就是效益，这是后现代社会各种符号反复传播的简单含义。可是，如果没有限速牌，自由的空洞和时间的贬值就像掉完牙齿的老太太说话那样苍白无力。换言之，限速牌恰恰是保证自由和效益的一道利剑，只有当高速公路上所有的车流都能在游戏规则内按照和谐的旋律共同弹奏春天的美丽时，速度、自由、时间和效益等单向度的名字才有丰富而具体的内容。这是一个个逆向的视角，有些人可能还不一定习惯。

从心理学和社会学分析，人这个制造工具的动物，无论是在修桥铺路、使用语言、文字还是在媒体上说话，都在使自身的这一种或那一种感官得到延伸，以致扰动了他的其他感官和官能。刺激的结果，不管是外部的还是内部的，都要打破大脑的一部分或全部的行动上的统一。在思考其原因时有这样一种猜测：某种扰动打破了大脑以前建立的实际模式的统一。于是，大脑从输入的信息中挑选那些能够修补模式的特征，使脑细胞回复到有规律的同步跳动。某种意义上，大脑启动了成串的活动，使大脑回复到原来的节律，这种回复是圆满的完结或完成。如果第一次的活动达到这个目的，没能阻止原来的扰动，那就会尝试其他的活动序列。大脑一个接一个地搜索它储藏的规则，把输入的信息和各种模式进行匹配，直到完成某一种统一。只有通过费力、多样、持久的搜索，才能达到这种统一。在随机的活动过程中，形成了新的联系和活动模式。它们又反过来决定了将来的序列。①

因此，限速牌，矗立在高速公路上，是警示，是隐喻，更是和谐序列的符号本身。

---

① 麦克卢汉，格龙. 麦克卢汉精粹[M]. 何道宽，译. 南京：南京大学出版社，2000：152-153.

十一、广告牌的美学价值

显而易见，广告牌的美学价值至少具有购物与娱乐的双重指涉功能，是高速公路、楼宇、经济载体与娱乐场所的复合体。它不仅仅栖身在商品交换的场地，而且还能更多地在节日般各种庆典的氛围中，展现本民族的精英品牌以及来自世界各地具有异国情调的、离奇古怪的商品。它提供了场面壮观的影像、光怪陆离的商品陈列，以及交杂着各种各样的声音、动机、影像、人群、动物与物品的庞大而混乱的场景。在这里，购物与审美、理性与激情、生活与艺术之间的边界是模糊的。它以一种转换了的形式，变成了艺术、文学、大众娱乐消遣、视觉享受（如高速公路上广告和饰品）的中心主题。

广告牌以众声喧哗的方式消解了高速公路叙事主体对后现代社会犬儒主义的智性批判和理性反抗。记得马尔库塞在分析西方发达资本主义国有工人阶级反抗性的消失时，曾经提到随着技术的发展而导致的"阶级差别的平均化"现象，比如工人和他的老板享受同样的电视节目、漫游同样的旅游胜地，打字员打扮得同她的雇主的女儿一样漂亮，黑人也拥有高级轿车等等。他认为这是导致工人批判意识消失的重要原因。但是今天的中国，物质的积累还远远没有达到发达资本主义国家的程度，不同的阶级还远远没有达到拥有相同的或相似的消费品的时代。但我们却看到中国消费主义所产生的结果却与西方发达国家相似："人们似乎是为商品而生活，小轿车、高清晰度的传真装置、错叠式家庭住宅以及厨房设备成了人们生活的灵魂。"①特别是高速公路修成之后，城乡差别的缩小，追求奢华、品牌和肤浅生活的实用美学，使人们面对旗帜般飘扬的广告牌以及上面的美女、数字、符号完全放弃了批判的勇气。

费瑟斯通指出："具有崇高艺术规则的、有灵气的艺术，以及自命不凡的教养，被'折价转让'了。"②在当今中国，经典艺术作品或它们的仿制品，被制作成各种媚俗的广告牌，摆放在面向大众的旅馆、饭店、超级市场和高速

---

① 马尔库塞. 单向度的人[M]. 上海：上海译文出版社，1992.

② 费瑟斯通. 消费文化与后现代主义[M]. 刘精明，译. 江苏：译林出版社，2000.

公路的出入处。高雅的艺术品与大众化的文化消费形式在文化市场与文化产业的大熔炉里被一锅煮了。最琐碎的日常生活也成为审美的对象，在人们闲暇消费场所以及高速公路和城市建筑中，融入了大量的设计、风格以及时尚等文化与审美的形式。

　　与此同时，在广告牌的刺激下，购物和消费不断构成身份认同。即是说，人们越来越按照他们的消费模式而得到界定。这种主张日益得到商品营销行为的支持。这种行为越来越关注有关个性和生活方式的复杂概念。这些概念与更简单的社会/经济群体概念不同，它们是按照消费模式得到界定的。个性至少在某种程度上是经由商品而被建构或强加的，尤其是那些显而易见的或容易辨认出来的东西，比如服装、汽车、房屋等。此外，在流行病学的作用下，人们的身材、住宅、厨房、食品以及西方世界通行的所有消费品，都是意向性符号，体现着某一地位的生活方式，它们的标志性功能比以往任何时候都要突出。在连马桶座都要进行审美化的今天，厕所不再仅供排便，而且也供观赏。结果是，人们甚至为物质的马桶座感到自豪，[①] 至少在南方一些地方的墓地文化见证了这种疾病的流行。

　　如果能将高速公路上的广告牌视为对一种过程中线性时间的解构的话，那么，它就不应被视为总体文化中后结构主义美学的诠释。在日常生活中，高速公路上叙述与重新叙述循环的加快，反映了商业生活中普通的时间压缩，而更新一种商品风格的压力则是更新市场的过程的一部分。资本主义文化让人们与一切从物质到精神的广告话语都签订了暂时的合同，它以其不断加快的淘汰速度强加给人们一种现代性的意识。

　　有人提出了极好的个案，认为洗衣粉就是一个极好的例证。一种洗衣粉，比如说生物洗衣粉爱丽儿，从粉末到液体，在洗衣技术领域到底能风光多久才被某种伪科学的发明所取代呢？白猫的技术进步正以线性的形式朝着绝对白色的目标挺进。它的进步由身穿白色服装的科学家叙述出来，这些科学家在满是洗衣机的实验室里对迄今为止还未被征服的污秽进行试验。现代性可能会立即将自己表现为一种白色状态，这一状态正被作为污秽而沦为过

---

① 罗钢，王中忱. 消费文化读本[M]. 北京：中国社会科学出版社，2003.

去，且正准备迎接某种革命性的进展。这种进展会以一种更白的白色为起点开始新一轮的循环。家庭循环也只得屈从这种循环，在日益技术化的竞争中加快反对污垢的步伐。小孩一进门家长就把他们的内衣扒掉，眨眼间就洗得干干净净，这样，一日数次地将衣服洗得干干净净。但所谓的绝对白色，尽管有其隐喻性，却不能作为加速家庭循环的终极而永远持续下去。因为，很多人的衣服本来就不是白色的。爱丽儿保色法的引进使关于白色的宏大叙事变得支离破碎，它引进了一种洗衣文化的新价值，能使颜色新鲜如故，而使老化、褪色的思想成了历史陈迹。技术项目的重点从进步转移到了抗老化过程这样一种较为消极的关怀。按照逻辑推断，下一步就该是通过将原来的爱丽儿重新语境化，从过去的价值观往后缩，也不谈过去的洗衣粉有什么不行，或以自然和本真的名义造谣中伤科学的价值。在视历史为进步和视历史为脱离自然状态的堕落这两者之间就有一种人格分裂，有一种时间的压缩，它将爱丽儿的历史作为空间，作为一种共存状态，作为一种在高速公路和超级市场的货架上的产品选择来呈现。销售学似乎改变了它的叙事学的假定，再也不对顾客进行关于进步的宏大叙事的诉求，而是要在产品的多样化及生产单位方面反映不同的身份和价值，进而调和它们之间的矛盾。[①]

在这种叙事背景下，高速公路上广告牌的美学价值已经超出了本身的范畴，正沿着技术进化论、社会学、精神分析学和消费主义的心理空间大步迈进。

十二、服务区的蒙太奇

蒙太奇的力量在于：它在创作过程中包括了观众的情感和想法。观众受到驱使，沿着作者在创作画面时走过的那条完全一样的创造道路前进。观众不仅看到了完成了的作品中那些被表现出来的东西，而且体验到了作者所体验过的画面出现和组成的动态过程。[②]

---

① 柯里. 后现代叙事理论[M]. 宁一中，译. 北京：北京大学出版社，2003.
② 伯格. 通俗文化、媒介和日常生活中的叙事[M]. 姚媛，译. 南京：南京大学出版社，2006.

高速公路的服务区充满着各种情趣各异的蒙太奇，人们需要这种轻松叙事以释放旅途的疲惫或紧张的方向盘操纵症。在这个过程中，笑话是服务区最流行的情感发泄方式，它将迥异的元素联系在一起的方式使得一种被人接受的形式受到以某种方式暗藏在其内部的另一种形式的出现的挑战。正如弗洛伊德所指出的，笑话就是有利于潜意识的意识控制放松的画面。①

比如，有人提供了这么一个笑话：一女士向神父请教什么是魔鬼、地狱、天堂。神父解释：在我的两腿中间有一个魔鬼；在你的两腿中间有一个地狱；只有把魔鬼关进地狱，我们都能进入天堂。这种显而易见带有机巧和一定颜色的叙事消解了宗教的神圣和性爱的神秘，是一种深受大众喜爱的"亚黄色段子"。作为这类笑话的个案陈述，服务区每时每刻都在发生。就在有人听了上述这个笑话后，他也讲述了另一个更带有经典性的蒙太奇《考考你》：米的妈妈是花，因为花生米；米的爸爸是蝶因为蝶恋花；米的外婆是妙笔，因为妙笔生花；米的外公是爆米花因为他抱过米也抱过花。那么，米的老公是谁？

蒙太奇的民间力量恰恰表现了百姓日常生活中的机智、风趣、豁达和善解人意："花生米"本来只是一个名字，一种物品，现在不仅变成了有着纯粹血缘母女关系的两个不同的身份符码，而且还被赋予了全新的情感走向，并由此发端，将词牌名"蝶恋花"和成语"妙笔生花"以崭新的方式解码，使之拥有虽是牵强却也好笑的时代内容，特别是对"爆米花"的生动诠释更体现了民间叙事约定俗成中的另一面，即任何符码的流行和理解都要纳入一定的语境中才能显示出实质性意义。随着"抖包袱"这种民间说书式的叙事方式的出现，"考考你"无疑吸引了每一个参与者努力回答"米的老公是谁"这样一个答案纷呈的试题。也许是"米老鼠"，也许是别的什么东西，只要你能自圆其说，并且能够取得大众会心一笑的认可，你就可以心满意足地被自己的智慧所折服。

高速公路服务区的蒙太奇营造了一个准民主的空间，每个人都可以在这个虚拟的空间里发表自己的高谈阔论，黑与红、错与对、俗与雅都没有人去

① 伯格. 通俗文化、媒介和日常生活中的叙事[M]. 姚媛，译. 南京：南京大学出版社，2006：165.

认真计较，大家只是借助这种方式，表达一种在正规场合中不愿说出的话语。这种"无责任感"的交谈激发了大众的热情，每个人的潜意识都有许多被压抑的内容，尤其是在信息爆炸的今天，如果这些内容总是找不到输出口，人们就很容易更加压抑和难受，这就是为什么大家此时的发言如此踊跃的原因，甚至在一个人谈话还没有结束的时候，另一个镜头已经穿插进来。这种杂语式的交谈是一种通俗的艺术形式，并且作为一种艺术形式，有其自身的规则和惯例。也就是说，发起交谈的人和另一个人之间存在着某种合作，另一个人参与交谈，轮流说话，让交谈继续原来的话题或变换一个不同的话题。

如果你认真去感受或者体会，服务区的蒙太奇有时还很有文学的元素。"性"永远是人们百谈不厌的字眼，说明文明的压抑给人们的心灵打下了重重的烙印，而后现代语境下的放纵并未将大家从欲望的城市中拯救出来。以"性"入话，用"性"的话题消解神圣的政治文明，甚至用"性"表达性别与血缘和区域的关系，不仅是一种表达策略，更是一种精神需要。比如，加缪在《通奸的女人》中，就是这样做的，就是用"性"表达了妇女与地理的关系，以代替她与已接近死亡的她的丈夫的关系——

她随着它们（"旋转的天空"中飘过的星）移动。这明显的稳定的行进一点点使她与她的存在的核心一致起来。在她的存在中，冷淡与欲望在互相竞争。在她前边，星星正在一个个降落，在沙漠的石头之间失去光芒。而每一次娅宁都更进一步向黑夜敞开胸怀。她深深地呼吸着，忘记了寒冷，忘记了别人的重负，忘记了生活的疯狂和呆滞，忘记了生与死的无尽的焦虑。在许多年疯狂地、毫无希望地逃避恐惧之后，她终于停了下来。同时，她似乎已经重新扎了根。当她背靠着护墙，向天空舒展着身体时，她的心中重新充满了活力。人是在等候焦虑不安的心镇定下来，并使她的内心沉静。星空中最后的星群向沙漠地平线又沉下了一点，就静止不动了。然后，深夜的水以令人不能承受之轻开始流入娅宁的身躯，淹没了寒冷，缓缓地从她身体的隐蔽处上升，盈满了她的嘴，使她发出了呻吟。瞬间，整个天穹笼罩了仰卧在冰冷的地面上的她。①

之所以引用了这段话，是因为在很短的时间内，加缪作品中的"偷情"十分常见地发生在今天中国高速公路的服务区内，当蒙太奇用一个又一个黄色或准黄色或别的什么笑话消除人们的疲惫时，有人深感远远不够，必定要有新的更加真实的力量（如加缪作品中的"高潮"）来狠狠地刺激他/她，此时，欲望被纯粹的肉欲所替代，笑话被事实所分解，理性被疯狂所俘虏，蒙太奇被剪辑的镜头彻底打碎……

十三、加油站的社区文明

当打碎后的蒙太奇镜头被加油站的叙事主体慢慢拾起的时候，社区文明成为当下宏大话语中最动人的词汇。加油站只是服务区的一个组成要点。在这里，加油或加水，或者买一包香烟、方便面和槟榔，甚至进行惬意的新陈代谢等等，都是加油站的基本功能。这是一个由不同的人带着各自的身份、文化、历史印记和知识积淀用流动的方式建立起来的非静态社区，无论以什么目的走进这个社区，你首先要做的就是交谈。

一定意义上，交谈是一种心理疗法，特别是当你在高速公路上经历了长久乏味的紧张旅途之后。找一个陌生的人交谈，哪怕是一句简单的问候，或者一个肢体语言，你得到的放松和如释重负的感觉是那么真实和有效。社区文明的维系就是从交谈开始的。

但是，所有的交谈都有一定的程式，如果从叙事学上分析，这种程式一如经过了显影水之后的胶片，图文/话语的意义更为明显。即使是两个人参加的有礼貌的交谈的情况下，也能看到几个结构上的关键元素——

参加者：参加者为自然的参加者，即叙事主体。他们在这里充当说话人的角色。交谈的方式由参加者根据不同的场景来限定，同一批参加者在整个交谈过程中都扮演着角色。

---

① 加缪. 流放与王国[M]. 纽约：克诺甫出版社，1958：32-33.

内容：由某种自然活动，即谈话的性质构成。每一轮谈话都是整个交谈的一部分，要有连贯的交谈，这些内容就必须以某种方式联系在一起。

阶段：典型的交谈有一套初始的情况，并经过很多阶段，其中至少包括一个开头、一个中间部分和一个结尾。因此，为了发起交谈，就要说一些话（比如：你好，或你好吗，今天过得怎么样？等等），有一些话是为了把交谈推进到中间部分而说的，还有一些话则是为了结束交谈而说的。

顺序：参加者按线性顺序说话，一般的限制是谈话的人交替说话。某些重叠是允许的，有时有中断，轮到一个谈话者时，他不说话，另一个继续说下去。如果没有对内容的线性顺序的限制，我们有的就是独白，或者杂乱无章的词语，而不是交谈。

因果：一轮谈话的结束应该引起一轮谈话的开始。

目的：交谈可以满足任何目的，但是所有典型的交谈都是为了以一种合理的合作方式保持礼貌的社会交往。①

加油站的社区文明是一个生动的集合名词，交谈的实现使后现代社会中的蒙太奇、拼贴和剪辑等都能清晰地找到影子，而社会身份在此得到了消解。当人们消费商品的时候，社会关系也就显露出来。日益扩大的符号/文化生产，对于前现代的社会身份等级系统形成了强力的冲击，通过交谈，当代社会的身份等级系统越来越趋向于建立在消费方式而不是其他差异如家庭出身、亲属关系或道德品质上。

构成社区文明的诸多要素，比如人的日常交谈中的消费实践，从音乐、绘画、文学一直到服装、饮食、身体的管理等方面的趣味的区隔系统与社会空间的区分系统具有同源性，在文化符号领域与社会空间之间存在着结构的对应性。社区文明的高下与经济发展、文化熏陶和审美习性密切相关。

从经济学和社会学上分析，一个人拥有资本的数量与构成即经济资本、文化资本与社会资本等的比例决定他的社会地位，而他的社会地位又内化为他的生活习性，这种习性在文化的消费中就体现为具有区隔功能的不同的趣

---

① 伯格. 通俗文化、媒介和日常生活中的叙事[M]. 姚媛，译. 南京：南京大学出版社，2006：167-168.

味选择，它又反过来强化了既有的社会地位与社会结构的再生产。

这样，以"交谈方式"构建的社区文明有了一个身份双向系统，既反映着也再生产着不平等的社会等级与社会结构，只不过，一个永远变化的社区和高速公路的文本现实，使得解读叙事主体的地位或级别的问题变得复杂起来，在这种情况下，交谈的品味、独特敏锐的判断力、知识或文化资本变得重要了。轻声的问候、礼貌的倾听和会心一笑都能体现出交谈双方的文明素质。虽然，审美与文化领域中的消费有时候似乎是远离经济与物质的，比如一个人是否喜欢交响乐似乎是他天生的音乐趣味或禀赋的问题，而不是什么经济地位的问题，但是，正如有人指出的那样：所谓品味、判断力、趣味，首先是审美习性的体现，而审美习性是培养的而不是天生的，获得它们的前提是对于教育的长期投资，以增加其文化资本与象征资本的积累或占有。[1]

因此，任何对加油站社区文明构建的轻视或忽略都是高速公路文化叙事的一大败笔，明乎此，作为和谐之声的一部分，有"心理治疗"之称的日常交谈才能长期有效地进行。

十四、路标符码的弹奏

高速公路上的种种符码既不是 20 世纪初期战争时代发起冲锋时射向空中呈美丽弧线的指挥信号，也不是像茫茫海域为水手们校正航道提供方向一样的希望之灯塔，更不是城市拥挤的交叉路口矗立的一个又一个红绿灯，而是道路两旁由一系列符码组成、能够被叙事主体一目了然的各类标志和标线，包括"终点 200 米""减速慢行""京珠入口"等提示性话语，以及出口与地点方向标志和收费站预告、紧急电话标志，停车场与服务区标志，车距确认、分流与合流诱导标志，路栏和施工标志，等等。

对以上符号的了解和掌握既是生活的常识，又是高速公路行车所必须具备的最起码的知识积淀，其多重弹奏的意义指归在于：生活就是消费的艺

---

① 陶东风. 日常生活的审美化与文艺学的学科反思[J]. 中南大学学报(社会科学版)，2005(03)：311-312.

术，诗意地生活就是消费的艺术之高级阶段。高速公路上的信息符码具有艺术的特质，是信息的、物质的，更是艺术的、消费的。如果不构成消费，那些符码就失去了存在的意义。消费的形式除了在收费站交上量化的费用外，它更多地体现在对行为主体的审美层次上。因为信息符码的消费是艺术的消费，而艺术的消费是交流过程中的理性叙事，也就是一种译码或者解码的行动，它要求行为者实践地、无误地把一种密码或者代码作为对应其内心知识的先决条件。在某种意义上，我们可以说，看的能力即是知识的或概念的功能，也就是词语的功能，即可以命名可见之物，就好像感知的编程。只有当一个人拥有了文化能力，亦即拥有用以编码艺术品的代码，一件艺术品对他/她而言才具有意义和旨趣。① 高速公路上的信息符码繁多而密集，任何一次屏蔽或误读都可能造成难以想象的可怕的后果。

高速公路上信息符码的塑造常常集中在形体意义的展示，它包括线条、姿态、举止、常识等在今天业已成为身份认同的标志。特别是在大城市中，身体的打造、形塑、控制、包装不仅构成了日常生活审美化的中心，也支撑起了经济的半壁江山。正如西林指出的那样："现在，我们有了一套程度空前的修理形体的工具……随着生物学知识、外科整容、生物工程、运动科学的发展，身体越来越成为可以选择、塑造的东西。这些发展促进了人们控制自己身体的能力，也促进了身体被别人控制的能力……当然，这并不意味着人们有同样多的资源来构建我们的身体。一个巨富与一个贫民的身体关怀是不同的。"②

西林的这段话清楚地讲明了个人的身体与城市发展的内在联系，每个人的身体都有许多信息符码，就像高速公路上那些形状各异的符码一样，每个符码都指代一种具体的意义。高速公路上的翻修一如个人的整容，高速公路上的车祸则如个人某个部位的病灶化脓，高速公路上的出口符码有如个人的回家手语……理解了这些复杂而又简单的信息符码，对于"高速公路就是人体的延伸"之领悟就会上升到一个更高的层次，城市的繁荣与高速公路的叙

① Shilling C. The body and social theory [M]. Sage, 1993.
② 罗钢，王中忱. 消费文化读本[M]. 北京：中国社会科学出版社，2003.

事贡献也可以通过这个行动站窗口而"窥一斑而知全貌"了。

十五、里程牌的零叙述

罗兰·巴特(Roland Barthes)指出，叙述是在人类启蒙、发明语言之后才出现的一种超越历史、超越文化的古老现象。叙述的媒介并不局限在语言，也可以是电影、绘画、雕塑、幻灯、哑剧等，叙述可以说包括一切。他认为人类只要有信息交流，就有叙述的存在。而所谓"零叙述"就是客观的、不带任何感情色彩的冷叙述。

高速公路上的里程牌就是"零叙述"的典型个案，它不在乎时间之经或空间之纬，也不在乎行为者情绪的好坏、心地的善良或毒辣，它都不予理会，只是对速度和距离负责。当你看到一个又一个里程碑时，你至少明白，你离目的地越来越近了。

当然，许多时候，高速公路上的叙事主体并不在意里程牌的意义指涉，认为不可能仅仅根据个人的存在就能表达出一个时代的生活感觉——而个人的存在又造成了那个时代的真理、意义和微妙的、深刻的本质。人们只是努力通过讲述自己到某个目的地去，至于算不算真正意义上的旅行或者是否能够在目的地找到希望找到的人并不是唯一的目的，行动本身就是目的，在高速公路上奔跑本身就是目的，这才是个人经历的魅力之所在。

在此情况下，个人的叙述又很难跟直接到普罗旅人世界中去的教化团的拯救世界的力量，以及伴随而来的劳而无功和恐怖联系在一起。凡是在原居地生活得极为感人的叙述中丢掉或省略、甚至编造的东西，都可以在充满历史感和时间推移的快速叙述里得到补偿。这种叙述有时离开了正题，还有许多描写和令人兴奋的冲突等等。就这样，个人的叙述呈大大小小的螺旋形向前移动，很像逆水行舟那样，然后，直奔"希望的心脏"。作为逆流而上的旅途以及故事叙述本身，都有一个共同的主题：城里人在乡村、或在乡村问题上表现出来的浪漫主义的控制力量与意志。

里程牌是熟悉的话语，是记忆深处温馨的回忆。从儿童时代到青春年华乃至老年岁月，一生之中将跨越多少个里程牌，而高速公路将时间深刻地缩影，将先前大半辈子也许还无法跨越的距离在短短的一天甚至更短的时间之内就结束了。这是科学的力量，是技术的进步。

众所周知，技术进步的影响不是发生在意见和观念的层面上，而是坚定不移、不可抗拒地改变着人的感觉比率和感知模式。因为一切媒介都是人的延伸，它们对人及其环境都产生了深刻而持久的影响。这样的延伸是器官、感官或曰功能的强化和放大。无论什么时候发生这样的延伸，中枢神经系统似乎都要在受到影响的区域实行自我保护的麻痹机制，把它隔绝起来，使它麻醉，使它不知道正发生的东西。

麦克卢汉把这种独特的自我催眠式的叙述叫作自恋式麻木。凭借这种叙述综合征，人们在高速公路上可以把新技术的心理和社会影响维持在无意识的水平，就像鱼对水的存在浑然不觉一样。结果，就在新媒介诱发的新环境无所不在并且使我们的感知平衡发生变化时，这个新环境也变得看不见了。大多数人，从卡车司机到文字精英，快乐无比、浑浑噩噩地生活在对媒介影响的无知状态中。他们不知道，由于媒介对人无所不在的影响，媒介本身成了讯息，而不是其内容成了讯息。①

其中的意义对高速公路而言颇为耐人寻味：里程牌本来是要唤起人们对目的地的温馨向往，但是，由于被太多的信息所充塞，叙事主体对里程牌的感受早已删去了半个世纪前中学课本上像"里程碑"那样的庄严的意义。一个又一个里程牌不是由你我他去慢慢接近和仔细体味，而是有一种力量，将目标快速地撞进内心。换言之，我们不是去接近里程牌，而是里程牌推动我们前进。里程牌的零叙述就是对这一事实的尴尬转向进行的忠诚记录。

---

① 麦克卢汉，秦格龙. 麦克卢汉精粹[M]. 何道宽，译. 南京：南京大学出版社，2000：360-361.

第三章　都市的拼图

一、扩展秩序的元话语

封闭的叙述，高速的挺进，森林般的手臂和旗帜，没有尽头的路途，声音、镜头、话语以及风的呜呜声和窗口光线的闪烁……在这一幅后文字时代的文化拼图里，高速公路带着经济的力量穿过消费主义法老留下的历史陈迹，快马加鞭，与时俱进。在这趟通往现代性的行程中，全球化语境为我们设置了一个又一个精神标杆，而我们遇到的最显而易见的障碍是：没有人能知晓所有民族的语言，也没有适合所有民族普遍认同的元语言存在。

著名经济学家哈耶克曾提出一套"扩展秩序"的理论，认为：人类之所以发展到今天，是因为人类中的某一部分群体在一个类似自然选择的过程中，形成了一套调节人际关系的规则，这套规则不是人类特意设计的结果，而是在不可预知的情况下自发地形成的。人们早期进行的物物交换（市场经济的雏形）、先于理性而形成的传统习俗，都证明了文明的成长与其说是因为理性的完善和强大政治及其国家的建立，毋宁说国家和理性精神的产生是它们直接作用的结果。[①]

我们已经看到：在一些发达国家和地区伴随着物质财富不断堆积的同

---

① 冯克利. 哈耶克的知识论与权力限制[J]. 天涯，2000(04)：128-133.

时，人的精神世界却显得极度贫困，这个事实的结果便是，人对人的疏离感增加，人对环境的排斥力和陌生感增加——都市里的叙事语境尤其如此。例如，人流与车辆发生冲突，人行道变得越来越窄小，而车行道变得越来越宽，大街小巷甚至垃圾站都成为散乱的停车场。放眼望去，城市地面上堆积的各类车辆就像洪水过后的沙滩上毫无美感地挤满的大大小小的螃蟹。随着汽车工业的日益发达，车辆越来越多，有车一族也日渐庞大。最后的景观很可能就是：车辆堆积在路面上，别说能够行驶，就是要找到一个合适的位置(空间)停下来都异常困难……人的精神需要与物质商品的消费发生严重错位，过多的感官享受与刺激导致人生理心理疾病的发生，而人所需要的精神文化设施，社会公益设施却往往得不到满足。① 在这样的社会里，人找不到元话语，人的隐私越来越被挤出个人的精神空间(媒体的 Talk Show 和各类跟踪拍摄愈演愈烈就是证明)，人的观点变得越来越肤浅(肥皂剧式的小抒情代替了哲学和美学)，人的道德和自身的价值也变得日益轻薄和可有可无。

　　按照麦克卢汉的分析：拼音文字的机械社会在空间上把个体和集体分开，因而产生了隐私；在思想上把人分开，因而产生了观点；在工作上把人分开，因而产生了专门化以及与个人自由相联系的各种价值。与此同时，印刷技术使人同质化，产生了大规模的军事主义、大批量的思想和大众化的千篇一律。印刷术赋予个人主义的隐私习惯，又赋予他绝对顺从的公众角色。今天的年轻人欢迎重新部落化，无论其感觉是多么地模糊。他们把重新部落化当作从文字社会的千篇一律、异化和非人性中解脱出来的有效手段。印刷术在社会上使人集中化，在心理上使人分裂。相反，电子媒介使人集合在一个全球村里。全球村是一个丰富的、富有创造性的混合体。实际上，在这里，人们有更多的余地，可以发挥富有创造力的多样性。②

　　全球化是麦克卢汉最早提出来的带有伟大预见的幸福远景。但是，全球化只是一种学术理想，只是人们在后现代社会里捡拾文化拼图时所试图依靠的精神乌托邦，它的扩展秩序并未让各民族合理地找到他们的原型母语或元

---

① 纪晓岚. 论城市本质[M]. 北京：中国社会科学出版社，2002：3-4.

② 麦克卢汉，秦格龙. 麦克卢汉精粹[M]. 何道宽，译. 南京：南京大学出版社，2000：390-391.

话语并发扬光大。"口头禅"式的全球化有时反而成为单边主义的一种外交托词，它的实质已经变成了异化的美国化或英国化或别的什么国家化。全球化是不甘寂寞的学者们及其跟风者合力制造的拟态神话，从此话语图谱发源出来的一个又一个理论流派从没有停止过对各自领域的扩张以及对他人领域的侵占。譬如，萨伊德等人的"后殖民主义"和福柯、巴赫金、克里丝蒂娃等人的"后结构主义"（包括女权主义学说）等变成"后现代主义"的重要组成部分就是一个很好的例证。

高速公路的铲车和重型吊车并未发掘出新的元话语，但它的肆意扩张和突飞猛进在伤及地表的脉搏之余，却也使消费社会的话语秩序较以往任何时候都变得更加清晰明朗。如果说，前现代是"神"的时代——"一切都是上天安排"，现代是"人"的时代——"上帝死了，人还活着"；那么，后现代则是"符号"的时代——"人也死了，谁还活着"，此时的人活得更像一个符号了。[①] 日本批评家酒井直树指出："前现代—现代—后现代的序列暗示了一种时间顺序，我们必须记住，这个秩序从来都是同现代世界的地缘政治构造结合在一起的。"[②]

但是，这个扩展的时间序列在利奥塔看来，不过是一种"语言游戏"。因为，他指陈的"后现代社会"已经不是"牛顿似的人类学的领地"，而是一种"语言成分的语用学的领地"。此时，任何宏大叙述（grand narrative）都失去了可信性，叙述的功能"丧失了它的伟大英雄、伟大历险、伟大行程和伟大目标，一切都散落到一大堆语言游戏的多种成分中"。[③]

与利奥塔消除中心、拼贴历史和解构元话语形成呼应："后现代"帮助杰姆逊把当今"文化产品"和"社会制度""协调性地联系起来"，使之成了一种晚期资本主义制度的"认识测图"，[④]"后"字在杰姆逊的文化批评意义上至

---

① 信春鹰. 后现代法学：为法治探索未来[J]. 中国社会科学, 2000(05): 59-70+205.

② 酒井直树. 现代性与其批判：普遍主义与特殊主义的问题[J]. 白培德, 译. 台湾社会研究季刊, 1998(06): 205-236.

③ 利奥塔. 后现代的条件[J]. 武波, 译. 天涯, 1997(01): 151-157.

④ Jameson F. Postmodernism, or, the cultural logic of late capitalism [M]. London: Verso, 1991: 13-14.

少有两层意义：一是时间上的先后；二是后现代在质和量的对比上与现代性是有冲突的，是不同的，甚至是对抗性的，[①] 即：现代性遗留给我们的是它的不完整和部分的完成，是反映这一历史情境的一整套问题和答案；而后现代性则是一种在更为完整的现代化条件下获得的东西。

　　然而，中国特殊的历史语境使中国知识分子对于现代性或后现代性话语的构建有着类似麦克卢汉对全球化诠释一样的知识体认，这种体认可以浓缩在他们对于高速公路的原型叙事中：高速公路的日益增多原本是消解像螃蟹一样堆积在城市地面上摆满的各类汽车符码，并试图通过扩展秩序开辟出一条通向幸福的快速通道，但是现实的冷水除了使烈日下高速公路上的优质水泥变得更加灼热光亮外，它的青春、激情和理想连同其原初的精神符箓都像露珠一样在蓝天白云下悄然无声地蒸发了。

二、放飞自我的精神"他者"

　　人们开发高速公路的初衷是为了让城市与乡村更加紧密地联系起来，同时分流城市日益拥挤的精神压力。但这座幸福的"独木桥"从一出生就立即受到四面八方的潮水的冲击，尽管一个又一个大肚神般的收费站张开猩猩式的贪婪的嘴巴，但仍然无法阻挡呼啸而来的人海车流。很快，高速公路变得跟城市大道、普罗小街或乡村小道没有什么两样，上面挤满了流浪汉、前清贵族的后裔、董事长与董事长的情妇和私生子、怀才不遇者、乡村女教师、第九副镇长、县级人大代表、文化馆的音乐专干、醉鬼、小报记者以及流氓斗殴潜逃犯、吸毒者和关键时刻的动摇分子等等，这些人组成了高速公路的流动图景，他们是自己的异乡"他者"，是正常或非正常的叙事者，更是时代的遗腹子，有着消费社会最为普遍的精神郁闷综合征。

　　高速公路每时每刻都在进行民主叙事，车轮下的精神郁闷综合征只是叙事的一种形式，它可以发生在任何人身上，也可以表现在高速公路自身——永不停息的嘶哑声就是佐证。因为，疾病可以被认为是叙事，它可以采取医

---

① 李欧梵. 当代中国文化的现代性和后现代性[J]. 文学评论, 1999(05)：129-139.

生随着病情的发展而做的笔记这种书面叙事形式。正如坦白也是叙事——罪犯通常以一系列罪行的形式描述他或她做过的事一样。高速公路的嘶哑声之所以遭到人们的忽视，是因为它的叙事方式、手段和结果跟我们已有的阅读经验完全不同，但它的确就是叙事，人们不能因为对高速公路上发出的嘶哑进行文字解码就否定叙事的存在，正如人们不能因为听不懂鸟儿的说话就否定鸟儿每天也要叙事一样。

事实上，体育赛事也像高速公路一样，采取封闭的叙事形式。大部分事件通常都演绎得非常激动人心。因为我们不知道结果会如何，就像不知道高速公路在某一地段将要突发车祸一样。体育赛事中的男女主人公、坏人、关键事件、激动人心的事和风险都是叙事本身的"他者"，但这些元素却将体育赛事装扮得如此完美。可以说，这些或轻或重的元素随着事情的进展而成为书写自己的脚本的情节。有时候，直到比赛最后一秒或者决胜期才有结果。

赛车的跑道不像高速公路那样笔直，相反，它的跑道故意被弄得弯弯曲曲以增加比赛的危险和难度，这种危险和难度有时需要付出生命的代价，但人们乐此不疲，一个又一个殒命事件并未给赛车投下阴影。同样的危险和难度也留给了职业拳击，鲜血和创伤不仅没有减少人们的热情，反而激发了观者的兽性。这难道不是病态或疾病叙事？高速公路上的疯狂追尾又何尝不是如此？谁都明白，速度往往就是危险的代名词，可是，谁又会因噎废食，不去高速公路上"撒野"一回？

从心理学角度上说，体育运动常常给人们提供一种替代性的兴奋和一种胜利感或者因为突然的失败而引起一种遭到打击的感觉，这能帮助选手给生活增添色彩和感受。人们的日常生活越是不令人兴奋或满意，他们就越会将更多的时间和精力花在他们认同的体育队或体育人物身上。而高速公路的叙事与体育运动有异曲同工之妙，只不过无数的人越来越习惯于奔向高速公路，由此所造成的拥挤却是城市膨胀最真实的影像投射。如果说，运动是体育的"他者"，那么，高速公路就是人海和车流的"他者"。体育与运动原本是不分家的，就像公路与人海和车流原本是不分家的一样，现在造成的精神分裂是现代人心理疾病的结果，而这种结果又恰恰是当今社会高度发达的物质文明与精神空间的叙事发生矛盾对峙的写照。

因此，日常生活的许多方面都有叙事特性。我们必须学会如何阅读叙事，以分析的眼光看待叙事，看到叙事中与我们生活中诸方面的类似之处，看叙事中的男女主人公象征了什么，以及他们反映并影响我们关于权力、性、道德、美好生活等等的观点的方式。我们曾经以为，我们读、听和看的故事只不过是用来"消磨时间"的微不足道的娱乐东西而已。现在我们知道，人们从故事中学到东西，在感情上受其影响，实际上需要故事为我们的日常生活带来色彩和乐趣。因此，有学者不把人描述为"智人"，即作为有知者的男人和女人，而将其描述为"叙述人"，即故事的讲述者，讲故事的男人和女人。① 应当说，这种分析是颇有创见的。

高速公路叙事的动力主要来自政府的宏观调控、国际国内财团的资本运作和民间力量的积极参与，这样的巨型语言掀起了一条条富人与穷人的时代鸿沟，在新一轮"圈地运动"的刺激下，高速公路沿线、特别是开发期间地价的飞速鼠窜造就了一个又一个一夜暴富的奇才和"马太效应"中富得流油的开发商们，他们以极端残忍的原始方式与政府官员和相关权力宰制者组成一个隐形的利益共享的经济共同体。他们集体努力，共同排斥异己力量，为高速公路的发展构思、蓝图设计和利益分配等进行激动人心的前期叙事，使一批批新兴中产阶级及其财富新贵们脱颖而出。

费瑟斯通指出，"新型中产阶级及新富者居住在不断翻新开发的飞地区域，这区域是排斥外来者的。这些飞地是环境设计、风格与日常的审美呈现方面的高额投资区域，这些群体期望在购物时得到消遣，在消遣游艺的地方购物。他们力图养成一种生活的风格，对艺术、对具有愉悦的生活环境怀有浓烈的兴趣。"②

同样，在高速公路大胆推进的中国城市中，许多面向中产阶级以上阶层的广告，把这种"富人飞地"的特权描述得非常赤裸裸："上等地段，汇集精英名仕、企业总裁。"例如，在北京的中关村，一个个潇洒而富有的知识精英，

---

① 伯格. 通俗文化、媒介和日常生活中的叙事[M]. 姚媛，译. 南京：南京大学出版社，2006：173-174.

② 费瑟斯通. 消费文化与后现代主义[M]. 刘精明，译. 江苏：译林出版社，2000.

衣冠楚楚，文质彬彬，风度翩翩，坐在老板椅上，听着音乐，品着咖啡，观赏风景。有闲又有钱的"幸福"男女，过着中产阶级的体面、从容、优雅的生活，在小桥流水之间手持一本《纳兰性德诗选》散步，自言自语作陶醉状："啊，人，诗意地栖居。"这个被着意抽去了阶级属性、而突出所谓"生活品质"的"人"的准确名字是"中产阶级/白领"，曾用名"大款"。① 这些人使用飞机和使用高速公路的频率比任何别的一族都更高。无论在高空中飞行还是在地面上穿梭，他们的身影总是那么儒雅迷人，为普通百姓的未来人生指明了某种追求的方向。

但出于生计考虑和为理想奔波，高速公路上流动更多的是普通百姓，他们的日常叙事极其简单，既有汗水、泪水，又有失望、沮丧，他们用奔腾的方式消解压抑，用疲劳的方式将压抑的精神逼近极限，某天凌晨的高速公路上总能听到关于车祸的报道，而媒体在分析原因时使用最多的词汇是两个："疲劳"和"超载"。

当然，绝大多数人不会成为高速公路的精神"他者"，更不会跟"疲劳"和"超载"这两个危险的词汇联系在一起。作为推动社会进步的动力阶层，这最大多数的人群在高速公路上行驶，带着各自的宿命和目的。在人生的场域里，他们用手机短信、用记忆梦幻、用阅读报刊、用蒙太奇以及用心灵呐喊等方式进行大面积的民主叙事——

手机短信：

认识一个人不容易，因为这需要缘分；忘掉一个人不容易，因为这需要怨恨；喜欢一个人不容易，因为这需要真情；不发短信更不容易，因为你太有魅力！

记忆梦幻：

想着一个人的感觉真好/昨夜的梦想是一束阳光/我握着你的羞涩/哦，

---

① 陶东风. 日常生活的审美化与文艺学的学科反思[J]. 中南大学学报(社会科学版)，2005(03)：313.

老天爷/我是不是醉了？

阅读报刊：

最近似乎迷上了冒险岛，也很少写日记了

气温每天都在下降，情感的温度亦是一样

感冒了，越来越严重，严重得不可理喻

不想打针，吃了药整天无精打采的，总想睡觉

嘴巴干裂，鼻子通红，心情烦躁，提前进入了更年期状态

删掉以前的心情，重新开始！

外面风很大，吹的一脸生疼。

山顶积了雪，很漂亮。可是地面却总是不下雪

最喜欢冬天的太阳，暖洋洋的，舒服极了！

找一棵树，一把藤椅，一本杂志，在太阳下面尽情地释放慵懒。

最喜欢这个清净的城市，干净，温暖。没有大城市的嘈杂，却又有很强的民族气息，城市与乡村的混合，在高速公路上，依然可以看到一片片的油菜花和蓝色的洱海，以及阳光在海面上泛起的粼粼波光

在这样美好的环境中，心情亦会好起来，一切都会好起来

还记得海子的那首诗——

从明天起，做一个幸福的人喂马，劈柴，周游世界

从明天起，关心粮食和蔬菜

我有一所房子，面朝大海，春暖花开……

蒙太奇：

在楼顶上，风很大。

掠起头发，脸庞冷冷的，猫咪要回家。

我在想，什么时候丢失你。

而什么时候丢失的你，能够找到回家的路。

那些荡漾的，是你我共同的记忆。

那些风吹起的，是你我的曾经。

我不知道我们原本是在哪里的。

我只知道，现在，我在这里。

心灵呐喊：

哪里是家？哪里是真正的家？哪里是真正温馨的家？

······

总之，随着消费主义的叙事母题以"城头变幻大王旗"的喜剧方式推动流行文化、时尚汉堡和爱情快餐的日新月异，高速公路宏大叙事之天地变得越来越宽广，从圈地运动、疾病叙事、体育赛场到自由人生的精神态势，现代人的理性、激情、智慧在滚滚的车轮下变得茫然和麻木。"回家的路多了，可真正的家又在哪里？"这近乎带血的撕裂般的呼喊为拜金主义的时代广场敲响了警钟。

三、符号的解码

许多时候，高速公路的符号表征是与经济神话联系在一起的，大众话语和公共空间都不约而同地以鲜明的态度表达了相似内容的全息性假设。事实上，政府文明总是恰到好处地潜伏在经济神话的翅翼下，一旦叙事需要，政治文明的符号信息就以"服从国家利益为最高宗旨"之主旋律的形象大使面目表达强烈的民族自信心、国力和本土经济的巨大张力。

比如，2003 年 10 月，交通部以国家权威部门的解码方式发表这样的理性叙事：在过去的 10 年间，我国高速公路从 1992 年的 652 公里增加到 2002 年的 2.5 万公里，高速公路总里程仅次于美国，名列世界第二。面对这一举世瞩目的历史性跨越，也许有人会问：中国的高速公路是否已经足够了？在未来的几十年，高速公路如何实现新的跨越？

一些业内人士提出这样的观点：现阶段我国高速公路发展过于超前。他们举出了西部高速公路的案例，部分路段车流量稀少，高速公路的投资效益不能发挥，浪费了有限资源。因此要控制高速公路的发展速度与规模。

对此，交通部规划司副司长李兴华说："绝对规模的领先并不代表发展程度的领先；少数路段短期车流量偏少不代表总体上的发展超前。"

据李兴华分析，经调查发现，全国高速公路中75%的实际车流量达到了预测的水平。另一方面，余下的25%的高速公路多分布在西部地区，这部分高速公路车流量偏少的情况是正常的。从时间概念上分析，高速公路作为特殊的基础设施，设计能力通常要考虑开通20年以后的要求，为未来留有余地，因此在开通3至5年内车流量偏少符合其本身的技术特性。同时，高速公路也是一种经济现象，必须符合供需关系规律。此外，我国经济总量已跻身世界前6位，但高速公路的综合密度却排在经济总量前8位国家之后，这反映了高速公路的发展与我国经济发展水平极不相称。

"和发达国家的现有水平相比，我国高速公路的发展仍有较大的差距。"交通部部长张春贤毫不含糊地说。目前我国公路密度为每万人13.1公里、每百平方公里18.3公里，分别为美国的5.8%和26.9%，日本的14.3%和5.8%。日本高速公路已经连通了所有10万人口以上的城市，任何城镇与乡村可以在1小时内到达高等级干线公路网。而我国目前一些人口和经济总量已达到相当规模的地级城市和省会城市间还不通高速公路。我们的目标是，在20年内，让高速公路连接所有目前人口在20万以上的城市，基本形成国家高速公路网。

这种高调叙事已经写进了十六大政府工作报告中，为雄才大略的政治家们在新一轮五年计划的国家大舞台上大显身手创造提供了激情洋溢的话语背景，据介绍，截至2020年，我国的高速公路达到15万公里。国家每年投入400亿元左右的资金支持高速公路建设。在这一发展过程中，还需要大量的资金支持、有序的管理体制和科学的经营模式。只有解决好这些问题，我国高速公路才能真正实现新的跨越式发展。

目前我国高速公路管理体制大致可归纳为三种类型：第一类是组建省政府直接授权并领导的国有资产投资主体性质的高速公路集团公司；第二类是组建由省交通厅领导兼任董事长的投资管理实体；第三类是成立事业性质的高速公路管理局。

由于体制不一，部分地区往往忽视了高速公路社会公益性设施的属性，简单地将其收费权视为一般的经营权，追求经济效益而忽视社会效益；有些地方一路多制，不同省市的收费标准不同，且差异很大。当前，首先需要对现有的高速公路管理体制进行改革和完善，同时探索适合中国高速公路特点的特许经营的新模式，使之成为现有管理体制的重要补充。首要任务是出台特许经营的法规，让审批者有据可依，让投资人真正放心。在此基础上，探索新的收费模式，实现按统一的标准核算和调整收费水平，逐步减少众多收费站，在更大范围实现联网收费。

同时要结合国有资产管理体制改革，充分考虑高速公路的基础性、公益性和系统性，在规范收费公路的经营管理的基础上，国家要及时制定高速公路特许经营办法，建立中国特色高速公路特许经营制度，从政策上扶持和促进高速公路实现持续健康发展。①

政治文明通过高速公路的载体发出的强音表达和激情叙事，不仅使中国"中产阶级"这个动人的集体符号消解了"怕露富"或"怕显富"的陈旧话语体系，并以异军突起的方式浮出水面，挥旗亮相，而且他们的生活方式、审美趣味和精神追求成为官方与民间共同关注的时代亮点。高速公路新概念的引进使通过原始股票获得第一桶金的"暴发户"脱胎换骨成为新一代的中国儒商，他们的行事风格和生活时尚成为中国成功人士的代言人和民间价值观教育的有力佐证。

例如，在北京就出现了许多以中产阶级为主的富人俱乐部。一家名为京城俱乐部的叙事主调是：缴纳8万元人民币即可获得终身会员资格，另外，每个月还需缴纳100美元会费；另一家名为长安俱乐部的则缴纳1.2万美元方可获得终身会员资格，此外，年费为1250美元。长安俱乐部也吸纳以公司名义注册的社团、企业团体会员，并可推荐一名或几名代表及配偶享用长安俱乐部一切设施，团体会员每名代表年费为1250美元。

要简单描述这一群成功的时代弄潮儿的生活并不困难：经过一天忙碌充实的办公室生活后，俱乐部成为他们减压的最好去处，一应俱全的康乐设施，提高了会员的生活情趣。例如京城俱乐部的会籍都是家庭会籍，会员的

---

① 冯蕾.高速公路如何实现新跨越[N].光明日报，2003-03-10.

配偶、孩子都可以去娱乐，作为会员来说，家属能在俱乐部玩得高兴，会促进会员工作做得更好。会员有客人来，无论是娱乐还是就餐，价格比同档次的饭店、娱乐场所便宜不少，就这一点来说，给足了会员"面子"。会员如果带客人到长安俱乐部用餐或者娱乐，会发现价格比同级酒店或者酒楼要低20%，所以许多会员愿意把自己的商务伙伴带到这里来消费。京城大厦的商务会籍授予会员享有京城俱乐部设在京城大厦50层所有设施的权利，包括中西餐厅、酒廊、各大小会议室、宴会厅及遍布世界各地的联网俱乐部的设施。在这里，政治文明、资本权力和日常生活结合得恰到好处。

由此可见，解码高速公路所表达出来的政治文明的精神意义在于：社会越是企图超越无法控制的流动之权力的全球化逻辑，以便恢复它们的秩序和谐与身份认同，就越需要一种能揭示它们自己经济走向的总量规制和现实建构——它不需要取自横跨历史空间贮藏库的虚饰之美。与此同时，政治文明试图发出某个非常明确的讯息，或直接表达既定文化符码的过度意旨，是一种虚拟的精神叙事，其目的就是要穿透民间话语饱满的视觉想象。它的讯息传播的意义，在于作为我们象征行为特性的"突发"文化，往往隐含着一种对旧时主流价值的道德背叛。这就是为什么，很吊诡地，在抽出种种附属叙事、被流动空间之逻辑所塑造的社会里，看似意义最为单纯的高速公路，即所谓的"赤裸的空间"，恰恰呈现出一种最为深沉的现实表达。也就是说，那是一种形式十分平板、纯粹、清明，不想要诉说任何事情的路途。而且由于沉默不语，它们经受住了流动空间的孤寂经验。它们的讯息就是沉默本身：在一个巨大开阔的空间里，经济总量、国民理想和政治文明结合了美丽的大理石、钢管、水泥和车玻璃，以及区隔用的透明的高架桥，轻巧地掩藏了某种恐惧与焦虑。置身于高速公路的形式美之中，人们必须面对他们的不愿设想的真实处境：他们孤身一人，置身流动的空间，他们可能会失去联系，悬滞在转换的空旷里……

而此时，电视里播放的是政治人物慷慨激昂的演说，以及由此引起的沪深指数的重大流变、人们心情与幸福期待的深度影响。

四、诗意栖居的图像表达

高速公路能够使人们的生活达到海德格尔式的"诗意地栖居"吗？如果回答是肯定的，那么，我们有没有可能对其精神含义实现一种类似图像化的叙事表达？

网上流传着这么一则诗意的描述：无须选择方向，在离开城市的近郊行驶，经过一处处山清水秀而又鸟语花香的地方，总能看到一幢幢造型新潮雅致的别墅。停车小憩，随便走进一幢别墅，都仿佛置身于一幅别有情调的风情画。垂柳、草地、藤蔓架、竹林、温室、花圃，弯而窄的石板路，让你感觉走进了《红楼梦》中大观园的一角。这些别墅各式各样，不像城里的房子，你还需看门牌号才能确定是否回错了家。它们大都是矮层建筑，四周还有一块田地。有些别墅乍一看与普通民宅没什么两样，里面种着西红柿、茄子、玉米、丝瓜，草地上散落着农具，若不是精心布置的草坪、古色古香的家具、蜿蜒曲折的长廊与做工讲究的檐柱，你会疑心一不留神撞进了乡野民居。

这些高档的公寓与郊区别墅，是京城富人区的一个缩影，为"诗意地栖居"之概念提供了某种实物图景。它们或靠近交通要道，或掩映在湖光山色之中，还有一些位居于民间传说中的风水龙脉之上。在北京，真正的富人区主要集中在亚运村、中关村、燕莎附近。郊外的富人区则集中在亚运村北部、西山地区、京顺路、顺义、机场沿线。以紫玉山庄、罗马花园为代表的亚运村，集中了不少娱乐圈的明星与商务人士。而以京润水上花园为代表的东部国贸商圈与使馆区，则容纳了不少外企主管以及高级白领和一些私企老板。此外，机场路沿线的别墅群，是目前北京最集中、规模最大的富人区，其中，银湖别墅、龙渊别墅、香山花园是主要代表。

很显然，这种表达还只是百科全书型的传统的文字叙事方式，跟图像化的叙事系统存在较大的心理距离。更为重要的是，上述文字的描述不是富人们本身的视角，而是作者的视角，或读者习惯阅读的视角，与图像化表达的强烈视觉文化相脱离。同时，市区或郊区富人区的别墅或别的类似这样的俱乐部与高速公路的叙事主体也没有发生必然的联系，甚至有着相反意义的审美诉求：即高速公路与别墅、与诗意地栖居不能产生某种关联，高速公路苍凉的繁荣与喧闹的风格与传统意义上中国人向往的"小桥、流水、人家"静谧栖居的田园风光背道而驰，其诗意地栖居之图像化表达只能到陶渊明笔下的《桃花源》中或开封市的《清明上河图》中去寻找。现在的都市富人区或郊区俱乐部式的别墅，无论它们的视觉文化如何张扬，如何以写实或镜头风格引人入胜，其精神指归总是难以达到人们期望的审美高度。

原因在于，这里的视觉文化脱离了以语言为中心的理性主义形态，转向以形象为中心，特别是以影像为中心的感性主义形态。黑格尔早就指出，在人的所有感官中，唯有视觉和听觉是认识性的感官。因此，我们把握世界的主要方式就是视觉和听觉，但是比起视觉来，听觉符号既不能反复地审视对象，又容易随着声音的消失而逝去。

事实上，视觉是具有优越性的——图像化表达就是建立在这种优越性之上的。首先，人对世界的把握和理解主要是通过视觉通道。有实验证明，人对外部世界的信息的把握，绝大多数是通过视觉获得的。其次，从历史的发生学角度说，"看"（视觉表述）也是先于"说"（声音叙事），恰如英国著名美术批评家伯格所言："'看'先于词语，儿童先是'看'和辨认，然后才是'说'。"某种意义上说，每个民族最初都是使用形象而非语言来表达他们所生活的世界的。阿尔塔米拉的洞穴壁画就是一个很好的例子。

另一方面，数字化时代的图像化表达有一种复返的原始冲动，是一种理性叙事和智性回归，但利用图像理解世界并非只是人类思维、语言处于低级水平的一种认知方式。现代心理学已经逐渐意识到，随着社会的高度发达，人们使用语言能力的不断提高，图像也可以作为一种"语言"而存在，它也具备文字语言的思维功能。图像和文字一样，也可以表达相对完整和连贯的意思，是人们把握世界的永恒方式和途径。视觉文化时代的到来，使得传媒必须重新审视视觉的重要性，更加重视对图像的使用。[①]

高速公路奔腾的速度，广阔的视野，一闪而过的旗语和波浪般穿行的力度，给人一种飞翔的快感。"诗"是什么？就是激发人的解放潜力，就是自身

---

① 程欣，邓碧波. 图表新闻纸质媒体的"图像化生存"[J]. 军事记者，2004(07)：29-30.

的和对于世界的开发潜力，就是使人的灵与肉分离、使人产生飞翔之惬意的潜力，对生命的敬畏和尊重同此而生。海德格尔在倡导"诗意地栖居"这一存在的至高境界时，其中的"诗"所具有的内涵已经不是普通意义上的文学文本之"诗"了，而是一种被海氏提升了很高层次的、具有哲学意味的"诗"。这里的"诗"除了包含文学审美意义上的诗意之外，更包括了人的主观能动的构筑和创造。这是人得以实现人生自我价值存在的重要途径。基于此，有学者概括地认为："'人诗意地栖居'也就是'人劳作地居住在大地上'，即'人技术（巧）地居住在大地上'，'人自由地居住在大地上'"。①

至少，从表层上看，高速公路为这种理想的实现提供了物质意义的情感载体，而要对这种情感载体之具象进行阐释解码时，高速公路选择图像化表达便是一种应对策略，图像对视觉形成冲击，是对视觉内容进行的记忆描写，这种描写主要包括着眼于"以审美的人生态度居住在大地上"之精神维度。因为，审美态度的人生境界可称得上是一种与圣人境界相当的最高人生境界，是在人的层次上以一种积极乐观、诗意横生的态度应物、处事、待己的高妙化境。但是未达到此化境的低层次的审美人生态度则有可能会落入玩世不恭、缺乏精进向上和奋发图为的时代染缸。

而关于审美的人生态度和境界，有学者认为就是庄子倡导的审美的人生态度和境界。事实上庄子所倡导的"逍遥自在""齐物我、齐万物"的"物我两忘"的境地并非完全等于审美的人生境地，而是远高于审美人生境地的，是一种类似于佛教的"无喜无悲、无苦无乐""应无所住而生其心"的禅境之地。

诚然，高速公路的图像化表达不可能对叙事主体灌输"逍遥自在""物我两忘"这类生存自由之理念，因为庄子倡导的化境只能适合于高速公路以外的物质空间如田园、山间以及荒漠野岭。但如果从精神空间来说，物我两忘的逍遥境界完全能够达到，"大隐隐于市"的现实意义在于：即使身处车水马龙的繁华闹市，你依然可以做到"心如止水"；即使置身于高速公路的危险地带，你也依然能够做到"胜似闲庭信步"。因此，有人认为，追求艺术效果，追求乐趣、快慰，追求幸福和乐境并非人生的最高境地。无喜无悲、无苦乐、

---

① 叶秀山. 何谓"人诗意地居住在大地上"[J]. 读书，1995(10)：46-51.

"应无所而生其心"的大自在、大解脱、"中道无为"境地才是至高境地。用审美态度去对待一切(包括人生的喜怒哀乐、生老病死、烦恼、痛苦等等)只能算是一种智慧的方法，而不是终极目标。佛家和道家之所以不提倡刻意追求奇技淫巧(包括所谓艺术美和艺术的精巧)，更反对人们用任何技能法术去获取追求享乐和舒适，包括精神的享乐，其深邃的旨意正在于此。①

质而言之，作为人体之延伸的高速公路，不仅使人的肉体获得空前的自由解放，使人的精神境界得到审美意义上的提升，而且使人朝着"诗意地栖居"之美好境界大大地迈进一步。它的图像化表达不仅使人感受到了物质文明激情叙事之快意，更让人感受到了人类精神潜能的巨大空间，为虚拟与真实的"现代物语"埋下了一个深沉的伏笔。

五、虚拟与真实

虚拟是真实的前奏；真实是虚拟的结果。我们每一天都在虚拟和真实的长廊里穿行。当高速公路还是一个计划或一张蓝图的时候，它是虚拟的；但当计划或蓝图通过资本、推土机、工人们的汗水和智慧不断地打磨时，它最终成了现实。而这个现实往往又成为下一条高速公路虚拟的模本，成为新一轮事实的基础和扩张的开始。

从文化探源上说，历史的脚印、社会的发展和民族的进步莫不如此。比如，美国汉学家狄培理(W. Theodore de Bary)认为，《论语》中所说的君子是天命真正的代言人。在这里，君子只是一个虚拟的概念，但是当其英勇、坚毅、公正和浩然之气的表征符号化为血肉之躯时，君子就成了正义的化身，是真理的使者，是具体实在的人。此时，君子不但是代表社会的良心，更是"天"的代言人，可以替天行道，直接和君主抗争。《论语》中有君子以斯文自任，知天命(《为政篇》)、畏天命(《季氏篇》)等都表明了君子直接向天的最高权威诉求。君子所扮演的是"先知"的角色。

但是，中国儒家文化的"先知"与西方基督文化的"先知"或预言家有很

---

① 杨全. 诗与在——"诗意地栖居"何以是最好的存在[J]. 名作欣赏, 1998.

大的不同。

　　韦伯说，西方传统内的先知有两大特点：神直接赐予启示和个人的感召力（charisma）。而儒家不把天视为人格化的神，同时君子也不具有个人独特的感召力。此外，君子（先知）和人民之间的关系也是相异处之一。人民虽然有"革命"（孟子语）的权利，但是在儒家的观念中，人民是被动的、消极的。西方传统的先知直接向百姓宣布神的旨意，直接谴责专制者的罪行，目的是要鼓舞百姓起来改善腐败的社会。狄培理认为中国的先知传统最大的弱点是君子没有建立权力的据点，西方至少可以依赖教会庞大的势力。因此，中国的儒者往往以个人的力量来与君主或是官僚势力抗争，其失败几乎是命定的。他们的失败不在于他们没有理想，或是没有"超越性的价值观（transcendental values，韦伯语）"，而是由于他们没有组织成一个巩固的势力集团。这个弱点早在汉代就很明显了①……

　　在穿行虚拟与真实以及关于天地、君臣、自由、民主等文本叙事时，美国另一个汉学家孟旦（Donald J. Munro）则独创性地提出"描述性的平等"与"评价性的平等"观念。他认为，西方近代的评价性的平等意味着所有的人具有相同的价值，应该受到同等的待遇。而中国传统哲学认为人（主要指成年人）的社会功绩是不同的，因而"不平等"的遭遇是合理的。所谓"描述性的平等"是指所有人生而具有的共同性，是相同的本性或特质。这种平等也就是自然的平等，是人们在进入社会和承担一定的社会角色以前的平等。描述性的陈述并不必须含有所有人应该得到某种一样待遇的意义。②

　　虚拟与真实在法学与法制上运用得更多。不妨以李白与杜甫的诗歌文本来分析法学与法制之间的虚拟与真实。有学者指出：尽管李白与杜甫似乎是在描述两个世界，但老百姓对他们的敬重却难分伯仲，因为，人们需要的是有些浪漫的现实，即虚拟中的真实，李杜因此就各得其所了。人们对于法学与法制的要求也并无二致。这个社会既需要有点浪漫的、有些理想成分的、

---

①　De Baey W T. The trouble with Confucianism [M]. Cambridge, Mass. ; London, England：Harvard University Press, 1991.

②　傅伟勋，周阳山. 西方汉学家论中国[M]. 台北：正中书局, 1993：186-187.

超脱于僵化的规则体系之外的、关于规则的解释与憧憬的法学，也需要黑白分明、丁是丁卯是卯、刻板确定的法制，以增强财富与人身的安全感。也就是说，一方面，老百姓希望法学就是漫漫黑夜里远方那闪闪烁烁的光亮，它不必一清二楚，但足以点燃起民主自由的法治理想，将人们带入一个无形空间；另一方面，老百姓希望法制就是那真真切切的通往法治与自由的坚实台阶，它不能光怪陆离，也不能游移不定，它是个可视的有形世界。就此而言，无形的法学空间不可能纯粹地真实，正如有形的法制世界不应有半点虚拟；无形与有形，虚拟与真实，都只是为了回应社会现实不同层次的需求。

高速公路在规则与规律、法理与法制、时间与时空以及速度与距离等方面都写满了虚拟与真实的印记。特别值得说明的是，中国儒汉文化对于"天"字有一种神圣的敬畏感，所谓天子、天人、天界等都是极品叙事，表达了一种大地情结，是对虚拟与真实的镜像诠释。即是说，"天"是虚拟的，地球以外的天空都是天；但天需要地（地球）的实物支撑，否则天难以成其为天。

在具体阐释"天"字崇拜的文化概念时，高速公路更是用足了劲，使用了畅快淋漓的宏大叙事。例如，在江西高速公路建设规划图上，自 2001 年底以来，伴随"实现在中部地区崛起"目标的确立，一个"天"字跃然纸上：已完工的九江至景德镇高速公路是"天"字的第一横；第二横横穿江西，是于 2002 年底建成通车的沪瑞国道江西段的梨温高速公路，将打通江西至上海、浙江的高速通道；贯穿江西南北的赣粤高速公路是"天"字的一撇；京福国道江西段的温家圳至沙塘隘高速公路则是"天"字的一捺，通往福建。而已于 2004 年 12 月竣工通车的梨温高速公路更是为建设中的江西"天"字型高速公路框架上添了有力的一横。到 2004 年底，江西 6 条出省高速公路已全部竣工，现在，驱车从南昌到沪、浙、粤、闽、鄂、湘等周边省市的距离将全部缩短在八小时内。"天"字型高速公路框架已经为内陆省份江西构筑一个融入长江三角洲、珠江三角洲和闽东南三角区的"八小时经济圈"。因此有人形象地说，上午在广州喝早茶、中午在南昌品赣菜、晚上去看夜上海将不再是梦想。江西省计划成为中国沿海发达地区的优质农产品输出基地、产业梯度转移的承接基地、劳动力输出基地和旅游休闲的后花园，而高速公路建设正是实现该战略的关键一着。①

换言之，所有的事件都不在场，但可以预测。在虚的光芒的指引下，实的相出现了，或者将要进入观察视野。无论是君子之说、天地之见还是自由民主和法制等话题，都成为虚中有实、实中含虚和虚虚实实、实实虚虚的叙事细节。所有我们能做的就是训练我们的洞察力。

在高速公路（真实）与信息高速公路（虚拟）的结合处，情形更加典型：所有旅程已经发生的地方，对于产生扩散、逃离和运动的模糊愿望的地方都集中于一个固定的支点。一个虚拟的空间替代了真实的运动空间，或者"真实的"潜力隐喻地转移成为一个虚拟的"流动"的力量。信息高速公路中的"赛伯旅行"具有清晰的流动性，它提供了一个超越计算机屏幕的隐喻世界，"全球"不再代表世界，因为它成为了"这个世界"。这种关于现代网络媒体影像的观点表明一个赛伯机械空间的概念化模型没有扩大世界；它抛弃了一个完全被认识和完全被包围的世界——一个具有透明性和即时性的世界。

作为一种媒体影像，高速公路由技术和资本创造，它隐含世界的概念模型继续发挥着功能作用。当一个人接听电话时他/她并没有去某处，但当一台电脑连接上电话线上后，突然在空间上，在运动上状态上这种隐喻性却到处增长扩散。当真实向虚拟的转变发生得像陈述或表达让位于拟像的时候，一个虚拟的世界出现了。和高速公路改变国家的面貌一样，信息高速公路通过一个虚拟图景的变化为人们生活的戏剧性变化提供了想象。

与高速公路的"实相"不同，信息高速公路依赖于一种较微妙的隐喻——虚拟的地形学，在这种地形学里，速度、运动、方向成为可能。网络成为一种拟像的领域，它让使用者通过电脑调制解调器来旅游，在这里电脑屏幕代替了挡风玻璃，真实不再作为一种指示物服务于商品大潮下的后现代版本。这种拟像的景象或屏幕是一种"无深度的表面"，它在隐喻和它所代表的世界之间不允许拟像的游戏。

原因在于，信息高速路允许在一个隐喻的世界里旅行，超越，加速，"赛博空间"不再是严格的杜撰"母体"。根据神经机械学的空间计算机网络概念，这

---

① 刘菁，郭远明. 江西：构筑八小时经济圈[N]. 新华每日电讯，2002-11-26.

个概念已经进入了作为速记手的网络的大众话语，正致力于挖掘虚拟与真实之间的象征距离。通过对理性和真实的虚拟性的描述，它抛弃了超真实的"真实"。但当一种矫饰的模型优于它试图理解的现实时，命中注定面临灾难。

用鲍得里亚的话来说，屏幕通过获得超现实的最低速度，描述了一个"真实的附庸"之范例：以前人脑计划的，作为地球生活环境的隐喻而生存的从现在开始被完全没有隐喻的设想成为绝对的虚拟空间。隐喻不再变化，拟象的因特网高速公路成为一种虚拟的真实形式，它阻止人们试图把它总体化为一个世界。同时，虚拟社群提出了许多问题：个人除了回答关于获得电子民主的终结之外，如何建立与事物真相的联系？网络空间不是为（再）生产一个模范的社群而运作，而是恰恰能使我们超越终结，通向新的联系：新的"地形图"需要新的话语。在虚拟的网络上，人们的词语即是自我的身体，一种联系的纽带迫使自己对"身体"重新检验——把它作为物理学的实体和现象学的经验。在每个例子中，网络与其说是肯定他们，不如说是为干扰模式提供了媒介。即网络或许呈现了一种诱惑而非压抑：这是对现代性自我和身体、个人和群体的假设的挑战。[①] 这种挑战，如同电话线将信息和空间联结到一起一样，虚拟与真实也将信息高速公路与高速公路紧紧地连到了一起。

六、时间的碎片

时间追逐着时间，时间重叠着时间，时间淘汰着时间。时间将今天推进历史，又将历史拉入今天。时间似剑，带着鲜明的质感和记忆的瞬间，冷静，精确，不卑不亢。时间将文明切成碎片，也将碎片粘合起来。

奔驰在高速公路的核心元素就是对时间的真实体验。独立于彼时所在的那些地点，车轮的罗盘、速度、阳光和沿途竖起的一个个电子滚动牌等等，总是提醒人生之途每一个时刻的独特性。这种独特犹如空中拍下的照片，每幅照片都提示着我们向死而生的命运，每幅照片都涉及我们的生与死。那些

---

① Nunes M. Jean Baudrillard in cyberspace: Internet, virtuality, and postmodernity [J]. Style, 1995: 314-327.

我们轻易察觉不到的死亡讯息遍及公路的两旁，我们与它们擦肩而过。它们露出微笑，以惯有的优雅的微笑静静地注视着我们。时间在流逝，带着某些伤感。有些照片清晰地传达了稍纵即逝的短暂，童年的记忆像落叶一样吹走很久了，而我们还一厢情愿地停留在时间广场上的游戏里，我们奔走、漂泊、张望，带着古老的颜色和古老的心情，道路两旁的矢菊花也经历了四季的轮回……地球如此博大，深沉而厚重，它的"表面"以磁场的吸力深深地吸引着我们，将骨髓埋进墓穴的声音至今还在山谷响起，那些地点、那些飞驰而过的"美的一瞬"就如此这般地激起我们抓住并保留图像的愿望。

像任何一个虔诚的收藏家对于古老时间怀着深深感恩一样，高速公路也总是被一种感恩的激情驱使。切开的地表，伤着的文物，以及仍然深埋在地层中心的那些野兽的声音，都以黑色的质地表达对时间完好无损的记忆。在它看似冷静的路面上，一辆又一辆车带着各自的宿命奔走、呼号，文明的里程数一次次刷新。就这样，在"寂静的沸腾"中，高速公路伴随着对过去的感知，在一个又一个历史拐处设置收费站，在一个又一个时间盲点举起广告牌，在一个又一个时空交叉处矗立小小的里程碑……所有这一切，都可以看作是高速公路对时间广场内心深处的真实再现。

高速公路对一个事物的热情并非主要关乎它的内容或意义，而在于简单地确认它的存在、它的独特，并不去考虑哪些特性使它显得独特。比如，它的关于护栏的思考，它的关于安全的垂注，它的关于时间之流的直线叙事。高速公路还致力于以高空拍摄照片的方式为沸腾的现实渲染一层冷静的陈旧，使时间叠加成坚韧的路基，使历史压缩在经验和爽约之间。这使得它的每张照片都成为古物，成为文物考古学家关注的对象和争议的焦点。虽然这并不是它的愿望，但人生的大道上，愿望与事实总是存在悖论。高速公路就是这个悖论的缩影，是时代话语中的热情隐者。它的每张照片都暗喻一种生存方式，好与坏，对与错，道德与颓废，合在一起，它从不对此进行学理层面上的评判，它只是展示，充分积极地展示，为所有过往者提供一种经验、警示和思考的对象。

高速公路喜欢写实风格，它把浪漫派绘画和印象派诗歌统统纳入时间的废墟中。那种"飞流直下三千尺，疑是银河落九天"的惊人想象无法在此找到用武之地，而"前不见古人、后不见来者；念天地之悠悠，独怆然而涕下"的发思古之幽情也很难找到生存的空间。更多的可能也只会是"床前明月光"式的小憩或马致远小令中的深邃明净的意境。公路上遍布陈旧的话语和欲走未走的流动物欲。一尊人造的雕塑结合了地域的文化，见证了民族寓言的张力；一处人造的遗迹则强调着它的历史特性，意欲给大自然注入一种特殊的吸引，也就是对往昔怀旧的吸引。

时间广场上丢失了一个又一个爱情故事，从这里丢失的也无法从高速公路上寻找回来；时间广场上抛弃了一个又一个消费神话，在泡沫中成长起来的神话也只能最终从泡沫中消失。时间广场上演出了一个又一个英雄话剧，最动人的情节留下来之后其余的一切都会终结。时间广场上摆开了一桌又一桌精美筵席，再美的旋律、再盛大的酒会也会被无情的时间冲走得七零八落。明乎此，我们还能抱怨什么，还能不珍惜已经拥有的一切吗？对高速公路本质的拍摄还能无动于衷吗？

高速公路本质拍摄的显著特性在于确认这样的母题：一切都会过去。它拍下的无数的图片，无论小猫小狗或风花雪月，抑或是时代洪流中夺目的浪花都是对这一母题的一次次地强化和追认。它专断的陈述在终极的分析中暗指：现实不能被归类而只能被理解为偶然性碎片的总和。过去，我们通过渴望一个不同于当下的世界来表达我们对现实的失望。而在现代社会里，它表现为复制与捕捉那个世界的欲望：一切都会过去。有什么艰难不能承受的？有什么困难不能跨越的？有什么快乐不能狂欢的？一切都会过去。是事实，是宿命，更是呼喊或隐喻。一切都会过去。它在助长着人们积极奔走的同时，也让享受主义在人文精神的历史走廊里回光返照。

高速公路与我们对峙，与时间的肌理对决，与文明的广场对质。追踪它静止和运动的图像，也许意味着探索从时间之手从空间到地面的假定线性发展过程中偶然的联系，是瞬间的抓取，又是长久的跟踪。当每张照片传达着对往昔的印象，当田园风光被时代之潮冲走的时候，你感到了历史之重和时光之痛。高速公路上的每格画面像是抓住了时间与未来影像间的纠缠，给你真实与虚幻的陈述，将梦想撞入你的怀抱，你躲闪不及，只能倒在时间的大床上，演绎生命的激情时刻。

因此，高速公路的出现是对乡下小道的集体留恋，是对历史境遇的宏大记忆，同时又是对当下存在的幻觉之体认。与之对应，奔流而过的车辆人流提供了对过往的认定和对时间大厦的抒情。它排除了一切不利元素，显得干练、坦率，与历史的路基和平共处，互补互利，发出沉实的响声。

高速公路制作了一系列纪录片，生命的场景，诗意的片刻，真实的灾难，等等。它不想粉饰历史，更不想屈从现实。它有着自己的独立人格，坚强任性，连画外音都留下了时代的原始剪辑："我们经常在公路上停下来拍摄一个场景，因为护坡某处的突然断面或某个毁坏的叙事对象让我们想起我们自身的真实处境。"

这些画面令人着迷。高速公路在时间表皮的选景上对摄影、建筑、景观、色彩和光线都有着清晰的规制原则。对空间叙事者来说，激情抒写经常意味着谨慎地试探着场景，是在场景被仔细确定之后。每一个人都在上演自导自演的人生大戏，高速公路可为此提供道具或场景，因为它经常会启发一个故事的各种可能性；除此之外，这部大戏还经常受到旁观者独白或个人经验的影响。所以在激情抒写中，高速公路对印象、文本和速度的偏爱甚至突破特定故事的原型：比如，焦虑的眼睛上挂着树上的一只苹果；汽车商标的文化碎片上涂着一个英文字母；风的速度与森林般大手的高举彰显了一种矛盾；空旷无边的广场上一个人无助地站在太阳的阴影中……

所有这一切，都说明了高速公路的时间之辇正在迈向新的审美区域。它带着拟人的叙事，敏锐地意识到了电影和图片这两种媒介的传播潜能。在电影中景观通常只作为人物的背景，而图片摄影式的长镜头拍摄使景观成为基本要素。高速公路不喜欢把背景虚出焦点之外的特写镜头，坚持认为详尽的照片能提供广阔的想象空间，解析度与景深令最小的细节也能被辨认。它还固执地认为，图片摄影最终是"一个时间中的行为，在这个过程中事物从时间中被剥离，并灌注以另一完全不同的生命过程。"只有图片摄影给了它捕捉并留存图像的方式："与电影相比，图片摄影具备某种决定性的东西。"

电影的镜头语言，图片的特写叙事，高速公路伫立在时间广场的中央，以自己独有的方式与时代同步，同时把历史的碎片黏合，将文明的愿望诉诸远方。

七、文明社会的符号储蓄

风在响，从耳边掠过，以极端的金属方式，向着空旷的大地和时间深处，向着事物的核心地带，用最原始的仪式迎接激情的降临。此刻，你彻底地解放了自己，你赢得了你个人的自由，尽管有些迟，但是它毕竟被你有力地抓住了，当这个自由差一点再一次与你擦肩而去的时候。你尽情地释放着，火一样地奔跑或燃烧。储蓄，你敲响了青春的旗语，荒漠已经让你耽搁得太久，你再也不想让自由之美从你身边白白地流去。

还有什么在羁绊着你放飞的思维？还有什么让你牵挂着放不下？爱情的黄手绢早已被城市的洗脚水污染，神圣的友谊也被实用主义者涂上一层铜臭的基因，你的身份、户籍和文化积蓄都被无形的手简化为商品的量化单位，你的自我不再是根植于你的灵魂……你向往着大海，向往着飞翔，向往着空旷的草地或野地，你要在稻草堆起的地方挖一口深井，然后点一堆篝火，释放被面具罩住的自己，一个真实的你，裸露着赭色灵魂。而不远的地方，高速公路上的灯光像利器，让你时刻警惕着不速之客的闯入。

从什么时候开始，高速公路给你的感觉就是一种链条，一种媒介，人、物和文化成为这种媒介上的呈示物？当年，福特主义的"一天工作8小时，挣5美元"的口号，使你的祖先有能力支付汽车、住宅等标准化商品。但这些蔚蓝色文明移植到古老土地上并经过本土化改造后，事情变得有些吊诡。

今天，在全球化浪潮的推动下，流着MBA血液的企业管理精英学会用提高生活标准的策略来达到一箭双雕的目的：一方面它确保市场能够及时地吸收和消化大规模、大批量生产出来的商品，避免了产品过剩引发的经济危机；另一方面又保证了社会的政治稳定和物质文明的持续增长。它用消费领域的自由和相对丰富的商品贿赂工人，使之放弃了对异化劳动和资本主义制度的抗争。

换言之，福特主义以一种历史上前所未有的速度和前所未有的目的意识，以迄今为止最大的集体努力，在创造一种新型的工人和新型的人，使之适应于新的工作和生产过程。现代消费主义构成了资本主义社会劳动力再生产以及整个资本主义社会体系再生产的一种新形式。在我们周围，存在着一种由不断增长的物、服务和物质财富所构成的惊人的消费和丰富现象，它构成了人类自然环境中的一种根本变化。恰当地说，富裕的人们不再像过去那样受到人的包围，而是受到物的包围……我们生活在物的时代，大家根据物质的节奏和不断替代的现实而生活着，在以往所有的文明中，能够在一代一代人之后存在下来的是物，是经久不衰的工具或建筑物，而今天，看到物的产生、完善和消亡的却是我们自己。

消费社会就是这样一个被物所包围，并以物（商品）的大规模消费为特征的社会，这种大规模的物（商品）的消费，不仅改变了人们的日常生活，改变了人们的衣食住行，而且改变了人们的社会关系和生活方式，改变了人们看待这个世界和自身的基本态度。这样，生活在消费社会中的人们和他们的前辈的根本差异，并不在于物质需要以及满足这种需要的方式有了改变，而在于今天人们的生活目的、愿望、抱负和梦想发生了改变，他们的世界观和价值观发生了改变，最终是作为人的本体的存在方式发生了改变。[①]

个人自由的瞬间储蓄在高速公路上表现为一次次符号的集中消费。比如，音乐符号、广告符号和交通信息符号，个人只能在这些符号森林中抓住属于自己的目标快速在享用着。因为，在当代商业社会里，人们消费的已不是物品，而是符号。因为商业主义现在首先关心的是符号，形象、品牌和符号体系的生产、形象商品的生产与"灵活积累"是吻合的。

按照索绪尔的结构语言学分析，高速公路为符号学提供了基本的实践模式。正如许多学者已经看到的那样：索绪尔把语言看作一个独立自主的、封闭的符号体系，该体系中某一符号的意义，不是由它与客观世界的联系，而是由它在该体系内部与其他符号之间的差异性关系产生的。例如我们讲的"高速公路"这个词意味着它不是"乡村公路"、也不是"高等级公路"、更不是"城市街道"等等，正是在这种否定性的关系中，"高速公路"获得了自己独特的意义。因此"高速公路"的意义不是由自身决定的，而是由符号与符号之间的关系，换言之，由符号体系决定的。我们可以把这种语言学模式移用到对其他物质话语的分析。例如，假如我们把食物看作一个符号系统，就会发

① 罗钢，王中忱. 消费文化读本[M]. 北京：中国社会科学出版社，2003.

现，我们所吃的东西并不是"天然"地和"内在"地就是食物。一个民族的饮食文化作为一个系统，规定着哪些东西是可以吃的，哪些是不可以吃的；哪些食物是一般的，哪些是特殊的。每一种食物的意义都是在与其他食物的关系中形成的，都依赖于某一民族特有的食物符号体系。

事实上，符号的意义有广狭之分，其中一部分是较为确定的，即为"明示"（denotation）；另一部分是不那么确定的、联想性的、富于感情色彩的，即为"暗含"（connotation）。仍以高速公路为例，作为当今社会一种特殊的交通要道，它通过与其他道路，如乡村小道、驿道、盐道和街道等的差异在公路符号系统中获得全新的意义，这种意义就是"明示"的。但高速公路这一符号又可以作为一个能指在另一符号系统中发挥作用。如在民族文化这一符号系统中（包括流行的商业文化、传统的精英文化和庄严的宗教文化等），汉堡包又代表着"资本文化""政治文化""快餐文化"，甚至是"后现代主义的消费文化"等等，但这些符号并不是严格的字面上的意义。这种意义只是"暗含"在高速公路的叙事系统中。

因此，高速公路的话语体系就有着这样的语言学意义。奔驰在路面上的行为个人要想获得符号（比如音乐或速度）就必须抓住瞬间享受所得到的体验，并及时将它储存下来，形成记忆。

而风仍在响，在耳边，带着疲惫和苍凉……

八、都市文化的 DNA

高速公路、玻璃幕墙、购物中心和时代广场等这些最能显示当今社会文化基因特征的审美对象在消费功能与意义释放中一次又一次解码内含于身的符号意义。当"消费"二字成为各类媒体频率最高的强音表达时，人们有必要对产生于这种话语机制的土壤做出某种令人信服的分析。

消费不仅仅是钞票的付出与收回，不仅仅是物品的卖出或买走，更不仅仅是"吃了一碗面，花费二元钱"，或诸如此类的表象实证。鲍德里亚曾给"消费"下了一个全新的定义："消费既不是一种物质实践，也不是一种富裕现象学，它既不是依据我们的食物、服饰及驾驶的汽车来界定的，也不是依据形象与信息的视觉与声音实体来界定的，而是通过把所有这些东西组成意义实体来界定的。消费是在具有某种程度连贯性的话语中所呈现的所有物品和信息的真实总体性。因此，有意义的消费乃是一种系统化的符号操作行为。"人们通常把消费理解为一种物质性的实践，即对消费品的购买、占有和使用，但在鲍德里亚看来，这只能构成消费的前提，还不足以构成"消费"概念本身。"为了构成消费的对象，物必须成为符号。"

另一方面，一旦符号构成，社会就会使其再度功能化，把它看成是为了使用而生产的物。一辆高级轿车的功能似乎是一种交通工具，但在一位训练有素的符号学家看来，它实际上是有钱人炫耀财富、显示地位的一种手段。高级轿车作为交通工具的功能，在这里仅仅是一种托词，是使某一文化秩序自然化的手段，它赋予本来是文化的东西（地位的竞争）一种自然与合理的功能（交通工具），功能也是"神话"的一部分。在这里，功能具有了另外一种意义。这种意义不是来自社会实践，而是来自符号体系。

鲍德里亚据此抨击："整个消费话语……就是通过这种寓言化的神话系列明确表达出来的，一个人被赋予了需要，这种需要'引导'他去获取物，从而'给予'他满足感。"

但这种满足感在萨伊德看来，则是一种文化消费的"他者"。他认为，"每种文化的发展和维持都需要另一种不同的、具有竞争性的文化，即'他我'（alter ego）存在。"特别是当这种"他者"构成与身份相关的事实的时候："某种身份……是各自集体经历的陈列室，但身份的建构最终离不开确立对手和'他者'（others），而'他者'的现实性总是不断受到对其不同于'我们'（us）的差异性的阐释和重新阐释的制约。每个时代、每个社会都一再创造它的'他者'。然而，自我或'他者'和身份绝不是一件静物，而是一个包括历史、社会、知识和政治诸方面，在所有社会由个人和机构参与竞争的不断往复的过程。"之所以这样，是因为"人的身份不仅仅不是与生俱来的、固定不变的，而且是人为建构的，有时甚至就是制造出来的。"比如，一个穷光蛋不可能与奔驰车的身份符号联系在一起的，也许一辆破单车能恰如其分地表达他的身份。但是，当这个穷光蛋突然继承一笔巨额遗产，或者赢得一笔意外的彩票头奖，他一跃而为千万富翁，此时，他使用劳力士手表、金利来皮带，并开着新潮的红色赛车，这些身体以外的符号便显示了他新的身份事实，而且无可厚非。此时的人仍然是同一个人，但是他的身份连同他的生活方式与结交的朋友已完全改变。

大众消费的神话由此产生。一个人要想使他人产生深刻印象，最好的办法就是用信用卡进行夸张叙事。但慈善机构、拍卖现场和各类义演场所应当排除在外——尽管这些地方已经为不少机会主义者赢得了声誉和社会的尊敬。不义之财的敛集者、暴发户和各类腐败分子在为消费主义神话呐喊助威的同时，却也让社会良知受到打压，民众的正义、不安的空间和普遍表现的"仇富"情结已深深地打下了时代的烙印。

许多时候，人们常常根据消费观念将地域范围的文化特征视为落后的标志，然后以此为借口来迫使他们向现代性和民族化的文明"开放"。因此，我们再次重申"文化及其文化消费是一种以地域为基础而不是以地域为界限的现象"之必要。①

值得一提的是，消费因子的无孔不入使知识的效用和传统知识分子的公正立场与无私身份受到质疑。事实上，知识分子的出世和入世（retreat and engagement）这两种特有的、互相对立行为之间的矛盾综合并不是消费时代一下子发明出来的，也不可能在任何时候一劳永逸地完成。"这种综合既不稳定，也不确定。它使得文化资本的拥有者，能够退回到一个个由历史的钟摆保证的位置上，也就是说，退回到纯粹的作家、艺术家、学者，或纯粹的政治行动者、记者、政治家等角色上去……"②

通过以上对文化基因在消费土壤的深度发掘，人们看清了一个事实，那就是民族与文化差异的内在联系。萨伊德充分肯定"民族和文化差异在人与人关系中所起的建设性作用"，但他同时要对这一观念提出挑战："差异意味着敌意，意味着一对僵化而又具体的对立的本质，意味着由此产生的整个敌对的知识体系……仇恨和不公正并不代表一种永恒的秩序，而只是一种历史

---

① 德里克. 全球主义与地域政治[J]. 少辉，译. 天涯，2000(3)：151-155.
② 布尔迪厄. 现代世界知识分子的角色[J]. 赵晓力，译. 天涯，2000(04)：134-141.

现象，其终结，或至少部分的缓和也许就在眼前。"①

　　因此，高速公路的文化拼图有其社会大局的外在影响，也有其自身的精神背景。简单地说，文化就像一碗清水，只有喝下去，你才能感受到凉爽和滋润。但遗憾的是，在高速公路的风口浪尖上，这一碗清水还来不及喝下去，随着一寸寸阳光的拍卖，它化为一缕青烟消失在蓝天白云之中。

---

① 　萨伊德. 东方不是东方——濒于消亡的东方主义时代[J]. 唐建清，张建民，译. 天涯，1997.

第四章　喧哗与苍凉

旧的道路在蒸汽中消失了，
现在人们只服从它的力量，
它无情地带来普遍同一性，
现在破坏了人民对祖国的爱。
不稳定的人性，在大地上漫游，
到处都是，却不在家，
像蒸汽一样不稳定。
追逐者趴在铁轨上出发了，
终点却在视野之外。

——巴代利亚

一、穿过都市的腰身与乡村的脸

乡村，满脸络须胡子，粗犷地躺在荒山野岭中，露出半边月亮般的脸，沧桑、结实，等待浪流儿的到来。收割后的稻田杂草丛生，不竭的水井上起了一层层绿苔，浣衣的少女再也看不见袅娜的身影，她们一拨又一拨沿着蛇一样穿村而过的公路涌进霓虹深处。

而此刻，霓虹中心的都市，却在拥挤的人流中奋力张开双臂，似乎要搂住什么。暮色穿着厚厚的黑衣，从高高的脚手架降临。那些惊恐的鸽子从密集的建筑群中穿过，烟雾般逃往虚无的远方。而远方振动的翅翼上，喧闹的声音伴随着刺激的灯光，在汽笛的喊叫和触手般扩展的版图中扭动着疲惫的腰身，焦虑不安。

当城镇化的口号在国家机器的有力推动下日益响亮、并将一个又一个乡村从地图上抹去名字的时候，都市的扩张在房地产大亨们的"圈地运动"中掀起了阵阵高潮。在风暴的中心，高速公路推波助澜，穿过都市的腰身和乡村的脸，它帮助村民在实现城市文明的同时，也使村民固有的身份失去了根基。城市因为有了廉价的劳动力而增添了活力；农村因为有了经济的注入而变得富庶。

但另一方面，城市的空间越来越拥挤，社会治安日益复杂，吸毒、斗殴、偷盗和卖淫嫖娼更为猖狂，都市的腰身越来越臃肿，变得越来越百病缠身。与此同时，乡村的血脉被抽走，精壮劳力纷纷进城，留下老弱病残守候空洞的家园，乡村的脸色变得越来越苍白。

这一切当然不是高速公路的错，而是农业社会进入工业社会、计划经济过渡到市场经济的社会转型以及全球化语境下中国本土所特有的前现代、现代和后现代话语混杂一起、共同催生的结果。但国家机器的掌管者、知识精英和政治文明的中坚力量应当对都市与农村的内在关系有着足够清醒的认识、并对其发展态势有着正确的精神指向。

西方发达国家的有识之士在规划农村与城市的发展时对两者的内在关系有着深入细致的分析。例如，在亚当·斯密看来，农村先于都市而存在。农民有着不同于工业者的需要才产生了城市。"农村先于都市的事态，在大多数国家，是由需要造成的。……乡村居民须先维持自己，才以剩余产品维持都市的居民，所以，要先增加农村产品的剩余，才谈得上增设城市。"城市正是由于不同职业的人，即手工匠者的聚集而产生的。"农民常常需要锻工、木匠、轮匠、犁匠、水泥匠、砖匠、皮革匠、鞋匠和缝匠的服务……所以，自然而然地聚居一地，结果就形成了小市镇或小村落。后来，又有了屠户、酒家、面包店，以及许多就供给临时需要那一点说对他们是必要的或有用的其他工匠及零售商人加入，于是市镇日益扩大起来。"①

亚当·斯密的探源分析是恰如其分的。换句话说，城市的增设要以"增加农村产品的剩余"为先决条件。但工业社会下的城市扩张、特别是包括中国在内的第三世界发展中国家在追求国家 GDP 总量为政治导向的驱动下，城市的扩张与城市资源的掏空是联系在一起的，其结果必然是对农村的侵入。农村成为城市贪婪黑洞的大后方。

当一条条高速公路以利剑般的速度穿透乡村的腹部时，乡村的巨痛连水井的倒影都能听见。乡村也慢慢变得虚脱。作为人体器官集体延伸的城市也慢慢开始变得萎缩，正在像其他类似的延伸一样被转换成信息系统，例如电视和喷气飞机就是这样的。高速公路压缩时空，使城市与乡村连成一个部落，摧毁原来的都市—乡村二元结构。因此，高速公路和电子媒介将会使许多人退出原来那种分割的社会——条条块块割裂的、分析式功能的社会，产生一个人人参与的、新型的、整合在一起的部落村。所有这些使人震撼的变化都必定会伴有痛苦、暴力和战争。②

这是寻求身份过程中正常的特征。凡是一个群体对另一个群体抱有共同的具有从众倾向的态度和看法时，歧视就不知不觉来到强势和弱势的对话之中。

浮在社会表面的歧视作为存在已经使人默认了它的正确性。许多没有定论的公案使弱势群体的呼声越来越高，一些政策性的"照顾"也开始用"民族平等""半边天"等标签式语言试图纠正某种积习，可恰恰是这些语言符号本身就隐含了不平等的客观事实。弱势群体心理的脆弱和抵抗式的逆反使歧视变成地下潜流深埋于政府文本和官方话语之中。

每一个国家都有其"正统"的文化符号。就中国而言，主流文化权势下的少数民族知识分子要进入主流社会，首先要学习这些文本，这也就被动地接受了复制主流社会的符号和表达方式及思维定向。主流文化的灌输过程往往以潜移默化的方式进行，"被化者"在和风细雨中自觉或不自觉地与"化者"

---

① 斯密. 国家财富的性质和原因的研究[M]. 郭大力，王亚南，译. 北京：商务印书馆，1997：346.
② 麦克卢汉，秦格龙. 麦克卢汉精粹[M]. 何道宽，译. 南京：南京大学出版社，2000：395.

融合一体，不少少数民族的代言者都是一个个的"准汉人"，他们与主流文化共同分享着歧视他者的既得利益。[①]

而穿过都市的腰身和乡村的脸，是高速公路在寻求身份过程中的诗意表现和精神认同。

二、身份认同与现代性追寻

美国幽默家罗伯特说："这个世界上的人分成两类：一类是把这个世界上的人分成两类的人，一类是不这么做的人。"与此相类似，我们也可以说这个世界上的人分成三类：讣告在其生前写好的人，讣告在其死后写好的人，和死后根本没有人为其写讣告的人。[②]

当然，世界上的身份归类远没有这么简单。而探索高速公路的身份认同与现代性追寻主要着眼于民族文化和社会意义上。换句话说，本章的宗旨是希望把高速公路作为一个叙事侧面、一个分析案例或者一个切入视点，其目的是要对中国的身份认同（个人的和民族的）和现代性追寻进行一种寻根式的解读。

卡利奈斯库在《现代性面面观》一书中指出世界上存在两种"现代性"：一种是启蒙主义经过工业革命后所造成的"布尔乔亚的现代性"——它偏重科技的发展及对理性进步观念的持续乐观，当然它也带来了中产阶级的庸俗和市侩气；另一种是经后期浪漫主义而逐渐演变出来的艺术上的现代性，也可称之为现代主义，它是因为反对前者的庸俗而故意用艺术先锋的手法来吓倒中产阶级，也是求新厌旧的。它更注重艺术本身的现实的距离，并进一步探究艺术世界内在的真谛。所以，现代主义艺术家无法接受俗世的时间进步观念，而想出种种方法打破这种直接前进的时间秩序，从波特莱尔的《恶之

---

① 肖亮中. 歧视与话语权[J]. 方法，1999(03)：37-39.

② 伯格. 通俗文化、媒介和日常生活中的叙事[M]. 姚媛，译. 南京：南京大学出版社，2006：191.

花》到乔伊斯的《尤里西斯》都是如此。①

　　这是一种"否弃"的艺术，是西方社会自荷马、但丁直到莎士比亚以来所秉承的优秀文化传统。但中国现代作家与同时代的西方作家不同，他们不能够"否弃"现实，因此，他们为了自己那种"爱国主义的地方观念"所付出的代价有一种精神上的痛苦感，这种痛苦负载着那种危机临头的'现实'压力。"在为了"改善民生"、为了自己和自己祖国的身份而"恢复人的尊严"的追求中，中国现代作家在每况愈下、日益沉重的社会危机这种黑暗现实而痛苦泣血时，也一直在憧憬着光明的未来。"②中国知识分子对现代性的追寻中就体现了这种历九死而不甘的可贵的坚韧力和集体主义的精神生殖力。他们对现代性或现代主义的认识也许并不完全清楚，但他们对民主、自由、理性和科学等西式话语耳熟能详，并认为中国的现代性就应当是西方模本的翻版或者是西方模本的本土化。

　　欧文·豪在他编写的《文学艺术中的现代观念》一书中指出，"现代主义对人类历史感到绝望，它抛弃了线性历史发展这种观念。"他认为，西方现代主义有三个阶段。"第一阶段，它宣称自己是自我的一种膨胀，是事物乃至个人活力的一种超凡的、狂放的扩张；到了中期阶段，自我开始从外部退回来，并且把自己几乎像是当作世界本身那样投身到对自身的内心动力——自由、强迫、突变——做的一种精细考查中。进入晚期阶段，出现了一种自我的虚空，从对个性和心理增益的厌倦中摆脱出来。"

　　虽说现代主义的晚期阶段出现的自我的虚空是由多方面造成的，但城市的扩张和乡村的边缘化以及由此造成的个人心理的精神虚无难辞其咎。对中国而言，高速公路将凝固已久的户籍制度冲击得七零八落，知识精英日益进入城乡边缘的模糊地段进行自我审问的精神漂移。这一情形与萨伊德在《文化与帝国主义》一书中对康拉德的分析相类似。萨伊德认为，康拉德有着他自己流亡边缘人身份的特别持久的残余意识，他十分小心地用一种站在两个

---

① Calinescu M. Faces of modernity：avantgarde，decadence，kitsch［M］. Bloomington：Indiana University Press，1977：41-46.

② 李欧梵. 现代性的追求：李欧梵文化评论精选集［M］. 台北：麦田出版社，1996：290-291.

世界的边缘而产生的限制来限制马罗的叙述。康拉德要进入"无休止的扩张的漩涡，改变旧我，要服从扩张的进程，与那股看不见的力量认同，他必须为这种力量服务，以使扩张不断向前推进。因此，他就要把自己看作一种纯粹的功能，并且最终把这种功能、强有力的时尚的化身当作他可能取得的最高成就。"①

然而，在精神处于日益漂移的都市生活中，我们的身份是否像坚果的核一样存在于我们的身体里面呢？其实，个人身份并不在我们的本身之内，而在个人与他人的关系之中。我们解释自身的唯一的办法就是讲述我们自己的故事，选择能表现我们特性的事件，并按叙事的形式原则将它们组织起来，以仿佛在跟他人说话的方式将我们自己外化，从而达到自我表现的目的。或者我们要学会从外部，从别人的故事，尤其是通过与别的人物融为一体的过程进行自我叙述。这就赋予了一般叙述以一种潜能，以告诉我们怎样看待自己，怎样利用自己的内在生活，以及怎样组织这种内在生活。②

当我们用这种方式对中国语境下的农村进行分析时，其尴尬境况尤为明显：某种意义上，农村的贫穷是作为城市繁荣的牺牲（如道路延伸造成的破坏与环境的污染等）和牺牲品（人才、资源等）而出现的，城市话语对此不但少见感激的热情，反而因其落后或所谓愚昧而歧视他们。农民失去了话语权和政治文明的主动权，他们的身份成了他们受歧视的表征。

显然，中国的有识之士意识到长期以来对农民的不公平，他们做出许多努力试图改变这一现状，首要的改变就是从经济入手。高速公路的开通为沿线的农民以及附近的居民开辟了一条幸福通道，在主流话语有意无意的鼓励和推动下，时下流行的各类农家乐和文化旅游、特别是带有明显政治信息的红色旅游之强力刺激，为广大农村（尤其那些偏僻的而又与政治符号联系在一起的如井冈山、西柏坡和各类贫困老区等）的经济腾飞注入了崭新的活力。许多农民的身份发生了戏剧性的变化，至少表面上看是这样。他们变成了导游、小商贩、餐馆经营者、民间艺人和各类与"纳税人"身份联系在一起的弄

① 萨伊德. 文化与帝国主义[M]. 李琨，译. 北京：三联书店，2003：31.
② 柯里. 后现代叙事理论[M]. 宁一中，译. 北京：北京大学出版社，2003.

潮儿。他们用起了手机、坐上了摩托车甚至是小汽车，他们将传统的音乐加以改进，以迎合城里人的审美趣味，他们在经济获得成功的同时，并没有意识到原有文化的丢失。

而城里人去乡镇旅游，更多的是本着新奇、刺激和对城市本身的逃离愿望，他们的身份也在这一行程中发生一些微妙变化。比如，他们不再是机关公务员、商人或者大学生，他们变成了自我的漂移者和精神的寻根者，至少，在旅游公司组织时他们变成了旅人或购物者、观光者、探秘者和猎奇者，等等。

高速公路的迅速网络化使个人的身份认同变得游移、模糊和复杂：与旧的身份肩并肩的是新的异地风情，而且最为精妙的东西应在新的异地风情的商品之中。每天不同的变化，每周不同的吃法。如果你从北京开车途经武汉回到广州的家中，你车上装满的不是"怎么一切都是一样的"东西，而是"所有的东西都不同，太棒啦。"不出三天，你就从北到南游历了大半个中国，看到了这个古老国家的每一个奇迹。你一路走，一路看，经历了不同的生活，为城乡变化的多元性惊讶不已，也为这种集中的、一致的或过于一致的，过于整体化的和过于集中的浓缩形式的经济力量感到纳闷。这种经济力量是通过差异而存在的，它不断以侵略性的"他者"快乐嘲弄着自己。

一路走来，你像一个摄影家穿梭于都市的腰身和乡村的脸，通过数码照相机来强化自己对时间、物质、光线与景观的感受。你沿途拍摄了人去楼空的百货公司门厅、废弃的砖窑、超市门面以及排成队列的新式挖土机。你以一个异乡人的惊奇目光为他人记录下笔直延伸消失于虚空的铁轨、早已失去所指的路标和空落多年的商店。这些照片掺和着浓浓的记忆呈示出一种安静和平稳，以及对宽广而美丽乡村的惊愕，它们丝毫没有因现代性大面积的挺进而失去耐力、承受力和吸引力，较之文明在心灵深处仿佛一闪即逝的华美遗迹，这种吸引反而更加强烈。

一次又一次的震撼使你的目光总是以表象的自然风景、一座城市、一个村口或者一条街道作为叙事的起点。你并没有刻意去搜寻"英雄""大潮"或诸如此类的主题，总是在最终确定真正想要抓拍的场景之前，审美对象已经凭借色彩、形状和质地——它们外观的构成——将自己展现或裸露在你眼前。比如，你到达河南的一个荒芜小镇，在下午的阳光里，你发现自己突然被一间叫作"全家乐"的无人店铺所吸引。在穿过岳阳的郊区，仍在开发的壮观和乡亲们的平静的搬迁令你无限感慨：他们为了一个涂尔干式的"温暖的心灵冲动"再一次做出牺牲。他们失去了赖以生存的土地以及枷锁一样套在他们身上的身份，他们在流落中获得解放。他们的酸甜苦辣就像大火后的余烬在寒冷的夜晚不时地闪烁……于是你拍下一系列照片，清晰地显示出"乡村衰败并逐渐消失"的主题，在记忆的图景中，昔日的房屋所剩无几，只有绵延的电线和脚手架使人追忆乡镇曾经的喧哗……

就这样，个人身份的认同与现代性的追寻浓缩在国家经济体制转型的宏大背景中，成为约定俗成的象征，尽管它看上去很真实。特别是农民的身份认同往往伴随着自身文化的丢失和心灵灼痛，这是全球化语境下的共同问题。为此，媒介大师麦克卢汉讲述了一个很生动的例子，他说：澳大利亚土著从传教士手中得到钢斧之后，他们建立在石斧之上的文化就土崩瓦解了。他们的石斧不但稀缺，而且是男子至上地位的基本的象征。传教士提供大量的锋利钢斧，送给妇女和儿童。男人甚至不得不向妇女和儿童借钢斧使用，大丈夫的尊严随之也土崩瓦解。传统的部落和封建的等级，当它和机械的、整齐划一、重复使用的任何一种冷媒介遭遇时，都会迅速分崩离析。货币、轮子和文字都会分割肢解部落的结构。任何其他形式的媒介，只要它专门从某一个方面加快交换或信息流通的过程，都起到分割肢解的作用。①

身份的嬗变与权力、文化和知识结构联系在一起。高速公路打开了乡村通向城市的大道，也打开了中国通向世界舞台的大道。中国知识精英对现代性的思考理性多于感性，民主、自由与科学多于身份、文化与传统，这使得中国的身份认同在现代性的追寻中变得模糊和漂移，像世界移民或全球化难民。萨伊德对此情形做过很好的分析，他指出：一个移民的意识，一个冬天的意识，在边缘地带发现出来自常轨以外的一瞥，对野蛮的仇恨，对没有被固定模式所束缚的新的概念的追寻，有着超乎寻常的持久的热情。知识体制总是不断地要求人们负担责任，而无法承担责任的人却可以直接与体制对

---

① 麦克卢汉, 秦格龙. 麦克卢汉精粹[M]. 何道宽, 译. 南京：南京大学出版社, 2000：246.

话，直呼其名。迂回的范围是知识界中的圈外人的领域。它在难民不再存在的时刻，给那些圈外人以最后的一块避难地。他卖的那种东西没有人买，他也许并没有意识到，他代表了从交易中获得的解放。①

中国的身份认同与现代性的追寻是一个古老而又新鲜的话题，高速公路的出现，使更多的人感到肩上的一份责任。

三、夜色迷离

坐在高速公路奔驰的车上，远远望去，入夜的城市像一条蜿蜒前行的灯龙，数十家酒吧鳞次栉比，霓虹幕墙妖娆盛开，照亮城市的不夜天。不难设想拥挤的人们沓沓而至，醉生梦死。在城市的街道，充斥着酒精、音乐、烟草、舞步、快乐和疯狂，人们集体摇摆，共同制造一场都市夜晚迷人的盛宴。

此时，一切与之相关的故事悄然上演：一声挑逗的尖叫，一曲迷离的音乐，一个暧昧的笑容……夜游动物们铿锵的舞步仿若城市悸动的心跳，欢乐的泡沫在解放西路徐徐升腾。不知过了多久，全场忽然寂静下来。灯光黯淡起来，音乐变得轻柔而诡异。黑暗中，舞者出场了，如鬼魅般飘忽的身影，一双哀怨且迷离的眼，千种风情，万般颓迷——这都市的一盏欲望心灯，点燃了所有的寂寞和激情。"你孤单吗？""孤单！""你寂寞吗？""寂寞！""来吧来吧来吧，我们一起跳舞吧！"一个个奋力摇摆的臀交织成一曲强劲的音符，烟雾缭绕的干冰，紧张刺激的音乐，恍惚的灯光，放声尖叫的 DJ，人们彻底地放纵着，娱乐着……

拂晓时分，人们如退潮般四下散去，解放西路重归于安静。微风从四面吹来，洒水车冲洗着城市的污垢，环卫工人清洁着残留的垃圾，突然安静下来的解放西路像回归了本性的烟花女子，独自俯身沉思。灯火阑珊里，相隔百米之遥的湘江一如既往静静地流淌着，它见证了城市的一切，但已经习惯了沉默。明天这里还会发生什么？在那些风情入骨的美女和踉跄前行的醉汉

---

① 萨伊德. 文化与帝国主义[M]. 李琨，译. 北京：三联书店，2003：473.

眼里，答案永远迷惘。①

　　正如我们已经看到的：高速公路是一把双刃剑，可以把城市变得繁荣，也可以把它变得苍凉。之所以繁荣，是因为它可以将城市以外的资源和物质像蚂蚁搬家似地都往城市里堆集；同样，苍凉也是如此，它可以把城市里的所有东西快速便捷地搬出城外，使城市甚至在一夜之间变成一座空城。

　　当然，这样的境况很难发生，原因在于，人是一个群居的动物，城市尽管拥挤，但仍然叫人留恋。帕克认为城市环境更符合人的天性，更符合人的本质。因为人从出生到这个世界上来就同时带来了他的各种情感和本能的欲求，这些不受约束，无所限制。许多乡下的青年男女放弃他们的安适的乡间生活跑到城里来正是出于这种动机。而这种动机的基础并非完全追求利益，甚至也不是要追求情感，倒是在追求一种更本质、更原始的东西。这种东西就是指各种类型的人物都希望能在城市中各得其所，都有机会去发挥展示自己的天才和气质。但问题在于，在城市生活变态的条件下，人的本性被掏空了，人的冲动和本能受到禁止，例如，儿童在乡村被视为资产之一（特别是中国农村的男孩，他们还有传宗接代的责任），而在城市则被视为累赘。在城市中普遍婚龄较晚或有些人根本不结婚。为此，只有将人的这种本性转换为许多替代性活动，人才感到适宜。所有的体育性运动、比赛、艺术活动的真谛即在于此。

　　帕克对人性的研究始终置于城市生活中。他认为：城市生活使得各种人类个性与特征充分地展示出来，并将其放大，这些个性与特征在小型社区环境中原是模糊的、潜藏着的。城市把人性中过度的善与恶都展示出来。②

　　对人性这种善与恶的展示，在柏格看来，就是一场演出。他说：人的一生，就像连续长时间上演的百老汇剧中的明星，很多个月或很多年来做着同样的表演一样，我们的生活也可以被看作重演，我们很高兴地能在舞台上尽量长地重演。然后，有一天，最后的幕布便落了下来。③ 这与中国人讲的"人

---

① 墨墨. 解放西：都市夜晚的迷幻盛宴[J]. 旅行，2005(06)：118-121.

② 帕克，等. 城市社会学[M]. 宋俊岭，等译. 北京：华夏出版社，1987：47.

③ 伯格. 通俗文化、媒介和日常生活中的叙事[M]. 姚媛，译. 南京：南京大学出版社，2006：190.

生如梦"或"人生就是一本书"的意义大致相同。

因为宇宙是无限的，宇宙的真理是不可穷尽的，人类的心灵和精神世界也是无限的，人类的理性、科学以及经验实证的方法在解决人类的心灵和精神世界的问题上是无能为力的。在短暂的一生中，人类将面临许多困境。如何突破困境？这就需要凭借宗教也就是要凭借人类的信念体系和形而上学本体论才能真正构建起人类心灵和精神世界的家园。为了根本解决问题，海德格尔就给出了人应当"诗意地栖居"这个美好理想。

城市的确很繁荣，它聚集了知识精英、作家诗人或艺术大师，但它也为地痞流氓、赌徒恶棍、三教九流等提供了生存的空间。高速公路使城市的意象变得单调刻板，人们的想象更多地被金钱、水泥和生存压力所束缚，诗歌的翅膀大多被折断，被冷冷地扔在酒吧尖利的喊叫中。作为唤醒过一代又一代人心灵、有着"人类良知"之称的诗人在消费社会里成为一个吊诡的游荡者，在这贫乏而苍凉的时代做一个诗人意味着"在吟咏中去摸索隐去的神的踪迹。正因为如此，诗人能在世界黑夜的时代里道出神圣……哪里有贫乏，哪里就有诗性"。海德格尔曾经总结说，贫困时代的真正的诗人之本质就在于，在贫困的时代中，诗的活动在他身上成为诗的追问，他必须把自己诗化为诗的本质。只有诗性才适合于这个年迈已衰的世界的命运。而高速公路、广告牌、电脑和铺天盖地的媒体信息将作为整体的人的心灵揉得粉碎，人在城市里变得无所适从，却又不知逃向何处。高速公路上的车流大多是开往城里来的，从城里开出去的车辆也大多是开往另一个城市去的。沿途的乡村被护栏隔离，成为匆匆的过客，没有站牌、也不可能停车。从一个城市过渡到另一个城市，从网恋、公差和记忆中的某种目的，人们来去匆匆，却越来越离不开这个尽管喧闹、浮华却也刺激实在的城市。

康斯坦丁·多西来蒂斯认为："事实上，'城市'这个字眼包含很多东西。我们实在不应用'城市'这个词，而只应用'人类聚居之地'。清楚划分的空间，作为一居住单位界定城市的时代已经过去了。在18世纪以前，城市甚至受城墙所围绕。及后，虽然城墙不再需要了，但城市与乡村地区仍然有明确的界限。在城市范围的终点，往往便是乡村地区的始点。但如今这种现象不再存在了。人类聚居之地四处蔓延，城市已变成一动态的有机体。一个大城市，往往把外围的小城市和村落吸纳，然后再向外扩展；一个小城市，则会沿着一些公路及乡村的道路伸展。在这种情况下，城市的定义可根据其大小，亦可根据其边界。"①

这样的界定的确更有说服力。人们习惯于将城市与"繁华"联结在一起，但它背后的"苍凉"又有多少无奈、痛苦甚至眼泪洗涤。一个心灵的流浪者清楚地写道：很久以来，触摸世界的手，像今夜，被一杯啤酒无端流放。事实上，没有一座城市不是处于流放状态，我们所奢求的巴黎，其实是散布在魏尔伦的断简残片里；我们所朝拜的埃及，无非是被尼罗河金字塔点缀的黄沙。一座城市一旦结束流放，也便开始了黑暗。

在霓虹灯猛然掀开的黑暗里，世界飘满流苏，以我们洞悉的肢体，麻木或魅惑，无耕或饥饿，背负或无牵无挂。许久以来，我们这样学习操纵，同时被操纵。

城市蜷缩成一具木偶的舞台，如此得心应手，在梧桐的荫影下堆满某种膜拜的表情。而在欢呼声里，它只是一个人的角落，可以哭，可以放弃，可以做个孩子，却注定不可离去。

像被固定在这里的人，他们验证了这座城市的存在又开始被这座城市遗忘。验证并遗忘，却不能称其为命运。

任何人可以拒绝一个帝国，但无法拒绝自己的影子。那是一个人的真实影像。城市不再完整后，人群里的倦怠女孩，才会变得完整而丰满；那些终日行走的人们，才会发出走进耳膜的声响；那朵寻常街头的寻常风景，才不再成为盆中的植物。②

城市的冷漠，被人们塑成强悍的视觉符号，意图诠释生活的弱化。这里的爱一向藏在利刃之下，在皮肤切开、心灵抵达的一瞬间。

因为，关于爱情，谁都没有把握。在这个灯光显得让人想入非非的地方，漂亮的孩子们在夜晚生长。人生苦短春梦无痕，你没有理由不快乐，酒一杯杯入腹，欲望一点点升温，当两只手缠绕到一起时，短暂的惶惑和伤感

---

① 张鸿雁. 侵入与接替：城市社会结构变迁新论[M]. 南京：东南大学出版社，2000：49-50.
② 杨莹，伊人. 城市面相[J]. 旅行，2005(07)：78-79.

从眼中闪过。"我们活着也许只是相互温暖，想尽一切办法只为逃避孤单。"在坚守与背叛之间，更多人趋向于后者。没有人会来这里寻找终身伴侣，人们心知肚明：那些甜言蜜语和把酒言欢的姿势只是前戏而不是爱情。

你可以碰上各色各样来酒吧买醉的人，而且每个人都有充足的理由。如果说城市是一个巨大的水泥壁垒，那么酒吧则是壁垒上方的天窗，人们迫不及待地探出头，试图逃脱这狭窄的空间，哪怕只得片刻欢愉。

城市有一张张溃滥的脸。很多事情你看不明白，就像在喧闹的酒吧，大家怎么可以用啤酒瓶来装伏特加，像喝白开水一样喝芝华士，高举酒杯赤膊上阵，跟在河边头吃口味虾别无二致？无论是高贵的红酒还是泼辣的白酒，无论是温顺的啤酒还是绚丽的鸡尾酒，人们在言笑晏晏时，纵谈阔论间，豪饮鲸吞，酒到杯干。这里哪是喝酒，分明是在"吞"酒。很多人从卫生间出来时，嘴角还残留着渣滓或血丝，回到桌上把嘴一擦：哥们，来，接着喝，今天喝个痛快！[1]

先痛后快，真的吗？是不是只痛不快呢？没有谁回答。最好的办法是弱化，这是契入生活的唯一角度，自别的方向，无可置疑地将遭遇重伤。

如此的重伤，用不着装饰，沿着新开通的高速公路，悄然驶出，使偶尔停顿的城市，传达出人们迷醉的情绪，以苍凉而又优雅的速度向远方驶去。

四、乡村的喧哗与骚动

当设计师用笔在白纸上轻轻勾勒出将要通过某处乡村的高速公路的蓝图时，他的手正触摸着这片原始的土地。他们的手感，决定了高速公路的延伸命运。当被指定的乡村在建筑工人们的打磨下，这张复杂的设计图纸，很快转化成铲车、水泥和钢筋，他们对设计内涵的领会，形成了高速公路的质感。从手感到质感，设计师和建筑工人的交流，心领神会间，共同完成了那一份惊艳，而绝妙在于：一边是写着都市符号的知识精英，一边是大字识不得一箩筐、有着显而易见卑贱身份的城乡汉子。

---

① 墨墨. 解放西：都市夜晚的迷幻盛宴[J]. 旅行，2005(06)：118-121.

　　乡村的喧哗与骚动从设计师的脑海和城乡汉子的手中开始，人们欢呼着现代文明的进入，带着迷茫的表情，手舞足蹈，甚至看不到一点沮丧。这种莫名的兴奋状况现在还远远看不到落幕的时候。

　　但是，纯粹的乡村、乡音永远不再。乡村的符号写满了许多异质的咒语。人们怀念着曾经有过的美好时光：那时的乡村没有现代化的玻璃和水泥钢筋，地面都是用巨大的石头铺成，形状很像小镇街面的大青石，带着五颜六色。石面凹凸不平，但经过无数年的摩擦和洗刷，边角变得圆润光滑，在小雨中散发着一种古朴的质感。那时的街道以其特有的宽度和路面提醒行人：它不打算招待任何机动车的橡胶轮胎。它只适合步行，更确切地说，是赤脚或者布鞋式的步行。

　　这样的回忆使人立即想起这么一句发烫的忠告："如果你们有山有河，那么让它们永远干干净净，绿油油的；如果你们有独特的建筑，那么就让它们永远保持古雅的模样；如果你们有独特的音乐、歌谣或舞蹈，那么就保护它们，并熏陶他人。"这是新西兰人类学专家科林·比姆在贵州考察时说过的一段话。这番话原本可以使乡村平静，但是乡村的居住者已经听不进这样的话，年轻人用变调的普通话努力学着游人的姿态和生活方式，努力迎合着他们的审美情趣，把自我的文化、自我的特质、自我的身份都丢失在骚动的商业因子里。

　　湖南省侗族学者吴定国认为，过去，农人们一旦忙完田里的活就回家聚在一起唱歌玩乐，侗族大歌是他们别无选择的交往和休闲方式。而高速公路开通以来，村里的年轻人更多地了解到外面的世界。现在不少侗族村寨的年轻人更愿意守候在自家电视机旁看没完没了的连续剧，在火塘边围坐歌唱的生命历程已经被电视和影碟所替代。他说，与城市文化的接触和追逐流行音乐的心理，使不少侗族青年对自己的传统音乐兴趣渐失，侗族大歌所代表的侗族文化不再是年轻人的必然选择。现在，湘西侗族大歌的流行区域不到1000平方公里，总人口不到10万。依靠"口传心授""言传身教"和"集体展演"作为主要传承方式的侗族大歌，其生命一旦背离于不可断裂的代代相传和人心所向的民间习俗，一旦失去有文化认同感的传人和唱歌互动的民风，将可能在几十年时间里烟消云散。

　　这位学者还忧心忡忡地说：民族传统文化正在流失的另一个原因在于，高速公路沿线的旅游村寨依附于迎接游客的演出需要，逐渐形成一种固定的"旅游文化"模式。由于一切服从经济的原则以及附和外族人截然不同的欣赏角度，侗族音乐将可能偏离发展方向，最终导致侗族特有的传统音乐文化的逐步丧失。① 这是乡村的喧哗与骚动所呈示的十分危险的信号，也是乡村城镇化可能付出的惨痛代价。

　　事实上，中国前工业时代，壁垒意义上的城乡差别几乎不存在，整个社会处于中庸的乡村精神之下。但在当今的工业时代，文化传播主要靠媒介而不靠嘴巴，而几乎大大小小的媒体都存在于城市，乡村不但彻底丧失了话语的控制权，甚至连参与讨论的条件都不具备。因此，城市对乡村存在各类偏见，而乡村结对城市也流传各种笑柄。原先和谐统一的双方陡然分裂成矛盾的甚至是对立的两个文本。结果便是：贫穷和知识结构通常成为城里人歧视"乡下人"（这个名称本身就是歧视话语的结晶）的切入点。但残酷的事实是，20世纪50年代政府划分城乡户籍后开始实施工农业产品上价格上的"剪刀差"，用压低农产品价格提高工业产品价格的方法，完成工业化过程中的原始积累，到20世纪70年代末已积累达6000万人民币！② 乡村成为城市的大后方名副其实，但他们的牺牲和奉献并未赢得既得利益者的同情，更不用说回报。而这，也恰恰是乡村甘愿失去自己的身份成为城市快车的喧哗与骚动的"跟屁虫"。

　　另一方面，都市人的生活和建筑又带着矫情模式回归乡村，使乡村的喧哗与骚动甚嚣尘上。比如，建筑上的简约主义成为城市新兴阶层审美趣味新时尚便是回归乡村的例子。有学者这样描述城市的历史：第一阶段的城市是为神而建的，建筑物带着浓厚的宗教用途；第二阶段是君主的城市，欧洲文艺复兴后，人取代了神，但不是普通老百姓，而是君主贵族；第三阶段是机器的城市，工业时代的城市是机械复制品，没有真正为人类生活，人没有了步行、休息的空间，没有了地位，城市就浪漫不起来。

---

① 罗琴. 行为污染：旅游不能承受之痛[J]. 旅行, 2005(06)：10.
② 孙保罗. 迁徙会不会成为一种自由[N]. 南方周末, 1998-10-16.

现在的城市小区建筑也是如此，已经有了太多的机械复制式建筑，要让一个小区浪漫起来，似乎必须要有点乡村里的理想主义精神。在当今这个民用建筑实用至上(乡村意识)的年代，住房以最小的接地面积来减少原生地形的变形，强调竖向线条和挺拔感。为了服务于简约主义的审美标准，其他建筑上常见的雨水管道被调整到楼侧的凹槽里，连空调位也设计了百叶窗遮蔽。在景观方面，保留原有地貌，山丘舒缓起伏，低地形成大面积镜面水体和叠泉相结合的水环境；统一树冠、胸径、高度的落叶乔木组成的树阵，传达出严整而有乡村风格的美感。

之所以如此，是因为一方面，都市里的人有着祖先的怀旧情结——任何城里人从骨子里讲都是乡里人或乡里人的后代；另一方面，乡村的喧哗与骚动为城里人提供了地皮、空间和异质风情，使城里人以集体编队的方式回归乡村，许多郊区因此迅速城镇化。

沙里宁认为，"造成城市集中的主要原因，在于人是一种合群的动物。一般人喜欢聚居在一起，他的作为，大都受群体本能的支配"。人的本性在倾向于合群而走向集中的同时，又由于"需要消遣"而趋于分散，进而揭示了人的本性双重性：合群的需要和消遣的需要。城市里过度的噪声所造成的吵闹喧嚣，往往使城市人离开城市去宁静的乡村生活，而农村人又喜欢城市里的合群生活而希望去城市生活。"情况就是这样：乡村的居住者在其农村的分散居住生活中，喜欢精神上的集中；而城市居住者在城市集中居住生活中，倾向于精神上的分散。"人和他所创造的事物之间，存在着明显的相互关系：就城市而言，是人创造了城市，而城市又塑造了人。换句话说，人们创造了集中拥挤的环境，而这种集中的环境，又反过来塑造了典型的城市居住者。①

乡村的居民奔向城市，城市变得繁荣与苍凉；城市的居民向往乡村，乡村变得喧哗与骚动。如果说，两者的合奏是时代大潮的必然产物的话，那么，至少可以说，高速公路为两者的合奏注入了最新的速度和强力，一辆又

---

① 沙里宁. 城市——它的发展、衰败与未来[M]. 顾启源，译. 北京：中国建筑工业出版社，1986：147.

一辆车满载着文化、身份、特产和符号驶上了经济快车道，城市与乡村的空间距离越来越拉近，但人与人之间的心灵距离却越来越远……

五、返祖效应

返祖效应反映了当今社会对原始先民强健的体魄、半神半兽和自由意志的某种向往。人这个奇怪的动物，在文明历史的进程中，对自我的认识越来越全面、越来越深刻。古希腊神话中狮身人面神"斯芬克斯"之谜，表达了人类对自己生命历程的外在的和初步的认识：人在早晨象征着生命的婴幼儿期，此时人软弱无助，用四肢匍匐而行；中午象征着生命的青壮年期，此时人身强体健，用两条腿走路；晚上象征着生命的衰老期，体衰无力，扶杖而行，视为三条腿走路。① 随着心理学、精神分析学的逐步深入和物质文明、精神文明的日益发达，人对自我的征询和体认越来越强烈、越来越迫切。"我是谁?""我从哪里来、要到哪里去?"以及"我因何而活?"等宏大命题在时间的长河中从来没有风平浪静过，这些命题都可以看作是人类自身在返祖效应中所生发出来的生存母题。

生命是短暂的，也是脆弱的。长命百岁只有极少数的人能够实现，万寿无疆仅仅只是人们的祝愿。绝大多数人在地面上就是那么几十年，而且在这短暂的几十年中，死亡的阴影无处不在：一场大病、一次车祸或一场自然灾害都可以使生命花朵凋零。因此，时间对于每个人来说都是极其宝贵的。存在主义者特别重视时间之于人的存在的意义，克尔凯郭尔就强调时间对个人生成的绝对意义，他认为个人所有真正的发展"都是返回到我们的起源"，应该"倒退着前进"。也就是说："存在者，将通过返回到他的起源而试图去认识他自己；在同时，他将反过来展望他的未来而寻求自我认识。这样，他将把他的过去和他的未来连接在现在里。"因此，存在应当重新获得它不朽的原始性，也就是宗教意义的信仰存在。

海德格尔给出的"存在"意义是："个人处于'烦'、'畏'、'死'状态下的

---

① 张鸿雁. 侵入与接替：城市社会结构变迁新论[M]. 南京：东南大学出版社，2000：59.

情绪体验。"又说：只有语言才使人成为人的存在。因为："存在在思想中形成语言。语言是存在的家，人以语言之家为家。思想的人能与创作的冷暖使人成为自我的看家人。"①在他那里，所谓"烦""畏"和"死"的本质性基础就是时间性，"时间性显示为本真的烦的意义"，"时间性使得生存性、事实性和沉沦的统一成为可能并从根本上构成烦的整体结构"。海氏区分了"过去"与"曾在"，"此在"的本真需要"曾在"，生存者在时间性过程中没有抛弃他的"曾在"，而是始终在他的"曾在"里。

而萨特时间意识的显著特点是贯穿着行动，失去了行动的时间没有意义。在保罗·蒂利希的描述里，时间是存在无法摆脱的焦虑："焦虑就是有限，它被体验为人自己的有限。这是人之为人的自然焦虑，在某种意义上，也是所有有生命的存在物的自然焦虑。这种对于非存在的焦虑，是对作为有限的人的有限的认识。"因此，存在主义的时间观认为，时间提示着死亡的在场，意味着生命的有限与偶然，但时间同时也是人所需要的一种延续性，是行动的一种依据。人的返归起源、寻求归属的意识——所谓的返祖效应，以及对生命有限性的自然焦虑，是个人世界极其强烈的两种属性。

在这个世界里，现在/此刻看上去是绚烂宁静的，可是同时也散发着死亡的气息——没有了过去，时间的流逝也失去了意义。时间焦虑，既含有具体的历史和政治隐喻性，普遍地看，也指向一种人类共有的存在焦虑，即"非存在对精神上的自我所构成的绝对威胁，……对丧失最终牵挂之物的焦虑，对丧失那个意义之源的焦虑。"这里的"非存在"与海德格尔的"非本真"、萨特的"虚无"等概念很相似，都是指存在意义匮乏而丧失未来向度的空虚状态，②都是着眼于人的社会属性而非生物属性，都可以视为返祖效应的单向度表达。

如果说，人的生物属性不是人自身能够操纵完成的，那么，人的社会属性则是人类自身可以改造完善的，并在很大程度上取决于居住条件和环境的

---

① 孙翠宝. 智者的思路——二十世纪西方哲学思维方式[M]. 上海：复旦大学出版社, 1989：318.
② 朱立立. 时间之伤与个体存在的焦虑——试论白先勇的时间哲学[J]. 烟台师范学院学报（哲学社会科学版）, 2003（01）：77-81+104.

影响，取决于人的受教育程度。例如，中国改革开放以前，生产方式和生活方式对于人的发展有很大制约，我国人口身体素质较低的原因是城市化水平低下，长期实行户籍管理制度，人口流动极少，广大农村和山区更是如此，使很多人的生活范围、通婚半径非常狭窄，并且毫无选择余地。这是我国人口素质低下的重要原因之一。据调查，我国绝大多数农民通婚圈不超过方圆25公里，其中84.7%的农民通婚不出县城，51%的不出乡镇，30%的不出村组。通婚圈的封闭性使人口和血缘关系越来越近，痴呆傻人由此产生。甘肃省有关部门对岷山北麓岷县的五个行政村进行了一次调查，查出痴呆傻人122人，占被调查人数的21.17%，平均每户达1.5个。① 而痴呆傻人被视为人类智力返祖的特征之一。

人类的返祖效应还体现在人对于"家居"文化的原始追求，即一种对于"洞穴"式的建筑的某种偏爱，"家"最初的概念就是远祖的"洞穴"，就是将裸体或半裸体的人置于其中不受伤害的自保措施。所以现代人讲的"我不需要很大的地方，我只需要很温馨的地方"是对"家"的概念的现代性的延伸，是现代人无奈情感真实投射的生动写照。

高速公路的出现使人变成了"会搬家的动物"。一辆汽车就是一个流动的家。人类不停地寻找，不断地漂泊，精神的，或者物质的，或两者兼而有之。这种状况可以从都市建筑的一个侧面(如"花团锦簇"和"千姿百态"般的空前繁荣)得到印证。

英国的建筑评论家C.詹克斯用"异质大都市"的概念来形容当今城市中多元共存的现状，人群在城市间的异地流动、城市中的跨区域流动构成了多元共存的推动力，也改变了人们生活影响的辐射区域。比如，一位房地产公司老总曾建议他的朋友来看看房子，可朋友总是不来，因为他们的生活范围总是在老城区，吃、住、工作、娱乐都不出这个半径。稍稍做一点迁徙，对于固有生活方式都是一种反叛。正如黑川纪章说的那样："我们创造城市就是在创造文化，如果城市的建造仅仅是出于经济目的，那么城市中的人是很不

---

① 张兴杰. 跨世纪的忧患 影响中国稳定发展的主要社会问题[M]. 兰州：兰州大学出版社，1998：
50.

幸的。"

从返祖效应的社会学分析，现在的都市出现许多新颖的居民小区，实际上，小区可以视为扩大化的胡同，胡同可以视为扩大化的洞穴，洞穴就是人类远祖的家。

"家"意味着安全、意味着隔绝外人，是中国传统文化的一部分。所谓"躲进小楼成一统，管它春夏与秋冬"和"风声、雨声、读书声，声声入耳；国事、家事、天下事，事事关心"这类知识分子对于外界的不同心态都能见出"家"的背景。长期以来，中国建筑向来都是深宅大院的天下，现代住宅更是把独门独户、一门关尽作为了基本需求。由安全感和隔绝心态所造成的公私领域关系，驱使人们闭锁自己的社会单元，坚持将公众领域从自己的意识中排除出去。但因为向外交流的渴望依然存在，一方面全家人日夜惊恐不安地倾听着抽水马桶的声音是否会引起邻居的怀疑，另一方面又对周围世界的家长里短充满了好奇。这种以家庭为单位，以防盗网、防盗门为边界的隔绝，既确保自身独立，又鼓励向外交流，正是返祖效应的精神特征。人类另外一个需求——交流——也正是在现代人这种日益孤独的处境下显现得格外明显。

库哈斯说："我们设想中的建筑应该从一个完全不同的角度来诠释空间的意义，那应该是一种更加公共的、能够交流的方式。"作为建筑群庞大集合的城市要有交流能力才能发展，社区内建筑所构成的小群落同样也应该具备交流功能，否则那些空间将毫无意义。

与此同时，人类越来越重视人与环境的和谐关系，越来越重视人类自我的发展空间。以高速公路为内在动力开辟出来的新兴城市和建筑群落的空间感不仅有着视觉上的审美意义，还充分利用原生地形把建筑、景观和活动空间融为一体。台地花园、带状景观、绿阶、坡道形成连续过渡的基础面，步行道、车道、私家花园、圆形广场、座椅及游乐设施等叙事要素通过人的活动线来连接，使用绿化树种、树行、绿化密度的变化来打破原有地形的秩序感，形成各有意味的活动空间。

在此背景下，以大规模的建筑组团形式出现的新型社区消解了空间区隔，统一文化的连续呈现打破了住户对藩篱外人群的冷漠心理，诱发了住户对他人社区形态的好奇，传统的独门独院不相往来和楼道里弄式居住惯式已被打破，单中心变成了多中心，小家变成了大家。这种交流语境设置出一种"天下大同"的自由气氛，它使所有人共处于一个资源共享的世界里。因为，交流并不是单纯建立在建筑物理边界的缺席上，而是整个建筑格局和社区文化所影响的每个人的行为上。比如说，一位住户患了重病，一位保安自发地每天清晨在他家窗台上放一束鲜花，慢慢地，整个社区都知道了这件事。结果，患病住户的窗台上、地上都堆满了鲜花……交流是一种显性的人际关系，所以它不在于表现形式的清晰和直接，而是寄希望于整个社区文化的不自觉流露。这种风格的意义不仅仅是作为一个美学样本，而是一个人群互动的向导。

因此，高速公路的频繁流动，一定程度上，凸现了都市或乡村里的人渴望迅速向远方打开心扉的精神诉求，真实地呈示了人这种"群居动物"的社会特性，为人类的返祖效应提供了行为学意义上的叙事支撑。

六、世界的尽头

不是高速公路把都市变成了一个梦想。都市原本就是一个梦想。比如说，北京是首都，也是"梦"都，政治、文化、音乐……当然还有财富，所有的梦想，总有一些人在北京可以得到满足，"也许明天，后天，或者大后天，我的梦想就会实现。"这是"北漂族"们的真实心态。

但是，逐梦人应该明白：梦想是有名额的。追逐梦想，就像一场恋爱，有人成功，有人失败，而且抱得美人归的毕竟是少数。在现实与事实的巨大落差下，身在北京，身在一个由混凝土、政治、文化和历史构筑起来的大都市里，人们往往寻找着这样一种生活方式：既和现实迥然不同，又与现实相互联系。它是一个可以触摸的梦想，一个可以进入的"现实桃源"："我们在人群中擦肩而过，在城市的呼吸里沉默游走，探索一份自己渴望已久的温柔。"这种梦幻式的独白寄寓着都市栖身者清醒的认识。他们比风暴中心的人更能看清城市的本质。他们以城市的"他者"出现，以边缘人的身份呈出个人的追求，以女性弱者惯有的姿态冷冷地打量着匆匆流去的人情世故。他们知道：有一些话，说不出来，才会坚守。就像一瓶酒，喝不完，才会绻缱；酒醉了，人却寂寞地醒着。面对雄性的城市，女性的柔情，不过是一低头的娇羞。肌肤在阳光的温暖下停靠在玻璃幕墙的边缘，却留不下任何影子。

在审视与被审视中，在凝望与被凝望中，在窥探与被窥探中，他们勇敢地抛出自己的躯壳，而灵魂却被双手惊恐地抱着，死死不放。一首深沉而略带伤感的诗就这样诞生了：被围观的城市/人是不可居住的建筑/在种群的生活中/人愈发寒冷。/只有清醒的电波，/突破了城市包围，开始诉说……

然而，一件事物躁动起来，接着又是一件，在你还没有弄明白的时候，它们顿时消失了，只留下湿湿的感觉，像希望那样真切，刺激你奋力奔跑。你跑啊跑，谁也没有给你许诺，你只是没有回头，像一头被激怒的困兽，奔跑，成为你展现生命存在的唯一姿态。你是否踩疼了一地的阳光？在巨大的阴暗里，谁能嗅到你身体的汗香？

事情的真相就是这样。在高速公路面前，在心灵深处的博物馆里，充斥于这座城市的那些堆砌的、花哨的建筑黯然失色。人们被刺激得疲倦的眼睛，重新被擦亮和唤醒；重新想到了音乐的节奏，想到了诗歌的抒情，想到了灵性的舞蹈。

高速公路把旅程变得更短了，把时间变得更柔软了。而在设计师眼中，高速公路的特立独行的形态和气质，却承载着一个城市发展的精神和隐喻。换言之，高速公路虽然只是城市的一分子，但是通过它尊重自然、尊重环境的精神，城市能感受到这份隐喻的存在，并对城市发展起到一定的贡献———这是设计师们的梦想，也是高速公路深层意义的本质所在。

多少诉说像风一般地消失在高速公路的尽头，多少精美的语言再也找不到它的主人。因为垃圾，因为环境，因为过度的开采和奔跑，语言的大地伤痕累累。海德格尔看得比我们清楚，因而发出了诚恳的呼吁："人要重返诗意地栖居，就需拯救语言。所谓拯救语言，即是重新摆正人与语言的主从关系。人不要自居为语言的制造者，人只能顺从语言，聆听它的要求。"显然，海德格尔是在拼死反对21世纪的逻辑语言哲学，反对人工语言、计算机语言和城市里的钢筋水泥语言。他追求诗化语言，强调人应当聆听语言的要求而服从于它。同时，他认为，拯救诗化语言的光荣使命应该落在诗人身上。"诗人越是诗意化，他的诗便越能自由地，也即是更乐意向言外之意打开户牖，他便越能果敢地将诗留与恭立的'倾听'去体味，他的诗便越能超脱出那可由人研讨其正确或错误的命题陈述。"①

如果人类没有诗化的语言，便会生不如死。电脑语言就是一种死亡状态的语言，它的格式化、体制化犹如城市一幢幢高楼，使人的视线遮蔽，自由丧失。此时的人谈不上对人生烦、畏、死、孤独的至深体验和超越，在生命的表层上肤浅地活着，不能够获得"亲在"的境地，而只会依旧在人生的迷途与失意中"沉沦"。

可是，人总是应当为自己寻找一个精神家园的，生而为人就应当不断追问人之为人的意义以及人应当具有的精神和心灵的终极关怀。海德格尔给出的精神家园和终极关怀不是宗教的而是哲学的，并且是诗化哲学的，是一种准宗教的审美人生哲学。只有作为一种审美现象，人生和世界才显得合情合理。

为了这种合情合理，逐梦者便不停地奔跑，以昂扬奋发的精神，在人生的高速公路上，向目标逼近。逐梦者大多是时代的弃儿，是失意的诗人。他们奔跑是因为梦想，他们贫穷、饥饿，但梦想仍在，这是他们奔跑的理由。他们奔跑，是因为心中始终有一个目标，在太阳下，在世界的尽头。

"在一个贫乏的时代里，诗人如何为？"海德格尔深沉地引述了荷尔多林的这一追问，这一追问是对逐梦者行为的充分肯定。海氏所处的时代是一个"上帝缺席""诸神消退"的时代，与之相比，当今时代不仅上帝缺席、诸神消遁，而且哲学贫困、世风日下，人文精神坠落、衰败，高品位审美贫乏而人欲横流的时代。由于商业文明的弊端，由于一味的刺激和撩拨人的感官享乐和虚荣满足的追求，而将人们的勤奋、竞争和创造引入了歧途。竞争将变为恶性竞争，创造活动将变为不顾社会效益的标新立异，勤奋也被深深打上了狭隘自私的极端个人主义的奋斗特征。长此以往将导致各种社会危机、导致人际关系紧张、世风日下、社会人文精神衰败……人类将变得连与自身同类都不能和睦相处，更谈不上与自然保持可持续性的和谐共生发展。②

---

① 海德格尔. 诗·语言·思[M]. 彭富春，译. 北京：文化艺术出版社，1990：82.
② 杨全. 诗与在——"诗意地栖居"何以是最好的存在[J]. 名作欣赏，1998.

正是在这样一个人文贫困的环境里，逐梦者那种"直到世界尽头"的旅程愿望才尤为显得可贵。高速公路把都市变成了名利场，更是人生的竞争场。在速度与意志的比拼中，唯有强者能够胜出。但逐梦者只要梦想不死，只要精神长在，即使失败，也是英雄！

七、消费神话

消费是一个现代神话。高速公路在加快神话建构的同时，却也将这个神话用无形的手轻轻地撕裂。看不到伤，看不到血，只有冷冷的麻木和偶尔的痛。

不妨以都市的酒吧为例。有人说，这里很像个寻欢作乐的公共澡堂，所有人都可以参与其中——商人、官员、明星、包工头、学生、三流艺术家、无业游民……三教九流各色人等，在这里齐聚一堂。人们以目的开始而以过程结束。故事情节永远单调老套，但人们乐此不疲。

被高速公路拦腰斩断的城市在疲惫的夜晚苏醒过来，微微喘息，以一种召唤的姿态等待着欲望的开启或凋零。一般的酒吧要到晚上九点正式开张，人们用不着排队，蜂拥而至，像蝗虫一样从四面八方赶来，车辆如甲壳虫般在城市的路面上缓缓蠕动。

走进一家酒吧的大型演艺吧，上百平方米的空间里，口哨声和尖叫声此起彼伏，人们夸张的笑容甚至让脸部肌肉变形扭曲。这里没有正人君子，只有疯狂的消费者。衣冠楚楚的人们一扫白日正襟稳坐的模样，在主持人低俗的煽情调动下显露出本能的原始欲望。"你快乐吗?"酒瓶把玻璃桌敲得震天响："我很快乐!""是处男的请举手!"在一片浪笑声中，男人们举起双手，矫情而高声地尖叫："我是，我是!"[1]一瓶原本三元的啤酒在这里以十倍于此的价格出售，人们尽情地消费着，脸上写满着"神"的平静。

此时此刻，不知道是人在消费啤酒，还是啤酒在消费人。在酒吧，一些东西似乎颠倒了。神话的撕裂恰恰是在不经意中，在人们麻木的表情里，在

①　墨墨. 解放西：都市夜晚的迷幻盛宴[J]. 旅行，2005(06)：118-121.

到处流淌着的城市啤酒的泡沫里。当今社会是不是真的到了物质过剩、各取所需的境界了？不加节制地消费就能满足精神的饥渴吗？回答显然是否定的。事实上，即使到了发达国家的所谓富裕和高福利社会，消费主义神话也不能一劳永逸地解决当代人所面临的许多生存困境。

尤其重要的是，富裕社会也有一种"消费控制"，它是由于"技术理性"全面渗透的结果。这个时候的"消费控制"主要是通过"产品灌输和操纵。它们产生一种难以辨别出来的虚假意识，正因为这些大量的产品为更多的社会阶级中的更多的人所获取，它们所进行的思想灌输则不再是宣传，而成为一种生活方式……它阻碍了质的变化。"（马尔库塞《单面人》）城市的酒吧只是消费社会的一个黑洞，它远远不是神话的全部。

原因在于，消费主义把有效的控制融合到大众的生活方式中，通过对个人需要及其满足的操纵，从而窒息个人的发展的所有可能性，以及人们在主观上超越现状的能力。传统的统治结构把人的基本需要和高一层次的需要（例如体育和娱乐等）减少到最低限度，譬如中国的"文革"时期，文艺领域里只有浩然的作品和革命样板戏，其余的东西都不允许存在。这种非人性的控制使人接近蚂蚁一样的二维空间。而今天的统治结构则变成了使大众的各种需要尽可能地得到满足，还人为地制造一些虚假的需要，把统治者的"利益强加给个人，使个人接受极权主义的利益并当作自己的需要。这种虚假的需要把劳作、侵犯、痛苦和非正义永恒化，并促使人们去按照广告来活动和消费。"弗洛姆把这种需要叫作"接受型倾向"，它只要求"时时刻刻占有新东西，要永远生活在对新东西垂涎三尺的情景中。"①

之所以如此，是因为人们在社会生活中有很多需求往往是共同的，差别都体现在细微处，只有把个性化当作追求时，才能察觉人们的深层需求。比如，重庆水晶郦城在设计户型时，日本设计师一直要求取消阳台，因为飘出的阳台会影响到外立面的平整，但中国式家庭又必须要一个阳台来保证生活需求，调查显示，很多人一听说没有阳台的房子，想都不想就否定了。理想主义的消费构想在现实生活面前遭遇了尴尬。最后的结果是，他们把阳台放

---

① 弗洛姆，纪辉，高地. 资本主义下的异化问题[J]. 哲学译丛，1981(04)：68-75.

在了客厅的侧面，形成退进楼体的露台，既不影响外立面又和客厅间形成一个交互空间，室内又多了一处休息、交流的场所。这并不是什么了不得的创新，但就是这一点点细节的改进，体现出美学和使用性完美融合的理想。

消费神话的构建不仅体现在一瓶啤酒的价格上，更反映在大众对住房设计、汽车款式和家用电器等"大件"物品的审美时尚上。理想主义的消费理念不单单是一项视觉美化的工作，还是一项全过程的设计，不仅反映了设计者的美学思想，也提升了社区、环境和社区文化的价值。好的设计是文化性的设计，以这种对文化附加值的追求来适应城市变迁和建筑革新的挑战，保留一份历史、文化印记才是理想主义消费者的真正目的。

消费能刺激生产，但生产必然是以资源耗损为代价的。穷凶极恶的极端消费不仅满足不了个体的私欲，反而激发生存个体贪婪成性。人类对自然的野蛮开采，必将导致更大恶性掠夺竞争和扩展秩序的混乱，最终导致自相残杀的战争，导致严重的生态破坏和环境污染……这样就会进一步加剧人类的精神领域中情感因素（特别是一些具有非理性特征的心灵因素，如直觉、妙悟、禅悟、玄奥的灵性等）被大大排斥、压抑和弱化的程度。而这些非理性、超理性的因素，对人类来说是更为重要和根本的。

在以往的传统社会中，人类那种注重情感交流、心灵沟通，注重和睦融洽、互帮互助的人际关系氛围，在当今消费社会正逐渐被实用的、工具效用性的、彼此算计利害得失的人际交往氛围所取代。这是消费神话遭到重创的关键所在。在物欲横流、消费无度的时代大潮中，人们的交往已逐渐变成了完全按照是否互利互惠、有无功效实惠的原则来进行。并且这种交往大多数必须以当场兑现的方式进行，欠情的交往方式都不大行得通，熟人之间是这样，朋友之间，甚至家庭之间都是这样。人们在交往中已很少有重情重义的成分，维系其间的仅仅是一种利益、效用和利害因素。人际关系已变得感情淡薄。加之当前社会竞争的日愈激烈，人类文化的商业化实用功利和效用的趋向日愈加强，社会生活中的商业文化导向正在日益加大刺激、撩拨人类本性中低层次的感官享乐和肤浅的虚荣追求，这使得当前社会突现出一个重要的现象：人们在物质的温饱以后，精神反而日愈失落、无依托，心灵反而日愈无家可归，内心日愈深陷苦恼、紧张、空虚和不安，甚至消极厌世的现象却反而较之以往大大加剧了，温饱以后如何关注精神和心灵的问题就变得十分得突出和重要了。

在高速公路四通八达、张扬人们欲望的时代里，消费既不是手段，也不是目的，而仅仅是一种价值与价格背离的过程。因此，人类究竟应当寻求什么样的消费方式"存在"，俨然成了当今社会最重大的问题之一。这是颇值得大家深思的。

八、居民小区的阶级属性

无疑，高速公路加快了城市化建设的进程，使越来越多的人成为城市里的一分子，并在拥挤的地段里努力找到自己的阶级属性。

在今天的中国，城市里的阶级属性十分明显。建筑工人不会住到自己建设的房屋里，商业大亨也不会住进臭气冲天的贫民窟。各种经济住房和居民小区如雨后春笋般涌现，使城市清晰地划分出高尚区或富裕阶层、白领阶层（或中产阶级）、工薪阶层、打工仔和流动人口群落，等等。一个新兴小区，不仅给城市带来全新的房产概念，而且通过重新划分社会人群，刻画出社会阶层图谱，并引导一种新兴阶层的生活方式。

高速公路像刀子，不仅切开了乡村的文化脉管，而且也将城市划出个三教九流来。简单地说，城市里有车族和无车族，单车族或摩托车族，公交车族或步行族，等等，大家都有自己的规则和线路。尽管此族或彼族也经常发生着变化，但有一点是不变的，那就是：从一个城市的 A 点行走到 B 点，途中会经过沧桑的旧城区、建设中的街道、正在生长的建筑物和欣欣向荣的新城区，这些生动的场景像书页一样一篇一篇在眼前翻开，展示出一个城市的体貌。人们欣赏的不仅仅是一座城市，也是这座城市里每条街道、每幢建筑、每个小区所体现出来的细节韵味。

黑川纪章说，城市应该像文学一样，在城市中漫步，应该能够阅读它，阅读它的历史、阅读它的意蕴。而阅读城市，最好的办法或许就是应当从一个小区开始，看看房地产是如何破解城市密码、如何将城市居民的阶级属性一层一层剥离出来。

比如，从重庆江北机场往南前行20分钟，就来到重庆江北区中心。这个和渝中区、沙坪坝区等老城区隔江相望的新城区，汇聚着 CBD、两江交汇、拆迁、政府扶持等关键词，充满着回忆和梦想，这个带有贵族新区的阶级属性号称重庆的"浦东"。

和老城区留给人们的印象不同的是，江北区很少有爬坡上坎的道路和旧楼，更多的是建设中的楼盘和各类时尚的广告符号，正应了重庆人自嘲的一句话："重庆是一个大工地。"美国学者芒福德所预言的"城市黄金时代"，在重庆正拉开帷幕。据统计，自2000年到2004年，江北土地价值已飙升6倍。在这种建设热潮下面，我们看到的是一个小区组成的新城的崛起，一个由各种不同阶级属性组成的居民新生活在此形成。

城市生活方式无非就是"城"与"市"两个字，城者，城池，区位；市者，市场，交易也。换言之，城市的防御和交易功能决定了城市的底色文化，而地理因素无疑决定着防御和交易功能，也直接决定着城市人群的生活。作为传统重工业城市的重庆，性格中充满着工厂式的规律性，地理条件也同时决定着重庆人的生活方式带着跋涉的意味。所以当一片意图以亲和自然、细节和创新来确立新生活方式的小区出现在重庆，它立刻就成为传统房地产观念上的异类。

高速公路为城市的扩张提供了便利，也使原本不毛之地的城郊土地变得炙手可热。开发商心目中早就为居民小区定了位，经济或富贵，高尚与贫贱，从铲下地基的第一把土开始就定了调。从四面八方赶来购买房子的人很自然地接受了开发商定下的阶级身份。

而重庆的水晶郦城显然与众不同，它一出现就打算做新生活方式的引领者，一个300000多平方米的原生地块，外观出新的高层公寓，容积率仅为2，绿化率达60%，这在屋宇叠嶂的山城是不可想象的。建设之初，就有同行预言"这是不可能的项目"。开发商并不在意，成竹在胸。他们的目标客户是对生活品质有追求、有着理想主义色彩、正在成为社会主流的人群。事实上，重庆并不缺乏有这类需求的人群，只是还在隐藏当中，需要有房产来标示这类需求，对芜杂的人群进行阶级分类。在水晶郦城的住户当中，媒体从业人员、创意行业和新经济行业人员占据大多数，他们对房产的要求不仅仅是一个水泥盒子，要求更多的是从环境景观、建筑物到社区文化整合的居住实体。

高速公路掀开了城市居民阶级属性的盖头，使"物以类聚，人以群分"和"在什么山头唱什么歌"的现代格言演绎得更加准确到位、精彩纷呈。人们，无论是城市居住者，还是遥远的乡居者，每个人都应找到属于自己的那块小地。而最后的小地差不多一样，都是一抔小小黄土，无论生前荣华富贵还是惨淡凄苦，只有在面见上帝的那一刻，大家才抹去所有的属性，握手言欢，一片祥和。

九、高速公路多了，回家的路却少了

路，一天天多了，也一天天宽了，可是，回家的路却少了。人们把欲望越来越投向外面的世界。昆德拉说"生活在别处"，真是恰到好处地表达了一种灰色无助的情绪。

是什么使人们感到生活的平庸、乏味并且没劲？是重复。是简单机械、毫无生气的重复。

一般来说，我们每天都做一定的事情：起床，梳洗，吃早饭，去上班或上学或去别的地方，工作或学习一段时间，吃午饭，回去上学或上班，回家吃晚饭，看电视或读书或做别的事情，然后上床睡觉。

无论你是在高速公路上奔走还是坐在办公室里沉思，"重演"是不可避免的事实，它包含着每天没有多少变化的例行公事，大多数人极少面对"行动或死亡"的抉择。在某种意义上，我们都是作家或剧作家，而我们的生活即重演，就是文本。这些文本一般不令人兴奋，没有冒险或戏剧性，但这一点也不减少其对我们的重要性。我们生活的基本东西是建立在每天的例行公事之上。从心理上说，我们需要稳定与安全；大多数人不能忍受充满危险、威胁或极度兴奋的生活。实际上，持续不断的危险和威胁也能变成常规，这一点可以用来解释为什么间谍有时候会变得不小心，因而被抓住。①

按理，公路多了，可供选择的方向多了，生活更加有不可预料的新鲜感。可事实不是这样。公路多了，人们的心思也多了，人们的情感也慢慢稀薄了。家庭破裂，偷情，第三者插足，网恋等等，各种各样的古怪的事情时有发生。在高速公路旋风的中心，人们对家庭的依恋越来越小，家变得越来越脆弱，越来越易碎如花瓶。每天都有"家"砸在地上，发出刺耳的响声，同时迸溅出无数的斑斑点点，像血一样黏稠。

之所以如此，是因为除了每天重复的日子令人生厌外，今日之时代，还是一个人类自身被语言逻辑概念、算计分辨的工具理性、经验实证效用和科学主义深深统治的时代。在这种时代，人性中丧失了诗性和高品位的审美灵性，人类成了深谙算计、追求效用和实惠、追求物欲享受的生灵。科学理性和语言逻辑概念被提升到一种可怕的高度，加之，科学技术的盲目发展大大超越了人类能够驾驭的程度，科学技术这把双面刃的负效应正在加剧失控，已经给人类的生存带来了诸如严重的环境污染、生态破坏、人口爆炸、能够足以毁灭人类千百遍的核武器，以及生化武器、基因武器、电脑信息攻击武器等等可怕的因素。人丧失了诗性和灵性。人失去了存在的依托和心灵的家园。

在此情形下，人类过分地强调了语言逻辑概念、算计分辨的工具理性、经验实证、效用和科学主义，所以人们只能看到、听到和感觉到自己知道的东西，也就是板结的认知模式中所具有的东西。即便是哈勃望远镜的发明和超级电子显微镜的发明也莫不过如此。人类不可能借助它们就能观测到人类业已形成的认识体系之外的全新的事物，而只能看到、观测到人类既定的认识体系之内的一些更多的细节，如此而已。人类不充分认识到自身智能的残缺不全、偏狭蒙昧，还自以为是地认为科学万能、科学至上，提倡唯科学主义，那将会在以偏概全、残缺有限的人智引导下在歧路上越走越远。

爱因斯坦说过："科学只能说明'是什么'，而不能说明'应当是什么'。"科

---

① 伯格. 通俗文化、媒介和日常生活中的叙事 [M]. 姚媛，译. 南京：南京大学出版社，2006：189-190.

学永远不能回答人应当怎样生活，也无法回答人生的意义和目的何在这类重大问题。要想很好解决这类问题，就必须依赖于构建完备的信念体系和见地，必须不断追问人之为人的意义以及人应当具有的精神和心灵的终极关怀。

此外，人类对美的感受、对快乐与幸福的感受、心灵对自在的向往及追求、对一些重大的道德伦理价值的判断以及情感等方面的问题，科学都是无能为力的。信念体系的内核要素是不可直接被经验和逻辑所证实的。当今人类的很多精神问题不是由于科学不发达、科学知识不够所导致的，而是人类的信念体系出了问题所致。非器质性病变的思想问题和心理精神问题是不能用科学来解决问题的，科学在这里只能起到一定的辅助作用，要想根本解决问题必须依赖于信念体系（包括宇宙观、社会历史观、人的价值观以及总体的思想方法论和认识论的超科学的信念取向和把握）的调整和转换。①

遗憾的是，我们许多人在"家里红旗不倒、外面彩旗飘飘"的得意声中丧失了对自我的审视与批判。这样的"家"实际上是一个虚空的家，一个名不副实的家。这样的"家"徒有其壳而没有什么内容，也就没有什么吸引力。结果形成恶性循环，不少人借助于高速公路的便利，到异地去发展"网恋"，或实现刺激的"一夜情"。

因此，公路多了，公路的科学含量和技术含量都多了，但人的心灵并没有因为道路的宽广就能得到更多的解放。相反，在高速公路上加速的人带着一股不祥的离心力：一方面，传统的美德因为消费车轮的时代冲击，损害了原有的思想大厦；另一方面，新的价值体系又没有完整地建立起来，没有信仰、及时行乐将科技作为生产力所产生的巨大影响越来越偏离社会秩序的正轨，看不见生活的目标，看不清回家的路……

应当看到，社会所遭受的病患，比如物质的匮乏、环境的破坏、教育的过失，是可以治愈的，"通过叙事，通过词语"，给人们加以语词、叙述和历史层面的附注，带他们回到主观澄明的世界。然而，精神的颓废、欲望的膨胀和信仰的虚无却像顽症，是难以治愈的。

面对如此严峻的现实，人们需要有真诚的品质，不仅从观看历史和感知

---

① 杨全. 诗与在——"诗意地栖居"何以是最好的存在[J]. 名作欣赏，1998.

的角度，例如通过一些类似消费的意义延伸，产生出明显置身于理性之中的情感体验；不仅是观看历史，感受当下，因为生活中的历史和现实中的故事也会给我们提供各种角度，对社会和它的暗示性做出反应，从而还社会以应有的品质，而且这种真诚的品质和切实的感受对历史的缺失和信仰的虚无有着精神的弥补。

特别是当四通八达的高速公路将城市森林开辟出一条条通衢时，人们真、善、美应该有更多的诉求，对家庭、友情以及责任与义务应该有更多的期待。好比一个画家，他应当始终凝眸于一个特定场景，即便他的画有时看似高度抽象。这样的一幅画让你觉得甚至期待下一刻就会发生些什么——也许是光线的改变，也许是一突发事件的发生，也许是妻子或丈夫的归来，也许是孩子的笑声破窗而出，家庭的温馨应该是更多而不是更少地牵挂着在公路上来回奔走的人。一个没家的人就像一个没有根的浮萍，他总是有一种轻飘感，一个漂移感，一种不安全感。人们怎么不对家庭产生依恋和牵挂呢？

在消费主义日益盛行的当下，人们精神的最大缺席是对自我的审视，特别是反省和批判。我们古人有"吾日三省吾身"和"慎独"等优良文化传统，但这种传统被可怕地抛弃。理由是，信息太多，时间太紧，生存压力太大。没有精力和空间来反观自身的真实处境。可是，蔚蓝色的基督文明又是如何观照自我的呢？早在海德格尔时代，他就通过对语言逻辑概念、对工具理性、对科学主义等进行较为深刻的反省和批判，不仅冷峻地审判自我，而且激发人类应当有健全的人格、昂扬的精神和健美的体魄。海德格尔强调人类应当以诗的语言重新寻找存在的依托，倡导人们应当学会"倾听"。这里的"倾听"已经有些类似于中国禅宗"明心见性"的观照、道家"澄怀虚静"的体味。他希望人类超越语言逻辑理性思辨的羁绊，在思维模式和方法上进行彻底的转换，从而进入一种高层次的真修实悟的参禅修炼状态，唯其如此，人们方能得到无执无住、无分辨心、明心见性的禅悟精髓。同时，他鼓励人们以自主能动之力行"诗化之思"，去构建"诗化哲学"，去人为地"倾听"，并最终实现中国古人的"大彻大悟"的审美境界。

有了这样的境界，那么，无论外面的世界多么灯红酒绿，无论高速公路把身体延伸到哪里，回家的路只能更多，最美的风景只能在家里！

第五章　漂移的符族

一、流行文化的祭司

这是一种流行文化，这是一种速度崇拜，这是高级祭司玄妙的手，在春天，在春天睁开的眼睛里，在媒介的花蕾上，有人看到了上帝，有人看到了魔鬼，更多的人看到的只有商品。

高速公路，多么凌厉的风格，带着奔马的表情，像旋风，在世界的舞台上、在消费主义的战车阵里冲锋不已。

静静地思考，理性地观察，我们容易发现：高速公路的叙事特征在于从丰富多彩的现实世界中，按照人性化的合情合理合法的原则，通过货物运送、商品交换和信仰崇拜，抽取出一个本土文化的整体话语作为精华，这就是交通运输体系。但为了这种整体话语的本质化，牺牲了存在，为了生产而生产，将生活世界当作"糟粕"扭曲得不成样子，这不符合"以人为本"的原则。交通运输的实质，就是使价值沿着位于中心的"体系"，通过不断对流，向外围的"生活世界"扩散，使人的生命和生命的质量变得圆满。

这种圆满建立在交通运输理性化的基础之上。一方面，高速公路涉及的是用话语兑现有效性要求的不同形式，因此，维尔默将它称之为"话语合理性"；另一方面，它涉及交通行为者通过为他们的表达提出有效性要求而与世界之间所建立起来的联系。

　　由此可见，世界观的非中心化是世界观发展的最重要层面。这种主体间共有的生活世界构成了交通运输行为的背景。而高速公路为这种背景注入强大的物质动力。

　　为了描述生活世界，人们必须理解生活世界；为了理解生活世界，人们必须全身心地投入到生活世界的创造过程当中；而全身心投入的前提是他必须属于生活世界。在高速公路上奔走的人流和车流都是生活的创造者。在这个过程中，定然会有许多摩擦或矛盾，它需要理性而有效地予以解决。

　　事实上，参与者自身可以通过协商，对高速公路的语境加以明确和把握，因此，就新语境所展开的每一次协商、每一次明确和把握，也同时是关于生活世界具体内容的真实表现，是媒介叙事中面子协商的镜状折射。

　　这种交通运输行为理论与哈贝马斯所说的人际交往理论相暗合。哈贝马斯通过这种交往实践（Communicative Praxis），交往行为的主体同时也明确了他们共同的生活语境，即主体间共同分享的生活世界。在哈贝马斯说看来，交往，不是一般的交互，更不是商品交换，而是从生产交换向生活交往的转变，由生产世界向生活世界的复归。

　　这种复归于伽达默尔来说，就是一种对话。实际上，运输就是一种对话，是此地与彼地的对话，是人类与天地的对话，是收费站与过往的人流车辆的对话，是司乘人员自我的对话，是所有的一切对个体的外在与内心的对话。是媒介意义上的大对话，有如阅读。是体验，是感悟，是过程的张扬，是不折不扣的诗意的叙述，是高级祭司所做出的文化崇拜的母性仪式。

　　大家知道，阅读高速公路也是一种对话，它是通过时空对话产生意义的有序循环。因此，即使从当下热门的以人为本、软实力、文化认同这些新的阐释角度，我们与高速公路对话时，它仍然是一个能承重历史、文化和人民记忆的文本。我们的目光不必躲到地球的外面，来观察这个世界。我们只要看看身边的一切就足以明了事情的本质。具体来说，高速公路令人惊异地从经济学和政治学的角度，透析出消费时代的局限性，透析市场经济与计划经济的同一性、西方文化与东方文化的差异性，也令我们对高速公路很难产生一种超出世俗的理解。每当人们沉浸在低头拉车的昏聩时，有一种力量总能让人产生抬头看路的猛醒。这是高级祭司的魅力所在。

按照媒介阐释的思路，主流经济学理解的价值，以有序为价值，以有序化程度的提高为高价值；无序、低序则为无价值、低价值。有序还原到底，就是负熵；无序还原到底，就是熵。也就是说，主流经济学有一个思维盲区，以负熵增加为价值提高，以熵增为价值降低。也正是这一点，高速公路与个人知识、个性化、"酷（COOL）文化"等"真实世界"发生的经济现象产生了矛盾，被证伪了。

有"经济学的尼采"之称的巴塔耶认为，个性化经济，本质上是熵增经济，是耗散经济，它必然与大规模批量生产相矛盾。消费具有双重性，生产性消费（为了熵减而熵增，为生产而消费）与非生产性消费（为熵增而熵增，目的性消费，相当于马克思自主劳动以自身为报酬的理论）具有本质不同。经济人假设实际上假定了有序化程度提高作为价值前提，因此是不全面的。它没有考虑到物质极大丰富（且文化精神贫乏）、生产过剩、休闲增加导致需求升级的"后工业"条件下，价值取向的变化。

既然熵增和熵减，都可能具有价值。媒介精英们很自然地得出一个新的假想：何不将经济学的起点门槛降低，将熵减包括进来？这种思路，颇有点弗洛伊德的呓语：既然精神病这种现象，用意识解释不通，何不降低心理学门槛，扩大到潜意识分析？

"经济学中的弗洛伊德"波兰尼实际上早就想到了这一点。哈耶克实际上也想到了，可惜没有系统化。只有布瓦索把这个想法抓住不放，用在了经济学体系的修正上。

布瓦索的逻辑实际上是，把工业化的各种经济现象，也就是主流经济学的研究对象，对号入座到信息化三维框架中，用信息这个"理论货币"来"换算"，一切都会变得经济并且一目了然。

比如，把交换（包括高速公路的交通运输和人际间的交往）的本质说成是编码、抽象和扩散。如果翻译成传统经济学术语，相当于认为，商品交换实现了从具体劳动向抽象劳动的转变，从个别劳动向一般等价劳动的转变；实现了社会化。至于编码，这是基于信息的经济学的一种特殊表达方法。还原成本来的意思就是，在交换中，将个别劳动的价值状态（熵值），转变为一种有序程度更高的熵值，增加了其中的负熵，所以也叫"已编码"。

值得注意的是，在后现代经济学家中，有不少学者将商品交换的信息本质概括为编码。例如鲍德里亚著名的符号交换理论，就认为商品交换的本质是符号交换。交换完成后，使用价值交换部分与自然经济相比没什么特殊，但其中人的价值却从感性上升为理性，"符号"化代替了经济叙事。经济人的本质，变成了符号化的理性人。

伊诺泽姆采夫认为：在前经济时代，全部经济联系都只限于直接的生产，每一个人只能在整个原始共同体所能做到的那种程度上满足自己的物质需要。这时人们的物质利益是一维的，它们好像处于一条与社会利益相吻合的直线上。前经济社会和经济社会的界线，出现于人开始意识到自己的物质利益是与其他人的以及整个原始共同体的利益相对立的时候。在此之后，出现了大量的在二维世界中相互作用着的不同的利益，利益已经在规模和方向上互有区别，但仍和以往一样具有一个共同点，即都具有物质性。向后经济时代的过渡，始于多维世界的形成，这种多维世界的特点，首先在于人的利益超出了物质利益的范围，不再仅仅由人们满足自己物质需要的欲望所左右。[①]

高速公路再现了欲望冲动的真实，也佐证了物质丰富与心灵空虚的二律背反。当流行文化被速度传真高效激发起来的时候，对话的机制随车轮滚动，消费的大旗在思维的显像管上高高飘扬，崇拜物质的人更崇拜自己。在灵魂还没有出售之前，所有的人都是上帝。

二、媒介意义的单向度

显然，高速公路的速度理念是双向式的封闭叙事。但对每一个叙事的主体，他/她的方向只有一个，那就是向前，再向前。是单性符号，是线型俚语或媒介意义上的单向度漂移。

高速公路如出版在天地之间的一张报纸，气势磅礴，痛快淋漓，每一个人都可以阅读和投稿，每一个人都可以对编辑路线进行批评，因为这是公共

---

① 姜奇平. 负熵与文化——后现代经济解释之二[J]. 互联网周刊, 2004(24)：68-70.

领域，是共有的民主空间，是非虚构的自由表达。高速公路媒介的每一次单向度漂移，其后果必然是阅读者与出版人在利益分成或利益共享上达成妥协的结果，都为积淀为文化的表层。

因为，自然界的一畦野地、一块石头、一片绿叶，只要一经人工雕琢或搬动就带有文化的含义。高速公路沿途的一花一草就因此打上了文化的烙印。人们正是通过文化的积存和发展的需要而看到了人的本性——生物人与社会人的统一体，又从人的本性去寻找更深层次因素——人的生命构成，亦即人的生理构造和心理构造。

从这个意义上，我们也可将人的生命分解为生理生命和心理生命。人的生长期完成之后，对于食物及营养的需要量不是上升，而是持续下降，而对于精神需要却在持续上升。这正是媒介心理学意义高速公路持续快速发展的内在冲动。高速公路的每一次推进，都是对城市和乡村以及整个社会注入一支消费强心剂。

由于城市的本质是人类为满足自身生存和发展需要而创造的人工环境，因而城市物化环境的背后是人类社会的存在，而人类的需要又是人创造城市的动力之源。可以说，城市的产生和发展都来自人的生命力量，来自人的需要和欲望，人一旦失去了种种需要和欲望，人类社会就会停滞，城市的发展也就无从谈起。①

但另一方面，人的欲望又不能无限制地、无道德化地向前发展。高速公路一个最大的安全隐患就是人的欲望的膨胀比跟高速公路的速度成正比。而这种速度的递增又没有道德作保障，因而极易转化为极端消费主义者的俘虏和精神品质的沦丧。

请看一条手机短信：有一老板与情人同眠，手机铃响，情人接曰：你呼叫的用户已喝醉！次日回家，妻破口大骂：你昨天喝了多少酒？连联通公司都知道了！事情并不显得可笑，也并不是幽默的社会打闹，而是社会道德的一个缩影。当电影《手机》播出之后，社会出现了一种信任危机，一种潜在的不安甚至恐慌，不少人的手机就成了家庭矛盾激化的加速器或火山的突破

---

① 纪晓岚. 论城市本质[M]. 北京：中国社会科学出版社，2002：3-4.

口。手机当然是无罪的，有罪的是欲望至上的人。同样地，高速公路也是无罪的，有罪的是没有限速的禁区闯入者。家庭的易碎与高速公路的流动有着一定的联系，但不是必然的联系。高速公路加快了某些濒于破碎的家庭的解体，但也加速了一些急于组成新家的成员的聚会。高速公路只为家庭的破碎与重构提供空间、速度和载体。

据统计，美国每年有 17% 左右的人搬家，搬家的人中约有 60% 是就地迁居，其余的是搬往外地。相比之下，我国从 1982—1987 年五年之内只有 2.8% 的人迁往他乡，平均每年只有 0.58% 的人跨市镇流动。美国人是一个喜欢搬家的民族。美国人的住房需要活跃是城市化发展的一个重要因素，而能够使住房需求得到满足的主要是宽松的制度因素，在美国搬家没有任何限制，没有户口制度，搬家不必经过任何人批准。

在高速公路的激情叙事和无处不在的媒介因子的煽风点火下，搬家成为当代人一种单向度漂移的表达方式，是回归流牧民族的某种潜在愿望，是对现实的失望、对梦想的追寻、对自我身份的审视以及对"生活在别处"美好乌托邦的实践冲动。

搬家的最终目的地是期望高质量的住房和有吸引力的居住环境，期望压抑的心情得到释放或缓解，生存的压力原本不应该在物质如此发达的社会里出现，可事实上恰恰是物质的高度发达遮蔽了精神的高速发展，这种反差所形成的鸿沟并不是搬家能够解决得了的。小汽车拥有量的增加，除了加快了人口向郊区迁移或者除了使人们更加迅速地逃离某一处不适合居住的地方外，于精神的发达并无太大的关系。发达国家交通业的迅速发展与其说是人口外迁的条件，不如说是人口外迁带来的后果。从美国交通的几次大规模发展的时间看，正好与人口城市化高潮的时间相对应。19 世纪中后期曾经有过铁路建设高潮，在短短几十年中建造了几十万公里铁路；罗斯福新政以后出现了公路建设高潮，这个高潮一直持续到第二次世界大战之后；20 世纪六七十年代以来又出现了航空建设高潮，新飞机、大机场不断投入使用。[1] 所有这一切都征兆着人们在单向度地追求物质享受，而无法满足的精神空缺就

---

① 张鸿雁. 侵入与接替：城市社会结构变迁新论[M]. 南京：东南大学出版社，2000：101–103.

在物质的日益丰富中也愈发显露其可怕的深洞来。

奈斯比特说：成千上万的居民正抛弃从前的城市生活，去寻找清新的空气，安全的街道，以及与家庭共享天伦之乐的更多时间——一句话，去寻求一种更单纯、节奏较为缓慢的生活。时隔 10 年之后，奈斯比特再次论述了美国郊区城市化的新趋势：报纸、电视、广播、电话、传真、联邦捷运公司、高速公路和通过计算机联机化的新型信息工人，正在重新勾画美国的图景，由于几乎到处都可以居住，定居在小城镇和乡村中的人也日益增多……汽车带来了一些变化，不少美国人和欧洲人如今都住到郊外去了。而赋予个人以力量的电子技术和高速公路，必将带来更大的变化，人们可以居住到乡村去，有史以来将首次出现个人的工作单位与住房没有关系的图景……真正的世界都市不是看谁人口最多，而是取决于哪座城市的功能最齐全。[1]

因此，高速公路成为媒体时代的一个隐喻。单向度的漂移像一个醉鬼，在散发着墨香的城市大报上、在电视镜头的隐秘窥视里、在午夜广播的夜来香中幽灵般地流向远方。

三、隔代遗传的"自负"

"隔代遗传"的规律是指：第三次浪潮是第一次浪潮的否定之否定，即肯定。因此，后现代文明规律，可以绕过工业文明，从原始文明直接发掘。自然经济中谈的意境，与后现代经济中谈的信息空间，具有隔代式的灵犀相通。因为"意"就是"信息"，"境"就是"空间"；"意境"就是"信息空间"（"赛博空间" cyberspace），与高速公路构成一虚一实的整体。从本质上说，它们都是虚拟实在的形而上学。

而"隔代遗传"的生物学上的意义是指：某些基因特征在血缘连续下一代没有出现，而在下一代之后的下一代出现。这是一种隐性遗传，高速公路在中国的发展就有着类似隔代遗传的传播范式之症候特点，它对于研究中国的

---

① 奈斯比特，阿博顿妮. 2000 年大趋势 九十年代的十个新趋向 [M]. 周学恩，等译. 北京：东方出版社，1990：300-305.

人类学和社会学、特别是历史叙事学的解释有着十分重要的意义。

但当下中国人对于历史的认识往往是以今天作为母本，以逆时间的方式去对昨天做出某种事实的重构。这就导致了美国历史学家詹京斯对现代主义史学观所给出的恰如其分的评价："致命的自负"——只能认识到历史之"真"，而很少对如何得出历史之"真"做出反省。

事实上，我们认知中的过去不是"过去"（the past），而是在于史家对过去的解释，而我们所知道的历史也只不过是历史学家思考过和整理过的历史，而这种历史或者说解释已经不再合乎历史实相，而只是史家自身试图把一致性强加于历史之上的对历史的阐释——发明（invention）或虚构（fiction），正如尼采所说"没有事实，只有对事实的解释这样的话"，而也正是这种阐释遮蔽了历史，使读者对历史产生了误解。

中国高速公路发展的历史告诉我们，在发达国家几代人甚至更长时间发展起来的高速公路到我们的国家却在短短的二十多年就完成了。这样的速度虽然是时代逼迫的结果，但也反映出一种急功近利、不计后果的盲目。对自身资源没有一个长远的规划，对子孙后代的责任感不强，只注意自己的享受和痛快，总抱着"儿孙自有儿孙福，不为儿孙作马牛"这种短视的小农意识。更为重要的是，总以为这么快速地发展是对前代因为各种政治灾难造成国家缓慢发展的一种补过，是英雄历史的与时俱进。然而，历史并不是由我们自己书写的，历史的书写权属于历史本身。

因此，要理性地审视历史，我们不应当盲目崇拜文字意义上的纪实"the document"和事实"the facts"。从认识论角度可以知道我们永远无法真正了解过去，在历史写作中，每一个人都有他的发言权，也就是说，每个人都可以写他自己的历史而不必顾虑他人的品评。原因在于：当你选择了一种对过去（PAST）的看法时，你也就接受了这种看法对你施加的影响，从而也不可避免地会接受一些东西和拒斥一些东西。①

根据现代主义史学的观点，史家以科学思考为出发点，认为历史贵在求

---

① 詹京斯. 后现代历史学——从卡耳和艾尔顿到罗狄与怀特[M]. 江政宽，译. 台北：麦田出版社，2000.

"真"（objectivity），如果将对这些"真"的研究整合在一起，那么就可形成为大家认可的历史，以后这段大家认可的历史就可形成定论。但是现实的历史研究，却告诉我们历史的"真"是不断地被重构的，因为历史具有多元性（a multiplicity of types of history），将不同史家对相同历史主题的研究并列，会发现各个人的结论并不一致，甚或大相径庭，这样应该相信哪个"真"呢？

历史离不开时间，但时间的价值浓度是不等的。较高的体验使单位时间的价值上升。而工业化时期的时间，是一种等长的时间。与其说是格林威治时间意义上的等长，不如说实质是价值等长，即同等时间创造同等价值。它与信息社会的时间概念格格不入，其中区别，几乎完全相当于马克思所说"劳动时间"与"自由时间"两个概念的区别。因此，高速公路上的时间，是历史主义的，是相对时间，是前进中的叙事节点。

在这里，历史事实并没有刻意被湮没、打压，以保存城市作为一个完整国家的观念。这些事实全都被接受，但也全都被漠视。这是今天的人们待人处事的典型态度：对显而易见的事实视若无睹。这种心态，在有些民族中肯定会引发精神错乱，但另一些民族却把它转化成一套博大精深、强调消极、超脱和接受的哲学。①

不过，按照进化论的历史观，由于科学和社会不断地进步，更多的文本不断地出现，使史家有条件能更进一步触摸到历史的终极真实究竟为何，实际上也就是说，现在的历史研究会比过去的历史研究更逼近历史之真，同样，"今之视昔犹后之视今"，未来的历史研究会比现在的研究更接近历史之真，因此我们应该相信越是以后时代的研究成果，就越接近历史之真。但照这样的思考，那就是当下的"真"应当被以后的"真"所取代了，以此类推，我们所认知到的现在的"真"，则不久就会过时而成为"不真"，这就成了一个循环性的悖论。② 这样的悖论使人们对历史之真得出如下的悬念——

---

① 奈保尔. 幽黯国度：记忆与现实交错的印度之旅[M]. 李永平，译. 北京：三联书店，2003：271-273.

② 詹京斯. 历史的再思考[M]. 贾士蘅，译. 台北：麦田出版社，1996.

> 有一天有许多话要说的人
>
> 常默然地把许多话藏在内心
>
> 有一天要点燃闪电火花的人
>
> 必须长时间作天上的云

"必须长时间作天上的云"并不是高速公路的性格特征。高速公路的发展与时代大潮有关，也比较真实地纪录了人与环境的依赖关系，反映了人的忍耐能力、精神封闭的阈值和追寻群体的生动本能。

美国学者奥托曾对人与环境的依赖关系有过多次的考察和试验。有一次，他做了一个感觉隔离试验，结果表明：如果把盛满水的容器放在一个空洞黑暗的房间里，断绝一切声音来源，此时，使一人处于一种完全与信息隔绝的状态中，过三个小时或四个小时，他就会产生幻觉。这就充分说明人格的支柱是环境。

在此基础上，奥托又以舆论宣传为例，说明社会文化环境对人的影响，他指出："舆论宣传工具如同贩卖精神食粮一样，宣传暴力行为其恶果正慢慢地腐蚀着人们的自我系统。这种腐蚀，损害了人们的信任因子……我们的新闻报纸里不间断地充斥着犯罪暴力行为、抢劫、强奸等消息。这些消息正形成一股缓慢而强大的潮流，侵袭我们信任水库的堤坝。年复一年，我们很少听恩爱、关心、人情友谊的佳音。同理，我们自己也开始不被人信任了。总之，舆论宣传不间断地发表犯罪行为的消息，好似滴水穿石，蚀穿了人们心中的信任因素，导致了人们之间的互相疏远、隔离，妨碍了人们之间真挚感情的交流，破坏了人类大同世界的形成，真是糟糕透顶。它使我们不得不接受这样一个方法：用暴力解决问题……这个方法被认为是行之有效的。当今社会上犯罪率惊人的上升，很大程度上是这种引导美国人以暴力解决问题的社会条件造成的。这就是我国的现实，而我们却在一旁坐视不管，任其蔓延。"①

客观地说，媒体的片面宣传对"用暴力解决问题""社会缺乏信任"以及

---

① 马斯洛等. 人的潜能和价值[M]. 北京：华夏出版社，1987：394.

"道德沦丧"等触目惊心的事实难辞其咎，但消费时代拜金主义的普遍盛行、美女经济、超级商场的伪劣产品以及高速公路的酒精刺激等等，都写满了四个最大的字："爱的缺失。"正如马斯洛所说的："爱的能力、好奇、哲学化、象征化、创造性等，不是灌输到他内部去的，要用容许、促进、鼓励和帮助的方法，把以胚胎形式存在的东西，变成真正实际的东西……文化是阳光、食物和水，但它不是种子。"①

　　一言以蔽之，当今社会需要"爱""信任""友谊"等，而这些美丽名字在前代的历史记事本上曾经出现得多么频繁。如果按照生物学上隔代遗传的规律，是否意味着我们的下一代就会有一个到处写满"爱""信任""友谊"等美丽名字的和谐温馨的环境出现呢？生物学上的隔代遗传有着一定的既定规律，但是，社会学上的隔代遗传恐怕更多地只是偶发性多于规律性。换言之，如果我们这一代不注重对"爱""信任""友谊"等胚基的培养，不关注环境对耗损对于下一代的危害，那么，这些美丽的名字要遗传到下一代恐怕只能是痴人说梦。

　　正是在这个意义上，牢记库利的话也许还有"亡羊补牢"的历史深意："河流里传递的是生命的种子，公路上传递的是语言、交流和教育。公路比河流出现得晚：它是一种发展，在早期的动物生命进程中是不存在的，但后来沿着河流出现了模糊的痕迹，渐渐显著和充实起来，最后发展为精致的公路，承受着各种车辆，达到和河流相等的运载量。"②

　　高速公路是一条河，它的负荷越来越重。隔着历史的创痛，它的此端抓紧着"爱"，它的彼岸维系着"友谊"，播散于中间大道上的是人们渴望至极之连绵不断的"信任"的种子……

四、城市的内爆

　　铁匣子一样的房子。钢筋。水泥。混凝土。脚手架高高竖起，似乎要架

---

① 马斯洛等. 人的潜能和价值[M]. 北京：华夏出版社，1987：80-81.
② 库利. 人类本性与社会秩序[M]. 包凡一，王湜，译. 北京：华夏出版社，1989：2.

天梯。到处是机械，是垃圾，是旧城的倒塌和新区的崛起。可城市仍旧拥挤，再拥挤。树丫上站着人，栏杆下坐着人，连桥墩下都睡着人。人，一个个瞪着灰蒙蒙的眼，一脸阴沉，甚至发出粗重的喘息。有什么东西从远远的地方炸裂开来，发出刺耳的响声。

这就是现代都市人的生存境况。大家每天面对越来越快的生活节奏，面对爆炸性的信息和知识膨胀，面对触手般扩展的空间与内敛的时间，与此相伴，像洪水般汹涌而来的是污染与噪声，以及形形色色的犯罪，使难以承受之重的生命越来越产生一种孤独感。城市的外扩了然耳目，但城市的内爆危害更大，但并不是每个人都能清楚地知道或感受到。

与此同时，高速公路和经济技术的发展把人们推进了网络时代，使城市的外扩和内爆更为迅速和剧烈。人们遇到的诸多问题已经不可能在牛顿力学的单一因果链的思维平台上获得满意的答案，除了对立双方之间的力学作用之外，还必须考虑介质或信息的作用。

信息社会的本质是多样性的社会，没有多样性就没有信息。黑与白，正与负，好人与坏人，正确与错误，真理与谬误，科学与迷信之间尚存在许多有待进一步认识的空间。一批综合学科应时而生，应运而大步发展，它表示人们力求超越工业时代的方法论，从多维模型、统筹兼顾的方法上建立人与人之间、人与环境以及人与人的内心之间协调共生的组织体系。

高速公路使人造的城市环境大变。我们所说的城市环境主要是指人工环境。人工环境又分为有形环境（物化环境）和无形环境。有形环境包括建筑物、雕塑、广场、公共设施、人工景观、人工绿地、花园等。无形环境包括广播、电视、传媒、文化艺术活动和各类群体社会活动等。

从城市环境与人的关系的形式来看，它又可分为单向式环境特征和双向式交流环境特征。单向式特点为无对话形式，即具有非对称式的交流特点：一方被动接受另一方的传播。如广播、电视、报刊、网络信息、文艺团体演出、电影戏剧。这种形式具有广泛性，可参与性，无偿性与有偿性结合，多种选择性的特点。而双向式特点为对话形式，即具有对称的面对面的交流特点。如大众体育和文艺活动，各类节日所举办的群众欢庆活动，广场和公园所举办的游乐等活动。①

　　高速公路的内爆主要体现在它将城市与乡村、大路与小道、此地与彼地、目的地与非目的地等织成一张强大的网络，它甚至将人与人、人与车、人与环境、人与天气、人与自己以及人与人的虚拟对象结成蜘蛛网一样的密集型网络，同时，它又具备了新型媒体的传播特点，因而某种意义上，高速公路的内爆可以看作是网络媒体在信息时代的商业之具象。

　　而网络媒体是传统媒体的集大成者，它的传播手段具有极大的兼容性：不仅有报纸媒体的文字、图片，也有广播媒体的声音，还有电视媒体的图像，更具有传统媒体望尘莫及的交互性和虚拟性的特点。点对点、点对面的信息互动，虚拟社区的去身份的交流，使之成为有史以来最优秀、最具发展潜力的媒体。正因为网络提供给人们的交互性是空前的，所以，传媒大师麦克卢汉说：承载着政治、经济、娱乐各个方面信息的电视、网络、通信系统宛如宇宙大爆炸，无终止地向外扩张。在这种"外爆"的冲击下，以往由印刷文字隔离开来的美学、政治、经济、公共领域与私人领域的等级界限被打破了，人们会栖息在一个相互交叠的社会，没有文化等级也没有领域分工，过去人们之间水平的和垂直的界限都会重新予以建构。

　　在这里，信息不仅会"外爆"，而且还会改变已有的社会结构，形成"内爆"。内爆就是消除区别的过程，各领域相互渗透，政治的、公共领域的、商业的。内爆的发生意味着产生更具参与性和交互性的全球性交往形式，增加公民的民主意识和参与感。网络传播的技术特质决定了它是现代社会信息传递的天然平台。经济改革中碰到诸多问题的中国现阶段决定了它是公众意见表达、聚集的"内爆"之地。

　　网络媒体与高速公路不仅具有同质性和交叉性，而且具有互动性和兼容性。网络媒体借助高速公路的力量使城市的"内爆"更为强烈；高速公路在网络媒体的强力推动下，无论是技术含量还是信息总量都呈火箭般地蹿升。

　　比如，在我们居住的城市里，从高速公路到街头巷尾，每天都看得到大量的广告影像，从来没有任何别的影像这么触目皆是了，这么密集的广告信

---

① 张鸿雁. 侵入与接替：城市社会结构变迁新论[M]. 南京：东南大学出版社，2000：113-115.

息使城市的空间感觉更小。历史上也没有任何一种形态的社会，曾经出现过这么集中的影像、这么稠密的视觉信息。我们也许记得、也许忘却这些信息，可是总得有意无意地投以匆匆一瞥。广告影像只存于瞬间。只要翻开书页、转过街角、车辆刷身而过时，广告就已映入我们的眼帘，使城市的"内爆"以一种公共有形的形态存在于我们生活的环境里，我们的生活潜移默化地发生了变化。

正如有人分析的那样，这些信息所产生的作用主要有四个方面的内容——

暗示作用：城市环境用非语言的直观形式作用于人的视觉，使人产生意识、思想和联想，进而发挥暗示作用。暗示为心理学术语，可分为物体暗示、语言暗示和动作暗示。而城市有形环境则具有明显的特体暗示功能。如将商业区建在最繁华的市中心，暗示人们积极消费，满足其物质生活需要。一些公共场所不设座椅，暗示人们不要长久停留。

感化作用：以各种公益性的有意义的方式去营造有形物体，对人的心理产生健康的积极的影响与作用。如名人雕塑、英雄纪念碑、历史博物馆、重大历史事件和历史人物纪念碑。

启示作用：由于城市有形环境的直观性和形象性，以及单向性特征，可使各种文化层次的人都处于一种被动接受式的状态。它具有潜移默化的启示作用，可使人逐渐地领悟到环境形式的深刻的内在含义。

警示作用：这种方式在于向人们提示事故后果和危害，将危害社会的行为控制在萌芽状态之中。在火灾易发场所提示不要吸烟，在海边提示注意安全等。[①]

显而易见，高速公路和网络媒体使现代城市环境在为人类带来方便舒适的同时，也带来了许多心理压力和紧张，过度的商业消费、过度的媒体宣传和过度的信息刺激等等。

特别令人感到不安的是严格的时间观念。工作和闲暇在时间和空间上的区分是城市和农村的一个突出特点。农村季节性生产特点使农民一年有更多的空间时间，而在城市中，即使休息日，各项活动也有时间性，这就是城市

---

① 张鸿雁. 侵入与接替：城市社会结构变迁新论[M]. 南京：东南大学出版社，2000：113-116.

公共场所大大小小的钟表日益增多的原因所在。

现在我们的主要问题在于：闲暇时间的群体化支配现象增多，而失去个人的特点。由于交通运输、学习、电视的娱乐节目、商店的营业等等都有统一的时间性特点，这些构成了城市的节奏，绝大多数城市居民要适应这种时间性特点，而使自己个人的时间服从于群体。同时日益增多的脑力劳动者工作特点与城市环境中时间性特征形成了矛盾。脑力劳动者往往在工作时间和非工作时间之间失去了界限，工作日的延长主要取决于个人的勤劳、爱好和责任感。脑力劳动者常常从事一种创造性的劳动，这种劳动不同于具有体力或机械化生产的另一种活动节奏。这种劳动体现在努力和贡献（成果）的非同时性。一般来说，在创造上的顿悟和成果发表之前，需要有长时间的表面看来似乎是毫无成效的紧张思考。而这种劳动没有严格的时间概念和固定的节奏，往往以几个星期、几个月、几年为单位计算，而不适合以小时为单位计算。随着信息社会的到来，知识经济的发展，从事各种脑力劳动的工作者将日益增多，城市环境如何适应脑力劳动者阶层的工作和生活方式，仍是一个有待深入研究的问题。①

因此，城市的内爆使人们失去了对于幸福的敏锐感觉。正如斯威夫特所说的："幸福就是痴迷于长期受蒙蔽的状态。"在这里的状态里，先锋的知识分子则声称：他们能够感觉并享受人世间和生活中的秩序和平衡（幸福），而其他人则与此无缘。凭借精明的认识和细致的分析，他们把自己武装起来去抗衡商业化的刻板形态，同时由于听觉空间和触觉空间一直是相互交替的。如果接触是间歇的空间，间歇就是关闭和节奏的原因，或者是上扬和下挫的原因。所以，他们必须进行持久的游击战。他们坚信自己是在一大群愚氓中自由活动的高尚野蛮人。②

推倒城墙的是野蛮人，建起城墙的是高尚的野蛮人。城市的内爆使人挤压得精神分裂和不可理喻，难道这就是事情的真相？

---

① 张鸿雁. 侵入与接替：城市社会结构变迁新论[M]. 南京：东南大学出版社，2000：129.
② 麦克卢汉，秦格龙. 麦克卢汉精粹[M]. 何道宽，译. 南京：南京大学出版社，2000：35；72.

五、媒介文化的异化

高速公路有着深度的媒介基础，是后现代主义语境下，全球资本和政治文明共同合谋的结果，其原初的理想是给人们带来黑格尔式"合目的性"的生活，使人在信息社会里快速感受到媒介的导向作用和消费拟像的共振效应。

诚如著名学者杰姆逊所言，在高速公路和互联网的强力刺激下，后现代主义发展出一种新的文化与社会形式，凡是信息、影像、消费、艺术形式与生产模式无不与前现代、现代社会大相径庭。换言之，从市场资本主义，过渡至垄断式帝国主义，直至跨国资本主义，后现代的临界已被全球化密针缝合，为我们带来另一种新的无深度、拟像与雄浑甚至"精神分裂"的时空环境。取而代之，在这后现代全球化混杂的空间文脉中，"时间—空间压缩"促成全球政治、多国企业、全球国家机器、金融贸易、经济机制与信息工业权力的构连，透过资本主义跨国集团逻辑的运作，并假借"去中心化""去神圣化"与"去脉络化"之手段策略，全球村俨然形成一个"规范化"与"典籍化""商品化"与"一致化"，甚至"麦当劳化"的全球文化共荣聚合的表征。

在这样的媒介基础上，高速公路犹如一张报纸，是一首由政治、资本、商业、车辆、人流和物欲等共同创作的象征派诗歌。而作为诗歌，它不仅是局部的，也是全球的；不仅是环境的，也是肌理的；不仅是显性的，也是隐形的。这样的众声喧哗的嘉年华式的共生共荣，使社会生活的透明度越来越"去隐私化"，公共空间和民主理想越来越立足于制度的风口浪尖，事物的内部关联与连锁效应越来越趋向于一致，即在任何情况中，10%的事件引起了90%的事件，我们忽视了那个10%，却被那个90%震惊。如果没有一种反环境，一切环境都是看不见的。艺术家的角色创造一种反环境，使之成为感知和适应的手段。

一个躺在公园椅子上的流浪汉对哥儿们说："我是干过媒体的人，我用报纸把自己深深覆盖，用收音机找寻正在发生的事情。"

马克·吐温说：真相还没有起床，狡猾的谎言已经传遍大半个世界了。

美国总统杰斐逊也曾经说过："现在报上看见的东西，什么也不敢相信。

一旦放进被弄脏的报纸之中，真相本身也会变得可疑。我要补充一句，不看报的人比看报的人还要信息灵通……"这句话对今天的年轻人尤其适合。

可见，媒体的力量与媒体之外的力量（比如电脑和高速公路等）共同主宰着这个世界。在这样的世界里，真相与谣言只一步之遥，使得存在主义的心理创伤获得一个物质基础的支撑，这个支撑就在我们的中枢神经系统的第一次的电子反应或高速公路的延伸之中。电报不仅开创了一个传输智能的时代，而且它滥觞于一套全新的思想观念，一种新的意识。过去，从来没有人意识到，他/她能够准确知道那一时刻在一个远方的城市正在发生的事情。①现在，不仅通过电脑或电视的现场直播知道远方的城市的正在发生的事情，而且还可以通过高速公路赶到现场对事件的真相进行"亲历"式的验证。

因此，由高速公路、媒介和商品经济共同塑造的这一代人"正在变得更加顺应服从，而不是相反"。但是这种正在发展的顺应不是视觉的或图像的顺应，而是情感和品性的顺应。人这种裸猿开始非常看重头发。正如美国人类学家里奇说的："秀发引诱男人高贵一族，美色牵动只需青丝一根。"又说："许多人惊呼披着羊皮的狼来了。"

而传媒大师麦克卢汉则不客气地批评道：现在的年轻人确实是一代无能之辈的继承人。因为，以高速公路、麦当劳与肯德基为代表的快餐文化已经彻底迷失了自己。对拼写文字和读书的热情正在以可怕的速度减弱。他们无法理解这样的语言："书页捕捉了流动的思维和言语之后，它又使我们能够长期分析思维过程。这样的长期分析使科学的兴起成为可能。"特别是对天书一般的中国汉字，即便是中国年轻人自己对于这种美丽而复杂的母语也有着强烈的抵抗情绪，出国在外的小朋友尤其如此。

事实上，象形的中国文化恰巧处在两极之间，一极是我们抽象的文字传统，另一极是无所不包的口头传统。中国文化处在难以交流的印刷术和图像技术两极之间，也许正是这个位置，使它的会意文字对我们产生吸引力。②

在电子文本的作用下，手稿文化更是日益成为收藏爱好者的聚焦对象。

---

① 麦克卢汉，秦格龙. 麦克卢汉精粹[M]. 何道宽，译. 南京：南京大学出版社，2000：70；76.
② 麦克卢汉，秦格龙. 麦克卢汉精粹[M]. 何道宽，译. 南京：南京大学出版社，2000：90；97.

手稿文化的一个主要特征是它的相对统一性。手抄书稀缺难买，这就使人养成了读万卷书的习惯。读书人很少，这又多了一层理由，所以每一个读书人都要对所有的学问略知一二，在信息爆炸的年代尤其如此。否则，你不仅落后于时代，也落后于你的同伴。你被人瞧不起，包括你自己也瞧不起自己，最终出现令人遗憾的结果：自暴自弃。

手稿文化之所以重要，除了今天用于签字、表达权力和鉴别身份外，手抄书稿则要慢慢看、慢慢读出声。默读是可能的，直到印刷机铺好了机械化的印刷之路之后。手抄书是一条破破烂烂的公路，不像现在的高速公路，它走不快，行人也少。它把读者限定在紧靠口语的范围。诗歌的发表实际上是在一小群人中阅读，或者是向一小群人朗读。思想的传播靠的是公众的辩论。

印刷术把著作人和抄书人从枯燥乏味与苦力中解放出来，使读书人成倍增加，然而它也使当事人的社会和政治重要性随之降低。书籍本身的重要性也随之降低。直到今天由于媒介的变化，我们对时间和空间的态度也随之发生变化。

因此，如果说手抄书的传统是古老的万事通，那么书籍文化则倾向于专门化。书的数量足以使读书成为一辈子的职业，也可以保证读书人过上一种离群而隐私的生活。终于有一天，书刊多得把当事人分裂为数十个老死不相往来的群体。这就意味着，对于我们文化中最明显的进展的意义和漂移，我们在很大程度上是浑然不觉的。这样的读书人甚至对书籍传播形式技艺也不容易产生兴趣。[1]

这种情形与高速公路媒介的传播模态相类似。人们享受着高速公路的速度文化，却在享受中对传播这种文化的技艺不会产生过多的兴趣，甚至对正在发生的社会变化毫无知觉，仿佛这一切天然就是如此。

---

[1]　麦克卢汉，秦格龙. 麦克卢汉精粹[M]. 何道宽，译. 南京：南京大学出版社，2000：98-99.

六、个体记忆探幽

如果说，大地的表皮是辽阔无涯的海面的话，那么，高速公路就是海面上劈波斩浪的旗舰。这艘旗舰在快速行进中，滚滚的信息铺天盖地，每一个角落都塞满了湿漉漉的信息因子。这些无法消化、大面积的储存堆积使得整个社会暴涨成一个庞大无比的信息洞穴。

特别是 20 世纪 80 年代以来，广告信息所占据的空间与日俱增，广告在虚拟竞争的"视听景观"（audiovisual landscape）中逐渐成为主角，而它也愈来愈不满足于在其他电视频道或屏幕上出现，换言之广告信息已经从过去只出现于私人领域的空间之现象中，渐渐流动至"公共空间"。通过高速公路的推波助澜，这种迅速占据公共领域的新形式广告影像，即在我们生活的空间中构筑了一个"影像社会"（image society），甚或是一个真实与虚拟影像之间界线产生内爆（implosion）的"拟像社会"。而在此跨国资本主义集团与广告制作商互相共谋的运作逻辑之空间中，广告影像已成了公共空间的媒介发言人或基本功能的形象代言人，两者合力打造新形式的公共空间影像，这种影像通常被视为一种"再现机制"。如果我们认真分析，就能发现，其实这套操作思维的基点恰恰是一种十分程式化的"教条影像"。即是说，广告信息像无所不在的幽洞，它不但可以统整、吸纳与监控人们的思想，同时可以建构某一概念同一性持续的秩序和监控公共空间的语言系统。

与此同时，现代新闻报道和讯息的机械操作，使人不可能创造出个人的独特的逻辑。到了现在，艺术家应该以新的方式来干预和操作新型的传播媒介。这个办法就是精确而细腻地调整语词、事物和事件的关系。正如真空管可以用来塑造和控制巨量的电能一样，艺术家可以操作低流量的轻松的语词、节奏和共鸣，去召唤存在原初的和谐，去召唤亡灵。不过，他必须付出自我克制的代价。这种自我克制在高速公路上对信息与速度的处理尤其如此，它隐含着新闻媒介对形而上美学马拉美骰子的精神诉求。

卡尔·卡佩克对马拉美美学里潜伏的存在主义的形而上学做了这样形象的阐述——

　　报纸(媒介)的世界像野兽的世界一样存在于现今。报纸(媒介)的意识(倘若可以说意识的话)，用一般的现在时间来界定，从早报到晚报，或者反过来从晚报到早报。如果你读一个星期以前的报纸，你就会觉得，你在翻一本编年史：它不再是一张报纸，而是一本备忘录。报纸的本体是实现了的现实：现在的东西就是存在……文学就是永远用新形式来表现旧事物。相反，报纸就是永远用稳定不变的形式去表现新的现实。①

　　如果正如卡尔·卡佩克所说的那样，媒介(比如上面说的报纸)"就是永远用稳定不变的形式去表现新的现实"，那么，高速公路恰恰是用永远变化的形式去表现新的内容。不用说每一条高速公路都有自己的叙事风格，即使是同一条高速公路，它对信息的播散特点，对广告美学的发展态势，对宏大叙事的细致把握，以及对突发事件的应急能力与处理方式，等等，都显示出自己独特的个性。尽管许多时候，高速公路的个性风格也是在规范化和模式化的强大体制下所做出的"戴着镣铐跳舞"。

　　例如，面对世界各地纷至沓来的新闻，高速公路信息中心就像报人一样，必须把彼此无关的条目以非连续的方式放在一起。这是一种能量和意义重大的象征性风景。之所以这么做，是因为现代传播的整个趋势是走向过程的参与，而不是对观念的领悟。

　　从溯源上分析，活字印刷的过分膨胀，既是文化普及的原因，又是其结果。它使人们对印刷词语或书面词语的关注急剧下降。就像功夫片是对形式丰富的艺术之抹杀一样，漫画书被看作是文学的堕落，而不是一种初生的、图像丰富的、戏剧性的形式。这种新形式的出现，是由于杂志、广播和电视具有着重视听传播的新趋势。年轻的一代跟不上叙述的东西，但是他们对戏剧性的东西很机警。他们无法忍受铺垫冗长的描写，但是他们喜欢风景和动作。② 高速公路恰恰是风景和动作的完美组合，这也是为什么那么多的年轻人愿意拿生命作赌注，不顾一切地奔上去，加入飙车的狂潮。

---

① 麦克卢汉，秦格龙. 麦克卢汉精粹[M]. 何道宽，译. 南京：南京大学出版社，2000：98-99.
② 麦克卢汉，秦格龙. 麦克卢汉精粹[M]. 何道宽，译. 南京：南京大学出版社，2000：115-116.

值得关注的是，在信息爆炸和飙车狂潮的后面，是当今社会盛行的对资源的掠夺性开发。这种执拗地带有自杀情绪的行为把人与自然对立起来，把人与人对立起来，斗争与反斗争，压制与反压制，控制与反控制的思想方法已经使人类社会遭受了太多的报复。对立斗争的长期效果并不总是一个吃掉一个，而往往是两败俱损，由第三者或第三态主导局面。

更进一层，高速公路的速度叙事往往带着文明的吊诡：一方面它拉近了人们的物理距离，一方面它又疏远了人们的心理距离，使人与人之间越来越感受到人际交往"咫尺天涯"的道理。只要生活在大城市，没有人能对人口的密集视而不见。在这座版图快速扩张的现代都市里，环境变得越来越拥挤。每天，我们在人流中穿行，公共汽车、地铁拥挤不堪，商场、公园熙熙攘攘，在都市中要找一片清静之所变得越来越困难。

在这里，人们习惯于把历史当作科学实验室，当作研究形态的生命和性质的一整套受控的条件，和汤因比常规的叙述相隔千里。这是文字、技术和社会发展的必然结果。诚如伊尼斯所指出的那样：西方远祖从腓尼基人手里借来的字母表加上了元音，使之适合希腊人说话的需要。于是耳朵替代了眼睛。随着文字的传播，口头传统开发出了新型的抗拒力，表现在 5 世纪前和 6 世纪的文化的繁荣。

在此基础上，希腊人接过拼音字母，用来造字，使之成为适合灵活的口头传统需求的灵活的工具。由于字母表是视觉分割和专门化的技术，它引导希腊人去发现可以分类的数据。因此，只要口头文化还没有被字母表的视觉力量的延伸压垮，口头文化在我们的电力时代复活了，它和尚存的书面形态和视觉形态建立了一种非常多产的关系。[①] 这是搜求洞悉整个社会动力层的原因之所在。

然而，在连绵不断的信息幽洞里，人们一方面忍受着城市的拥挤，另一方面却感受着前所未有的孤独，一种身处闹市的孤独。这是信息的悲哀，是社会的悲哀，更是人类的悲哀。

---

① 麦克卢汉，秦格龙. 麦克卢汉精粹［M］. 何道宽，译. 南京：南京大学出版社，2000：141-142.

七、身体的解放

当高速公路成为身体的解放或人体的延伸的时候，体育比赛则成为一种团体的延伸，它像显影纸，能够测试社会形态的相互作用——冷静与疯狂，激情与理性，野蛮与文明。

在当今传媒发达的时代，广播和电力技术也是机械技术模式的进一步延伸："广播的魅力流布到广阔的地区，在逃避识文断字中克服了阶级的差别，它宠爱集中化和官僚主义。"这说明眼睛的空间约束力和耳朵的时间约束力。人们从广播的听觉世界转入视觉世界的轨道，把眼睛和视觉文化的一切集中化力量都套到广播的头上。此时的人，他关心传统价值和时间的延续性。他把不同形态的东西并列在一起，去求得新的发现。这一技巧处处都适宜，而且导致了一系列戏剧性的、令人吃惊的发现。他没有对视觉形态和听觉形态做结构分析，只是假定，信息的空间延伸具有集中化的力量，无论它放大和延伸的是人的哪一种官能。视觉技术创造一种中心/边缘的组织模式，无论它借助的是什么手段，文字、产业、价格体系的手段都是如此。①

与此同时，在跨国集团所建构起的高度资本主义主题乐园中，空间不再是距离的向度、不再是时空的指涉物，它只是一种类似"空间之生产"的概念，意思是所有生产的物质向度和物质性、剩余价值的抽取与循环、货币与劳动力之间的相互运作皆构成了一个空间，在此空间中商品化、资本与利润总是虚假又暧昧地伪装着。

这种情状可以追溯到麦克卢汉在《谷登堡星汉璀璨》中所写到的那样：到了公元前 6 世纪，社会快速的发展势头导致了古老生活方式的部分消解，甚至导致了一系列的革命和反动。不仅导致用武力维持和锁定部落主义的尝试，斯巴达的情况就是这样的，而且直接导致了伟大的精神革命，即批判性的讨论。结果又产生了摆脱巫术迷狂的思想。

由于对新技术的无知和对我们自身能力了解的局限，人们发现社会上普

---

① 麦克卢汉，秦格龙. 麦克卢汉精粹[M]. 何道宽，译. 南京：南京大学出版社，2000：143–145.

遍流行一种新的躁动不安的征兆。人们开始感到文明的紧张和不安，一种对于明日不可预见性的恐惧，一种对于某种力量无法左右的失控心理。这种紧张和不安是封闭社会瓦解的结果。

今天这个消费时代，人们仍然能够感觉到这种紧张不安，甚至更为强烈，尤其是在整个社会处于变革和转型的时候，无法控制的因素日益增多。原因在于，开放社会或半抽象社会持续不断地对人们提出要求，要求大家努力去维持理性，去放弃至少是一部分感情生活的社会需求，去照顾好自己，去接受责任和义务。紧张不安的情绪就是这样造成的。

但仿佛是一种宿命，人们无法解脱，只不得不忍受这个紧张不安，还自我安慰"是时局使然，是获得某种利益必须付出的代价。比如知识的增加，合作中的理性的增加，互相帮助的增加，生存机会的增加，人口规划的增大——为了这一切，我们就必须付出代价。这是我们人之所以为人所必须付出的代价。"

实际上，这种自恋症式的感觉多半是和阶级或者政治文明之间的紧张关系密切相关。紧张关系首次露头，是在封闭社会瓦解的时候。封闭社会不存在这种关系。至少对统治者来说，奴隶制度、种姓制度、阶级统治是"天然"的东西，是不成问题的东西。但是，封闭社会一旦瓦解，这种确定性随之消失，安全感也随之消失。

此外，在书面文化高度发达的社会中，视觉和行为的统一使个人摆脱了内心的偏离。在口头文化的社会中，内心的独白是有效的社会行为。但这种社会行为在部落社会和后来的城市中发生变异，部落社会和后来的城市成为部落成员和小区居民的安乐窝。他的周围是敌人，是危险甚至敌视他的魔力，他在部落社区里的经验就像是儿童在家里的经验。他在家里扮演一个明确的角色，这个角色他既熟悉又演得好。封闭社会的瓦解提出了阶级问题和其他社会地位问题。①

这些问题在高速公路和电脑时代并没有得到消弭，相反，它还以加速度的方式在社会的各个层面上以不同的方式加以镜显。思想的扼制就是最好的

① 麦克卢汉，秦格龙. 麦克卢汉精粹[M]. 何道宽，译. 南京：南京大学出版社，2000：159-160.

例子，统治者总希望用一间铁屋子将所有的人都赶入其中，任何反抗就将获得比皮肉之苦要痛楚百倍的精神折磨。例如，在苏联 20 世纪 30 年代的"清洗"审判中，许多人完全服罪并不是由于其所为，而是因为其所想。这使西方人感到震惊和困惑。但遗憾的是，因为"所思所想"而获罪的在今天还大有人在，互联网虽然虚构了一个民主空间，使百姓的政治身体得到一定程度的伸张，但它常常遭到主流话语的压制和迫害，使伸张的思维之躯在痛苦中扭曲。

飞腾，奔舞，身体得到解放，思想凝固于空中，穿过云层的阳光也会穿过思想的藩篱。从此地到彼地，迅速，果决，夹着凌厉的风，人体的延伸与高速公路同步。海角天涯，有人的地方就会有路，有路的地方就有速度，有速度的地方也终究有自由放飞的思想……

八、重返伊甸园

重返伊甸园不仅是人类善良而美好的原欲冲动，不仅是后工业社会里人们在社会道德、物质压迫和精神颓废下所生发出来的心灵向往，更是奔驰在高速公路这列时代快车的消费轨道上在凄风厉雨和电闪雷鸣的合奏中所激发出来的自觉行为！

根据《旧约·创世纪》记载，上帝耶和华按照自己的形象用泥巴捏造了人类的祖先，男的称亚当，女的叫夏娃，并将这第一对男女安置在伊甸园中。伊甸园在《圣经》的原文中含有"快乐"和"愉快的园子"的意思（或称乐园）。《圣经》记载伊甸园在东方，它有四条河从伊甸流出滋润园子。这四条河分别是幼发拉底河、底格里斯河、基训河和比逊河，但后两条已经消失，现存的只有前两条河流。

上帝的原本旨意是要他们生儿育女，遍满地面，使整个地球都成为伊甸园。但后来夏娃受蛇的哄诱，不仅偷食了"知善恶"树上所结的果子（禁果），还让亚当一块食用，结果二人都被上帝赶出伊甸园。

在全球化语境下，伊甸园已经成为人类精神乐园和对美好世界的象征。在当今社会的城市空间里，美好乐园早已丢失，公共空间被当作商品，当成有明确市场价值的量体。美好乐园因为破坏才需要重建；美好乐园只为丢失才要去寻找；美好乐园因为曾经有过，所以我们才有"重返"的情感冲动。

之所以会有如此的冲动，是因为后工业社会生产或创造的主要内容已经成为一系列的影像、一个自由浮动的符征、一个乌托邦与自由符号的集装箱以及一个空洞的信仰共同体。原初的有血有肉在灵在想的生命被物欲、情欲、私欲等覆盖甚至吞噬了。许多科技发明往往是从社会学家的想象中获得启迪，缺乏原创思想和自我演绎推理的能力，这使得生命历程像高速公路上的逆向行驶：把我们推向历史而不是推向未来。

乐园之所以丢失并不仅仅是夏娃偷吃了禁果，更不能责怪蛇的诱惑。作为男人的亚当之无自制力和鉴别能力是否也是他被逐出乐园的原因呢？必须承认，历史的发展会出现惊人的相似，但仅仅是相似而已。农业社会经济结构的主要特征是分散，工业社会经济结构的主要特征是集中，信息社会经济结构的主要特征似乎又回到分散，其实它已经不是原来意义上的分散，而是在网络经济约束条件下的分散，因而是有序的分散。在电影《重返伊甸园》中，这里既没有幽林秀水，也没有亚当和夏娃的影子。有的只是摩天大楼和为了金钱而互相残杀的现实。人们在抨击大工业的破坏性一面的同时，也感叹人心不古。

但是，人们有过自省自问吗？我们为什么不利用工业社会留下来的钢铁和水泥去建设更符合人文主义的美好未来，却要把人类拉回到洪荒的过去呢？

人与环境或者人与社会的关系总和构成了人与客体的生活，它主要是按照语言对他/她呈现的形象来生活的。事实上，因为人的感觉和行动依赖感知，完全是按照自身的形象生活的。人从自己的身上开发出了语言。凭借同样的功能和力量，又使自己落入陷阱。每一种语言都在它所属的人周围画上了一个定身的魔圈。这个魔圈使人无路可逃，即使驶上了高速公路，你也无法扯着自己的头发离开地球，除非你是跳出去进入另一个魔圈。

现在，人们不仅可以两栖生活在分割和区别的世界之中，而且可以多元化地同步生活在许多世界和文化之中。人们不再执着于一种文化，即不再严守单一的感知比率，正如我们不再只钟情于一本书、一种语言或一种技术一样。因为跨国资本主义逻辑已俘虏广告媒体并夹杂"后现代性"与"全球化"元素在人们的生活空间中渐渐起了化学作用。而在高速公路及其相关的化学反应效用下的"超空间"（hyperspace）中，传统城市的亲密、未经规训的分化状态是被痛恨的。

取乐园而代之的是，新城市充满着影像与拟像物，它是一个拟像的城市、电影的城市、电视的城市，宛如主题乐园的城市。并且，建筑与影像以一种虚幻欺骗的本质存在，在其欢乐表象的亲切熟悉下，不断地与最根本的现实保持距离，同时这种主题乐园的空间几乎纯属"符号"，玩弄着移花接木之表意作用（signification）的游戏。在这个游戏中，识文断字与受教育的程度对人与环境的影响是显而易见的。

作为一种常识，偏重文字的受众有一个基本的特点，他们面对书籍或电影时，扮演一个非常被动的消费者角色。但是，如果受众没有经过这样的训练，他们就不会去静悄悄地跟随一个叙述过程。比如，非洲观众就不会这样，但是他们喜欢参与，喜欢观看，尽管看不懂。因此放电影的人要一边放一边评述，而且还要灵活，以能刺激观众的兴趣，并且要及时应对。倘若片子中有人物唱歌，那么解说的人也要唱，而且要邀请观众一起唱。这种观众参与在制片时就要考虑，电影中要留下这样的机会。解说员的培训要做到极端化。要让他们知道电影的意思，知道如何使解说因人制宜。

即使经过看电影的训练之后，加纳人还是不能接受关于尼日利亚人的电影。他们不能把经验概括起来从一部电影迁移到另一部电影。这就是具体经验中的深度介入，但这种深度介入需要得到技术的支撑。如果一种新技术使人们的一种或多种感官在体外的世界中得到延伸，那么我们新的感官比率就会在那种文化中出现。一种旋律加进一个新的音符时发生的情况，也有相似的可比性。任何一种文化的感官比率发生变化时，过去看上去清楚的东西会变得模糊，过去模糊的东西会变得清楚。[①] 对伊甸园的认识也是这样，当人们总以为已经生活在乐园的时候，他们其实对乐园概念都很模糊；当人们走出了乐园，他们回头才发现原来他们要的乐园应该是个什么样，而此时，先

---

① 麦克卢汉，秦格龙. 麦克卢汉精粹[M]. 何道宽，译. 南京：南京大学出版社，2000：203-207.

前模糊的概念也变得十分清楚。

因此，把高速公路与文化殖民联系起来，进而认识它是伊甸园丢失的罪魁祸首显然是毫无道理的，但是，高速公路可以视为全球化下资本运作的一个文本。当城市里越来越多的主题乐园带着复古或崇洋的性质，在文化渗透的毛毛细雨下，传统的土壤已逐渐发生了改变。在一个不伦不类的土壤上是谈不了重返伊甸园这样的宏大叙事的。

目前，不少城市的主题乐园里充满着"可口可乐殖民化""麦当劳化"或许多欧化的商品生产逻辑，并编入广告影像的再生产体系，促使主题乐园拟像空间的成形，把"文化工业"的复制手段当作最后不可或缺的运作模式，仿佛这样就返回了伊甸园，真是本末倒置得可以。

须知："可口可乐殖民化"、"麦当劳化"或商品欧化只是后现代全球语境中，资本跨国流通过程中不可少的接合要素，但文化工业却是跨国商品进驻当地企图建构起物欲工业所不可忽视的手段。许多时候，文化工业以"进步"作为一种说辞，但事实上是"相同性""重复性""标准化"与"均质性"的一种伪装，在高度商业化与跨国资本主义的运作逻辑下其所带动的文化空间中，是由上而下的一种统制，它更把利益的动机转移到文化的领域，假文化之名制造一种意识形态，作为文化的一种内在消灭或变质。一个没有信仰的民族是危险的民族，一个没有文化的民族更是悲哀的民族。而悲哀的民族是奢谈返回伊甸园的，因为他们连伊甸园的概念都不清楚。

与此同时，高速公路的突飞猛进使文化工业体系中所产制的商品最大限度地成为以大众消费的审美趣味而剪裁制作的商品。在这样的商品运作和在类似跨国资本工业技巧推动的商业行为环境下，文化工业体系就是机械式的复制又复制，用分配的机巧将之分化、片段化来宰制承受者的意识。这样，从"文化工业"商品化之生产概念来看，公共商品广告所形塑出的主题幻想乐园，已处处被编入文化工业生产的体系中。因此，握在手边的一张高速公路通行卡，成了快速进入主题乐园幻想世界的通行证。沿路经过的文字信息、道路符号与手机广告，在各个收费站的出入口又可相逢同样的产品广告影像群，公共媒体户外信息就这样以文化工业产制的逻辑，密集地、专横地刺激着我们的消费欲望，透过一致同质化的技巧出现与渗透，"文化工业"已借由影像符号构连起无数的主题乐园式幻想。通过这样的麻醉，人们在伊甸园的白日梦里，一天重复着毫无激情的技术生活，周围处处是蛇，是禁果，但大家既可以与蛇共舞，又可以对禁果视而不见。

怀特海在《科学与现代世界》一书中指出：19 世纪最伟大的发明就是发明了发明的方法。一个新方法进入了生活。为了了解我们的时代，我们可以忽略一切变革的细节，比如铁路、电报、收音机、纺织机、合成染料等等。我们必须集中精力研究方法本身。这是动摇老文明根基的真正新奇的东西……新方法的一个成分正是发现如何着手弥合科学思想和终极产品之间的鸿沟。这是攻克一个又一个困难的过程。①

高速公路没有告诉人们通向伊甸园的办法，高速公路本身也是通向伊甸园的大道，但高速公路却为人们重返伊甸园提供了技术、资本、速度、旗语和快捷的运作能力。没有阳光不会灿烂；过度阳光也会灼伤。纵使没有伊甸园，懂得珍惜和感恩的人也不会再次陷入彷徨。

九、冷文化，热文化

高速公路将人们对习以为常的文化态势以冷文化、热文化的两种叙事模式迅猛地展示在世人面前。在全球体系的蓝图里，文化的流动主要通过五个面向之间不同张力的运作而产生，它们是族群地形、媒介地形、科技地形、金融地形、意识地形。同时，这些景观外貌是借由不同角色身处的民族、历史、文化背景、经济发展、语言及政治情景所刻划，文化的制造和享用者往往把关键内容放置在全球资本、电子生产资料、经济跨国企业组织，以及均质的大众文化与广告影像等元素中，从而构成冷、热文化叙事的两极。

如果说，电视媒体使新的"后文字"时代已经过时的话，那么，高速公路的媒介阐释就会淘汰传统意义上对盐道、营道、驿站和山间小道等文化叙事的诗意解说。因为科学技术的飞速发展突破了人们预设的视域，"旧形式装新内容"或"旧词汇出新篇章"层出不穷，令人防不胜防，而文化的积淀并不

---

① 麦克卢汉，秦格龙. 麦克卢汉精粹［M］. 何道宽，译. 南京：南京大学出版社，2000：209-210.

因为政治的冷热而变脸，它总是与时间的凝固连在一起的。

有人认为，现代科学的产品本身无所谓好坏："决定它们价值的是它们的使用方式。"这是冷文化的梦游症的声音。它忽略了媒介的性质：高速公路表现了人在新技术动态中受到的肢解和延伸，以及由此而进入的催眠状态和自恋情绪。

奔走在高速公路上，人与物的机械化的切分性和序列性，在电影文化的诞生中得到了最生动的说明。电影的诞生使人们超越了机械论，转入了发展和有机联系的世界。仅仅靠加快机械的速度，电影就把人们带入了创新的外形和结构的世界。电影媒介的讯息，是从线形连接过渡到外形轮廓。

换言之，当高速公路以无法比拟的电的速度猛地打乱机械的电影序列时，事物的结构和媒介的力的线条变得鲜明和清晰。人们坐在影剧院里又回到无所不包的整体形象。对于高度偏重文字和高度机械化的文化来说，电影看上去是一个金钱可以买得到的使人得意扬扬的幻影和梦幻的世界。①

但与幻影与梦幻世界不同的是，从媒介意义上看，高速公路成为一种典型的多功能媒体。它首先是一张报纸。拿破仑说："三张敌对的报纸比千把刺刀更可怕。"高速公路这张纸不存在敌对的意识形态，有的只是出版于天地之间的激情内容，举凡一切中性的、不带偏激观点的文字都受到欢迎。它不像如今的纸质报纸，一叠又一叠，最多的甚至达到一百张。而高速公路只有一张，有一点复古的色彩，它的编排方式继承了竖立式的直线序列，有标题（比如潭邵高速公路），有内容（如奔驰其间的各种车辆），有分行（如中间的栅栏），有插图（如两旁的雕塑和草地），有广告（如沿途的广告牌），有空白点（如加油站或休息区），等等。

其次，高速公路又是一座电视台。每天都有新闻播出，出出进进的采编或后勤管理人员一派繁忙。收费站既是转播台，又是一个个编辑室，总编室则是信息汇聚中心，那里的电视监控录像毫发不差地全程播出每个行为者的一切表演。

再次，高速公路也是一个广播站，普通广播站所需的主要叙事元素在高

---

① 麦克卢汉，秦格龙. 麦克卢汉精粹［M］. 何道宽，译. 南京：南京大学出版社，2000：231-232.

速公路上都能找到。而且，每一辆车的驾驶员都喜欢收听本地的播报信息、音乐或文字作品。这是孤独的排泄，也是对自我的肯定。高速公路的广播作用使交通新闻变得更为重要。一旦发生车祸或其他事件，公路上的每一个人都是记者和编辑，都有向信息监控总台公开发表新闻的权力。这种公共权力是高速公路媒介作用的民主写真。

当然，高速公路是显而易见的互联网。公路和公路之间，公路和非公路之间，公路和人之间，公路和城市或乡村之间，等等，都组成了一张功能齐备、结构繁复动态信息交流网络。这样的网络使高速公路媒介阐释的叙事学意义变得更为生动具体，也使得全球语境下的冷、热文化的发展走势向技术力量和本土精神倾斜。

传媒大师麦克卢汉分析了技术力量如何在偏远的丛林、草原和沙漠中产生作用。有一个例子是贝都因人骑着骆驼听半导体收音机的现象。洪水般滚滚而来的观念使土著人面临灭顶之灾，没有任何东西使他们做好准备去对付汹涌而来的各种观念。这就是我们的技术通常所发挥的作用。我们在读书识字的环境中遭遇收音机和电视机时所做的准备，并不比加纳土著人对付文字时的本领要强。文字环境把加纳土著拉出集体的部落社会，使他们搁浅在个体孤立的沙滩上。我们在新鲜的电子世界中的麻木状态，实际上是一样的。

之所以这么说，是因为电的速度把史前文化和工业时代商人中的渣滓混杂在一起，使文字阶段的东西、半文字阶段的东西和后文字阶段的东西混杂在一起，失去根基、信息泛滥、无穷无尽的新信息模式的泛滥，是各种程度的精神病最常见的原因。[①] 而高速公路对人的肢体和精神的解放也正是建立在信息的堆积、思维的宰制、道德的沦丧和媒体推波助澜的海市蜃楼中，使当代人精神上的自恋、情感上的自虐和文化上的冷热症候群更加触目惊心。

所谓冷文化、热文化之说，其实是假借麦克卢汉对媒体的深度分析。作为文化构成元素中的主力军之一，既然媒介有冷媒介和热媒介之分，那么文化也可以分离出冷文化和热文化两大类别，比如说，纸笔写信是冷文化，电子邮件是热文化；或者说，鞭炮是冷文化，烟花是热文化。冷文化特征带有

---

① 麦克卢汉，秦格龙. 麦克卢汉精粹[M]. 何道宽，译. 南京：南京大学出版社，2000：236-237.

很大的自主性、固执性和传统性，而热文化与时尚、技术有关，带有跟风的表情、易碎的情感和盲目的自信。

麦克卢汉指出：有一条基本的原则可以把收音机之类的热媒介和电话之类的冷媒介区别开来，把电影之类的热媒介和电视之类的冷媒介区别开来。热媒介只延伸一种感觉，并使之具有"高清晰度"。高清晰度是充满数据的状态。照片从视觉上说具有高清晰度。卡通画却只有"低清晰度"，原因很简单，因为它提供的信息非常之少。电话是一种冷媒介，或者叫低清晰度的媒介，因为它给耳朵提供的信息相当匮乏。言语是一种低清晰度的冷媒介，因为它提供的信息少得可怜，大量的信息还得由听话人自己去填补。

而热媒介并不留下那么多的空白让接受者去填补或完成，其参与程度低。象形文字或会意文字之类是冷媒介，拼音文字是热媒介。热媒介有排斥性，冷媒介有包容性。

麦克卢汉还从国家、民族和政治等宏大集体生发出冷热二维的思维观，并认为，落后国家是冷的，西方发达国家则是热的；"城里的老油子"是热的，淳朴的乡巴佬是冷的。但是，如果用电力时代办事程序和价值观念的逆转来说明的话，那么过去的机械时代是热的，当今这个电视时代是冷的。华尔兹是热烈、快节奏的机械舞蹈，它适合工业时代浮华与隆重的情绪。相反，扭摆舞是冷的，是神情卷入、不拘形式、即兴发挥的舞蹈。[①]

但是，冷媒介、热媒介是否分别对应冷文化和热文化，却并不一定。热媒介究竟是用于热文化还是冷文化，是大有讲究的。收音机这种热媒介用于冷文化或者不重文字的社会，其影响甚为剧烈；用于热文化，其结果则截然不同。比如在英国或美国这样的热文化里，听收音机是一种娱乐，而在斯里兰卡则认为是一种信息需要或者一种经济身份的体现。因此，冷文化或者文字作用较低的文化，不可能把电影或收音机之类的热媒介当作是娱乐。热媒介对它们造成的急剧震荡，至少与电视这个冷媒介对我们高度偏重文字的社会所造成的震荡一样厉害。

如何区别冷热媒介，这里有一条原则，完美地表现在俗语的智慧之中：

---

① 麦克卢汉，秦格龙. 麦克卢汉精粹[M]. 何道宽，译. 南京：南京大学出版社，2000：244-249.

"女子戴墨镜，男子少调情。"因为眼镜使开朗的外观更加突出，完全填补了女性的形象。同时，墨镜使人的形象神秘莫测，难以接近。这种形象需要人去参与了解，去补充完成。所以，戴墨镜的女孩是冷的，需要男人对墨镜后面的内容进行补充。这是男权主义热文化审视的结果。

更重要的是，一切文化本身会对人类和社会施加难以抗拒的影响——无论其传播或表达的内容是什么。史前人或部落人生活在感知的平衡状态中。他们通过眼耳鼻舌身对世界的感觉是平衡的。技术革新是人的能力和感官的延伸，便是这些延伸反过来又改变了这种平衡，无情地重塑社会，而社会又产生技术。

从冷文化、热文化的社会学基础来看，一共有三种最基本的技术革新激发文化的分裂和重建。其一是拼音文字的发明，它把部落人弹出了感官的平衡态，突出了眼睛的视觉。其二是16世纪机械印刷的推广，这进一步加快打破了感官平衡的进程。其三是1844年发明的电报，它预告了电子革命的来临。而今天的信息技术和电子革命将恢复人的感官平衡态，使人重新部落化。[①]

但重新部落化的社会仍然是冷文化的一种表现形态。冷文化是非地理式的文化，是监督与控制，是没有终点的拟像。它只是客观地呈示欢乐的、受到规制的愉悦想象，一切技艺高超的蒙骗形式总是试图成为民主公共领域的替代品，它拔除了麻烦的都市性尖刺。在商品生产流水线或购物中心的"公共"空间里，言论受到牵制，想象受到监控，比如，在迪士尼乐园里就只有"拟像""商品"与"消费"话语。

另一方面，在后现代或全球化情境下，消费主义作为热文化的一个标签，透过公共广告媒介进驻我们的生活空间，并且借由拟像符号商品化的包装与文化工业标准化的生产逻辑，而形构出的主题乐园幻想空间里，我们有如在参加一种嘉年华般的激情晚会，在"身体"与"机器"、在"人"与"商品"及"生产"与"消费"等热冷情境中得到快感与愉悦。

也许，在这无深度、无地理性与无空间性的热文化的叙事里，主体已进

---

① 麦克卢汉，秦格龙. 麦克卢汉精粹[M]. 何道宽，译. 南京：南京大学出版社，2000：254-256.

入到目眩梦境的幻象中见证精神分裂的颓废，但逃逸本质的背后却不得不重新思考由文化工业与影像商品所建构出来的文化时尚主题。于是，我们发现跨国资本主义透过广告技术对于公共领域的入侵导致公共领域的变质，将自由民主的公共性形式转移成另外一种：也就是本来是从诉诸理性的公共性使用及反映接受者的形式，转变成诉诸情感、宰制及非理性的逻辑而造成公共领域被广告驯化的危机，而这，恰恰可以视为冷热文化转型的精神基础。

高速公路将文化两极的显像管推到一个十字路口，大家都可以在这里停下来，看看道路的方向和走势，想想自身的生活和处境。红绿灯下的电子监控仪以最冷静的仪式迎接每一个追风逐梦的人，并忠实地记录一张张或长或短、或快或慢、或清晰或模糊、或冷静或热烈的人生背影……

第六章　综艺的美学

　　长期以来，综艺节目将电视作为首选传播渠道，借助电视的强大聚合力和快速扩张性，打造符合观众文化审美的娱乐化内容，并由此成为电视市场最具影响力的产品之一。观看电视综艺节目也成为人们闲暇之余的主要娱乐方式，为大众的精神生活增添活力。随着近些年来网络新兴科技的不断涌现，网络平台成了大众接收和传递文化价值的主流渠道，网络综艺也由此应运而生。网络综艺三大特点，一是与传统综艺相比，网络综艺以网络用户作为主要的受众群体，将网络平台作为首发渠道；二是网络综艺的制作不再仅限于专业的制作机构，相关的视频服务商以及个人都可独立制作；三是网络综艺在节目类型上百花齐放，脱口秀、电子竞技、美食、舞蹈、选秀等类型都涵盖其中。

　　网络与综艺的完美结合，极大程度上满足了大众对于碎片化时间的消费需求，移动端也已成为用户首选的视频观看渠道。资本迅猛注入下的网络综艺市场，不乏优质电视综艺栏目导演转型成为网络综艺制作人，为网络综艺的蓬勃发展打下了坚实的物质基础。

　　据统计，近年来我国综艺节目三年年均复合增长率接近9.5%，网络成为综艺类节目发展的新切入点，网络综艺市场规模持续扩大，全国综艺节目不仅在数量上有所增加，在类型与题材的选择上也更加精细化、多样化，譬如竞技类节目逐步细化为户外竞技类、电子竞技类和科学竞技类等；家庭类节目衍生为生活类、亲子类、婚姻类等，脱口秀、推理类、喜剧类节目如《脱口秀大会》《明星大侦探》《欢乐喜剧人》等则愈发得到观众的认可与喜爱。

互联网与信息技术的跨越发展，赋予了观众新的身份，即从以往单一的内容接收者转变为节目内容的传播者、决策者。以选秀类综艺节目为例，观众在观看综艺节目的同时，即可对节目内容进行新一轮的制作与剪辑，并通过多样化的社交网络平台与其他观众进行共享，逐步形成节目粉丝聚集圈，搭建起观众与节目制作方之间的交流渠道，进而对节目在内容与形态上的变化起到一定的影响。

目前我国电视综艺的娱乐文化形态仍以快消形式为主，以人文情感为焦点的电视综艺节目仍较为稀缺，这也为今后电视综艺节目的转型发展指明了方向。娱乐文化中快消式形态的出现及其主导地位的形成，究其原因，一方面是为了满足在当前社会背景下，大众对娱乐化生活的需求，另一方面也与20世纪中期所经历的文化转型以及后现代语境的逐渐形成有着不可分割的密切联系。

一、时代大潮下的娱乐节目

得益于新互联网时代下我国信息化建设的质效兼具，国内综艺节目在制作时，一方面通过持续有效利用自身娱乐属性，另一方面则引入大数据、云计算等技术对用户进行行为分析，以此来优化节目内容与形态。相较于电视综艺节目，网络综艺本身所具备的便捷性、广泛性、快速性等特征，逐渐成为网络广播电视的核心内容，并得到了年轻观众群体的高度认可。

尽管当前电视综艺针对网络综艺所涵盖的节目类型对自身进行了改进与完善，成功打造了诸如竞技类、游戏类、益智类、表演类等多类型的综艺节目，但仍无法有效减缓网络综艺兴起给电视综艺所造成的强烈冲击。结合马歇尔·麦克卢汉所提出的冷媒介概念对电视综艺进行分析，导致电视综艺竞争力薄弱的主要因素是其无法充分地将内容与用户的深度体验进行结合。因此，电视综艺在提升自身制作优势的同时，需要进一步探索节目内容与用户深层交互的可能性，增强用户参与感，从而满足新时代综艺节目的发展需求。

　　法国著名作家、社会学家罗兰·巴特在其作品《明室》中强调，一张照片当中存在着被人忽略的元素，但此元素却能唤醒作品主体本身的特殊审美感知，这样的元素即被称之为"刺点"。纵观当前国内电视综艺的发展，节目在为受众群体带来娱乐性的同时，是否能有效传递出其背后所想要表达的价值追求，抑或娱乐至上的时代中是否依然保有着"刺点"？

　　电视综艺节目很能吸引眼球，但原创性也是制约各大电视人的重要瓶颈。电视综艺节目被曝抄袭的新闻比比皆是，模仿、抄袭、克隆成了尽人皆知的秘密，大到节目整体搬迁，小到复制片头创意、海报等，无所不用其极。例如，《幸运52》基本上是英国《百万富翁》的翻版；《开心辞典》神似香港亚视的《超级大富翁》；《走进香格里拉》与美国哥伦比亚电视台创办的《幸存者》异曲同工；而早年的《相约星期六》《玫瑰之约》则出自凤凰卫视的名牌栏目《非常男女》。近年来，这种抄袭有增无减，《偶像来了》涉嫌抄袭韩国综艺节目《英雄豪杰》；《越策越开心》《天天向上》《8090》等王牌节目的片头也被指抄袭《last friend》《BOSS》《欺诈猎人》等经典日剧的片头，连《我是歌手4》歌王战终极海报也被指出抄袭上海 TBWA 为阿迪达斯做的一套平面广告，等等。中国作为一个文明古国和文化大国，电视综艺节目出现大面积抄袭，电视工作者如此丧失创造力，委实令人唏吁和难堪。

　　实现民族复兴，再创中华盛世荣景，这是不可阻挡的时代潮流。习近平在党的新闻舆论工作座谈会上强调，"高举旗帜、引领导向"和"成风化人、凝心聚力"对新的历史条件下中国人民和中国社会的重要性与紧迫性不言而喻，电视工作者作为新闻舆论大军的重要成员，讲好中国故事，传播好中国声音，阐释好中国特色，增强国际话语权，让全世界都能听到并听清中国声音，为我国和平发展创造良好舆论环境，是伟大时代赋予每个电视工作者光荣而神圣的职责和使命。

　　与一些电视台热衷于"炒剩饭"、搞模仿不同，央视推出的《中国诗词大会》，凭借其文学功底惊艳亮相，很快在全国掀起了一股人人诵读经典古诗词的热潮，节目相关话题屡登热搜榜，充分彰显了我国深厚的文化魅力。随即，央视顺势而为，在黄金时段推出新的文化综艺节目《朗读者》。可以说，这两档节目是央视深刻领悟、贯彻落实习近平讲话指示精神的成功实践。前者被誉为是电视综艺节目的"诗词盛宴"，引发收视狂潮。后者作为"诗词盛宴"节目的接棒者，同样没有让观众失望，节目播出后，赞誉如潮。面对满眼的娱乐与喧嚣，面对满屏的明星家事和隐私的过度消费，《朗读者》为观众慢慢翻开一本本书，犹如徐徐吹来的一股清风，节目虽没有惊心动魄的画面，没有跌宕起伏的情节，但随着董卿那亲切而温和的语速，从容自信的主持，观众情不自禁地投入并静静欣赏着，倾听着。

该档节目播出后，收视火爆，微博和朋友圈的转发也相当给力。笔者认为，该档节目之所以取得成功，用一个字来形容就是："美！"用两个字来形容就是："大美！"本章主要以央视的《朗读者》为例，从节目团队的担当之美、节目主持的书香之美、节目嘉宾的人格之美、节目形式的表达之美、节目内容的经典之美和节目传播的创新之美等六个维度对文化综艺类节目的价值之美进行全面分析，探寻文化自信对于节目精、气、神的意义。

二、节目团队的担当之美

中央电视台作为国家电视台，社会影响力极大。伴随着物质生活水平的提高，如何满足人民群众日益增长的精神产品的需要显得尤为迫切，这是《朗读者》节目团队首先要思考的导向问题。习近平总书记在全国文艺工作者座谈会上创造性地提出"中国精神是社会主义文艺的灵魂"，广大文艺工作者要充分认识"文化是民族生存和发展的重要力量"，自觉传承和弘扬中华美学精神，坚守中华文化立场，传承中华文化基因。然而，目前电视市场中有品质又有美誉度的文化节目却显得十分稀缺。在此背景下，央视推出这档节目，有如喧闹娱乐中的一股清流，体现了责任和担当。正如央视资产管理中心主任任学安所说："《朗读者》的出现绝对不是孤立的，中国的电视节目太需要一档有文化价值的节目来滋润我们的心田。《朗读者》选用精美的文字，用最平实的情感来朗诵出文字背后的价值。"

在谈及该节目的制作动因时，董卿坦言："央视作为国家电视台，应该扛起文化大旗，承担文化传播的职责和使命，再加上我自己对文学很感兴趣，而且对人也感兴趣，《朗读者》其实就是把文本和人物结合在一起。"为此，她严格把关：一是朗读的文章必然是温暖的、有态度的，具有撞击灵魂的力量；二是嘉宾的选择标准与一般的综艺节目截然不同，"朗读者"要有丰富的阅历、动人的人生故事和情绪感染力。在综艺节目普遍娱乐化、低级趣味化、不断挑战正确"三观"的今天，节目团队"守土有责"的阵地意识十分可贵，他们不仅要唤起受众对于文学的热情和最温馨的记忆，而且要充分彰显中国优秀文化的诗意之美。在此创作诉求的感召下，汉语之雅驯、文化之宽广、情感之丰厚、画面之感人等节目要素在不疾不徐的节奏中渐次打开，令人如沐春风，既张扬了汉字声韵之美，又彰显了中国文化的魅力，它和先前的《中国诗词大会》《见字如面》等文化综艺节目一起，当仁不让地成了电视综艺节目的文化担当。它们的作用不仅仅是让观众感动，给观众激励，更能引导大家重新审视自己的生活，从而激发国民的自豪感，为国家认同、民族认同和实现中华民族伟大复兴的中国梦注入强大的精神力量。

节目参与者无论是濮存昕、柳传志、张梓琳、郑渊洁、李亚鹏、倪萍、赵芯芯、杨利伟等名人明星，还是被称为综艺节目"素人"的普通人，他们所诵读的无论是著名作家的作品，还是自己写给爱人的情书等，都无一例外绽放出能够直抵灵魂、打动人心的力量。很多现场和电视机前的观众，都被朗读者本人的故事和他们所朗读的文字感动得热泪盈眶。导演娄乃鸣评价说："用两个字儿来形容第一观感'惊了'。完全没有套路的一个节目，在不经意间流露美和旺盛的生命力，真好。"清华大学教授尹鸿说："别具一格！慢下来，用朗读做电视，真是稀缺而有价值的电视文化。"这正是节目团队的担当之美带给受众的价值力量。

三、节目主持的书香之美

一档节目的成功，除了节目团队的集体努力外，主持人的核心作用不可替代。该档节目的主持人董卿是深受观众喜爱的资深媒体人，她腹有诗书，洋溢着书香之美，她自己受益于中国传统文化、古籍经典，对于当前中国青少年沉迷于数字影像化的快餐文化感到痛心。在《中国诗词大会》上，她已经找到了一种叙事方法，既陶冶情操，又兼具趣味，且融传统诗词文化于竞技表现中。"讲好中国故事"关键是要有好的方法，要有底气，有内涵，增加青少年对于中国文化的认知度和美誉度。因此，她选取了"朗读者"这个独特的节目形式。因为，文学作为一种表达感情的方式，读者体会到的是文字背后的感情，而倾听《朗读者》，受众感受到的是心里燃起的温情，是隐藏在心底的文化乡愁。换言之，观看这档节目不仅仅是聆听一段文字，一种声音，一个故事，更有文字背后的爱、灵魂和温度，而它唤醒了每个聆听者心里最平凡也最可贵的温情！我们的国家、社会、家庭、个人都需要这种爱、温暖和感动，或许这就是《朗读者》的意义，拂去凡尘浮世，抚平聆听者心头的疲惫和伤痛，在文字温暖的港湾里，让灵魂有了片刻的安详！

由董卿先后主持的《中国诗词大会》和《朗读者》有一个共同的特点，就是节目中所蕴藏的人文精神。《中国诗词大会》选手注重的是中国古代诗歌的记忆，而《朗读者》要做的就是传播文字之美，展现生命的价值。《中国诗词大会》中的董卿让观众见识了她慧心如兰、由内而外散发的文化气质，而《朗读者》则让人们看到她新的一面，即对精神世界的美好追求："《朗读者》与大家的遇见，能够让我们彼此之间感受到更多的美好。"相比于文字，《朗读者》更注重"人"，节目不但要塑造立体的人，更是通过情感的纽带联系不同时空的生命。节目中第一个"人"是可见的朗读嘉宾，针对不同的主题，每一位嘉宾都带着自己的故事而来。在成为"朗读者"之前，每一位嘉宾都有自己的社会角色，而作为"朗读者"的他们都只是一个饱含深情的普通人。

例如，《朗读者》第二期的主题是陪伴。董卿的开场白就是："我想，因为陪伴很温暖，这个世界上，没有人是一座孤岛，没有了陪伴，也就没有了活着的意义。我想，这句话原应是，一个人，一座孤岛，陪伴，让孤岛长出爱和希望的种子，从而有了万千欢喜，有了生命的意义！"这样的开场白一下子击中了忙碌中的人们心底最温暖也是最柔软的部分。在董卿看来，文化类节目需要更精心设计和认真打磨。节目制作之初，有人担心老百姓看不懂这个节目。但董卿认为这是对受众的低估，她说，大翻译家许渊冲原本是节目中文化含金量最高、也是离普通老百姓生活最远的嘉宾，但他的讲述很快引起了观众的共鸣、关注和赞赏："许老先生的情难自禁和他的可爱、执着，是真正打动人的地方。"董卿坚信美好的人生是人人都追求的，因为这是人的共性。

从主持人转型为制作人，董卿的压力很大。每一名"朗读者"都值得尊敬，他们都有丰富的阅历、动人的故事和精彩的人生。如何让每个人恰到好处地展示自己，如何把控好场上每一个人的情绪起伏，考验着董卿的定力和智慧。当斯琴高娃朗读《写给母亲》的时候，董卿当场泪奔："文字的背后是情感的承载，而朗读就是用最美、最直接的方式来表达情感、传递爱"，作为优秀主持人，董卿不希望用泪奔的方式煽情，但也不愿意压抑自己的情感，当真情流露时，谁能否认那一刻电视机前的你我他不会像主持人一样泪流满面呢？董卿只是希望《朗读者》能够像一双温柔的手，轻轻推动人心相互靠近、相互温暖。同为优秀主持人的白岩松在看完节目表示："《朗读者》不仅对董卿有意义，《朗读者》也将对中国电视的观众和文化的传承有意义，它是一个回归本源的过程，朗读虽然是一个现代的字眼，但也是中国文化一直以来的读、说形式。"而这，恰恰是节目主持人董卿浑身洋溢的书香之美所闪耀出来的价值光芒。

四、节目嘉宾的人格之美

《朗读者》的着重点落在"者"上，以人为本，我们欣赏了优美的文字，看到了精彩的人生，看到了爱和祖国的河山大好。观看《朗读者》既像遇见多年前的自己，又像抚慰当下的自己，还有追问未来的自己。在文字中放飞想象，在朗诵中感悟人生。

节目的嘉宾成为一大亮点，他们采用"素人+明星"的方式，展示了每一个嘉宾各自的人格之美，为节目的成功提供了保障。例如，节目组邀请了来自成都"鲜花山谷"的夫妇、陪读16年的杨乃斌母子和守护着"一个人的野生动物园"的林兆铭等一批默默无名者（即所谓的"素人"）用特殊的方式讲述自己的故事并且朗读。董卿表示，首期节目中，来自四川的"鲜花山谷"夫妇让她觉得节目效果达到了自己的预期："我们都没有想到，一对很普通的夫妻还能有如此真挚、美好、单纯的一种生活，他们给大家带来了无限的想象。"同样，第五期中的残疾人赖敏泪流满面地朗诵三毛的《你是我不及的梦》，以此献给自己心爱的丈夫丁一舟，唱响了一曲平凡人中的不平凡的爱的深情颂歌。

当然，节目中还有一大批各具特色的社会名流，如第一期中的许渊冲、柳传志、濮存昕、张梓琳等和第二期中的乔榛夫妇、郑渊洁父子、蒋雯丽以及后面的麦家、倪萍、赵芯芯、单霁翔等等，可以说，涵盖了社会的方方面面，这些名人身上都有着鲜为人知的感人故事，像蒋雯丽与艾滋病人结缘的事情就令人感叹。特别是年近百岁高龄的许渊冲的出场，可以说这是节目组表达对一代翻译大家在传承和弘扬中西文化上所做出杰出贡献的一份敬意，许老弟子们用中英法文朗读文学经典给人耳目一新的感觉，而许老本人诠释的热爱力量更给人带来励志的力量。老人家是年已是 96 岁，每天仍然工作到凌晨三四点，他的人生格言是"自信使人进步，自卑使人落后"，诚如钱钟书先生所言："足下译著兼诗词两体制，英法两语种，如十八般武艺之有双枪将，左右开弓手矣！"看他在台上活力四射、两眼发光、乐在其中，这不仅是爱好的力量，更是爱好带来的最高境界。许老说他有一个小目标，如果能活到 100 岁，他要把剩下的不到 30 本的莎士比亚的著作翻译完。这样的"梦想"难道不令人感怀、动容和唏吁吗？

这些嘉宾不仅有独特的人生经历，更有特别的人格之美值得弘扬，节目中不仅有名人，更有普通人。在明星过度消费的今天，从许多明星身上很难再捕捉到大开大合的人生故事。相反，在普通人身上，却常常有意想不到的、能够带来惊喜和感动的东西。以前国内也有类似的朗读节目，但选的朗读者都是演员，而且往往有表演成分，而这一档节目真人真事更多，也更原汁原味。它恰恰说明，真正接地气、真正受老百姓喜欢、真正是为人民服务的文艺作品是最有时代价值，也是最能"叫好又叫座"和最有市场的。

五、节目形式的表达之美

"总有一段文字影响生命的成长，总有一个人在生命中留下抹不去的痕迹。"这是《朗读者》的深情表达："朗读，属于每一人。"《朗读者》让你站在当下的时光中，回眸来时的路，琅琅读书声，读的是文字的美，传达的是生命的力量，守望着的是精神家园。因为朗读中的文字不只是别人笔下流动的世界，而是融入朗读者精神世界的具有生命力的符号，印刻着它的情感、经历和世事沧桑，再度蓬勃而出，就仿若诗词之心赋予人们的隽永之美，也仿若董卿脱口而出的"想起你，就如同读到最心爱的文字，那般欢畅"。人们追求诗意的生活，诗意不只是在远方，更在你的身边，在每时每刻对生命的感悟和体悟中。

张梓琳就坦言："在现在这样一个多媒体时代，让大家重新地回到这种纸质书籍的喜爱，我觉得这是特别棒的一件事情。"正如主持人董卿所说的："朗读者就是朗读的人，在我看来可以分为两部分来理解：朗读是传播文字，而人则是展现生命。将值得尊敬的生命和值得关注的文字完美结合，就是我们的朗读者。"这是该档节目的制作初衷，也是节目的出彩之处。每位嘉宾的朗读表达不是干巴巴的选取片段，而是自身的真实写照，自己的人生感悟，并且把每个人生命中最宝贵的情感体验在短短的时间内浓缩并释放。

《朗读者》作为一档传播中华传统文化的节目，由来自各行各业、有一定生活阅历的人用深情朗读这一极具中国风的方式表达，本身就温馨、诗意和浪漫。因为，朗读是每一个中国人都会经历的学习方式。学生时代，每一个人都在校园朗读中感悟文字表达的力量和魅力。但限于当时人生阅历尚浅，朗读显得较为功利，年轻的学子更习惯用"背诵"一词，来替换"朗读"这一概念。其实，朗读不仅是一种"把文字拎起来的"的情感互动，更是一种读书人和书写者的内心交流，是朗读者的二度创作。同样一首诗歌或一个散文或小说片段，由不同的人朗读出来，效果是不一样的。朗读若到情深处，极易牵动情感，朗读者会情不自禁地放缓速度，甚至干脆停下来，用心品味作者在写下这段文字时的心情。受众也会随着朗读者的节奏进入到相同或相似的心境中，因此，当有了一定阅历的人们邂逅《朗读者》时，就会怦然心动，更易引起思考和共鸣。

作为一种重新讲述故事的温情方法，在朗读的综艺节目中，我们通过嘉宾们精心挑选的作品，感受他们抑扬顿挫的朗读，并从中了解到他们曾经面对的抉择和心灵的挣扎。这些都是受众期盼已久的宝贵的人生财富，不同年龄的人看待人生的角度不同，思考方式不同，但是却可以在和他人互动交流中感受不同的思考方式，学习他们的乐观、善良和积极向上的人生态度。每一个人的人生，或者说每一个人的成功，其实都是独一无二、不可复制的，但是在这些朗读者的故事分享中，我们能够感受到真实人生故事的魅力，透过这些故事去重新发现世界，重新看待父子情、友情、爱情，用更加包容的态度去面对感情，这些都是非常有用的人生体验。节目的价值潜移默化地通过朗读得到传达，通过故事分享而影响更多人。虽然《朗读者》看上去像是一个静态表达的节目，但是当人们通过朗读这种形式进入到讲述者的人生意境中后，却能够发现不同的讲述者呈现的是不同的人生见解和人生表达，他们为我们的思考提供了多样化和新的可能。我们能够借助他们的故事扩大视野，随他们的故事去感受发现爱的力量、行走的力量、奉献的力量和坚守的力量。节目紧紧抓住文字和人的故事之间的情感纽带，既围绕每期的主题，又将每期的主题扩展开来，形成情绪的磁场，给观众强烈的代入感和引领作用，所有这些，正是《朗读者》这个节目真正要赋予我们的内心滋养。

六、节目内容的经典之美

应当看到，火热起来的每一个文化类节目，都有一个共性，那便是节目中传统文化的含金量。传统文化类节目，一般都显得"阳春白雪"，这些节目以晦涩和高深而闻名，让人感到高大上，有些"冷感"。但《中国诗词大会》和《朗读者》这些火热起来的节目中，我们却看到了区别于《百家讲坛》式地变繁复为简单的讲解。一方面，《朗读者》坚持了原汁原味，让人们通过经典，看到一种文化的古老和传续；另一方面，《朗读者》贴近人们心灵，朗读者的选择，以最适合代替最有名气，这让群众能够更容易获得文化共鸣和情感共鸣，这给发展中的文化类节目指点了方向：即文化类节目，含金量越重，越有影响力。它和以往的访谈节目大不相同，除了简短的采访，嘉宾还会朗读一段文字分享给特定的人群。每期节目常常会有四到五位嘉宾，节目高扬经典之美，洋溢着温暖和沉甸甸的爱。

首先是嘉宾所选作品的经典，如濮存昕朗读的老舍散文《宗月大师》，以此来感谢人生路上帮过他的人；无国界医生朗读的是诺贝尔文学奖获得者鲍勃·迪伦的代表作《答案在风中飘扬》，来表示她们对和平的渴望；"鲜花山谷"的丈夫为妻子献上感人至深的《朱生豪情书》诗词，来表达他们对彼此的爱意；以及朗读贾平凹《写给母亲》这类表达集体记忆和大众情感的作品等等，这些经典作品在受众中本身就经过了长时间的沉淀，有着先天的共鸣因子，极易抓住受众的心。《朗读者》第一期节目播出后，一些观众关注到片尾曲是台湾民谣之父胡德夫的演唱，感觉这是意外之喜。还有观众发现了有趣的细节，通过濮存昕的朗读才知道，原来老舍不念老舍（shě）而是念老舍（shè）。这样的细节几乎在每一期节目中都能发现，不仅给观众带来美的享受和意外的惊喜，还使观众增长知识，开阔视野。

其次是朗读形式的经典和多样化。节目中既有夫妻共同朗读，也有父子共同朗读；既有站着由钢琴伴奏的，也有坐着休闲式朗读的；既有本身就是朗诵名家的，更有发音并不标准、甚至阅读十分艰难的；既有独立的个人朗读，也有多人的集体朗读，所有这些，把经典的舞台推向大众，推向每一个热爱文字的人。例如，秦玥飞和他的五个伙伴朗读迟子建的《泥泞》，用这种方式表达他们对千万农民们的热爱，与其说这是为农民们朗读，不如说为悠悠苍天的耕种者和广袤的农村大地朗读。再有就是著名作家麦家的朗读是一个经典故事的文化镜像：他的儿子在进入青春期后变得十分封闭，麦家选择陪伴儿子度过最摇摆不定的时光，选择了理解和宽容，选择帮助他变成一朵花，帮助儿子成长。他朗读自己给儿子写的一封信，这是叛逆孩子的父亲写给叛逆儿子的一封信。而徐静蕾的经典在于，她是不可复制的：她选择当导演是源于骨子里的热爱，她希望做她没有做过的事情，她选择了挑战和变化。当她满含热泪朗读史铁生的《奶奶的星星》的时候，人们看到了一个普通后辈献给她在天上的奶奶的那样一份深沉的爱。

再次就是情感的经典。文字的作用是准确地传递信息、传递情感，文学之所以能够打动人心，是因为文学本身就是对共通情感的精准描述。相比于文字，《朗读者》更注重"人"，节目不但要塑造立体的人，更是通过情感的纽带联系不同时空的生命。来到《朗读者》之前，每一位嘉宾都有自己的社会角色，而《朗读者》要呈现出他们作为"情感人"的一面。柳传志是著名的企业家，但《朗读者》中他的身份却是一名再普通不过的父亲，他要朗读在儿子婚礼上的讲话，那种紧张、兴奋和幸福综合的复杂情感是他最真实的内心。世界小姐张梓琳要给女儿读的作品是刘瑜写给孩子的《愿你慢慢长大》，通过文字的朗读，观众也能通过文字与它的作者交流，感受到文字背后那颗跳动的心脏。可以说，每一段朗读、每一个作品，都是以共鸣的情感为切入点，让朗读嘉宾、文字和观众通过它连接在一起。特别是节目中未见到的那个"人"，其实就是朗读亭里千千万万个真正参与的普通人，他们在朗读亭里大声地朗读，成了节目经典之美的扩展与延续，是节目大美之所在。

七、节目传播的创新之美

托尔斯泰指出：艺术作为人类活动的根本价值就在于，一个人用某种外在的标志有意识地把自己体验过的感情传达给别人，而别人为这些感情所感染，也体验到这种感情。当然，只有把新的感情（无论多么细微）带到人类日常生活中才能算是真正的艺术作品。这种新的感情说到底就是艺术的创新性。目前，伴随着文化转型，人们的心灵滋生着躁动和不安的情绪，物质的富有并不能够解决心灵的迷惘，相反可能还会增加这种迷惘。[①] 因此，好的电视综艺节目就应该起到安抚和镇定作用，让受众感受到亲切、温暖和积极向上的力量。可以说，一档节目要做出影响力、公信力和传播力来，没有创新是办不到的。创新是竞争力，更是生命力。

《朗读者》的创新首先体现在节目的设置中：即每一期设置一个主题，配上董卿的阐释，再选择相关联的嘉宾和朗读的作品。比如：第一期的主题为"遇见"，第二期的主题为"陪伴"，第三期的主题为"选择"，第四期的主题是"礼物"，等等，这些主题是节目团队在反复考虑、比较、筛选的基础上确定下来、能最大限度地触发观众情感共鸣的，像"遇见""陪伴""选择"和"礼物"等等，每个人都有话可说，每个主题都能勾起观众独特的心电感应。而台上的每位嘉宾也都能结合自己的人生故事选取跟主题直接相关联的、最触动自己的一段文字进行朗读。国家唯一的一所红丝带艾滋病儿童学校的校长郭小平选择了呵护与守望，选择了用爱和奉献为一群特殊的儿童撑起了一把

---

① 刘淮南. 文论建设与"中国经验"[J]. 湘潭大学学报(哲学社会科学版)，2016，40(06)：90-93.

伞，为他们遮风挡雨。他朗读拉迪亚德·吉卜林的《如果》献给他的 33 个特殊孩子，希望当有一天自己不能再陪伴他们的时候，孩子能够勇敢面对自己的未来。不仅如此，节目还设置了开场曲的演奏和结尾的弹唱，此番用心在综艺节目中实在是少见。

其次，节目的创新体现在随处可见的人文关怀上。这种人文关怀充满厚厚的文化底蕴，从主持人和嘉宾的每个细节中自然流淌出来。例如陪伴儿子 16 年的母亲，为了把残疾的儿子变得跟正常人一样，这位母亲不仅陪儿子上学，还自觉充当儿子的玩伴、老师、同班同学、倾诉者与被倾诉者等，最终苦尽甘来，儿子读上了大学，成了一个不仅完全自立而且能够帮助他人的对社会有用的人。这样的故事是对母爱的最好颂扬，它从中国传统文化出发，遵循奉献和"不抛弃、不放弃"之固有的文化逻辑，寻找观众的情感泪点，将大爱的文化元素渗透其中。同样，李亚鹏对女儿的爱、倪萍对儿子的爱、赵芯芯对祖国的爱等爱的"礼物"淋漓尽致地呈现出来。而刘瑜的《愿你慢慢长大》则击中每个人、特别是做了父母的人心底的柔软处："小布谷，愿你慢慢长大。愿你有好运气，如果没有，愿你在不幸中学会慈悲。愿你被很多人爱，如果没有，愿你在寂寞中学会宽容。愿你一生一世每天都可以睡到自然醒。"特别是第四期中把已故清华大学教授赵家和的故事呈现出来，并请由他发起创立的扶持资金资助的学生来朗读汪国真《让我如何感谢你》，充分体现了节目的正能量和人文关怀。这样的人文关怀也表现在蒋雯丽与艾滋病患者的结缘以及一个人的动物园所彰显的那种人与自然的和谐之美，等等，可以说，几乎每个嘉宾都用独特的人生经历张扬人文关怀的重要性，其中的家国情怀、夫妻恩爱、父子情深等对当今社会都有很强的导向作用和引领价值。

再次，节目的创新体现在原创性的追求上。很长一段时间，节目的模仿成为一种时尚。一个"好声音"红了，无数的歌声响起来；一个舞台火了，就会有其他人争相效仿。荧屏上那些热热闹闹的综艺节目轮番上演，可在观众眼中，都是模仿得"似曾相识"。特别是对韩国、日本和欧美国家电视节目的模仿，几乎达到了病态的地步。而这样的模仿，不仅反映节目团队原创力的丧失，而且容易产生版权之争和各类纠纷，同时也极易导致功利主义、刹那主义和市侩文化的大肆流行，助长了不公平竞争，有损国家形象。《朗读者》

既不同于以前的《读书》栏目，也不同于一般的文化走秀节目，更不同于把明星的家私尽可能暴露以此来吸引眼球的节目，《朗读者》要做的就是从原创性出发，凡是别人做过的尽量摒弃。按理，作为《朗读者》的嘉宾，普通话应该是最基本的，要字正腔圆。然而，嘉宾有很多是吐词不准或口音很重的，即便是著名作家刘震云，他的普通话也不标准。但这一点不妨碍嘉宾们在台上的表演，也一点不妨碍受众对他们的喜爱。例如，"汉字叔叔"理查德·西尔斯虽是一位美国人，但他对汉字达到了一种痴迷的程度，他选择用二十年的时间建立了一个汉字数据库，网站里有将近十万个汉字字型，为此他倾尽所有、无怨无悔。理查德·西尔斯朗读《陋室铭》送给他的母亲，感谢母亲一直尊重他的选择，在背后支持他。显然，理查德·西尔斯的朗读无法与播音员相比，但这类不标准的发音恰恰给观众带来了一种错愕感和陌生化的情感体验。

八、综艺节目与文化自信

现阶段，以热媒介为特质的综艺节目在信息传递中占据的主导地位逐渐被以冷媒介为主的综艺所取代，"冷"综艺也在新时期得到了较好地发展，例如湖南卫视《快乐大本营》节目中主持人的"冷"形象就与冷媒介概念进行了契合，模糊化的主持人形象与观众的高度参与形成了互补，使得主持人在与嘉宾和观众互动时能得到有效配合，进而提升节目效果，由此可见，综艺与受众亲密关系的建立依靠的是两者之间的深入交流与合作。因此，通过从内容与形态两方面对我国的综艺进行分析，可以发现以下两个特质：

第一，综艺节目在内容上加大了与其他行业的联动性，目前国内综艺在联动上与音乐、游戏、旅游、美食、科技等多行业多领域均有着紧密的结合。例如在《向往的生活》这一生活服务纪实类综艺中就体现了"综艺+旅游"这一联动特性，节目每季均前往国内一处旅游地区进行拍摄，并配有专属主题，如第一季为"农夫篇"，第二季为"江南篇"，第三季为"湘西篇"，第四季为"彩云篇"，将综艺与深度旅游有机结合，同时利用节目中人物之间的高互动性，将众多商业产品完美植入到节目当中，甚至节目中的动物们都有专属产品代言，吸金力十足。而由国家语言文字工作委员会、中央广播电视总台推出的《中国诗词大会》则通过"综艺+文化"的形式，在保持节目具备较高娱乐性的同时，将文化传播的价值追求以诗词答题这一形式进行完美呈现。继《中国诗词大会》之后，中央广播电视总台、央视纪录国际传媒有限公司携手打造的国内首档大型原创文博探索类节目《国家宝藏》，通过"强文化+强媒介+弱综艺"的形式将我国各省会博物馆的镇馆之宝交予民众甄选，通过讲述宝藏的前世今生，探寻中华文化的基因密码。

第二，综艺节目在对内容进行后期加工时更倾向于迎合年轻受众的喜好。以《中餐厅》第四季为例，节目团队通过富含创意的后期特效，例如将长江的壮美景色与动漫、卡通等流行元素进行结合，为节目嘉宾创作二次元形象，满足了年轻观众的视觉感官要求。湖南卫视也多次利用优质的节目后期制作能力收获了无数年轻观众的喜爱与好评，成为"芒果台"综艺品牌发展的核心竞争力之一。

由此可见，综艺节目的现存特质决定了资本市场将在一定程度上影响综艺节目的内容呈现。换言之，迫于来自市场的压力，综艺节目势必要在节目效果与内容深度之间做出取舍，一方追求效益，而另一方追求内涵的拉锯格局，阻碍了我国综艺节目的良性发展，也导致了目前国内电视综艺节目类型化、同质化十分严重，歌唱类、亲子类、竞技类、文化类、喜剧类等等不一而足，节目制作过于依赖海外模式，文化自信与原创精神不足，一些节目一味追求市场价值，大把"烧钱"、明星作秀、炒作话题①，缺少文化内涵，价值导向模糊，甚至滑向"三俗"泥潭而不能自拔。

与此同时，电视综艺节目抄袭成风，官司不断。例如，东方卫视的真人秀节目《极限挑战》涉嫌抄袭韩国 MBC 招牌娱乐节目《无限挑战》，山东卫视的《歌声传奇》模仿 KBS 的《不朽的名曲》，山东卫视的《明星家族 2 天 1 夜》与 KBS 的《2 天 1 夜》连名字都近似，江苏卫视的《一起来笑吧》涉嫌抄袭韩国 KBS 的《Gag Concert》，韩国 JTBC 的《Hidden Singer》则被上海娱乐频道、深圳都市频道、北京文艺频道和广州综合频道四个频道联合变成翻译版的

---

① 文卫华，楚亚菲.2015 年电视综艺节目数量多类型杂[N]. 光明日报，2016-01-18.

《隐藏的歌手》。因此，电视综艺节目如何在保障娱乐性的同时向外界有效传达出我国特有的文化价值与文化自信成为社会各界和广大用户的迫切期望，优质的原创综艺节目也成为各电视台能否快速占领市场的关键。

首先，在此严峻形势下，我国电视综艺节目亟须解决的便是版权问题。由于国内部分电视台照搬照拿海外综艺的情况不胜枚举，更甚者在原创综艺版权所有者公开喊话表示节目版权费用不贵且愿意提供创意和拍摄指导时仍视若无睹，对我国的价值观文化造成了严重的负面影响。就综艺节目而言，合法购买版权是必要的也是必须的，来自版权的约束力并不意味着节目在内容上将丧失创意与深度，诸如湖南卫视推出的《我是大侦探》《爸爸去哪儿》等节目在购买韩方版权后，通过与版权方的协同合作，既保障了节目在内容上别具匠心，也彰显出我国社会文化与家庭文化深厚的意味、丰富的内涵。

其次，在不侵犯版权的前提下，电视综艺节目制作团队可对海外知名综艺进行分析与借鉴，继而创作出符合国内市场环境的原创综艺。如近几年湖南卫视成功打造的《声临其境》《声入人心》《乘风破浪的姐姐》等众多大型原创 IP 综艺，得到了海内外资本市场与观众的认可，其中《声临其境》被英国发行公司 The Story Lab 购得国际发行权；《声入人心》也于 2019 年 4 月初，成功与美国 Vainglorious 制作公司达成合作，将节目模式发行至北美地区；《乘风破浪的姐姐》更是一经发行便在海内外收获大量粉丝，就连好莱坞影星 Maggie Q 都公开发表评论称赞节目，火爆程度可见一斑，同时也标志着湖南卫视原创战略模式的成功。

再次，电视综艺节目在保持原创精品的同时，应积极围绕习近平总书记提出的坚定文化自信，建设社会主义文化强国战略目标，对节目进行"中国化"创作。

近年来，《中国谜语大会》《见字如面》《国色天香》《最爱是中华》《汉字英雄》《Hello 中国》和《中国汉字听写大会》等一批"中国风"式的综艺节目令人眼前一亮，特别是《中国诗词大会》《国家宝藏》和《朗读者》等一批"中国特色"电视综艺节目的出现，有如一股清流，让观众领略到了中国文化的博大精深，激发了观众的民族自豪感，实在难能可贵。

电视综艺节目也要突出文化自信，有了这种自信，就能激发电视工作者的创造力，激发他们的无限潜能。因为文化自信不是文化盲从或文化自负，而是脚踏大地，以人民为终端，想人民之所想，急人民之所急。首先，文化自信来自老祖宗留给我们的深厚文化家底。从诗经、楚辞、汉赋，到唐诗、宋词、元曲等，中国文艺星河灿烂，创造力之强大、成就之辉煌，在世界文化之林中独领风骚。其次，文化自信来源于中国文化、中国智慧对今天世界的巨大价值。第三，文化自信来源于人民，立足时代，吃透中国文艺与中国人民之间的辩证法，文艺就有了深度，创作就有了温度，节目就有了高度。因为，观众也不需要迎合。

事实上，节目的文化含金量与原创性越高，观众对于节目的忠诚度和好感度就越强，也越能恒久。例如，在一般人的印象中，古诗词离生活有些远。然而《中国诗词大会》的热播恰恰说明：中华文化精粹太美，不仅存在于古代人生活中，也存在于当下的生活中，永远有她的存在价值。《朗读者》激发全民朗读热同样如此。只有情感的共鸣，才能激发起大家对传统文化的热爱和自信，电视工作者应沉下心来，摒弃浮躁，加强个人修养，加强对中华优秀文化的持续热爱与关注，不跟风，不盲从，唯其如此，才能让文化自信在电视综艺节目中枝繁叶茂，开花结果；也唯其如此，才有可能真正制作出有温度、有原创力和竞争力、雅俗共鸣的优秀节目，以满足人民群众日益增长的精神需求，为实现中华民族伟大复兴的中国梦贡献出自己的绵薄之力。

第七章　时间的冲击

旧与新的顺畅交汇，
没有俚语的平实的话，
没有卖弄的正式的词，
完美的和谐飞舞流淌。①

——T. S. 艾略特

一、强权的尖叫与历史的损伤

　　高速公路的飞速发展激活了中国的房地产市场。一个显而易见的事实是：哪里有高速公路，哪里的房价就会立即飙升。飘舞的旗帜，沉重的铲车，喘着粗气的推土机，掀翻的土地在阳光下透出阵阵寒意，却又很快被滚烫的情愫晒得发热。文物、民俗、经济、政治与身份被水泥的搅拌机搅得粉碎，强权的尖叫与历史文脉的损伤恰到好处地合在一起，铺在厚厚的地面上，任滚滚车轮潮水般碾过。

　　这就是高速公路快速发展的必然结果。中国高速公路的发展从经济上讲，的确给人们带来了新一轮的腾飞，但是从文化层面上来讲可能带来了新

① 　艾略特 T S. 《四首四重奏》之四 小吉丁[J]. 汤永宽，译. 世界文学，1983(5)：137–152.

的破坏。因为资本对利润的追逐并不是人们想象的那样简单，资本在市场中的话语权，包括在房地产开发过程中的强权，确实给人们的城市在文化层面带来了损伤。因此，人们应该超越钱和利益，站在文化和哲学层面关注已经凸显出来的破坏。在这面包一样膨胀的过程中，如果再不能站在宏观的角度、城市的角度，人文和自然的角度、生活的角度来思考，后果将会不堪设想。

卢梭在《社会契约论》中指出：人类被划分成一群群的牛羊，每一群都有它自己的首领，首领保护他们是为了要吃掉他们。这就是强权的尖叫所留下的阴影。在政治、经济和文化诸层面的话语中，强势人物总是习惯于用自己的爱好、兴趣和审美方式去武断地决定他们的受宰制者。正像牧羊人的品质高出于羊群的品质，作为这类人民首领的人类牧人，他们的品质原本应该高出于人民的品质。但据费龙记载，卡里古拉皇帝竟然从这种类比中做出贻笑千古的推理说："君王都是神明，或者说，人民都是牲畜。"

在高速公路发展中我们也可以看到行政强权的影子，比如象征着古代文明的某种绝无仅有的人类遗存，突然间因为影响到现代都市的规划而被强行拆掉了，虽然学者们痛心疾首，但声音微弱、束手无策。强权的尖叫划破了历史的文脉，而且这种毁坏再也无法修复。

虽说在整个社会发展的历史进程中，任何建设的前提必然是对被建设者原初的破坏，这是一个发展客观规律或者说是一个不可缺少的过程。但应当看到的是，在中国的发展过程中破坏的力度和程度在世界上都是前所未有的。一些地方，绵延几年来的历史文脉遭到了毁灭性的断裂，不少文化传统被毫不吝惜地丢弃，这是十分可怕的。

人们常说，十年树木，百年树人。而文化的建立更是靠长时间的历史、民俗、风尚和政治、经济等积淀而成。一个文化传统的形成也许需要几十上百年甚至更长的时间，但破坏起来也许就在一夜之间。一个社会形态通过文化破坏来寻找重生或者重构新的经济模式是可能的，但不应该采取为了新文化而完全丢弃旧文化，而应该采取"扬弃"的态度，即一方面要发展新的经济，另一方面要尽可能保护好原有的文化积层。高速公路要通过某个地方，如果这个地方有一个数百年甚至更长时间的庙宇，这是当地百姓的一种精神依靠，这样的庙宇就不应该遭到毁坏。高速公路转一个小弯，也许要花几百万甚至上千万元的费用，但这样的代价是值得的。

令人忧虑的事实是，不少地方往往出于资本的考虑，置文化积层的气脉于不顾，把修建高速公路作为全民狂欢的一种仪式，更确切地说，把它当作脱贫致富（甚至是一夜暴富）的灵丹妙药，对资本输出者顶礼膜拜。如果说资本是一种强权的话，设计师实际上是利用自己的技术特长，为这种强权起到了一个助纣为虐的，至少是推波助澜的作用。因为在这个快速到来的狂欢中，设计师自己的文化素养的培养和相关知识的完善原本就是欠缺的。作为一个群体而言，设计师这个群体的知识储备并没有比开发商的认识水平高出多少，这是值得思考的。今天有些开发商已经在文化上进行地产界的文化自省，设计师这个群体也应该在技术层面进行文化自省，这是一个有民族忧患意识者所应该有的文化自觉。

卢梭说：人类曾到达过那样一种境地，在自然状态中不利于人类生存的种种障碍，阻力上已超过了每个人在那种状态中为了生存所能用的力量。于是，原始状态便不能继续维持；而且人类如果不改变生存方式，就会灭亡。

然而，人类既然不能产生新的力量，只能结合并运用已有的力量，所以人类便没有别的办法可以生存，除非是聚合起来形成一种力量的总和才能够克服阻力，由一个唯一的动力把它们发动起来，共同协作。①

中国现在就特别需要这样的合力，这样一种力量的总和，使之把积弊和陋习清除掉。同时，我们在文化反省的基础上需要足够的文化自信。不是我们的文化积累太肤浅，而是我们根本没有读懂；不是我们的根基不行、底蕴不够，而是我们的文化自觉不够，对强权的尖叫和历史文脉损伤的认识不够。

正如有学者指出的那样：中国就像是20世纪初的美国，这么大的一个国家、这么多的人民要改变自己的命运，要过好的生活，这就是中国发展的最大动力。中国现在所有的城市是从未来借来的城市，所有的城市都是人们居住和没有居住的人们希望前去看看的地方，每个城市都是没有建成的楼宇和

---

① 卢梭. 社会契约论[M]. 何兆武，译. 北京：商务印书馆，2003.

没有修好的道路，比如北京就有新的中央电视台、新的国家大剧院，等等。没有的东西都是现实的东西，真实的城市其实反而是不真实的。最真实的城市是 Powerpoint 上存在的，是在设计师心里和各级政府相关责任人心里存在的。

我们对自己城市生活的设计有没有这样的自信，再不需要用挪威的森林，或者是地中海的阳光，或者是各种各样的加州橘郡来诠释它的美好，有一天能够用我们自己的居住语言做出这样的自信。

新的城市秩序一定是在文脉的基础上，一定要建立在一个有传统、有来源、有未来的延续城市文脉的基础之上的。城市的自信，包括所有的自信，比如各地满大街的曼哈顿花园、很美国化或其他西化的楼盘，所有这一切有多少是属于中国本土化的？但是这样的梦想，我们现在之所以有这样的美国梦或英国梦什么的，是因为我们的"中国梦"实际上是建立在美国式等西式话语的建筑形式之上的，这样的建筑形式表现处在我们还没有真正的实力拥有我们自己的建筑形态的前提下，就会非常浅显地认为美国式的建筑形式就代表了现代化。如果我们有了曼哈顿就有了我们的未来，我们需要进行思考，但是我们现在奔驰在高速公路上，思考速度太快了，甚至于前一个想法跟不上后一个想法，连滚带爬，跌跌撞撞的，像个孩子，哪里真正进行过思考？

一个城市需要发展，一个建筑需要发展，现在所有的城市规划专家或者是建筑专家都会觉得一个城市不能发展得那么快，不能那么全民狂欢地大量地参与，不可能雨后春笋、无节制地开发房地产，因为城市的文化底蕴是积淀而来的，可能是 100 年、200 年、300 年甚至更长的时间才能积淀出的一个城市。①

因此，高速公路在推进城市发展的同时，一定要警惕强权的尖叫，一定要注意历史文脉是否遭到损伤。没有这样的文化自省，再多的路也无法行走，再高的楼也无法居住。当沉重的铲车带着尖利的刀片切割大地的时候，谁能看守历史，谁能保卫文化，古老的城市是否出现了恐惧的战栗？

---

① 张素芳. 观念地产的文化反省：建设还是破坏？［N］. 北京商报，2004-08-06.

二、洪水冲刷着灵魂

经得起正义考验的是历史，经得起时间打磨的是文化，经得起洪水冲刷的是灵魂。

法国启蒙大师卢梭说：人是生来自由的，却无处不在枷锁中。自认为是其他全部的主人的人，反而比其他全部更是奴隶……社会秩序乃是为其他所有权利提供基础的一项神圣权利。但这项权利不是来源于自然，而是建立在约定之上的。[①]

高速公路把这项权利以前所未有的速度逼到了时代的风口浪尖，社会秩序在高速公路的速度与力量叙事下正面临新的严峻的考验，特别是这种考验在西方话语(如民主、自由和人权等)作为参照的背景下，这就需要我们自己在对文化进行深刻自省的同时，也要反思、警惕甚至批判西方话语对中国的现代化设立的种种观念陷阱。

学者周宁对此做了恰到好处的分析：首先，中国接受了西方进步/进化的观念与西方的"停滞的文明"的中国形象，并将其作为整个现代化运动的精神起点。"五四"时期所发动的新文化运动的文化自省与批判，从一开始就具有某种虚幻性。其观念基础并不是建立在中国现实上，而是建立在西方的中国形象上。中国现代化运动中批判现实的文化运动，很可能批判的不是中国的现实，而是西方的中国形象为中国假定的现实。这样，文化批判的真实性基础被暗中置换了，其指导下的社会革命也有可能失去其现实的基础。中国文化自省中最强烈的言说掩盖着一种集体失语的过程。

其次，一旦我们接受了西方的"停滞的中国"的中国形象，也就接受了产生了该形象的整个话语系统及其规定的世界秩序，中国停滞，西方进步；中国代表过去，西方代表现在；西方是文明的西方，中国是粗俗的中国。话语秩序分配着世界秩序，也决定了看与被看、审视与被审视、宰制与受制的二元对立，如果人们接受了这样的话语秩序，也就接受了西方资本主义扩张与

---

① 卢梭. 社会契约论[M]. 何兆武，译. 北京：商务印书馆，2003.

帝国主义入侵的秩序。而在这个秩序中，中国是被动的，消极的，劣势的，被否定的。中国的现代化在文化观念上最终不是在选择发展或灭亡，而是选择在停滞中灭亡或在发展中灭亡。① 这样的观念陷阱难道还不足以引起人们的深思和警惕吗？

高速公路作为中国经济腾飞的现代镜像，作为中国现代文明和全面现代化过程的缩影，其本质就是要冲击西方话语对中国形象虚妄的自在预想，就是要把中国的优秀文化、厚重历史和美好传统更加真实地展露在世界的舞台上。在这样的时代背景下，高速公路所肩负的责任不仅仅是为中国人提供交通的便捷或安居乐业的处所，更是要为中国人民在建设物质的家园和城市中所应当具备的文化自觉和文化自信提供一种精神动力。

换言之，当物质形态和文化形态已经逐渐获得同等程度认同的时候，文化自信意识的崛起应当成为中国高速公路发展的一个鲜明特征。费孝通先生曾把中国当代称作一个走向"文化自信"的时代，它标志着中国精神力量的崛起。

这种精神力量主要表现在：它在关注人性的同时又诉诸理想，它在剖析事件的核质时从不回避矛盾，它在对民主、自由、人权和爱等宏大话语进行聚焦的同时，又对这些话语的内部结构进行从形而上到形而下的深度分析，并对本土文化表现出足够的自省意识。

比如说儒学。有学者认为：在现代化中国之前，其弊大于利，现代化中国之后，利大于弊。孔子可以视为个案，国外有不少孔子大学，但是西方的孔子和国内的孔子意义是不一样的。西方是在二元基础上需要孔子，会在人格独立的基础上走向三元，走向社会的和谐。而中国社会的主要特征仍然是一元化，儒家思想中的核心君君臣臣父父子子也是一元化。二者结果完全不同。

与此同时，中国人对自己的文化保护得不够。比如，20世纪上半叶，中国知识精英界一直有一股反汉字的潮流，希望将汉字绑去杀头，从此改天换地，刷新中国人的信仰与精神。这是一种文字乌托邦。以为只要引来西方的

---

① 周宁. 探寻世界文明的中华文化资源[J]. 东南学术，2003(03)：81-90.

几个字母文字，便可以改变中国的面貌。显然，中国近代积贫积弱，并不是汉字不争气，而是中国人自己不争气。特别是清朝实施文字狱，把汉字几乎变成了死文字。几亿人不能思考，国家哪有进步的道理？事实上，汉字并不会阻碍生产力的发展，否则你就无法解释汉唐盛世以及中国今日的经济繁荣。

许多东方人无法理解，在巴黎这样的世界独一无二的大都会中竟然会有拉雪茨神父、蒙巴那斯和蒙马特等大型公墓，让死人挤占活人的地盘，让"寸土寸金"的生意经变成不识时务的陈词滥调。然而，当你路过那些墓园，想起那里依然屹立着几百年前的坟墓、栖息着无数你对其生平或许一无所知的思想巨子与市井凡人的时候，你的脑子里便有了一个奇怪的念头：今日巴黎之伟大就在于它不但让活着的人有安全感，可以诗意地栖居、自由无拘地表达，而且它还让死去的人有安全感。①

西方人在经济快速发展的时候，从不对文化掉以轻心。而文化的积淀能凝聚人心，又反过来激发人们创造经济奇迹的热情。而且西方经济的腾飞与东方古老的文明有着密切的联系。大量的论据证明，西方在进入现代化的一开始，就不是简单的"西化"风潮，同时也是一个"东化"的过程。伏尔泰在写于1745年的《人类思想史新提纲》中就认为："吃着印度、中国等东方古国土地上生产出来的食粮，穿着他们织就的布料，用他们发明出来的游戏娱乐，以他们古老的道德寓言教化习俗，我们为何不注意研究这些民族的思想？而我们欧洲的商人，则是一等找到可行的航路便直奔那里的。当你们作为思想家来学习这个星球的历史时，你们要首先把目光投向东方，那里是百工技艺的摇篮，西方的一切都是东方给予的。"伏尔泰认为，中国成为西方人走出历史困境值得仿效的"最好的国度"。

因此，我们应该有一种"以不卑不亢的胸怀，不屈不挠的志趣和不偏不倚的气度，走出一条充分体现'沟通理性'的既利己又利人的康庄大道来"。我们不应以仰视的目光来神化西方，抹煞民族文化，从而陷入民族虚无主义；也不应以俯视的眼光来丑化西方，理性的态度是以平视的眼光来审视西

---

① 熊培云. 文化传统如何保守？［N］. 东方早报，2005-02-22.

方，面对西方可以提倡一种"文明对话"的方式，以平等对话的方式，使西方能够真正地认识中国文化。费孝通提出，文化之间应该"各美其美，美人之美，美美与共，天下大同"，这16个字后来被国际学者广为引用，充分表达了当今世界文化对话中所应有的健康心态。子曰："君子和而不同，小人同而不和。"文化之间的"和而不同"是我们认识自己，认识他者，认识世界的出发点和归宿。①

高速公路的发展让我们深刻地感受到：一个民族的文化应该永远在路上、在生长，它不是定型，不是完成，而是不断地形成。再造中国文化，应该反思、保护与交流三管齐下，这将是一个惊心动魄又赏心悦目的过程。

在这个过程中，时间有如洪水，如果你不知道即将淹没的东西什么是最有价值的，那么你奋不顾身抢救下来的有可能只是一块毫无价值的木板，你苦心经营的高楼大厦有可能只是一座注定要倒塌的危房！

三、空间的嬗变

高速公路将民族文化的底层意识从具象空间开发出来，伴随着文化的嬗变，我们可以看到中国经济、政治和话语在各个时期从各个层面上所发生的改变。

有学者对此进行了认真的梳理，并认为：在西方的启蒙文化中，"中国形象"逐渐变得丰满、逼真、敏感、有力，作为一个尺度、一种视野或一种观照，不管你在其中看到威胁还是希望，感到恐慌还是激动，都无法抹杀这样的事实：启蒙哲学家们将当时的中国当作欧洲学习的榜样。在推翻神坛的时候，他们歌颂中国的道德哲学与宗教宽容；在批判欧洲暴政的时候，他们运用传教士们提供的中国道德政治与贤明的康熙皇帝。中国成为开明君主专制主义国家的成功典范。在他们对君主政治感到失望的时候，他们转而在经济思想中开发出中国形象的利用价值，中国又成为重农主义政治经济学的楷模。中国形象不断地被启蒙文化主义者利用，从宗教上的自然神论到无神论、宽容

---

① 张兴成. 文化发展与中国形象[N]. 人民日报, 2003-06-10.

主义，从政治上的开明君主专制、哲人治国到平民政治，等等，无不成为西方话语学习的样板。

启蒙哲学家对"中国形象"的信念，主要来自两个基本观念：一是性善论，二是道德理想通过政治权威达成社会公正与幸福。这两个基本观念，又恰好体现在他们构筑的开明的中华民族形象中。只有哲人政治，才是最完美、最开明的政治。很长一段时间，中华民族给世人树立了一个伟大的精神标杆。

然而，落后就要挨打，贫困就要受辱。近代以来，中国封闭锁国的政策丧失了一次又一次引领世界大潮的机会，腐败的政权与落后的经济联结在一起，"中国形象"迅速萎缩、黯淡，并越来越成为"愚昧""贫穷""落后"的象征。比如，黑格尔就断定中国是"仅仅属于空间的国家"，只停滞在历史的起点上，没有发展。东方专制主义窒息了理性发展与自由精神，中国只重视道德自律的理学，没有现代科学，而且，汉语以及书面语言与口头语言的脱节，也阻碍了中国人思维与知识的发展。中国是个没有进步也没有未来的国家，更是一个既无神又迷神、既信鬼又怕鬼的国家。中国文明暂时的、历史中的相对落后，在黑格尔那种既普遍适用又难以落实的想象推理中变成一种宿命。①

但是，改革开放以来，中国睡狮终于醒来，并且发出了惊人的巨吼。这巨吼既是对自我形象的全面审视——抖落一身尘埃急速追赶时代大潮，又是向世界表达一种姿态——中国雄心勃勃在世界舞台上正努力重塑其日益重要的大国形象。高速公路的发展是与中国改革开放的政策相伴成行的。

如果说，全球化是20世纪80年代初由欧美西方各国开始推动的市场经济扩大化运动的话，那么，毫无疑问，中国是这个适时赶上全球化列车的最具代表性国家：短短20多年内（1979—2002），中国在巨额外资的配合下，国内总产值增加了22倍，增长率也达到平均9%，这几乎是世界最高记录；对外贸易金额从世界第27位提升至第6位，外汇储备与外资吸收量均达到名列全球前茅地步。近年来，各个数据又以无法阻挡的态势健步向前挺进。所

---

① 周宁. 探寻世界文明的中华文化资源[J]. 东南学术，2003(03)：81-90.

有这一切变化，自然对这五分之一的世界人口造成巨大而又全面的影响。

　　然而，当我们理性地检视这个巨变的获得是在什么样的背景下取得的时候，我们的心情可能就会变得沉重和复杂。伴随着经济腾飞奇迹的发生，社会的福利遽减、资产流失、资源消耗、生态破坏（如水土流失、河流干枯、森林覆盖面积减少）、环境污染、失业问题加剧、两极化、老龄化、人口膨胀（由1979年的10亿到目前的14亿）；犯罪率的攀升、贪污腐化、卖淫、艾滋病、性病、吸毒、道德败坏……，也每天在向深度和广度方向进军。特别是作为中国未来希望的青少年，他们的表现尤为堪忧：犯罪数量不断上升，犯罪年龄不断下降，犯罪手段日益残酷，比如，通宵达旦的网上刺激，为一件小事杀害同学。这是颇为痛心的客观事实。

　　具象空间的文化嬗变越来越脱离传统文化健康的发展轨道，也越来越与民族理想、政治文明和全球化舞台背道而驰。高速公路的快速发展一方面沟通和缩小了人们今天物质上的距离，另一方面却也使民族之间的裂痕和文化之间的心理距离加深了。不同文化在高速公路上的交往和撞击中立马就会分出强势和弱势。强势文化的流行和它的资本叙事、政治渗透和商业优势是有关的，美国的快餐文化之所以遍及全球就因为它成功的商业模式，它可以在任何国家复制，复制的同时也改变了受复制者本土居民的饮食习惯和消费方式。

　　因此，当以美国为首的西方强势文化对中国发生影响的时候，我们的价值观和审美标准也会被影响。金钱至上、拜金主义在各地泛滥成灾就是明证。当我们开始拥有物质财富的时候，我们是否也会反思，发展工业文明的根本目的是为了什么？难道不是为了让我们拥有一种更美好的情感方式和行为方式、与大自然达到一种和谐状态的生活吗？从这个角度讲，中国传统文化中的天人合一概念强调人和自然间的生命状态，强调人与自然的融洽，这是人的生命价值的最高体现，是文化变迁的重要内容之一。

　　现在的问题是：在文化变迁过程中，中国人解决生存问题之后，就会发现他虽然得到了很多物质财富，但自己并不感觉到幸福，精神上并没有愉悦起来，精神质感甚至还不如前现代的时候。有了高速公路，很多老朋友反而变得多年不见，都忙忙碌碌地为生活奔波，好不容易一碰面却发现大家都灰头土脸的，一副憔悴和沧桑的样子。如果我们活得很好，活得很自在并且很自信，那么，我们不仅会诗意地生活，而且也能创造一份属于自己的灿烂的文化。

遗憾的是，中国没有出现这样一个进行文化反省的精英阶层。在古代中国，以天下为己任的士大夫们具备这种责任和自信心。用他们的话说：文明如花，虽然花果飘零，但他们个人却可以是这种花果，实现文明的兴废继绝，以及个人师友之间的传承是他们义不容辞的责任。像文天祥、顾炎武、王夫之和谭嗣同这样的人，都有道成肉身的使命追求。而在英国、德国、日本和俄国等国家，他们的文化精英也有这种自信。托马斯曼就宣称："我走到哪儿，德国文化就跟我到哪儿。"他本人更是成为当代德国文化的化身。中国有几个知识分子敢说"我走到哪儿，中国文化就跟我到哪儿"的？不少人不仅没有托马斯曼那么自信，而且一出国马上变成了一副向洋人乞讨的奸人嘴脸。

高速公路使每一个人都有对民族优秀文化保留和发扬的责任。通过对传统符号的深入发掘，本民族优秀的文化特色和文化精神一样能够得到延续和感知。只要我们知天乐命，敞开胸怀，勇于自省，敢于创新，具象之后的文化重建就一定能够柳暗花明、前程似锦。

四、文化主权

仿佛推土机的尖利铲车，一铲下去，触痛了埋藏地下已久的文物的神经：文化究竟有没有主权？文化主权应该掌握在谁的手里？奔走在高速公路上，奔走在通往现代化和世界舞台中心的征途中，我们在感慨于时代巨变的同时，也越来越对曾一度忽略的自身的文化身份有了越来越多的认识。

文化主权主要是指文化诠释权。文化主权与政治主权不一样，它不是完全掌握在政治家及其统治集团的手里，而是掌握在民族话语、本土传统和知识精英的叙事中。但很长一段时间以来，文化主权的声音被"西方"的噪声所覆盖。"言必称希腊"是毛泽东对教条主义者的有力讽刺，这种讽刺在当今这个社会仍然有着积极意义。

"言必称希腊"的西化主张者的误区在于：他们以时间关系取代空间关系，一厢情愿地在东方与传统、西方与现代之间画等号，认为凡是东方的，必是传统的，凡是西方的，必是现代的——结果变成：中国现代化就是丢掉传统的全盘西化。很显然，这"两个凡是"无论在逻辑上还是在学理上都不能成立。因为，西方社会在奔向现代化的过程中并未全然丢失它们的历史人文资源，东方文化也能依靠民族力量完成本土意义的现代化转型。二者构成的既是时间关系，又是空间关系。东、西两种文化形态，完全能够在同一时间中并存。

有学者据此提出文化反思："谈主权就是强调主体的神圣性，国家主权不就是要强调它的神圣不可侵犯吗？文化主权也有同样的意味……一个文化系统里有些东西是习焉不察的，有一些是既有理论系统又与实际行为吻合的，还有一些理论系统，是行为的合理说辞。这些都应该得到一定的尊重。因为正是它们才构成了文化的有机性。对文化做诠释时，就不能将它们分割开来谈。有许多行为现象，只有放在既有的文化脉络里，我们才晓得它的原有意义。而文化诠释权就是基于这个事实来谈的。"①

因此，当高速公路把东方文化强大的野性生命力日益推向世界舞台时，"文化主权"，或曰"文化诠释权"的概念，在这个进程中镜显了不同文化的平等地位，并在"文明冲突"日趋激烈的世界里，为它们提供了立足依据。原因在于，文化有着与科学不同的发展脉络，与文化相比，科学显然更加具有"普世性"，但至少到目前，还没有哪一种文化能够充分地证明它的"普世性"，文化的"有限性"决定了文化在空间中的有序分布是理所当然的事情，任何一种文化都适应着它特殊的历史、地理等环境，"文化边疆"也就成了客观存在。与主张弱肉强食的"进化论"相悖，文化并无强弱大小之分，所有文化都有其存在的价值，它们共同构成了这个世界充满生机的文化版图。②

值得注意的是，在这个文化版图上，主权国家的综合国力竞争，主要表现在"硬国力"与"软国力"两个方面。"硬国力"指一个国家的经济、军事与科技实力，"软国力"则指一个国家的文化影响力。作为"软国力"的国家文化形象，已成为大国竞争的重要指标。国家强大，文化国力就会自然溢出国

---

① 林谷芳，孙小宁. 十年去来[M]. 北京：台海出版社，2003.

② 祝勇. 文化主权与文化自信[J]. 书屋，2004(11)：67-69.

界。

文化国力作为一个跨文化概念，在以高速公路作为跨文化载体之一的公共空间中，我们清醒地意识到中华文化在世界上日益显著的影响，并希望因此能够为我们民族复兴、发掘文化资源注入新的活力。英国史学家阿克顿勋爵曾说："所谓世界通史，我的理解是，它不同于所有各国家的历史的组合，不是一盘散沙，而是一个连续不断的发展过程；不是记忆的负担，而是启人心智的智慧。它贯通上下古今，各民族的历史在这之中只起补助说明的作用。各民族历史的叙述，不是根据它们本身的情况，而是根据它们同更高的历史发展过程相关联的程度来决定，即根据它们对人类共同的财富所做出的努力的时间和程度来决定。"

中国民族历史的叙述也是这样。高速公路作为改革开放以来的民族叙事，它的健康发展使中国各民族在地理上的交流变得更为便捷和快速，但是，只有文化上的交流和沟通才能从根本上消除彼此的隔阂。同时，不同文化的交流也是历史发展的动力。如前所述，当年的"中国形象"已经改变了走出中世纪的欧洲人的观念，甚至诱发了西方现代资本主义文明最初的动机与灵感。马可·波罗那一代旅行家发现旧世界的最大意义是发现中国，而发现中国的最大意义是直接导致发现新大陆。哥伦布横渡大西洋发现美洲，达·伽马绕过好望角到达印度。用亚当·斯密的话说，这是人类历史上最伟大的两件事。在这两件事中，都有着中国文化形象的影响。马可·波罗时代的大旅行改变了欧洲人的世界观念，使欧洲人意识到他们的家乡不但不是世界的中心，而且是世界的一个偏僻的角落。① 这是马可·波罗在欧洲文明中心所做出的文化反省。

用当下流行的话语来叙事，则可以表述为：这种文化反省的功能之一是消解了"全球化"的合理性。当然，文化的流动有其自主性，非人力可控，异质文化间的接触碰撞也往往会增强本土文化的韧度和张力，但抱着取而代之的态度的文化闯入者，则如同"入侵者"一样显得来者不善。对于东方来说，所谓的"全球化进程"（实为"西方化进程"）无疑是一场"难以避免的瘟疫"。

---

① 周宁. 探寻世界文明的中华文化资源[J]. 东南学术, 2003(03)：81-90.

表面上，它表现为一个内容增加的过程——在东方文化传统之上，增加了西方文化的成分，但本质上却是一个内容衰减的过程——将多元的文化符号衰减为一元。英语再一次受到网络的隆重推出，而取代了绚丽的汉语和高贵的法语。钱玄同若在，恐怕也看到了以拼音文字取代汉字书写的希望。方言、戏曲、手工艺和民间食品等显然已不是 NBA、好莱坞大片和麦当劳的对手。

有学者对此做出更加具体而精细化的描述：世界的一体化，意味着本有特征符号的消失，方言的死亡，差异的寿终正寝，意味着操场上连长嘴里喊出的"一二一"，以及鲜活的感性叙事都缩减为干巴巴的、号称为理性的方程式以及电脑键盘上的数字符号。世界主义自有它的虚相与实相。一个人道主义者可以算是世界主义者，像为麻风病人服务的特蕾莎修女，像我们熟悉的白求恩大夫。其他恐怕多的是虚相。每一个人都是文化熏陶出来的，你的语言系统就决定了你的思考。世界主义往往容易被强势文化所利用，来说明我这个东西是有世界性的，而你那个东西只有民族性，其实他的这个世界性，也是要通过学习才能得到的。[1]

这是因为，一种文化系统内部的价值坐标，要优先于文化系统外部的价值坐标。而文化系统内部各构成元素之间的关系不同于外部元素那么明显和具体。任何一种文化都产生于特定空间内，呼应着特定人群的心理需求，并由此产生一种文化的主体人群——他们是这种文化的首要消费者和解释者，只有他们才能深切体会文化语言中的乡语和隐语。

捷克前总统哈维尔在《全球化之祸福》一文中说："在我们的时代，每一个山谷都在呼唤它自身的独立，甚至不惜为此而战。很多国家，或至少它们的一些部分，都在与现代文明或其主要维护者作斗争，要求取得崇拜它们古老神圣和遵循古老神圣禁令的权利。"换言之，在高速公路、互联网和数字技术空前发达的今天，那些非强势的本土文化，不仅不应被取消，而且应该带着强烈的"主权标签"比任何时候都更加明显地浮出海面。[2]

高速公路的时代铲车终于切进了地表，但长埋在地下的文化遗存，仍然

---

[1]　祝勇. 文化主权与文化自信[J]. 书屋，2004(11)：67-69.

[2]　祝勇. 文化主权与文化自信[J]. 书屋，2004(11)：67-69.

默默地守护着自己高贵的身份。一层又一层阳光，将更多的文化碎片积淀下来，黑黝黝的，像苔藓一样，厚厚地覆盖着，使大地闪烁出金子的光芒。

五、谁来养活中国？

这是一个值得忧思的问题。随着高速公路的翅膀飞到千山万水，随着汽车总量的一天天增加，随着稻田的一天天减少和能源的一天天耗损，"谁来养活中国"不仅仅是一个虚拟的疑问，而应该愈来愈成为一切有识之士对国家、民族之前途命运所做出的一次自我拷问。

高速公路在激活中国经济走向腾飞的同时，也必定对中国更长远的经济规划产生巨大的制约性影响，从而形成一种"悖论"。这种"悖论"可以用美国文明与信息社会的"隔膜效应"来说明。表面上，美国文明比世界上任何其他国家的文明都更有条件进入信息社会，但恰好是美国，在骨子里永远也进入不了信息社会。美国文明不适合以信息爆炸为特征的后现代的原因在于：仿佛一出生就是成年人一样，美国文明也一样，它一生出来就投胎在工业化巨人的历史进程中，没有经历过工业化之前的"前经济时代"，即以个性化生产为特色的"非经济人"的理性经济阶段。这就注定了美国人找不到后经济朝代的感觉，从而与信息社会产生一种深度断裂的"隔"的感觉。它在本质上只能是一个物质化的国度，精神文化也是屈服于物质利益的，它承受不了"非物质化"背后那种像中国京剧一样的东方味道，只能一条道走到黑。

而欧洲就显得有些不同，因为它有文化多元化的历史传统和精神土壤，正好适合信息社会那种物质价值成分下降后，精神价值成分上升的时代背景。而且，欧洲人注重生活质量，注重个性化和品味，因此信息化的非物质化与文化个性化一拍即合，形成后经济社会的内在动力。

高速公路的发展也像美国文明那样有点"超前"的感觉，它的发展速度与它的资源储存不成比例。与欧洲文明同信息化社会一拍即合不同，中国高速公路的发展对于人口基数如此之大的国家，汽车数量的日益增加不仅使城市的大街小巷摆满了无法走动、像螃蟹一样瘫痪的汽车，而且也使高速公路本身的负荷量大大超出了它的流量阈值。当美国等发达国家的汽车生产趋于下降的时候，中国的汽车生产却在突飞猛进地向前发展。就像对 30 年前拥有一辆汽单车的热切渴望一样，拥有一辆汽车已经成为今天市民的一个美丽梦想。可是，客观实际不允许中国经济像美国那样大打"汽车牌"。否则，中国社会必定会很快走向悬崖。

这绝不是危言耸听，有数字为证：拥有 2.14 亿辆汽车的美国，已经铺设了长达 630 万公里的公路，长度相当于环绕地球赤道 157 周。汽车不仅需要公路，还需要停车场。美国修建公路和停车场占用的土地已经多达 1600 万公顷，这一面积很快就能达到美国农民种植小麦的 2100 万公顷耕地。

一个最大的区别是：随着汽车数量趋于饱和，以美国为首的发达工业国家修建公路的步伐正在减慢。美国每 4 人就有 3 辆汽车，西欧和日本一般每 2 人就有 1 辆汽车。而中国的汽车保有量 2017 年为 2.17 亿辆，但今后若达到每 2 人 1 辆，与日本不相上下时，就是约 7 亿辆。假设中国与欧洲和日本一样，每辆汽车占地 0.02 公顷，中国的汽车保有量达到 7 亿辆，就要占用 1400 万公顷的土地。其中大部分是耕地。这个面积大约相当于中国现有稻田面积的一半，这些稻田生产了 1.35 亿吨大米，其中一部分是一年两季。

看了这组数字，谁能不出一身冷汗？

故此，以《谁来养活中国》一文作者著名的生态经济学家莱斯特·布郎尖锐地指出："汽车和农作物的土地之争已经演变成富人与穷人的争夺。政府用从全体人民那里征收的税款，为建设汽车产业基础提供补贴，事实上就是利用穷人的钱来为富人的交通系统提供补贴，就必须要占用耕地。从目前情况来看，发展中国家有汽车的人根本不可能超越少数富裕阶层的范畴。在这种情况下，提供补贴就是以几乎看不见的方式重新分配收入，利用穷人的钱为富人服务。"[1]

高速公路在刺激汽车工业发展的同时，又在传统与现代的连结链上造成某种文化的断裂。一定意义上，它不仅切断了乡村与乡村之间天然的联系，而且很大程度上也切断了城市与乡村之间的联系。比如，从北京驱车经高速公路到上海，全封闭的高速公路及其绿化带，你穿越其中，但你却看不到中

---

[1]　BROWN L R. Who will feed China [J]. World watch, 1994, 7(5)：10-9.

国农村的真实情景。于是，在高速公路上，中国的城市同太平洋对岸的更为相似，但与高速公路两侧之外的绝大多数地区对比强烈，犹隔国境。

幸而，有识之士的频频呼吁终于让政府决策者意识到"超速"问题的严重性了。"深圳速度"不仅遭到一些人的质疑，而且深圳地方政府都有意放慢发展速度。另一个例子是北京，当这里的街道挤成一锅粥的时候，市政府终于意识到，修路的速度再快，也赶不上车轮的速度，痛定思痛，只好采取征收小汽车牌照费、道路拥挤费等不太"公平"的手段来限制私家车的使用。此举引起有车族的"民愤"是很自然的事，但车主也不必过于愤怒，他们买车的钱虽然是自己出的，然而修路的钱却是穷人出的，修建高速公路是利用穷人的钱为富人服务，那么征收汽车牌照费、道路拥护费则是掏他们自己的钱为自己服务，其实没什么冤枉的。

当然，如果能有效减少甚至杜绝公车私用现象，有车族的心理会更平衡一些或更平稳一些。没有谁不愿意反对高消费，但对汽车实行高消费得到许多人的赞同。因为汽车消费一高，就进不了寻常百姓家；进不了寻常百姓家，中国的汽车保有量就会大大减少，与之相关的环保资源土地等一系列问题就不会加剧。物以稀为贵，在此语境下，拥有私车的富人也就更能显示自己的身份和派头，这样才叫"物有所值"。①

高速公路的快速发展使中国的政治、经济、文化等诸方面发生了深刻变化，将"中国形象"重新推向世界舞台的中心。与此同时，它也使"谁来养活中国"呼声从更深层次的意义上成为一个全球化的个案。

众所周知，今日的全球化可以理解为现代性的扩张，在这一扩张过程中它势必遭遇他者文化的抵抗。有意的现代性将带来一个无意的后现代性。但事与愿违，事情做出来总是偏离我们原先的预想。就像原子弹、高速公路和汽车等偏离了原先的预想一样。用吉登斯的话说就是：现代性的全球化意味着一个"失控的世界"。

但是"失控"首先意味着不接受帝国主义的"控制"。因而毋宁说，全球化是现代性与后现代性（即解构性的力量）的双向互动。不存在一种绝对的

---

① 应笑我. 中国土地忧思录[J]. 南风窗, 2003(17): 42-46+48.

主宰力量，全球化结果将不是单方面的"美国化"或"西方化"。全球化因而更是一种"球域化"，是全球性扩张与地方性应对的交相作用。

如果将"球域化"视作一场"对话"，那么在其所张扬的对话本体论中，在现代与传统、自我与他者的对话中，主流社会就应当具有足够的文化自省意识。如果说全球化的重点和难点就是如何与他者相交往的话，那么，一个成功的全球化将有待于人们能否认真地倾听他者的理论。[①]

这是"谁来养活中国"在全球化镜照下从理论层面上所生发出来的"言下之意"：养活中国的必定而且只能是中国人民自己。有着五千多年沉甸甸历史的中国用不着对谁做出保证。短短30多年，"中国"二字已经让世人大吃一惊了，因此，世人有理由期待中国辉煌的明天。

六、知识分子的风度

高速公路不仅刺激了国家经济的飞速发展，也催发了个人财富积累的强劲势头。但物质文明发展得越快，人们对精神生活的要求也相对越高。当"温饱工程"日益成为陈旧的名字而"小康生活"越来越挺进主流话语中心的时候，中国知识分子对自由维度的要求便也更为强烈。同时，他们对"自由"的认知与西方知识分子有着不同的价值指向。

中西方不同的文化传统和人生价值观，形成了中国士人与西方知识分子不同的知识结构和价值指归：中国士人集学、政、教于一身，以天下为己任，做修、齐、治、平的"载道"之学问——所载之道都是大写的忧国忧民宏大话语，把"为天地立心，为生民立命，为往圣继绝学，为万世开太平"作为最高学术旨趣，将学术作为践道工具，讲究学以致用、知行合一、身体力行的治学方式，具有极强的政治性、内诉性和理性；而西方知识分子则相对游离于政治之外，或超越于政治之上，他们更愿意脱离政治、集团等名字，而追求个体的发展和对宇宙的终极关怀，注重客观真理的探求，长于抽象思辨，讲

---

① 伽达默尔，杜特. 解释学 美学 实践哲学：伽达默尔与杜特对谈录[M]. 金惠敏，译. 北京：商务印书馆，2005.

究逻辑分析，具有极强的学术性、外求性和个性。不过，中西方知识分子在学术的真谛、知识的意义和对自由、民主、科学、法制等巨型语言的敏感和向往方面有着相同或相似的精神诉求。

严格说来，无论对中国士人（知识分子）还是西方知识分子而言，其知识结构的转型，并非是、也不可能是一种简单的结构互换，而是一个全面的、复杂的新陈代谢过程，即在学贯中西的基础之上，将其知识结构调整到更加有利于全人类或本民族文化的生存与发展和个人旨趣的理性思考状态，这才是一种理想的知识结构转型。

值得注意的是，对传统士人（中国知识分子前身）而言，"天下"是其知识结构的"界"，但他们的"天下"并非全世界或全人类，而仅仅是华夏文化圈，更确切地说，则是"王土"和"王民"，是"天子"脚下的这片圣土。所谓"以天下为己任"，所谓"为天地立心，为生民立命，为往圣继绝学，为万世开太平"，皆不出此藩篱。

在这样的背景下，中国知识分子凡事求"同"、求"统"但不求"独"，有着群聚性和妥协性的思维惯性，很在乎别人对自己的看法或评价。同时，"天下大同"和"大一统"，一直是"以天下为己任"的士大夫们最高的政治理想和治学旨趣，它一方面造就了许多为之而献身的民族英雄，但另一方面也在新的形势下成为士大夫们的"业障"。范进中举后的疯癫和孔乙己式的潦倒很长一段时间没有摆脱对中国知识分子的负面影响。事实上，无论是儒家的"天人合一"，道家的"道通为一"，还是墨家的"尚同"，正如《汉书·艺文志》中所说"其言虽殊，……相反而皆相成也"，都体现了我国传统士人的求同与求统的精神趣味，从而共同构成和奠定了我国独特的"大同"和"大一统"的文化哲学传统。面对异质文化侵入，近代先进的中国士人，一方面承担起救亡启蒙的重任，一方面却仍未能摆脱这一思维定式，"和合"的传统知识结构仍旧具有极强的作用力。

由于"实用"理性的束缚，在"以天下为己任"的一元知识结构的束缚下，中国知识分子的思维与理性必然具有极强的实用性。① 这种实用性也极大地束缚了他们对自由、民主的合理想象和精神追求，也使他们自觉地将政治理想和法制叙事置于皇权话语的阴影之下。

西方知识分子与之不同，他们的人生价值、经验和对个人理想的实现不是建立在对某一集团或某一政治力量的依附，而是建立在个人对自我、个人对宇宙以及个人对民主、自由、科学和法制等的深刻理解和极度渴求。

但是，在新的历史时期下，随着信息爆炸、消费主义的强力渗透、新闻记者的世俗化批评越来越多以及商品经济的冲击和政治约束的加剧，知识分子场域越来越像一次政变(specific coups)或新闻事件(media events)的场景。在这个场景中，文化生产中越来越重要的部分，现在已经由出版日期、主题、书名、开本、部头、目录和版式来决定，以迎合新闻记者的需要。而新闻记者式判断的特征之一就在于他们有意将最自主的生产者和听命他人的生产者自始至终混为一谈。后者，就是那些所谓小品作家，柏拉图意义上的智巧之士，他们对于表面艺术(像广告代理人、民意员、新闻记者等所把玩的那类艺术)的精通，使他们能够创造出科学的外表。

结果便是，知识分子被排除在公共辨认的空间之外，取而代之的是技术官僚、新闻记者和负责公共意见的调查员，这些人往往以知识分子身份行使政治权力，他们掌握着话语和经济大权，从文化产品的设计包装、审美的定位到新闻的发布和利润的分成等，他们已形成了一整套网络。知识分子原以为在遇到自己管辖范围内的问题时，自己有权威做出最后的仲裁，现在看来，在失去了经济的权威的同时，他们赖以立身的学术空间也挤进来不少以内行人自居且掌握着仲裁权的非内行的"学术新贵"。这些新贵具有"政治文化"的背景，他们比传统的文学、哲学等更具优越性。

正如皮埃尔·布尔迪艾所指出的那样：这些学术新贵以"实用主义"名义，将传统的知识分子的头衔黜废，使之置于"雌伏的地位"。因此，知识分子不仅被剥夺了"用自己的标准评价自己和自己的生产的特权"，而且连他们

---

① 汪丹, 汪兵. 论《仁学》与近代士人知识结构的转型[J]. 南京师范大学学报(社会科学版), 2000
 (02)：16-23.

的"祖宅地"也被挖掉了。他们的"象牙之塔"被芸芸众生挤满了。个体户、二道贩子和三教九流者都可出书，都可"成名成家"就是证明。在这种情况下，知识分子要么同流合污，牺牲自己的贞操，参与垃圾的制造，并能从中分到一杯利益的残羹。要么就是拼死一搏，以夺回自己的领地为最高原则。两道路，前者实惠但是卑下，后者悲壮但是高尚，且有微弱希望之曙光。①

这种情况与当代中国知识分子有着相似的痛苦处境。两个原本不同的知识背景和学术追求的叙事主体经全球化语境一打磨，竟然变得趋同和统一，这是饶有趣味和意味深长的事。它说明两个精神指归：一是西方知识分子走向了中国士人式的务实；二是中国知识分子学会了应变西化的知识语境，这也可以看作是多元文化的渗入突破中国传统范式的一元知识结构藩篱的结果。

中国知识分子的这个进步来之不易。其间有血的声音、火的洗礼甚至生命的代价。例如浏阳人谭嗣同就是这样。他对多元文化的追求是真诚和务实的。在《仁学》中，他一再呼吁应当"参照西学、西政、耶教"，"杂糅中西学术"。须知，谭嗣同对学术理想的追求与他对政治理想的追求是联系在一起的。他的学术理想是对两千年来我国士大夫流行已久的"我注六经"和"六经注我"之治学传统的大背叛。当年轻的"士人"们开始用一个"六经"之外的标准来衡量中国文化时，当他们开始用西学的知识结构来要求自己时，一个"与世界接轨"的知识群体终于开始孕育了。对"士"而"知识分子"的转型来说，这无疑也具有"革命"的意义。中国要现代化，中国的知识分子首先要现代化，而知识分子是靠知识立命的，知识结构能否更新，就显得尤其重要。知识结构更新的关键，在于要确立一个"多元文化平等"观，不唯古，不唯己。

不仅如此，一批先进的知识分子在对自由维度的追求上用开放型知识结构来冲破封闭型传统知识结构的束缚，也取得了令人兴奋的效果。一直以来，中国学术界有一个"究天际之变"的考据传统，受到主流话语的高度重视。考据者，训诂也；辞章者，载道、抒情、寄意也，总之，是关于中国"人

---

① 布尔迪厄. 现代世界知识分子的角色[J]. 赵晓力，译. 天涯，2000（04）：134-141.

文关怀"的一元文化传统的学问，有着较大的封闭性和自虐性。而对博大精深的中国文化而言，自然还有着许多载入"副册"或潜入民间的文化传统，这些文化传统对于典籍化的"主册"，又经过数百年科举加固的"考据辞章"学而言，是到了非冲决不可的时候了。"冲决"的意义在于"打破"，是"扬弃"，却并非"尽弃"，① 或全盘抛弃。这种开放心态使中国知识分子在国门打开之后立即自然地融入世界潮流中。

高速公路的飞速发展为知识分子在精神寻根的世界潮流中提供了一个"速度与效益"的价值坐标，这是民主生活的另一面。但是，技术的进步和"高档"商品的大量涌入，除了产生和再生产异化了的劳动世界外，还产生和再生产了一个不费力的、快乐的、满足和舒适的世界图像，这一世界看来已不再是权贵们独享的特权，而是大多数人都能达到的。

不过，正是这种世界图像使知识分子在对启蒙叙事和自由维度的追求上放宽了自己的意志。"肯德基"和"麦当劳"等大量洋化的文化因子在中国和第三世界其他国家的肆意入侵就是跨国帝国主义"技术进步"和"消费控制"携手合作的成功范例，而一贯以清醒自居的知识分子对此并未提出警告。相反，他们还主动将其本土化，甚至政治化，例如，北京的肯德基总店还设立共产党的党支部，这样的本土化的结果便是，自觉地把外来文化当成了换血的新生力量，外来文化与本土文化的混合使知识分子为自己思想的麻痹找到了诠释的理由。那就是：消费的需要，是民众的需要，这是民主的胜利，是人民自由意志的选择。

对此，弗洛姆有一个精彩的解说：消费本来是达到目的的手段，现在却成了目的本身。"人已经创造了一个前所未有的人造的世界。人建成了一个管理着人所创造的技术机器的复杂的社会机器，然而，他的这种全部创造却高于他，站在他之上。他并不觉得自己是个创造者和中心，而只觉得是一个他双手创造的机器人的奴隶。他发挥出来的力量越是有力和巨大，他越是觉

---

① 　汪丹，汪兵. 论《仁学》与近代士人知识结构的转型[J]. 南京师范大学学报(社会科学版)，2000（02）：16-23.

得自己无力成为人。"①

换言之，中国知识分子在消费主义的机器巨人面前表现出一种集体失语症，它的病源是犬儒主义和专制主义的融合、机会分子与政治文明的融合以及"单面的社会"和"单面的思维"的融合所造成的"现代人的全面异化"。

马尔库塞把这种"全面异化"斥之为与现存秩序同流合污的"操纵意识"，把"高级文化"奉之为与现存秩序势不两立的解放意识。因为"高级文化永远与社会现实相矛盾，而只有少数人享有它的赐福并代表它的理想"。在马氏看来，"高级文化"应当成为当代知识分子追求自由的精神动力，它为人们提出一个超越现实的理想，容纳了现实社会所不允许和不能实现的愿望和真理。伟大的艺术是对不自由境况的否定，并追求着异化现实中已经消失的自由和幸福。中国知识分子在文本叙事上应该有特立独行的执着、否藏现实的精神气质和为艺术(自由的化身)而献身的襟怀和勇气。

原因在于："文学艺术本质上是与现实疏远的，它们支持并维护着与现实的矛盾——分裂的世界的不幸意识，胜利的诸种可能性，未实现的愿望以及存在的前途。它们是一种理性的和认知的力量，显现着被现实压抑和排斥的人和自然的另一面。"从最先进的意义上讲，艺术就是"大拒绝"，就是对"现有"的抗议。

但是，长期以来，中国知识分子把与主流话语共谋作为"学而优则仕"的现实具象和价值指归。他们大都"重实而且重名"，"高度尊崇孔子"。只有少数人也积极"于老树上发发新芽"，用"拿来主义"的态度对待外来文化和非典籍文本，不囿于旧有的知识结构框架，只要有益于自己的生存与发展的知识就愿意去吸收，用谭嗣同的话说，就是"不敢专己而非人"，"不敢不舍己从人取于人以为善"，对旧学与西学都有着自己人格独立的价值诉求。这是一个具有真正开放意义、伸张个性的独立自主的知识分子群体，与那些才逃旧学桎梏又入西学藩篱的学究们不可同日而语。他们清醒地意识到："学以致用"本来是中国士人一个良好的治学传统，但在一元封闭的文化环境中，它就变成"文以载道"的工具了。他们不愿意为主流话语和政治权贵做学术

---

① 弗洛姆, 纪辉, 高地. 资本主义下的异化问题[J]. 哲学译丛, 1981(04): 68-75.

"注解"，因为这种"注解"，实际上就是文以载道的具体操作。龚自珍所谓的"万马齐喑"，并不是人人缄口，而是皆好为当朝、当道、诸子、显学……做注释，由不敢说自己的话发展到丧失了说自己的话的功能。他们要以"公理"取代"圣人之言"，所谓"合乎公理者，虽闻野人之言，不殊见圣；不合乎公理，虽圣人亲诲我，我其吐之，目笑之哉。"①

谭嗣同、鲁迅和陈寅恪等人就是其中的代表，这些人对自由维度、个性空间和"硬骨头"精神的张扬，连他们的敌人也为之敬重。"吾爱生命，更爱真理和自由。"这些人才是高速公路时代中国知识分子心灵叙事的最好榜样！

七、自我的实相与虚相

高速公路有它的实相，也有它的虚相。我们平时讲得最多的、看得最清的是实相。而它的虚相却像河的潜流或者小说复线叙事中的暗线，一直伴随着实相的运动而运动，并且也有着自己的运行规律和发展态势。简单地说，高速公路的虚相中主要是各类文化符码血缘族谱，此外还有信息高速公路。高速公路的实相与虚相交织着，就构成了一个网状整体。

作为这个网状整体的一部分，高速公路动力之一的经济交易早在资本主义崛起之前就有了，如德国二战时期的高速公路。但当下新的历史现实和内容重构的新颖之处在于，全世界的一切经济过程都互相穿透，并且它们是作为一个互相依赖的单位而运作，而无关空间的距离与政治的疆界。高速公路只是其中的一个载体，或一个符码，起着输送、分发、流动和指认的作用。资本、讯息、劳动、商品、公司内部的事务与交换，以及决策的取舍，都围绕着整个地球而搭建起来，不断地重新界定生产、分配、消费与管理的动态式的几何形势。但这并非意味着国家意识形态差异的终结，或者跨国公司无可抗拒地控制了世界，包括人民、社会、政府、政治，以及政策等等，它们并不能够被公约成为经济功能的逻辑，只有激发重构和重写历史话语的能力。

---

① 汪丹，汪兵. 论《仁学》与近代士人知识结构的转型[J]. 南京师范大学学报(社会科学版)，2000（02）：16-23.

　　然而，社会的基本生产与再生产结构，围绕着这个全球互动的经济核心而组织起来，这个事实决定性地标明了每个社会的发展动态；因为如果各个社会被编纳进入全球经济的程度，随着它们在国际分工里的相对重要性而剧烈变动的话，那么，它们都被强大网络的全球逻辑不对称地穿透了。

　　在这个过程中，非经验性的、虚无主义的文化观念将从根本上把人置于无文化状态。这是人们不愿意看到的。因为，当无文化成为一个链条上的盲点时，社会生产的整个文化的价值体系就会出现间隔。虽然，民族文化的叙事是有间断性的，这样的间断性主要表现在前喻文化、并喻文化和后喻文化三种模式之中，文化传承的这三种模式同样可以用来说明民族传承的间断性。所谓前喻文化是指老年人代表的传统文化占主导地位；传统文化和年轻人的新文化并行不悖、势力相当地共存于一个社会之中，就是并喻文化；而后喻文化指的是老年人学习并认同年轻人带来的文化上的新东西。作为文化的一个重要部类，民族文化大体也按同样的模式变异传承。

　　高速公路使民族文化的传承呈现多元化经历的厚描述。一方面，它使民俗民风受到了前所未有的冲击和精神转向；另一方面，它却使民间文化在主流话语的滚滚车轮中找到了新的叙事载体。例如，张艺谋、陈凯歌等人选取中国民间文化事相为题材成功地拍摄出一系列有分量的影片，韩少功也成功地在他的《马桥词典》中融入了他对乡土知识和民间智慧的深层体验。理论界、文化界着意于向下层文化转移视域是一个喜人的信号，它说明民族民俗和民间文化日益受到瞩目和关注。这是学术发展的必然结果。当权威理论受到威胁，以官方为代表的主流文化受到冲击、动摇和怀疑，尤其是它们在现代化进程中的滞后发展，人们又一次发现，民俗、民风和民间文化野性生命力，它们充分表现出了精英文化之母的博大精深。此时，主流文化层也有意投注民间，并与之发生民俗共享的文化联系，而民间文化在保持自我个性的前提下，也会改造自我、迎合主流文化，从而实现真正的融合。①

　　但文化的融合与经济或政治的融合不同，它们的结构性变化主要表现在组织与组织之间逻辑的转化。这里所说的组织是指达成一组既定目标的手段

① 夏敏. 文化变迁与民俗学的学术自省[J]. 民俗研究, 1999(02)：14-18.

之系统的结构，这些目标的特性界定了组织的性质。组织及其嵌埋其中的逻辑是广义的社会理论所忽略的领域，虽然有一些组织社会学的好例子，关于组织管理的文献也很丰富，但一般而言，都流于虚饰、简化，偏向于描述而非分析。然而，组织的强制性（imperative）经常是有关社会与制度之社会和个人计划的最终命运里最为重要的因素。

高速公路的实相与虚相从生物学上分析，主要体现出两个关键特色：一个是弹性（flexibility）；一个是网络（networking）。由于组织必须面对来自复杂环境且经常变动的需求，它们必须调整策略、程序，以及内部运作，以便迅速回应这些需求。对大型组织而言，例如跨国公司、综合性医院或研究型大学，弹性的要求通常意味了决策点的分散化，以及它的各个不同权力中心（部门、科系等等）有更大程度的自主性。在先进经济体的核心层里，是一群越来越垄断资本、资讯、人才和技术的大型跨国公司。但是，正是因为有经济与政治集中化的过程，组织的分散化才如此重要。大型的公司，特别是私人的、商业导向的跨国公司，将它们的组织从垂直的分层转变为水平的网络，然而顶层的最终决策权还是稳固地掌握了权力的层级。[①]　各个地方的高速公路管理局、政府相关职能部门和指挥中心都纷纷伸出无形的手握着各自的权力按钮。

高速公路的本质就是沟通，就是对话。我们至少可以从下面三个方面理解这种对话。

一是与传统对话。高速公路浓缩了中国人对于现代性追求的痛苦经验，这种经验从某种意义上说总是表现为与传统的断裂，或者对传统的拒绝和否认。例如以"五四"激进文化为代表的启蒙运动就是其中的典型。这种现代性或启蒙的狂妄造成了前进途中集体经验的逆转，它昭示出：我们不能在传统之外展开对传统的批判。我们归属于我们试图去理解的传统，是一种在本体论的意义上由现代性回归传统，以及在"效果史意识"中复活传统，但更意味着一种深刻的自省意识：对传统的理解说到底就是一种自我理解。

---

① 柯司特. 流动空间：资讯化社会的空间理论［J］. 王志弘，译. 台湾城市与设计学报，1997（01）：1
　　－15.

二是与他者对话。高速公路作为一个经济的文本，它在存在的意义上与我们自己相通，如"文本间性"或"主体间性"所提示的，而它同时又是一种异在。阅读高速公路这个文本就是同一个陌生人打交道。在过往者看来，文本的他者既是"真理"，也是"方法"。他者具有不可穷尽的神秘性，是解释学上的一个核心论题，甚至可以说，语言的高速公路就是解释学上的高速公路，因为语言的本性就是对经验的共享，就是对对话的预设；更进一步，我们原本即是语言，或者反过来，语言即我们的存在。

三是与自我的对话。高速公路每时每刻置于流动的中心，是永恒的被观察者，如果不与自我对话，它的沉默不足以表现它的生动。经济学，或者更确切地说，动力学上的交互是透过理性的组织规范实现的。在收费站上的出口处，或线上的某一点，高速公路通过与传统对话，通过与他者相遇，作为文本的心理空间便被认识、被扩大、被更新。

因为，对话可以是在一个传统内部的古今对话，也可以是与另外一个陌生文化的共时对话。尽管文化间性的对话或者文化间性不是高速公路解释学的主要论题，但其实相与虚相却叩击了这一问题的核心：文本的可翻译性，即翻译所容易传达的东西，常常就是我们自己的文化编码系统，而其不可翻译性则是起于那不接受此编码的他者文化的他者性。翻译会聚因而也凸现了文化间的差异、距离和冲突，使我们清晰地意识到我们自己的文化局限，于是一个文化间的对话成为必要，为着认识我们自己的必要，否则我们可就只能在我们的内部做自体循环了。①

然而，如果自体循环的流动空间真的是资讯化社会正在浮现的空间形式，那么，在未来几年，高速公路的叙事风格很可能必须在其形式、功能、过程与价值方面重新定义。事实上，古往今来的道路场域都是社会的"迂回行动"（failed act），是社会深层趋势经过中介的表现，那些趋势不能公开宣扬，但强大到足以模铸在石头、钢筋和玻璃里，以及要住在这些形式里的人的视觉感知里。

---

① 伽达默尔，杜特. 解释学 美学 实践哲学：伽达默尔与杜特对谈录[M]. 金惠敏，译. 北京：商务印书馆，2005.

高速公路所展示的各种城市意象，都是实相意义上的护卫堡垒和建制完善的知识传统的文本模本，这个模本利用速度叙事的形式作为最具穿透力的符码之一，来快速阅读和展示社会之支配性价值的基本结构。当然，社会价值的形式表现并无简单、直接的诠释，大多只有强烈的、半意识性的联结。

但全球化浪潮使高速公路变成了经典的公共空间或流动空间，这种资本和政治混杂的背景，模糊了道路与社会之间应有意义的关系。因为支配性利益的空间展现遍及全球、跨越文化和民族，剔除了作为意义背景的经验、历史与特殊文化，导致非历史性、非文化性的高速公路遍及世界各地。

所有这些，在"后现代主义"生产场域里显现是个异数，高速公路以打破虚相符码的专断为借口，企图切断与特殊社会环境的一切联系，制作了一种从横跨历史的、风格浓厚的挑战中，创造出和谐的混合式界面。然而，这种异质的后现代主义，强力表达的只是新的支配意识形态：道路历史的终结，以及地方保护主义在流动空间里的撤退。因为我们唯有置身于道路历史的终点，才可能混合一切先前所知的事物，从而逃离文化符码。①

就这样，高速公路通过实相与虚相的复线叙事，一方面让我们看到民间文化对主流文化、乡村文化对城市文化的影响（如白居易对乐府民歌的学习，李季对信天游的学习）；另一方面又让我们看到在民俗活动中，大量存在无文字层对有文字层、对都市文明的向往心理。例如温州任何一个县的农村外出者皆自诩为温州市人，过去温州各乡县人以学温州话、仿效温州城市民俗为荣。道理很简单，当某一文化势力来自强大的权力层和知识层，民俗（包括各类祭祀文化）的承负者们就会有一种从强心理，而在民俗中表现为对主流文化层的模仿、倾倒、神化和纷纷效尤。今日民俗群体中的部分人出于崇洋趋强和从众心理，使城市的新时尚中出现了过洋节、信洋教、吃洋饭、盖洋楼、起洋名之类的所谓新民俗。而高速公路为这类新民俗的时尚和流行提供了经济学上的动力支撑。

因此，透过实相与虚相的制度层可以清楚地看到，高速公路上文化的交

---

① 柯司特. 流动空间：资讯化社会的空间理论[J]. 王志弘，译. 台湾城市与设计学报，1997(01)：1—15.

流与互动已使所谓的"遗留物"变得模糊和不纯粹。人们不能只看到遗留物的静态保存，而更应该从文化的动态发展中寻找内在的规律和形式法则，也即李亦园先生所谓的展演文化的文法（Performance cultural grammar）。[①] 唯其如此，高速公路的网状整体才能为和谐社会的幸福指数增加强有力的政策保证。

八、和谐社会的幸福指数

那么，和谐社会的幸福指数究竟体现在哪里？高速公路的飞速发展能否为真正和谐社会的构建提供心理学上的保证？

穿梭在今日世界的主题乐园中，当星际与星际之间的距离在电扶梯的搭乘之间时，我们有没有体验到电梯与百货公司的旋转快乐？

当百货公司电梯门口的大型箱门广告又像让我们历经迷控幻象一般，载我们到旋转的酒吧、带我们到地下超级市场、商店街，在广告影像的伴随下我们又经历了一次太空之旅，这些就是我们真正最希望得到的东西吗？

倘若，这个城市在高速公路的搭桥中，越过跨国资本主义集团的操控，借由将现代化象征的废物环境收编至生产的过程中，巧妙地运用灯箱、电扶梯甚至布幔或是大型彩色灯光看板等商品符号影像，能否建构起我们对向往的主题乐园的丰富想象？

在这个属于虚拟的未来世界的乐园中，内爆的空间中指涉影像符号，透过祛魔化与脉络化的表征与指涉意义，我们会不会怀疑自己仍然在呼吸，因为影像幻觉像一股没有密度的电影影像奔流，有一种骇人并令人快活的经验？

今日世界主题乐园监控的本质在于信息管理虚拟系统交换的渗透，透过信息与计算机技术的驯化，电梯上下楼的按钮甚或收费站的刷卡纪录，都记载着我们阅读了多少的商品广告，以及我们在高速公路上消费了多少的商品，难道这就是我们孜孜以求的信息社会的幸福指数？

---

① 夏敏. 文化变迁与民俗学的学术自省[J]. 民俗研究，1999(02)：14-18.

　　事实上，高速公路上的电子眼和指挥中心的信号监控塔都隐含了福柯意义上的"圆形监狱"的内容指陈。但消费世界游戏区的驯化即在于，借由新信息技术的集中交换体系——即电子拟像流与电讯系统甚或是通信设备渗入每个现代化生活城市空间中，从而形成一个功能齐全的"信息高速公路空间"，并且人们在此空间的沟通术语是拟态的、虚像的、信息联结与流动的。

　　在此情形下，我们的物质享受和精神追求在虚拟网域的监控与驯化中，真实记录在信息处理的集中装备中心，在信息传送的终端接收中心，亦即信息的生产与知识来自信息的控制中心。依循这个丰富网络，幸福社区的主题就是引用类似未来虚拟模控信息空间的想象，借由科技与现代化的游戏机器（如电脑等），不论航天飞机抑或是火箭穿梭，都企图营造出对未来世界宇宙的幻想快乐。于是，在我们的生活城市空间中，充满了有如迪士尼乐园诗意叙事、深圳世界之窗的微型景观写真以及各地大寻兴建的欢乐谷群像，使当今世界宛如处在一个无边界亦虚拟广博的幸福空间中。

　　显然，这是一个"流动空间"（space of flow），每个功能或单位都是"去空间化"与"去脉化"的，与我们交身错过的来往过客，都像主题乐园中身体与机器和谐的参与者。此时，大型布幔的广告影像中，广告化妆品产品主角就像是星星火箭游戏机器中出现的航天员，与我们同样被"错置"在同样的空间符号拟像模塑中，没有主体定位与方向认同。当"超级女声"的冠军李宇春男性型的作派受到电视机前少女们的热烈追捧时，有人喊出了一个令人尴尬的事实：李宇春长得像天才巨星姚明。这是少女们对明星、对爱欲、对自我的乱恋之佐证，但谁能否认一个月前还默默无闻的大学生眨眼间成为身价千万的偶像明星？少男少女们的异恋症和自虐症暴露出来的情感认知又恰恰浓缩了成年一代人的集体经验。"超级女声"的成功与其说是电视媒体依靠打造"快乐中国"的理念获得的胜利，不如说是中国的民主化进程在"想唱就唱"的虚拟情景中刺激的结果——

　　滚滚长江都是酒，乙醇淘尽英雄。坛坛罐罐转头空，杯盘依旧在，几张老脸红。

　　残汤剩菜酒桌上，惯看醉汉威风。一群酒鬼喜相逢，古今多少事，尽废酒坛中。

你可以对此不屑一顾，也可以对此大放厥词，但犬儒主义者在卡拉 OK 厅的疯狂发泄和各种旧瓶装新酒的虚构的快乐纪事，却无一例外地在城市的大街小巷到处流溢。当"如果感到快乐你就拍拍手"的时代旋律在电视主持人煽情的吆喝和指挥下，每个身临其境的人都驯服而激情地听从指挥，并且机械而麻木地扭动肢体，表达快乐。在这里，人们忘记了电视监控，也忘记了电视机前的一双双窥视的眼睛，每个人都是表演者，每个人都实现了民主的替代性满足，每个人都得到快乐，至少表现上看是这样的。

因此，这个虚拟或现实的主题乐园空间中，主体的被监控，在高速公路的速度叙事、广告拟像、跨国商品符号与空间物质之间持续运作着，并且这种大型布幔透过视线处处可及的方式，处处监控着我们的行为，不论我们将前往哪个驿站或是我们在车站内的商店街可能有的消费行为，都已被事先假设。而我们的快乐在于，过度的消费解构了政治压抑，膨胀的情绪在肆意音乐和酒精构成的消费主义中或在购物城中心疯狂地购满物品后得到了宣泄。对结果的轻视反映了当代人对过程的重视，是快乐体验的即时镜显。

这种有意识的主观认知，是人们对高速公路上摄影图像数字化之后越来越多的信息泛滥所做出的抽象反应。当今的生活好比一幅照片。过去，照片被认为是真实的唯一可靠保证，为许多艺术家所敬畏，如果它不再是这样的性质，那么，更重要的一定是对摄影师主观"视角"的领悟。实际上，就"图像的快乐真相"而言，所谓"视角"无非是指影像制作者对存在于他的拍摄器材之前事物的道德感与敬意："你尽最大可能地去尊重存在的对象，并保护你所传达的实际真相。可能大家并不全相信我，但我认为一部电影里，从每一个镜头角度你都可以看到镜头背后对它负责的人。我相信电影里每一个镜头角度都反映出摄制者的视角。最终，从每个机位你能看到什么在摄影机前，你也总能看到摄影机后的情况。对我来说，摄影机的功能是双向的。它既展示它拍摄的对象又展示拍摄者的视角。在电影拍摄中这是一个绝妙的过程。"这是大导演维姆·文德斯在做"关于德国的演讲"时，对"视角"这一基本感知的深度阐释。文德斯形容自己为世界公民，但他说德语仍然是"他的语言"。由此他说到"我的语言也是我的态度，我与世界的关系，我的'视角'。"

在高速公路的滚滚车轮中，如果在全球化文明中只存在照片的照片；如果在这个全球性复制的世界，连城市也都相互复制——比如巴黎和上海，一个在法国一个在中国；如果完整的国家如德国或日本，都完全被外国的影像和故事同化；如果影像的世界完全紊乱，那么在经验主义者的意志中只存在对另一种文化的确定——正相反于现在的文化，没有什么被改变，也无需改变，叙事、写作、阅读还有语词，包括情感上的快乐和情欲上的满足。人们必须把幸福指数从成堆的碎石之下挖掘出来，呈示它明辨的、精确的、微妙的、可爱的、锋利的和人道的内容。显然，它是丰富多彩的。在当今这个自认为丰富而实际并非如此的社会，幸福是每一个人唯一追求的精神指归。

但和谐社会的幸福指数毕竟受到文化多元主义的限制。这种限制主要表现在，正如有学者指出的那样：文化多元主义往往成为文化民族主义的弱化形式，成为文化民族主义的最后堡垒。文化多元主义珍视多元文化的共生，强调文化平等，反对区分文化的优劣，反对以欧美文化为标准尺度来对各种文化排优劣座次的做法。应当说，发端于欧美的文化多元主义显示了欧美学者的文化自省，但也给文化相对落后的人们一种文化不自省的认识工具。以欧美文化为标准区分文化高下，固然是对欧美文化的神化，但如果我们以人的实现为价值尺度，来客观看待和认识各种文化，也应该承认欧美文化在人的实现上处在一个较高的水平。人的价值的实现可以有多元的方式，文化平等是在文化层次上能够实现人的价值意义上的平等，现实的文化因为在实现人的程度的不同，体现着客观的差距，因此，扼杀人、扼杀人的自主性、把人工具化、对象化的文化终归是落后的。[①]

一个社会如果它的文化是落后的，那么，无论它修建了多少条高速公路，无论它的物质多么丰富，它的精神也是贫困的。而精神贫困的国家不可能成为真正意义上的强大的国家；精神贫困的民族不可能成为真正意义上的幸福的民族；精神贫困的社会也不可能成为真正意义上的和谐的社会。明乎此，才能真正知道人民幸福的方向在哪里。

---

① 伽达默尔，杜特. 解释学 美学 实践哲学：伽达默尔与杜特对谈录[M]. 金惠敏，译. 北京：商务印书馆，2005.

这，是一个隐喻。窗口已经打开。

这，是一个空间。文化在阳光下灿烂。

这，是一个镜像。高速公路的全部。

第八章　视频的力量

　　视频，英文名"video"，源于拉丁语的"我能看见"，代表的是将一系列静态影像以电信号的方式加以捕捉、记录、处理、储存、传送与重现的各种技术。视频技术进入国内后，陪伴了中国一代又一代人民的生活。自 1958 年国内第一台黑白电视机诞生到 1970 年彩色电视机的出现，人们常常成群结队地围坐在电视机旁，在与街坊邻居一同观看节目的同时，分享属于自己的喜怒哀乐。伴随国内经济的向好发展，彩色电视机很快走进各家各户，视频更近距离融入每个人的日常生活之中。与此同时，经过人们对视频技术的不断深入了解与探索，电视节目在内容上呈现出多样化，视频也逐渐成为人们接受内容与表达情感的主要渠道。人们在观看视频时卸下了所有来自生活和工作压力下的伪装，时而开怀大笑，时而感动落泪，做回了最真实的自己。视频与电视丰富了人们的精神世界，为社会生活增添了更多色彩。

　　1987 年，通过一封从北京向海外发出的电子邮件，互联网悄然叩响了中国的大门。1994 年，互联网于我国正式开通，3 年后中国门户网站的逐渐兴起，标志着我国正式进入到真正意义上的互联网时代，公众看到了互联网为传统市场带来全新发展的可能，视频技术从电视领域逐步跨入到互联网。2004 年，在中国互联网经历了长达将近 30 年的发展后，中国网络视频产业发展进入新阶段。

一、相识：资本的逻辑

从第一台电视机诞生至今，视频一直是电视技术体系中的核心成员，但公众实际上并不了解传统电视中的视频与互联网中的视频有着怎样的不同。当电视作为人们观看视频内容的唯一终端时，看电视即是看视频，电视作为视频唯一的传播形态，与视频长期处于一个共生的状态。随着互联网在中国的逐渐普及，网络视频成为视频传播的新形态。借助互联网技术，视频既能发挥在传统电视当中的全部功能与特性，也构建了由用户制造内容的新生产模式，让每位用户都成为内容的提供者。①

2004 年，在资本逻辑的推动下，国内视频网站的数量迅速膨胀，网络视频成为资本市场追逐的新宠儿。但由于当时政府部门并没有及时出台相关政策对网络视频行业进行积极引导，整个线上视频市场几乎处于无序的状态，商业发展模式较为混乱，再加之各大视频网站上良莠不齐的视频内容，公众仍更青睐于发展早已成熟和稳定的传统电视市场。2008 年全球金融危机的爆发，使得大量网络视频平台出现财政危机，纷纷宣布退出市场。与此同时，受到网络视频版权纠纷、平台竞争同质化、市场监管力度不断增加等因素的影响，仍在市场中摸索的厂商们开始探究关于网络视频产业的盈利模式和未来发展的方向。经过 3 年的发展与规划，2011 年，线上视频市场的竞争格局已基本确立，产业链也已发展成熟，市场各环节分工明确，行业准入门槛增高，行业龙头企业开始寻求新的资本获取渠道，以期巩固竞争优势，实现资本扩张。

2012 年，长期处于竞争关系的优酷与土豆宣布合并，为线上视频市场长期的资本竞争格局划上了短暂的句号。中国网络视频平台形成了以爱奇艺、优酷、腾讯视频、搜狐视频、乐视网为主的市场格局。稳定的市场环境又一次点燃了社会对网络视频的热情。网络视频所运用的先进的内容生产模式，

---

① 高阳. 从传统电视到网络视频——互联网时代视听媒体传播内涵的嬗变[J]. 青年记者, 2017 (21): 32-33.

让用户可以在拥有海量内容的线上平台任意挑选其喜爱的综艺、电影、电视剧，等等。至此，传统电视在视频领域的长期垄断地位被打破，人们只需要在任何有网络的地方，打开电脑、手机等终端设备，就能好好享受网络视频带来的美妙时光，传统电视不再是唯一的选择。

国家不断发展网络信息技术的主要目的之一是为了给社会公众带来更轻捷便利的生活与工作环境。然而从现实情况来看，科技的进步并没有为人们带来理想中的惬意生活，反而使人们无时无刻都处在工作的状态当中，"996"成为目前大多数人工作的常态，更有少部分人苦中作乐，笑言自己是当代"007"。对于网络视频市场而言，用户较长的工作周期，造成了用户对平台使用时长的下滑。疲惫不堪的用户群体每天只想能够早些回家睡大觉，早已没有兴致与其他用户一同观赏精彩的线上视频内容。渐渐地，线上视频在用户生活中成为一个精神佐料，看似重要，却又没那么重要。

用户生活方式的改变，迫使网络视频平台调整战略部署，以寻求在市场更深远的发展。2013 年起，国内短视频 App 开始进入开发阶段。以腾讯微视为主的短视频平台纷纷走向市场，但由于受到网络传输速率限制和移动端设备的功能缺乏，并未能获得用户的认可，短视频 App 也仅作为各平台用户社区建设的子环节存在。2014 年，依托着 4G 网络通信技术的正式商用，4G 用户数量突破 5000 万，随后的 2015 年，中国 4G 市场进入到爆发式的增长阶段，短视频作为新的视频内容形态正式走入公众的视野。表面上看，短视频似乎并不是什么新鲜事物，毕竟早期的电影就是以短视频的形态呈现的。但早期电影的"短"主要受制于技术局限，而现在的"短"则是对内容占用时间少、流量消耗低等特性的诠释。得益于 4G 技术所带来的网速提升与资费降低，以及移动智能终端设备的普及等多方位的有利因素，短视频充分适应了大众对移动化、碎片化、快节奏的精神文化需求。

截至 2018 年 12 月，我国网民规模达到 8.29 亿，互联网普及率达 59.6%。根据 Quest Mobile 发布的《中国移动互联网 2018 秋季大报告》显示，以长视频为核心的视频平台正遭受到短视频平台的激烈挑战，我国网民在线视频的总使用时长达到 125.75 亿小时，短视频的总使用时长达到 122.79 亿小时，相较于 2017 年同期数据，短视频的增幅达到惊人的 89.2%，短视频仅用一半的用户规模便拥有了与长视频形态旗鼓相当的实力，甚至还出现了赶超的强劲势头，2017 年也被冠以短视频行业的发展元年，视频成为各行各业合作与研究的重点领域。

二、相知：生活的渴望

记录生活、分享生活的渴望一直以来都根植于人们的内心，对于传统媒介而言，用户几乎不可能拥有分享个人生活与经历的机会。再加之早期视频在生产时只能通过专业生产（PGC）和职业生产（OGC）才能进入到公众视野，用户作为纯粹的内容接受者，在视频中表达自己内心想法与观念的唯一途径也许就是在评论区留下些许痕迹。时至今日，移动互联网设备已经成为人们日常生活中的必需品，这也让用户创作视频的生产方式（UGC）成为现实。通过 10~30 秒的短视频，用户可以自由表达、即刻上传、随时共享原创内容。观看、制作和分享短视频也逐渐成为人们的生活习惯。正如简·麦戈尼格尔所言："我们真心愿意与最陌生的陌生人分享。只要我们愿意，只要我们需要，就能够和别人建立关系。人类再也没有理由在这个世界上感到孤独，不管是在虚拟世界，还是在现实世界"。[①]

目前，便捷性、分享性和互动性已成为视频技术最鲜明的特征。各类短视频 App 的出现，让人们可以零门槛地参与到视频的策划、表演、剪辑和制作中来。与传统媒体中明星占据主导地位不同，在这里，用户成为真正的主角，平凡的日常生活成为最热门的主题。例如，在短视频平台上，有许多以老年人为主题的作品，内容基本上是关于拍摄者的爷爷奶奶和外公外婆的衣食住行，这类视频大多没有专业的布景，也没有刻意的摆拍，却不乏温情的感人瞬间，老人们在镜头前的那份羞涩，将他们真实又朴素的日常生活完美地呈现了出来。在短视频领域，每个人既是创作者，也是观看者。那些原本就此平淡过一生的平民百姓，纷纷拿起手机，将自己作为主角，通过制作短

---

① 麦戈尼格尔. 游戏改变世界：游戏化如何让现实变得更美好[M]. 闰佳, 译. 杭州：浙江人民出版社, 2012.

视频，与大众分享生活中的千姿百态。可以说每位用户的每一部作品都是其对自己专属世界的诠释和展现，而这也引发了社会对于大众日常生活意义的新思索。祸兮福之所倚，福兮祸之所伏。事物都具有两面性，一方面，视频的飞速发展顺应了娱乐化的潮流趋势，满足了人们的精神需求，另一方面，新用户的快速增长和用户黏性的稳步提升，在带来巨大经济效益的同时也在视频传播的过程当中出现了诸多不可避免的现实问题。

第一，网络视频平台存在大量低俗内容。从本质上而言，视频所传播出来的内容并不是一个绝对真实、完整的世界，而是视频制作者通过对影像与声音的加工，构建出来的一个现实世界的表象，其目的是为了激发受众的视听感官，从而获取视觉传播途径下的商业效应。在平台不断涌现出爆款视频内容后，为进一步让用户产生强烈的视觉效应，部分平台甚至出现了侮辱国家英烈的大量低俗不良内容，造成了极其恶劣的社会影响。2018年3月，央视报道了快手等平台出现的未成年人怀孕视频。同年5月，抖音平台对旗下违规账号和低俗暴力内容进行自查，封禁内容包含版权侵犯、色情低俗、辱骂谩骂、造谣传谣、垃圾广告、内容引人不适、涉嫌违法违规、侵犯未成年人权益8大类。

第二，不规范的视频分级制度对当代青少年健康成长造成了危害。根据2018年6月发布的《中国青少年互联网使用及网络安全情况调研报告》显示，24%的青少年每天上网时长达到2~4小时，有20%的青少年表示"几乎总是"在看短视频，"每天看几次"的比例也接近10%。显然，视频已经成为青少年娱乐休闲时的热门选择。青少年正处于世界观、人生观和价值观形成的重要阶段，在对社会的理解、群体的认知以及自我的认识上都存在着明显的不足。因此短视频上极具视觉感官冲击的内容易对青少年带来极大的影响。尽管各类短视频平台均要求用户进行实名制注册，但平台并没有将视频内容进行有效的分级管理，再加上青少年群体大多使用的是家中长辈的网络电子设备，这就导致大量未成年人在短视频平台上极易接触到影响身心健康发展的视频内容。

第三，沉浸式的交互体验容易造成精神性成瘾行为。目前国内较为主流的短视频App在进行交互设计时为营造沉浸式的视觉环境，用户在进入到视频播放页面后便无法看到硬件设备原本提供的诸如时间、电量、网络连接情况等相关基础信息。用户通过滑动屏幕即可在不退出视频观看界面的情况下进入到下一个视频，良好的观影体验能让用户迅速进入到一种身心愉悦的精神状态，从而失去对时间和空间的概念。此外，借助大数据、云计算和人工智能等数据分析技术，视频平台可对用户喜爱的内容进行算法模拟，从而得到用户对不同类型视频的兴趣程度，进而向用户精确推送相关的视频内容。尽管平台借助科技手段来提升用户忠诚度的举措无可厚非，但当用户长期处在一个过度娱乐的环境中时，用户容易丧失独立思考能力，迷失自我，出现对应用的成瘾行为。并且短视频的成瘾行为在儿童中更为凸显，这是因为儿童对信息的辨识能力较弱，强劲的视频吸引力可能造成儿童对软件和设备上瘾，产生心理影响。

第四，高风险视频内容极易造成社会现实危机。2019 年 8 月，山东两位年仅 12 岁和 14 岁的女孩，在观看并模仿短视频平台上用易拉罐制作爆米花的视频后，引发了酒精爆炸，造成一人烧伤一人身亡的惨痛悲剧，在社会上掀起了一阵舆论风波。尽管视频制作者及平台针对高风险的视频内容均进行了风险提示，告知用户切勿随意模仿，必要时做好防护工作，但仅在视频当中使用风险提示显然无法从根本上解决视频用户的模仿行为。较为热门的"踢瓶盖""A4 腰"等视频挑战，吸引了众多参与者和观看者，若参与者们缺乏安全意识，则可能对人身安全造成严重后果。

现阶段，网络视频产业，尤其是短视频产业，已从初期爆发式增长阶段进入到平稳增长阶段。公众在观看视频时，主要寻求的是精神上的满足感。然而长期观看浅显的纯娱乐化内容，反而会适得其反，对公众自身造成伤害。因此，随着社会的进步，公众认识到视频不能仅仅作为娱乐化内容的传递者，而是要成为中华文明的传播者。可显然，目前的视频还无法扮演好一名文化传播者的角色。由视频造成的社会危机如果频繁地爆发，将对公众现有的社会基本价值观和道德标准造成不良危害，甚至影响到我国社会主义核心价值观的集中体现。诚然，这些问题并非全由视频技术单方面造成，但作为目前国内市场乃至全球市场中最主流的视觉表达形式，视频相关产业急需努力探寻此类问题的解决方案。2019 年底，一场突如其来的意外，将一切笼罩在阴霾之中的同时，也为视频产业带来了新的生机。

三、相撞：封城的冲击

2019 年 12 月 26 日，武汉两位老人因发烧咳嗽前往湖北省中西医结合医院就诊。通过对老人们的胸部 CT 结果进行分析，医生发现患者肺部存在磨玻璃阴影，肺部感染情况与以往的病毒性肺炎截然不同。12 月 27 日，两位患者的家属也被确诊存在肺部感染，呼吸内科主任张继先医生立即为一家三口做了与流感相关的全面检查，根据检查结果判断武汉地区可能出现了新型病毒，并迅速将情况向医院进行上报，医院随后上报区疾控中心，区疾控中心当天便前往医院进行流行病学调查。12 月 28、29 日两天，又有几名其他病人出现相同症状。经过疾控中心与医院的共同调查发现，7 位患者中有 4 位与华南海鲜市场存在直接关系，且随后武汉各地医院陆续出现相同症状的病人。

2020 年 1 月 7 日，疾控中心专家从患者感染部位成功分离出新型冠状病毒，并于 1 月 10 日完成了病原核酸检测。1 月 19 日，国家迅速成立高级别专家组，钟南山被任命为组长，组织和领导疫情相关工作。1 月 23 日，全国累计报告 830 例，死亡 25 例，武汉果断宣布"封城"，并迅速建造火神山医院。

这是一次巨大的撞击。震惊世界的"封城"让武汉这座古老的城市遭遇了从未有过的严峻，长江告急！黄河告急！华夏大地警笛不断，雷雨闪闪。

1 月 28 日，全国累计报告 5974 例，死亡 132 例，新冠病毒疫情感染率超过非典。短短一个月的时间，新冠病毒如疯魔般席卷了东西南北，整个中华大地无一幸免，处于惊慌、恐惧、精神高度紧张状态下的人们，顿时失去了往日的活力。

新冠疫情让全国各行业几乎全面处于"停滞状态"，在我国抗击疫情的非常时期，国外反动势力趁机在意识形态领域通过各种方式制造混乱，使我国意识形态安全面临严峻的挑战。华夏儿女们不仅要与新冠病毒做斗争，还要在意识形态上与舆论"病毒"相抗衡。信息化时代下的公共舆论，尤其是网络舆论，成为了意识形态斗争的主战场。部分境外势力利用疫情趁机对中国进行有组织有预谋的病毒舆论战，抹黑中国在抗击疫情期间所做出的巨大努力和显著成果，四处散播谣言，将新冠病毒称为"中国病毒""武汉病毒"，西方媒体更是在视频平台上大量扩散掩埋真相、颠倒黑白的虚假视频，将政治利益和意识形态斗争放在首位，企图利用新冠疫情，从意识形态和文化层面击垮中国，可谓司马昭之心，人尽皆知。

从国内疫情形势上看，重大突发公共卫生事件往往会直接危及公众的生命安全，且由于新型冠状病毒从科学研究角度来看仍需要一段时间才能全面了解其具体特性，大众很难对疫情期间的各类信息做出合理判断。这就导致在新冠疫情暴发前期，出现了诸如"抽烟喝酒能提高人体免疫力、双黄连对新冠病毒有奇效"等恶性谣言。根据 CSM 发布的《疫情期间用户媒介消费及使用预期调查报告》显示，超过 63% 的人关注专家对疫情相关科学知识的解答，因此国内专家学者对新冠疫情相关事项的具体解读必然能获得公众的高度关注。为此，国内多家知名网络视频平台联合权威医学专家，在平台上线了以"抗击肺炎"为主题的独立板块，秉承"科学、务实、快速、高效、公益"的原则，利用平台在传播渠道上的优势，及时发布关于全国各地疫情防控的最新进展，向用户推送与疫情相关的视频内容，便于公众正确把握疫情情况。例如，哔哩哔哩整合自身资源优势，除在首页开设了疫情专属版块外，还针对疫情优化了"UP 主"激励计划，将与疫情相关的优秀自制内容放置到平台首页。腾讯视频在疫情期间制作了《冬去春归·2020 疫情里的中国》、《武汉加油，抗疫情主题绘画课程》以及《全国各省市疫情防控新闻发布会》等栏目，第一时间发布权威信息，抢占舆论制高点，正确引导公众情绪，维护疫情期间的主流舆论空间。

由于中西方文化自古以来存在着较多差异，加之我国与西方大多数国家在政治制度上的不同，导致海外部分国家在意识形态领域始终与我们存在着主流思想与错误思潮的斗争。西方媒体利用网络等媒介，无限放大我国疫情下的现实矛盾，歪曲事实兴风作浪，企图分裂中国不同社会群体之间长期建立的特殊互动关系。例如网络上大肆宣扬的以"中国政府官员在疫情期间均佩戴的是 N95 级别口罩，而一线医护人员却只能佩戴一次性防护口罩"为话题的内容，其目的便是用谣言吸引大众视线，激发社会群体与国家和政府之间的矛盾，瓦解社会主义的思想根基与人民凝聚力。中央广播电视总台作为中国乃至世界内最具影响力的媒体机构，疫情期间，通过公益广告、宣传短片、线上节目、短视频等多种视频形式，在传统端与新媒体端构建了科学的传播矩阵，对相关国家利用疫情污名化中国的行为做出了强有力的回击。

央视作为国内权威主流媒体，在传统端的收视率长期保持首位，在对互联网普及率低的老年人群体中优势尤为突出。在新冠肺炎疫情的报道中，央视在电视端通过多个栏目向公众传播防疫知识，并及时对所有谣言和错误讯息进行更正和解答。以央视国际频道为例，频道利用自身长期建立的国际化传播渠道，通过旗下热门栏目《今日关注》，从 2020 年 1 月 27 日起针对国内每日热门科学话题，邀请相关领域的权威人士和奋战在一线的医务人员对这些话题进行阐述和分析。观众在节目当中提出的"衣服上是否存在活病毒""出门是否必须穿戴防护服""口罩能否重复使用""佩戴护目镜是否必要"等问题，都得到了权威专家们的详细解答。节目用科学、真实的实践结论与成果向世界人民传递中国疫情的真实情况，不仅帮助我国人民缓解了紧张情绪，也为全球新冠疫情的前期准备工作提供了基础。

此外，在新媒体端，央视利用旗下央视频 App，以符合当下年轻群体喜爱的短视频形式，对疫情相关内容进行专题打造。例如，央视通过《主播说联播》等新媒体节目，让新闻联播主持人参与制作了一套完整的系列短视频，内容涵盖了正确穿戴口罩、普及居家隔离、节后上班防护等知识，将疫情相关信息系统化、娱乐化地呈现给世界人民，取得了良好的传播效果。

此次新冠疫情的爆发，对我国意识形态的建设和发展形成了猛烈冲击，致使国内频繁爆发舆论冲突，国家海外形象受到严重损害。随着"互联网+"及新媒体技术的发展，我国社会舆论传播迈入信息化时代，社会公众逐渐倾向于选择涵盖视频、文字、图片等多种表现形式的视频平台作为其表达思想、传递信息的媒介。因此，在国家新冠疫情的意识形态保卫战当中，视频平台成为意识形态传播的主阵地。尽管意识形态是无形的，但从现实角度出发，意识形态的斗争就是话语权的斗争，掌握了话语权就拥有了舆论主导权。过去，视频平台大多被看作是大众寻求娱乐休闲的精神场所，视频相关内容也都以娱乐类型为主，部分视频平台更是被贴上"娱乐至死"的标签。然而随着公众在此次疫情中切实认识到意识形态斗争的残酷性和必要性之后，视频平台被赋予了新的身份，重新获得了公众的认可。疫情期间，视频平台切实有效地利用了自身媒介传播与社会传播优势，制作出众多优质视频内容，深入开展了社会主义核心价值观教育，持续激发正能量，为大众营造了健康良好的思想舆论氛围，成为全民抗疫的中坚力量。

四、相爱：活着的慰藉

相较于文字和图片信息，视频技术在视觉感官上更加生动直观，更能反映出抗疫前线的真实内容，因而赢得了大众的喜爱。疫情期间的每一个视频都是一篇或长或短的疫情日记，视频技术在国家意识形态建设、弘扬疫情正能量、有效阻止谣言扩散等方面发挥重要作用的同时，也在公众紧张、焦虑的疫情生活中承担了非常重要的角色。

首先，公众在疫情期间大多经历了长期的居家隔离生活，长时间无法与外界进行正常交流，导致部分群众产生了社交焦虑，进而造成了抑郁心理。疫情下大众利用网络视频的方式来记录自己的生活，不仅是为了苦中作乐，还是为了能通过视频搭建与其他用户沟通的桥梁，获得观众对自己的支持与认可，在特殊时期展现自身价值。一方面，用户热衷于通过视频展示自己，有的用户讲授自己如何在家中进行无器械健身，在疫情期间增加自身免疫力；有的用户则展现自己精湛的厨艺，为居家生活增光添彩；有的用户分享自己的美妆技巧，让女性朋友在家中依然美美的，等等。在抖音平台上，疫情期间关于"美食"的话题总播放量达到千万级。据抖音发布的"全民战役居家烹饪大数据"显示，疫情期间最受大家喜爱的自制美食前三位分别是"电饭煲蛋糕""凉皮""油条"，80后和90后更成为展露厨艺的主力军，就连声称从不自己开火做饭的湖南卫视节目主持人何老师，都在疫情期间通过视频向人们展示自制双皮奶、小蛋糕、麻辣烫和牛轧糖等各类美食，完美转型成美食博主，引发线上热议。各大平台上的厨艺大神们通过视频影像将自己的"独门秘籍"与其他用户们分享，收获了大量的称赞，居家美食也成为公众在疫情宅家期间放松身心的绝佳方式。另一方面，许多网友在疫情期间通过制作搞笑短视频，帮助他人缓解消极情绪。抖音平台"疫情在家"话题总计超过1.8亿次播放量，其中一则关于疫情期间家长辅导孩子的学习视频获得了162万次播放，评论数超10万条，不少家长在评论区留言，分享和吐槽自己在家辅导孩子时遭遇到的类似情形。此外，一则疫情延迟开学的当代大学生视频记录了各地大学生在疫情宅家时的生活，通过夸张化的表达引起了大学生们的强烈共鸣，视频点赞数超245万。可以看到，疫情导致的生活不便并没有让大众失去对生活的信心。网络视频通过真实的画面和良好的交互体验，拉近了人与人之间的精神距离，极大程度地减轻了公众的负面情绪，引导公众以更积极的心态应对疫情。

其次，尽管国内疫情让各行各业的正常运营遭受到严峻影响，但国内主流视频平台仍竭尽全力结合自身资源优势，在疫情期间持续为用户提供平台自制的娱乐化视频内容，满足公众对日常生活的内在需求。实际上，在疫情来临之前，网络视频行业的发展已逐渐趋于饱和，在线视频月人均使用时长呈现下降趋势。然而由于疫情的爆发，公众的正常出行受到限制，全国线下娱乐场所被迫暂时停业，网络视频市场迎来了新的发展机遇。根据 Quest Mobile 发布的《2020中国移动互联网"战疫"专题报告》显示，疫情期间，国内各大视频网站在用户数量方面均出现了不同程度的增长，平台在各终端覆盖率均大幅提升，在手机端，短视频的使用时长超过17%，反超手机游戏，排名第二，仅次于移动社交。此外，由于原定于春节档上线的各类电影陆续宣布撤档，网络视频平台成为影视传媒公司最重要的用户市场。春节前，字节跳动旗下的抖音、西瓜视频等平台联合宣布将成为春节档电影《囧妈》独家线上播放平台，并向平台用户免费播出。短短3天时间，采取线上播放的《囧妈》总播放量轻松超过6亿次，总观看人数接近2亿人。《囧妈》在疫情影响下仍实现了6.3亿元的市场收入，也成为历史上首部在线上播出的院线电影。网络视频平台与电影出品方的强强联合，不仅挽救了电影市场，也为视频平台的未来发展提供了新的可能性。随后，各大视频平台纷纷对影视剧、综艺、动漫等视频内容进行了线上资源整合，均取得了优异的市场口碑。例如，爱奇艺于疫情期间上线了平台独播剧集《爱情公寓5》，上线16小时后，该剧在平台的热度突破9000点，超过2800万会员用户在该剧上线28小时内观看了剧集。湖南芒果TV依靠自身原创内容开发优势，在疫情期间陆续推出了《嘿！你在干嘛呢?》、《朋友请听好》等原创综艺。其中《嘿！你在干嘛呢?》紧跟国内疫情发展动向，用户总播放量超过6600万，《朋友请听好》节目则针对目前以视频资源为主的快节奏市场环境，运用广播、视频两种传播方式成功探索出视听节目未来发展新模式，节目广播渠道收获超3000万听众，视频总播放量超27.8亿。

再次，受新冠肺炎疫情的影响，全国各级院校线下教学工作无法顺利进行，2020年1月27日，教育部发布《关于2020年春季学期延期开学的通知》，要求部属各高等学校、地方所属院校、中小学校、幼儿园等适当推迟春季学期开学时间，并提出"停校不停课""停课不停学"等相关要求。针对国家要求和市场需求，视频在线教育成为各类学校疫情期间正常进行教学的首选。为此，各视频平台联合相关行业，在短时间内打破了时间、空间和地域限制，为学校、教师和学生构建起教学渠道，保障疫情期间各地教育内容的传播与传递。抖音联合全国高校开展在线教育，短短一个月时间便成功邀请超17所高校入驻平台，其中985、211院校超过12所，累计开播114场，累计观看用户数超4124万。清华大学直播公开课程《从新冠肺炎看国际关系的本质》，帮助清华大学官方账号粉丝增长超百万，直播当日涨粉超92万；北大直播课程《这一次为什么不同? ——从中国经济增长逻辑的变化看新冠病毒疫情对中小微企业和资本市场影响》，单场观看人数累计超319万。快手短视频平台则联合新东方、作业帮直播课、猿辅导等多家教育企业，推出了覆盖学前教育至职业教育的相关教育内容，据统计，快手相关教育板块的课程量已超过2万门，直播课程视频超5000门，课程总播放量达2.6亿，并仍保持稳定增长。哔哩哔哩联合清华大学、北京大学光华管理学院、学而思网校、上海格致中学等发起"B站不停学"计划，涵盖通识教育、时事热点、K12教学，为学生提供丰富、专业的学习类内容。根据B站官方数据显示，2月18日至3月18日之间，各教育机构累计开播405次；用户直播学习累计观看8800万次；UP主宅家学习、云办公播放1.4亿次。国内主流视频平台利用自身用户基数大、技术实力领先的优势，成功进入在线教育市场，通过与教育企业的系列合作，实现了平台、企业、客户三者之间的共赢局面，极大满足了疫情之下全国师生的线上教学需求。

最后，新冠疫情在给公众带来健康威胁的同时，也对社会经济发展造成了冲击。根据 2020 年湖北省一季度财政收入公布情况显示，处于疫情重灾区的湖北一季度全省 GDP 下降幅度接近 40%，全省的消费品零售总额下降幅度近 45%。疫情所带来的经济生产问题成为社会公众普遍焦虑的导火索。在此局势下，以往饱受争议的视频直播带货成为解决公众生活基础问题和助力市场快速恢复经济秩序的绝佳手段。依靠政府的强大公信力和明星网红们的市场吸引力，大众纷纷积极响应支援疫情重灾地区的号召，通过经济消费助力地区经济效能发展。各地电视台和网络视频平台均推出了以"援鄂"为主题的线上直播活动，政府官员、演艺明星、节目主持人和网红通过各类视频直播形式对湖北省的特色产品进行宣传和销售。例如，央视著名主持人朱广权和"带货一哥"李佳琦合作的湖北专场带货直播，在 130 分钟的节目时长中，推荐了数十种湖北美食，吸引了全国观众的关注，直播期间观众点赞量超百万，评论区留下了"湖北加油""热干面挺住"等鼓励性话语。直播结束后，相关视频内容被公众进行二次传播，传播范围被最大限度地扩大。视频直播带货这一销售方式，在短时间内为湖北的相关企业提供了大量订单，一定程度上减轻了部分湖北人民的生活压力和经济压力，让湖北人民感受到了全国人民的支持，促进了全国各地区人民的情感交流。

五、相依：情感的守护

疫情的快速传播使当今社会人际关系出现了裂痕，这在一定程度上增加了公众的失落感与孤独感。现阶段，疫情在我国已得到基本控制，社会经济秩序也已基本恢复，人民日常生活再次得以稳定，但疫情的全球化态势仍不容乐观。后新冠疫情时代的到来，并不意味着新冠病毒完全消失，全球化环境一切恢复如初。在经济全球化背景下，新冠疫情将逐渐趋于常态化，随时可能伴随季节性气候和人口的再次频繁流动而出现小规模爆发，对各行各业产生深远影响。

与 2003 年的非典疫情不同，新冠疫情是在国家进入数字化时代背景下爆发的。此时的数字技术和智能技术正引领着我国各行业的转型升级，尤其是伴随网络速度提升和移动设备终端的普及，我国文化产业实现了数字化的跨界转型，视频产业成为居家文娱消费的新热点。随着 5G 网络技术的逐渐普及，后新冠疫情时代下的视频产业将出现崭新格局。相比于现有的 4G 网络技术，5G 网络技术在网络数据传输速率上提速接近 20 倍，以往观看视频卡顿、下载超清视频缓慢、网络延时高等问题将得到根本性解决，用户的视频观看体验也将得到进一步提高。同时，5G+云技术的结合，将解除现有硬件设备在存储容量上的限制，让用户能随时随地在云空间观看视频、制作视频、分享视频。新技术的成熟运用将打破以往内容输出者与内容接受者的界限，形成视频交流的新方式。此外，在 5G 技术的推动下，AR、VR 等虚拟现实技术将呈现出更丰富的视频表现形态，视频在未来可实现虚拟与现实的交互，为用户带来多维度的感官互动，提升用户在观看视频时的沉浸式体验。

纵观我国目前视频产业的发展现状，以长视频为主形态的优酷、腾讯、爱奇艺等网络视频平台仍处于第一梯队。然而疫情的出现和网络信息技术的发展，让以抖音、快手为主的短视频 App 迎来了新的市场机遇。相较于长视频而言，短视频的生产模式更容易吸引用户和生产者。各大视频平台在经历了由疫情带来的一波爆发式用户增长后，将逐渐进入到细水长流的市场竞争格局当中。从视频形态上看，长视频变短，短视频变长或将成为行业新趋势。

综合新冠疫情前后视频产业的发展和变化，疫情前的视频更多被视为文化的"见证者"；疫情下的视频成为文化的"传播者"；疫情后的视频将转型为文化的"创意者""生产者"和"守护者"。疫情前，视频主要满足的是大众对精神娱乐的需求，各视频平台均以娱乐化的综艺、电影、电视剧等视频内容为核心资源，通过对相关视频资源的创造和积累，以期在市场上夺得先机。面对不断加剧的疫情状况，视频作为文化传播者的角色被更深层次地发掘出来。温情和感动成为视频在疫情期间对公众唤起的最主要情感，短视频利用其短小精悍的属性，将最重要、最浓烈的情感凝聚在一分钟的有限时间内，长视频则将社会情感交织的所有细节一一呈现在公众面前。

在我国人民携手抗击疫情的过程中，视频成为国家文化和国家意识形态最有力的传播者，全面激发了我国人民的爱国情怀。公众通过视频不仅能全方面了解疫情相关信息，还能借助视频所具备的社交属性，建立起与他人沟通的桥梁，在观看视频的同时彼此之间相互沟通、相互鼓励。视频平台在抗击疫情期间，始终坚持用社会责任规范内容生产，始终坚持以视频的内在价值为核心，积极引导公众的思想舆论，为国家和人民建立了抗疫必胜的决心和信心，激发了人们爱党爱国的思想情感，深化了我国思想政治教育。与此同时，视频快速广泛的国际传播能力，也让世界人民看到了中国万众一心迎挑战、众志成城战疫情的行动和努力，为全球各国疫情防范工作提供了坚实基础。

5G 网络技术下的视频产业，将打破用户与专业团队之间的技术壁垒，继续朝垂直化、个性化的方向发展。今后视频平台将能更准确、快速地对用户观看行为和喜好进行计算和分析，并通过对垂直化内容的进一步细分，形成区域化特色的专属社交圈，增加用户使用黏度，进而提升市场竞争力。

未来，视频作为我国文化的"创意者""生产者"和"守护者"，将紧跟时代变化，按照现有发展轨道和文化基调继续前行，凝聚社会共识，不断创造有思想、有温度、有情怀的内容，通过进一步完善视频传播体系与传播渠道，满足社会公众对视频的多元需求，展现国家深厚的文化内涵。

第九章　孤独的旅程

一、意义的转向

正午，空中发出一种蜜蜂般的声音，催人沉湎于一种意境，旷莽而古远。阳光打在头顶，锤子一般，热辣而柔情。在移动的梦呓中，道路是如此发白，一双手紧紧地抓住一个动词，以荒芜之姿，朝向天路历程。两旁的野菊开了很久，却依然是那么无怨无悔，生机勃勃，固执地守护着一阵阵飞速而来的孤独。

文化意义的孤独，带着蓝色的透明，有一点淡淡的哀伤，却如大地般真实。

孤独不是一种简单的心境，不是傍晚时分遥远村落里直立奔走的炊烟。更多的时候，孤独是因与社会环境的隔绝而产生的，无论你是在路上还是闹市，是在黄昏或黎明。因为，人的意识毕竟是由现实的物质世界所决定，中国在物质领域"补课"的同时，也必然要在意识领域经历由相应的物质文明所决定的文化心态的嬗变，尽管这种嬗变的速度可能会更快。

高速公路作为文化意蕴的敏感地带，已经在心态上体现出生活在工业文明社会里的群体(如都市上班族)的某种心理特质——孤独。

事实上，都市上班族好像一群流动的隐者，将自己封闭在一幢幢高楼大厦的小房间里，透过玻璃去观察这个节奏越来越快的社会。高速公路只是其中的一个影像。工业社会规范、程序化的逻辑使人的生活体制化，在扼杀了人的个性的同时，也将个体心灵的空间压缩到了令人窒息的地步。

奔走产生压力，压力导致了个体忧虑、恐慌、焦躁的情绪，人际关系因生存竞争的激烈而变得紧张，这种客观上的压力和主观上压力的不得释放则导致了个体心灵的扭曲，人们甚至以一种病态的方式尝试着去适应这个社会。

席勒曾经指出："我们必须改变我们的生存体验，这本身将是一场革命。"在无法改变环境的情况下，以选择改变自身的心态和生命体验来适应环境或许是一种积极的心态。走出空间危机的唯一办法是创设一个新空间——高速公路文化应运而生。

然而，这种文化仍然是一种快餐文化。人们推崇速度，追求气势，对"兵哥哥"式的玩命苦干和坚忍不拔大加赞赏，却很少有人沉下心来认真研究和分析高速公路文化发展的内在动力和精神趋势。比如对高速公路的认识大多停留在物质(如经济、货币和运送物品等)的层面上，而对它的文化价值和文化积淀关注得不够。

高速公路使财富的流动加快，使机会成本大大提高，它用一双无形的手将人们的生活分开成一个个不同的区域，让富者更富，穷者更穷。这种贫富悬殊的社会情状使"物以类聚、人以群分"之古老话语得到更加充分地印证，也使得人们滋生出某种精神不安和对原始祖先时期"平均主义"的病态追忆。

原始祖先时期，即拼音文字发明之前，人们生活在感官平衡和同步的世界之中。这是一个具有部落深度和共鸣的封闭社会。这是一个受听觉生活支配，由听觉生活决定结构的口头文化的社会。耳朵与冷静和中性的眼睛相对，它的官能是强烈而深刻的，审美力强、无所不包的。它给部落亲属关系和相互依存编织了一张天衣无缝的网络。全体部落人和谐相处。首要的交流手段是言语。看不出有谁比其他人知道多一些或少一些。几乎没有什么个人主义或专门分工，个人主义和专门分工是西方"文明人"的标记。

人们无法理解在文明积淀和文化传播的过程中，个体的观念或独立公民的观念。因为口头文化的行动和回应是同时发生的。行动而不必回应、不必卷入的能力是"拉开距离"的书面文化的人独有的东西。原始社会的部落人和后继的文字人的特点，是部落人生活在声觉空间的世界中。这就赋予他们迥然不同的时空关系。

在这里，没有中心也没有边缘。视觉空间是目光的延伸和强化。声觉空间是有机的、不可分割的，是通过各种感官的同步互动而感觉到的空间。因为口语词的文化传播比书面词承载着更丰富的情感——用语调传达喜怒哀乐等丰富的感情，所以部落人更加自然，更富于激情的起伏。听觉/触觉的部落人参与集体无意识，生活在魔幻的、不可分割的世界之中，这是由神话、仪式模式工业化了的世界，其价值是神圣的、没有受到任何挑战的。

与此相反，文字人或视觉人创造的一个环境是强烈分割的、个人主义的、显豁的、逻辑的、专门化的和疏离的。[①] 特别是中国的象形文字，由于使用者借用图形来表达现实，他们要用许多符号来涵盖社会里很广的知识。这一点和拼音文字截然不同。拼音文字用没有意义的字母去对应没有意义的语音，它可以用少量的字母去包容所有的意义和所有的语言，具有全球性的通识。这就是高速公路上用了不少拼音文字的原因所在。

按照麦克卢汉对冷媒介、热媒介的分析，人们对触觉的享受需要一切感官的最大限度地互动。电视触觉力量的秘密是这样的，录像带上的形象是低清晰度的。与照片或电影不同，它不给物体提供详细的信息，它要求观者的积极参与。电视图像是一个马赛克网络，它的组成不仅包含横向的扫描线，而且包括数以百万计的小点，这与高速公路上对景物的观看很相似。从生理上来说，观者只能从中抓住五六十条线来形成图像。因此，他常常要填充模糊的形象，深度卷入银屏画面，不断与图像进行创造性对话。卡通式图像的轮廓线要在观者的想象中不断地加上血肉。这就迫使观者要积极地卷入和参与。

换言之，看电视的人成了屏幕，文化传播的主体却是摄影机，就像高速公路上，人成了道路的载体，两旁的风景却成了观看我们的扫描仪。由于电视不断要求我们给屏幕似的马赛克网络空隙填充信息，所以电视图像直接把它的信息刻在我们的皮肤上。因此，每一位观者不知不觉间成了修补、拉抻

---

① 麦克卢汉，秦格龙. 麦克卢汉精粹[M]. 何道宽，译. 南京：南京大学出版社，2000：364-365.

一样的点画家。电视图像在他的身上洗刷的同时，他也不断勾画新的形体和图像。因为电视机的焦点是观者，所以电视就给我们定向，使我们向内看自己。看电视的实质是深度参与，去看低清晰度的图像——这就是我所谓的"冷"经验。它和"热"的即高清晰度、低参与度的媒介比如广播是截然相对的。

作为文化传播之一种，高速公路催生出一个又一个电视儿童，他们被无情地暴露在现代世界的"成人"新闻中。这些东西是战争、种族歧视、暴乱、犯罪、通货膨胀、性革命。战争把它的讯息写在他们的皮肤上。他们看见了国家领袖被刺杀的场在和葬礼，他们通过电视进入了太空跳舞的轨道，他们淹没在广播、电视、电影、录音和其他际传播信息的汪洋大海之中。从两岁时起，父母就把他们搁在电视机前，让他们老老实实、静静观看。到上幼儿园的时候，他们已经看了4000小时的电视。与他们的祖父辈比较，他们已经活了几辈子了。[①]

寻找个体的生命意义，是每个人活着的价值所在。生命是什么？人为什么而活着？许久以来人们都在不停地求索。但却总是解释不透生命的真实，人生的真谛。在高速公路上，这种感觉尤为强烈：人生苦短，不过只是历史的一瞬，既然我们已经踏上了这条无以回头的不归路，我们就应当勇敢地走下去，做己想做，爱己所爱，无怨无悔。

有人为此写道：大江东去，浪淘尽，千古风流人物。平凡的，不平凡的，他们都曾站在我们脚下的地方生活，他们哭过，笑过，爱过，恨过……也曾立下惊世伟业，也曾一生碌碌无为，最终不过化作脚下一堆黄土。说真的，无论我们曾经多么伟大抑或平凡，最后的结局不过是回归于土。因此既然我们很幸运地活在这世上，为什么我们不曾好好把握这难得的一次生死轮回的机会，努力地拼搏，奋斗，创立一番事业呢？这样在自己年老的时候，也可以怀念自己曾有一个明确的目标，并为之投入，为之付出，为之拼搏，为之奋斗，那种感觉是多么地激动人心，那样的人生是多么地有意义：自己可以让自己的人生留下轨迹，就像冰川横流过山岩留下雄浑的擦痕；就像火山爆

---

① 麦克卢汉，秦格龙. 麦克卢汉精粹[M]. 何道宽，译. 南京：南京大学出版社，2000：372-379.

发，天池留下壮美的馈赠；就像流星燃烧过，静夜里留下闪亮的光迹。我们也因为这样的人生可以留下轨迹而可以对自己说："我曾问心无愧地活过。"

站在高速公路上，作为个体的人可以像上述叙述者那样，放飞自己的想象，对生命的意义进行梳理和审视。但作为一个叙事集体，它的文化意蕴存在一种转向，一种深刻的向政治和经济双重母本的精神范式上。

比如说，《国家高速公路网规划》已经国务院批准，即从现在起到2030年的高速公路建设规划将耗资两万亿元人民币，建设里程高达8.5万公里。据介绍，该规划又称"7918网"，包括7条首都放射线、9条南北纵向线和18条东西横向线，其中包括一条北京直达台北的高速公路，这里的经济和政治意义已经十分明显。

交通部部长张春贤宣称：将来"三通"以后，中国内地的高速公路将全部与台湾公路网络连接。在一定时间内，在"三通"的前提下，可能先通过某种运输方式连接这个网络，比如用隧道或其他工程来连接台湾的高速公路网络。他表示："连接台北高速公路的意义在于物流上的连接。如果物流顺畅，对台湾、香港和内地都是降低成本、增强国际竞争力的重要方面，也是提升中国居民生活质量的重要方面，它的实际意义非常重大。"

这个规划网络也连接了香港和澳门，其中的港珠澳大桥，正好是高速公路规划的一部分，这种连接有利于香港的繁荣稳定，有利于香港本身物流成本的降低，也有利于香港、澳门和"珠三角"乃至内地经济的融合。

很显然，高速公路的建设，会对沿线地区的经济发展产生重要的辐射作用。这条从北京到台北的高速公路一旦建成，自然会辐射包括台湾在内的沿线地区的经济发展。另外，如此一条远距离高速公路的建设，会对相关连带产业产生直接影响，在一定程度上直接拉动经济增长。还可以考虑由两岸的投资人来共同参与投资。

有人甚至还从华人经济圈的高度来审视这条高速公路的积极影响，并认为，目前以中国为中心、包括东南亚一些国家在内的华人经济圈对世界经济的影响力正在加强，如果北京到台北的高速能够贯通，那么，这个经济圈的影响力将更为重要。①

无论文化的意义如何转向，无论高速公路将世事搅得多么喧嚣，然而，生活在钢筋水泥包围下的人们，却依旧感到美丽寂寞在心灵闪动——

> 眼看秋天就要来了
> 我疲惫的心徘徊得太久
> 那些怒放的玫瑰一点点老去
> 这样的季节和心碎相距多远
> 那些清凉的泪又是怎样汹涌在路上

二、亚文化的无序旅程

一拨又一拨人来了又去了；一拨又一拨人去了又回来。

也有：去了的人回不来；或者：回来的人再不能去了。

还有，一些人消失了，像烟一样，从城市的某个方向，无声无息，永远消失了。这些人往往有梦、有激情、有力气和思想，但是缺乏机会、缺乏货币和关爱，他们是都市亚文化的主要消费者和制造者。

所谓都市亚文化，是指一切隐藏在主流文化之下、来自民间、代表某种地下反体制化力量的审美倾向、具有对主流文化构成潜在危险的次文化。一般而言，亚文化有着野草般的精神生殖力，在城市阴暗的角落或一些堂而皇之地宾馆酒楼都有可能存在。良莠不齐的大众文化之所以受到话语主宰者的轻视或非议，就是因为掺和了一定数量的亚文化，从而导致鱼目混珠的局面，要剔除这些文化并不是一件容易的事。

因为，正如前面指出的，亚文化就是那些在都市处于非中心———或者说处于边缘地位的人，他们共同创造与享有这种特殊文化，而且它是相对于主流文化而言的。急速膨胀的高速公路将亚文化推进到一个无序旅行的黑

---

① 简光洲，吴金蓉. 我国拟建北京—台北高速公路[N]. 东方早报，2005-01-14.

洞。这些文化极少被专业出版物、媒体与展示单位所介绍，甚至也不为专业的文化学者所重视。但是，亚文化并不是一种一无是处的文化，而是在发展过程中自身出现的新问题和人们固有的偏见阻碍了它们的发展。

事实上，亚文化为正规文化提供了强大的精神资源。在历史上，著名的爵士乐与摇滚乐都曾经是亚文化，但随着专业人士与文化学者的不断介入，它们后来都成了主流文化的一部分。它表明，所谓主流文化总是在吸收亚文化的过程中发展起来的。近年来，在世界的范围内，已经出现了研究都市亚文化热的趋势。一个显著的例子是，日本一家美术馆不惜巨资筹办了一个介绍日本都市亚文化的美术展览，并受到了广泛地好评。有参观者介绍，一条显示日本都市亚文化的街道整个被搬进了展厅，其展出规模令人瞠目结舌。

而从社会学的角度来看，我们不难发现，导致一些青年人崇尚亚文化的深层原因在于：出生于 20 世纪七八十年代的年轻人是随着消费时代一起成长起来的。因此他们的知识背景、价值取向与关注点都与新的生存经验与视觉经验有关，而这无疑深刻影响了他们的艺术创作和审美取向。就像北京的霍营一样，许多来此寻找梦想的年轻人纷纷落马。这是个凝聚着激情和失落的美人，既是音乐的殿堂，也是时间的漏斗，它羸弱的体质所发出来的迷幻色彩让人看得不真实。白天，这个貌不惊人的地方总是沉睡，夜晚时分，在月光下才慢慢呈现出倾国倾城的面容来。其性格颇像一种叫"毒药"的香水，你好不容易找到感觉，就已经沉溺在被它征服的遐想中了。

每天都有陌生的人来到这里。寻梦或者发财，或者仅仅只是发泄。但是白天你什么也看不见。特别是刮起沙尘暴的时候，能见度非常低。这不，又有一支来自武汉的女子乐队搬了进来，她们挨家挨户地打听着有没有房子出租，另一支已经来北京待了几年的乐队正在收拾行李准备悄悄离开。对于前者，霍营对她们仍然是一个梦想，一个可以激发她们热情的地方。对于后者，霍营不过是生命中一个未能企及的孤岛。而对于没有来到或者希望来到的人来说，霍营在他们的心里，是一个遥远的幻象。

一个长年在此练歌的人说："上帝说生活是救赎和忏悔，我想也许我是个罪人。我从五岁歌唱到现在已经苍老，我仍然两手空空像粒尘土。"无数的音符在扭动，无数的手在挥动。他们爱的，到底是音乐，还是摇滚渲染出来的种种表象和情绪？是音乐误导了他们，还是他们误读了音乐？

这里也有许多的画，以及从画框里走下来的玲珑剔透的女子。比如，眼前的她，素面朝天，面孔却如雕塑般充满质感；不修边幅的她，长发散乱地粘在额上，将一双明亮的眼睛遮去大半。似乎她原本就是用那半边眼睛看这个世界的。尽管看不出她的年龄，但她婀娜的身材还是体现出难能可贵或出类拔萃的女人本质。眼神淡漠的她，却令你感到炙热万分。她像一个天性冷艳的贵妇，历史的变迁无法让她苍老，只会让她愈发神秘。

在无序的旅行中，你来到了 798 厂，它坐落于北京市东北郊区，机场路附近的大山子地区。朝阳区酒仙桥 4 号，向左走，是新修的宏源大厦；往右走，则是 20 世纪 50 年代修建的建筑。这就是 798 工厂区。几年前，在一个叫罗伯特的外国人搬进这里后，不知触动了哪根神经，越来越多没成名的画家、雕塑家、作家、策展人和诗人以及许多自封名号、怀揣梦想的人相继在高大的厂房里安家落户。他们用自己独特的生存方式向人们展示了一个"在乌托邦与现实、记忆与未来之间"的自由空间。

不久，"798 艺术区"开始由一个地理概念向亚文化概念衍变。这里的衍变，自然而然地形成了商业和文化的融合，大量慕名而来的投资者、参观者让这个荒凉之地一下子变成了继三里屯和后海之后北京都市最值得一游的"艺术区"：一幅幅随意而怪异、和谐而多元的画面拼凑在一起，激情、平静、时尚、怀旧、幽默和伤感等混杂一起，俨然成了中国地下先锋艺术的集散地和代名词，并形成了具有国际化色彩的"LOFT 生活方式"和"SOHO 式艺术部落"。①

当然，正如许多文化学者指出的，这些地方的亚文化不过是消费时代的一个镜像罢了。所谓消费时代是科技文化、商业文化、网络文化还有全球化背景等多种因素导致的，任何人概莫能外。在这个前所未有的时代，"物"正从四面八方包围着人类，而消费则成了人类最基本的生活方式。

无可否认，当今的整个文化体系都建立在这样的基础上。由于"交换支配一切"的市场逻辑使传统的道德规范有所失效，新的道德规范又没有很好地建立起来，所以当代中国人正面临着前所未有的文化问题，诸如诚信丧

---

① 张彬，陈爵. 和北京恋爱[J]. 旅行，2005(07)：22-35.

失、亲情淡化、拜金主义盛行、精神追求失衡等等。这也造成了 1993 年以来学术界大谈"人文精神"与现实关怀的特殊氛围。在这里，强调"人文精神"与现实关怀就是要对市场经济所带来的社会文化问题做出必要的回答，以促进当代文化的健康发展。

明白了这一点，我们就不难理解一些青年人在创造新兴的都市文化时为什么更重视作品对现实生活的干预功能和反叛精神，更强调文本与现实保持"零距离"，更强调作品在交流面上的大众性。熟悉文化艺术史的人都知道：这与传统艺术更强调审美功能，更强调对现实的超越，更强调作品的精英性是大相径庭的。[①]

异乡漂泊者京不特说：亚文化是什么？它是一种反抗的文化，一种用周星驰式的无厘头文化对抗主流文化的挑战意识。其实我们能自豪的也并不在于我们做人的成熟和完美，而是完美曾经或者正具有的勇气，这种坚忍不拔地追求真理、追求人格自由、反对虚饰的勇气。过去，大家视亚文化为一种荣誉，一个个争着充当领袖角色。现在，我们既然用"工作的主人"代替了"荣誉的主人"，那么，我们大可我行我素。

京不特有一首名为《梵尘之问》的诗，大致反映了这种亚文化的无序旅程——

今天我更清晰地理解了生命之上的神秘

我相信晚霞确实拂照了沙砾上的足迹

从前有一个老僧

一个越过海踏过阳光的老僧

如果北京没有杀人

我就不会想一想关于北京的事

园中果实硕大的日子

我找到了生命契机的本原

是我无法说出的

---

① 鲁虹. 关注都市亚文化[N]. 深圳商报，2003-04-05.

一些小雨之后，凉意又来

在这热暑的地方

我摘一朵花以排遣孤独

我看一看时间移动

面对这些念佛的绿色鸟

我不再像往昔那样想这个问题

面对这些鸟我无法言语

一些小雨之后

袈裟尽湿

之后我又找到消磨时光的方式

雨水只来了一丁点，之后鸟语花香

我想自己是一个老僧

就在今天，就在这无法挡住阳光的墙下

我这样想

一个老僧

一个用杯子浇花的老僧①

一个原本年轻、对生活充满热情的人怎么就变成了看破红尘的老僧？无论高速公路以怎样的力量穿插，这种变化也匪夷所思。不仅如此，就在你丈二和尚摸不着头脑时，更大的穿插发生了：这个"用杯子浇花的老僧"摇身一变，成了一个令人讨厌的文化瘸子——

现在，你在想，再过二个小时瘸子就要来了，瘸子正是你为爱情的游戏所付出的代价，他是你精神空虚的产物，一个曾经为反抗父亲充当过道具的东西，再过二个小时，这个怪诞咖啡馆的经营者，这个早年的囚犯，这个长着一对木石鱼眼睛的铁石心肠的人就要来了。他是来正式求婚的，是来向你索取人性，并且，同时也证明他是有人性的。但是你却发现自己已经再不能

---

① 王一梁. 八十年代的青春：人和诗[J]. 橄榄树，1998(10).

承受他的出现，他的畸形、他的冷漠与谎言，你现在只能选择逃跑。

当你十几岁的时候，你曾逃出过城堡，却发现外面的世界只是一座更大、更凶险恐怖的城堡。因此，这就使你的有关逃跑的想法一点都不浪漫了，也决无任何的解放意义了。你现在只能欺骗自己说你要逃跑，打装起行李，可很快你就只能选择睡眠，从睡眠中去寻找一点梦……

女佣人聪明漂亮且与你同岁，不过，你只是口头上称她为医生，心里却一直叫她是佣人，就像你在心里从不叫瘸子的名字一样。这些年来，你始终在暗中和她竞争，你知道她是为了献身于科学而自愿来这里做下人的，可你更清楚，她认为你是一个病人因而才来的。因此，你需要和她做一场游戏，假装出初恋女孩的模样，或者在性欲满足后显得生气勃勃，浑身充满了活力。因为，你认为你也懂得心理分析，用来诱惑她激起疯狂的科学研究热情的材料有的是。你尽管是一个风月场老手，却只与瘸子一人发生性关系，可当你想起瘸子在夺取了你初夜的第一个早晨，就把你一个人孤零零扔在海边时，你游戏的热情也就很难再被激发起来，游戏似乎已经很难继续。

此外，更可悲的是，你发现在这场被你认为的"科学游戏"中，这位保健医生似乎比你更有耐心、更加百折不挠，你付出的代价是越来越对这个世界产生的厌恶，而医生得到的却是你一直向往着的内心宁静。而且，一件将要摧毁你精神支柱的事件，在瘸子将要到达的时候被你发现了，这对你来说真是惊人的可怕：你发现医生其实从来不把你当作她的竞争者，她从来不曾与你合作过这场"科学游戏"。

所谓竞争，其实只是你疯狂的嫉妒，只是你在你的修养掩盖下的一场你欲置她于死地的蓄意谋杀。你想方设法要使她科学观察落空的种种诡计实质都只是你用来摧毁她整个存在的杀人武器。只要她在城堡里存在一天，你就不能容忍。这就是你的问题的实质。

现在，恶心已经从你身上神奇地消失了，你发现自己再不恐惧、厌恶。瘸子出现了。像一种婴儿般熟睡的状态中，你睡醒之后便走到窗口，此时已经是夕阳西斜的时候。

一支熟悉的从孩提时就听惯了的乐曲正从暮色里徐徐飘来，这是《索尔维格之歌》，巴比松的油画显得甜美宁静，父亲和医生正在花园里认真地修剪树枝，荒废的后园也有了破土动工的迹象，这座古老的城堡显出了无限生机。

鲜花已经开遍了花园，这是你以前一直未曾看到的，这时你才发现。其实在你那次浪迹天涯之后回到城堡时，父亲已经是一个行将就木的老人了。为什么这些年你就没有看到死亡正在迅速地成为父亲的"存在"呢？而以为父亲还是和年轻时一样好胜好斗？这时你发现仿佛父亲离死亡只有一步之遥了，于是你就轻声地啜泣起来。在你的泪水里，浮现出以前过节的日子，那时你还是一个孩子，你想要一件东西，父亲不能满足你，你就趴在床上大声地哭，等你已经不想哭的时候，看到屋外已是华灯初上，鞭炮齐鸣。于是，你揿亮了过道及楼梯上所有的电灯，走下楼去，经过……

所有的电灯，走下楼去，经过……

客厅里没有人，你走出大门，穿过庭园，从路旁摘下了一束鲜花，再回过身时，你看到屋子里灯光辉煌，你捧着鲜花回到客厅，当你和医生重新相遇时，她看到了你的脸依然妩媚动人，鲜花插在你身边的大花瓶里，在恬静的音乐中，一切都是和谐的。[①]

一切真的都是和谐的吗？不！这当然只能是假象。亚文化总是习惯于用一种喧闹替代另外一种喧闹，用一种荒芜代替另一种荒芜。无论是北京的霍营、798工厂还是生下来就苍老的练歌者、从画展上走下来的玲珑女子，以及地下先锋诗人、浇花的老僧和文化瘾子，等等，这些人在努力地生活着、反抗着、挣扎着，他们的才智既可以为社会服务，也可以为自己谋利，但他们的选择决定了他们的生存状态。同时，他们的精神和肉体既可以分离又可以重合，坚守"慎独"或放浪形骸都不奇怪。

因此，如果引导得恰当，或者社会各界给予足够的关注，这样的亚文化就会迅速分离，其中一部分将会慢慢回归于主流文化的层面上来。但是，另一部分将以危险的方式朝着犯罪的方向发展，增加了社会的不安定因素。比如海洛因、大麻和摇头丸等毒品和各类"吧文化"背后的色情陷阱。

---

① 王一梁. 朋友的智慧[J]. 橄榄树, 1997(Z6).

目前，境外许多毒品从广西、云南等地进入，然后"通电"一样，沿着高速公路迅速分散到各国各地。性自由和毒品一样，对年轻人造成的精神损伤是显而易见的。

应当看到，作为亚文化无法摆脱的"毒瘤"，毒品和性自由是舒缓文化转型紧张的自然手段，也是进入电子旋风的一条捷径。吸毒的高潮与性自由的刺激是和电力媒介的冲击密切相关的。

传媒大师麦克卢汉对此有过精彩的论述，认为吸毒好比通电（TURN ON）。通过吸毒来打开意识的大门，就像打开电视机而通向深度卷入的大门一样。今天无所不至的瞬时信息环境刺激了吸毒，因为它有一种能够踏上内心旅程的反馈机制。内心无序的文化旅行并非迷幻药吸食者的特权，而是世间一切看电视的人的共同经验。它使人从视觉习惯和反应中解脱出来，赋予人立即和完全卷入的潜力。这是经过转化之后的人的基本需求：中枢神经系统的电力延伸，使人从原有的、理性的、序列的价值系统中转化出来。迷幻药有吸引力，它是与无孔不入的电力环境达到神入状态的手段。电力环境本身是一种无须药品的内心旅程。

作为一种亚文化，吸毒还是表达拒绝过时的机械世界和价值的一种手段。毒品常常刺激人对艺术表现发生新的兴趣。艺术表现首先是听觉—触觉世界的特征。因此，作为电力环境的化学刺激物，迷幻药使人们的感官重新重活；在机械世界压倒一切的视觉取向中，人们的感官萎缩了。再者，迷幻药产生一种部落化和群居性程度高的亚文化。因此，有些年轻人喜欢毒品就像鸭子喜欢水一样，这是可以理解的。

麦克卢汉进一步分析指出：广泛使用毒品的人是印第安人和黑人，这并不是偶然的。在这个过渡时代，他们都有紧紧维持部落根基的巨大的文化优势。美国白人对印第安人和黑人的文化侵略，不是建立在肤色的优越感上——无论有多少意识形态的外衣企图使之理性化；而是由于白人才刚刚意识到：他们实际上比分割、异化和疏离的西方文明的白人在身体上和社会上都要略胜一筹。这一认识给白人的这个社会价值体系捅上一刀，并且必然产生暴力和种族灭绝行为。黑人和印第安人生不逢时，实在是令人悲哀。他们生活在种族分割肢解的文化之中，不是生晚了，而是生早了。

　　值得注意的是，正当年轻一代的白人重新部落化和共同化的时候，黑人和印第安人却不得不在巨大的社会经济压力下走向相反的方向。他们不得不非部落化和专门化。社会上其他的人再次发现自己的部落根基时，他们却不得不把自己的部落之根连根拔除。他们在社会经济上长期完全处于从属地位，被迫学会读书写字，作为求职的前提；不是去适应新型的软件部落环境，而是在机械服务的硬件环境里去寻找工作，就像白种中产阶级的年轻人一样。

　　这会产生心灵剧痛，剧痛反过来产生愤恨和暴力。在微型的吸毒亚文化中，可以看出这一战火。心理学研究表明，黑人和印第安人吸大麻"通电"时与白人不同。他们常常被愤怒的情绪席卷，不会感到那么陶醉，而是感到压抑。他们愤愤不平，因为在毒品的作用下他们也知道，他们的心理和社会堕落植根于机械技术之中。机械技术是文化优势的白种人开发出来的，现在又受到白种人的批判……①

　　流淌，流淌。四面八方的高速公路都举起流淌的大旗。而亚文化，悄悄藏在一本黛色封面的书中。这貌似美艳、透明的花朵，却赢弱得像一声道别。正如诗人孟芳竹所写的："追忆往事的夜晚/这水中倾诉如斯的花朵/像一颗小小的诗歌的头颅/我心中最多情的花朵/你娇弱的身姿/相思了多久/在我触摸的一瞬/一病不起。"②

三、部落化的集体无意识

　　集体无意识，是每个人都具有的人类精神活动的原型集合。奔腾，速度，旋律。高速公路作为社会重新部落化的载体之一，它使得这种集体无意识的经验表达得更加分明。

　　从分析心理学上讲，人的心理可以分为三个层次，即意识、个人无意识和集体无意识。其中的集体无意识是人与生俱来的，它包含着心理的原型信

① 麦克卢汉，秦格龙. 麦克卢汉精粹[M]. 何道宽，译. 南京：南京大学出版社，2000：382-385.
② 孟芳竹. 把相思打开[M]. 台北：汉艺色研文化事业有限公司，2001.

息。但是这些信息并不具有现实性，而只具有一种先天倾向的潜在可能性。只有当这种潜在的可能性成为显现的现实的时候，这种集体无意识才能够被意识到。比如，高速公路对身体的延伸和速度加快等欲望的展示就是很好的例子。

集体无意识反映了人类在以往历史进化过程中的集体经验。人从出生那天起，集体无意识的内容已给他的行为提供了一套预先形成的模式，这便决定了知觉和行为的选择性。我们之所以能够很容易地以某种方式感知到某些东西并对它做出反应，正是因为这些东西早已先天地存在于我们的集体无意识之中。集体无意识一词的原意即是最初的模式，所有与之类似的事物都模仿这一模式。

高速公路在没有修建之前，道路上的各种组成结构和运行模式等都早已存在于设计师的电脑模本中，包括公路的长与宽、速度的控制、颜色的使用、收费站和休息区的设立以及各种标志性符号的选择，等等，这些东西好似没有显影的照相底片，只有经过修路者智慧和汗水的显影和印制，这些底片才能变为照片，无意识才可被利用。这个显影和印制的过程，也是对集体无意识的开发过程。文艺作品是最好的显影液，高速公路的文化分析便是其中的缩影。

集体无意识，作为人类经验的储蓄所，同时又是这一经验的先天条件，乃是万古世界的一个意象。高速公路作为集体经验的生产场域，有着自己的原始类型。在路上行驶的每一个人，精神的个人层终结于婴儿最早记忆，而集体层却包含着前婴儿时期，即祖先生活的残余。

从心理动力学的角度讲，一个人以往的经历的总和，通过内化过程，构成了一个人独特的情结和人格，这种围绕个人经历所形成的情结和人格，进而影响和决定着一个人的动机、情感和行为。在高速公路上行驶的人，他们以往的经历、体验和感受，通过人格、动机、情感、行为这样一个链条，来影响现在的生活进程。

而从精神分析学意义上讲，所谓"集体无意识"，用荣格的话来说，"并非由个人获得而是由遗留所保留下来的普遍性精神机能，即有遗传的脑结构所产生的内容。这些就是各种神话般的联想——那些不用历史的传说和迁徙就能够在每一个时代和地方重新发生的动机和意象。"

换句话说，"集体无意识"是指人类自原始社会以来世世代代的普遍性的心理经验的长期积累，"它既不产生于个人的经验，也不是个人后天获得的，而是生来就有的"。这是一个保存在人类经验之中并不断重复的非个人意象的领域。如果说意识是高出水面的一些小岛，个人无意识是由于潮汐才露出来的那些水面下的陆地部分，那么集体无意识就好比是广大无比的海床，具有更为内在和深刻的意义。

在荣格看来，每一个艺术家都试图成为探索人的灵魂深邃的寻宝者，但只有当他成为一个"集体的人"，才能真正窥见人类最深刻的内在律动。从这种意义上说，一切伟大的艺术并不是个人意识的产物，而恰恰是集体无意识的造化。正像并不是歌德创作了《浮士德》，而是德意志民族的浮士德精神造就了歌德一样。进一步而言，与其说是达·芬奇、米开朗琪罗、波提切利等创造了彪炳史册的不朽作品，还不如说是某种冥冥之中的集体无意识成全了他们的艺术悟性，使他们有可能为艺术历史长廊留下《最后的晚餐》《摩西》《维纳斯的诞生》。①

因此，与其说是路桥公司或某个工程队修建了高速公路，不如说，是中国各地人民大众的集体经验和智慧，是民族的汗水、坚忍不拔的精神凝聚出高速公路。同时，高速公路反过来又使得这个民族更加朝着美好的生活方向发展。它影响着人们的日常生活，日常生活也使得高速公路从地表到地心发生变化。

另一方面，消费主义旗帜下高速公路上人的物化也是集体无意识的一个镜影，是对当今社会人们真实心态的一种投射。犬儒主义的大肆流行和对道德的损害使"文化大革命"中的假、大、空的幽灵在新的历史时期再次浮现出来，且带有集体狂欢的特征，只是表现方式有了更为自虐式、隐蔽化和大众口语化的倾向。宏大话语受到解构，崇高理想受到打压，高速公路的经济、政治和文化上的意义被各类幽默段子和有颜色的手机短信所颠覆。这是作为民间的、市民的动力层对一切虚假、空洞的语言方式所采取的应对策略，他

①　霍尔等. 荣格心理学入门[M]. 冯川，译. 北京：三联书店，1987.

们挪用和揶揄，大量发挥真正意义上"集体"智慧的民间顺口溜，目标瞄准的就是主流文化及其相关的体制。在城市街头随处可见的"标语"性文字符号中，集体经验的切入是建立在个体感悟和讽喻的基础之上的，即是在话语发出主体的主流"集体性"与民间的"集体性"之间相互转换。而且，在文字与画面对应的过程中，基于宏大叙事基础上的"主流"话语表面上的严肃性与内涵上的空洞性之间的错位，以及个人记忆与主流叙事之间的错位被凸显出来。这种历史感伤情绪也被一种来自民间阶层的幽默和调侃所置换。

高速公路用旨在推动中国当下的"城市化"进程作为叙事的背景，致力于传播和改写一种历史经验。文本中的"城市化"，或者"现代化"是作为当今另一种社会主流话语而出现的。这似乎是当年"大跃进""大干快上"等以标语口号的形式出现的社会情绪集体经验的当代翻版。当中国的整个社会的注意力从狂热的政治情结中被转移到商业中之后，社会结构的独裁性又把这种政权的"优越性"服务于商业、技术层面上的"现代化"的进程。正是这种基于商业、技术层面上的"正确性"的社会达尔文主义逻辑，唯"新"、唯"大"成为中国城市建设的标准。"城市化"建设也犹如进入了一个快车道，根本没有停歇的机会和理由。

在此背景下，高速公路的主题词总是以"奔腾年代"为标题的，仿佛一个系列摄影作品展，表达的即是这个时代特点的图像化纪录，是团队经验，以及个人如何迷失在所谓的"集体"意识形态中的"现代化"的普及教程。

与此同时，高速公路的全球化使第一世界和第三世界的贫富差距进一步加大，源源不断的资源从落后国家流向了发达国家，通过他们的机械和技术，他国化的产品销往全球，包括大量提供原材料的输出国。而原材料输出国换回的除了改头换面的产品外，还有麦当劳和肯德基式的快餐文化以及制造出这些快餐文化的技术与人才。

虽然，重新部落化不是那些以文明作为借口行使殖民（经济或文化的）的西方人的行为动机，但事情的结果恰恰就是这样的吊诡。通过高速公路和类似高速公路的电子技术与信息高速公路等科学技术，富人与穷人的财富鸿沟更加变大，有色人种与无色人种的精神鸿沟也更加变大。穷人和有色人种应该知道，他们长期习惯认为自己身上那些低劣或"落后"的东西，在新环境的情况下实际上是优势。如果他们意识到自己遗传的巨大优势，就不必再像袋鼠那样成群结队匆匆忙忙地窜入老态龙钟的他国机械世界之中。

麦克卢汉在分析这种情境时指出，如果能够说黑人（有色人种的代表）跟随那些领头人，重新点燃部落意识之火，他们就会处于战略上有利的地位，就容易度过转型期而进入新技术，因为他们可以把自己永恒的部落价值利用起来，帮助自己在新环境中生存。但遗憾的是，他们似乎还没有意识到这一点。

某种意义上，黑人遭到白人仇恨（比如，黑人在体育竞技方面所表现出来的惊人天赋是白人无法企及的），正是因为白人下意识中承认，黑人最接近部落式的深度卷入，最接近同步与和谐，而同步与和谐是人类意识最丰富、最发达的表现。白人的政治经济制度被调动起来，去排斥和压制黑人。从半文盲的工会到半文盲的政客，他们前景不妙的视觉文化，使他们不遗余力地、疯狂地抓住早已过时的硬件，使他们拼命抓住由此派出的专门技能、分类模式和老死不相往来的邻里关系和生活方式。白人中思想最贫乏的阶层，把读书识字及其硬件环境当作新奇的东西，仍然新鲜，仍然是成就和地位的象征。因此，他们是最后重新部落化和最早可能发动全面内战的一批人。①

这种情状在高速公路推动中国农村城市化的过程中、特别是农村孩子考上大学来到城里后所受到的刺激和压力尤为严重。试想，如果马加爵不是出身于农村，在重新部落化的进程中（他考上大学成了城里人）他就不会感到处处受到身份压抑和身份歧视，感到活着的无奈和人生的无意义，因为无论他多么刻苦和努力，他所换来的也永远达不到许多城里人也许不需要太多的奋斗就可以轻而易举地获得的东西。他通过百倍的努力，好不容易来到了城市，原本希望过上一个更好的日子，就像普通城里人过的那种生活，但残酷的现实告诉他，那是十分困难的。看清了这个事实后，他的精神彻底崩溃了。

可以设想，要是他没有走出农村，一直待在那个山沟里与世隔绝，他不

---

① 麦克卢汉，秦格龙. 麦克卢汉精粹［M］. 何道宽，译. 南京：南京大学出版社，2000：386-387.

知道外面的世界还有着与他老家完全不一样的生活，他也许待在当地还感到相当满足，生儿育女，种田种地，过着世代农耕式的简单生活。但是，他来到了城市，感觉到自身与城市的格格不入。他并不是一定要去杀人，如果内心的创伤不是那么深刻，如果重新部落化没有那么明显，如果城市对他的关爱更多一些，他也许会释放内心的孤独和压抑，会与这个世界保持一种和谐的生存方式。但是没有，一切都已经被打乱了，他自身无法调节到与社会相融合的那一步。

杀人前，他已经在电脑程序上反复实施了。杀人的行为只是将电脑的编程重复一次，并且不是在电脑房内，而是在学生宿舍里，对象不是电脑上的某个卡通人物，而是与自己曾经生活在一起的鲜活的同学。他以麻木的又略带快感(报复)的方式完成了这一切，仿佛做完了一个作业。如此而已。类似的作业也发生在别的、心智更为幼稚的孩子身上。因为电脑可以给媒介编制程序，这套程序可以根据人们的总体需要决定让他们听见什么样的讯息，以产生所有感官吸收和模式化的总体媒介经验。

此外，高速公路将全球化带进了更为具体的情境中，媒介的选择和文化的传播掌握在主控者手中，重新部落化可以按照主控者的意志进行。比如，就媒介传播而言，我们可以在意大利少播五个小时的电视，促使人们在选举期间读报纸，以支持对媒介主控者有利的政治集团。也可以在委内瑞拉多播25个小时的电视，以便把上个月电台广播鼓动起来的部落温度降下来。通过各种媒介这样协调地互动，就可以给各种文化编程渗透主控者的意图，以加强它们的利益倾向和情感氛围，并使之稳定。

这种主控者意志式的部落化有如城市照明系统，它会在无形中剥夺个人按照自己喜欢的强度调节灯光的权利，与中央空调带给人们的享受也是一样的。即受众并不能真正参与媒介的制作，他们永远处于一种被接收的状态，唯一可以选择的是可以摆弄电视遥控器。

透过这种分析，将它投影到高速公路上，我们就能理解，高速公路在带给人们自由的同时，也恰恰剥夺了人们的自由，即在高速公路上你的车不可以开得太慢，你也不可能在双黄线超车，或者将自己的车开成"之"字型。你有被规定的线路、速度和章程。当然，你可以超车，但你必须打信号灯，让别人明白你的意图。你也可以不顾游戏规则任意穿过双黄线，但后果是你必定被电子监控抓拍并课以罚款，严重的时候，车毁人亡。不但是你自己倒霉，被你撞击的对象更倒霉。因为他是在毫无准备的情况被你强行拖入了悲剧的舞台的。这种技术上的强制无形中就划分出一个快速式的部落群体来。

因此，虽然技术不断地改变人，刺激人不断地寻找改进技术的手段，但技术也使得人有了更多的依赖，自己的生活区被重新划分。有车族与无车族的划分就是例证。因此，某种意义上，人成了机械世界的性器官，就像蜜蜂是植物世界的性器官一样，它们使植物世界生殖和进化出更加高级的物种。机器世界给人回报商品、服务和赏赐。事实上，人与机器的关系是固有的共生关系，古今如此，只是到了高速公路时代，人们才有机会认识到自己与机器的婚姻关系。

高速公路可以把这种回报商品、服务和赏赐在更短的时间内实现。在这个部落化的过程中，人把脑袋穿在头颅之外，把神经系统穿在皮肤之外。新技术养育新人。我们时常可以在报纸上看到这样的卡通画，里面的小男孩对妈妈说："我长大了要当电脑。"或者说："我长大了要当汽车。"

电脑、卡通、麦当劳和购物中心使"新新人类"这个部落迅速从城市里分化出来。在分化的过程中，个人的自主意识在感官的刺激中得到消解，人们不得不接受这个事实，想喊都喊不出来。这种分化也使传统文化产生一定程度的断裂，比如，城市里的高层建筑已经摧毁了传统社会里邻里之间所应有的和睦关系，人们不应在身份渴求的痛苦中感到得意。大家宁可要不温不火的服务业和富有人情味尺度的、稳定的不变化的环境。电视和所有的电力媒介都在拆散我们社会的整个肌体结构，大伙更喜欢生活在一种安稳的前文字环境中。①

高速公路重新部落化还有一种精神表现在于，读报纸的人不是把报纸当作高度人工制造的、与现实有对应关系的东西，他们往往把报纸当作现实来接受。结果也许就是，媒介取代现实，取代的程度就是媒介艺术形式的逼真度。而媒介的主控者却将个人的意识形态传播出去了，受众在不知不觉中接

---

① 麦克卢汉, 秦格龙. 麦克卢汉精粹[M]. 何道宽, 译. 南京：南京大学出版社, 2000：396-401.

受了媒介的教化和同化。

也就是说，对于看电视的人而言，新闻自动成为实在的世界，而不是实在的替代物，它本身就是直接的现实。假如语言是人们创造和使用的大众传媒的话，那就可以说，任何一种新媒介就是某种意义上的语言，就是集体经验的编码。这种集体经验是通过新的工作习惯和无所不包的集体意识获得的。①

出于对这种集体经验的深度认识和借助于高速公路所带来的便利，如今，都市里的一些恋人喜欢住在不同的居所，但又维持亲密的性关系，他们被称为 LAT，即分开同居（live apart together）的英文简写。类似的部落如"月光族"（即月月花光工资）、雅痞族和波波族等等，这种更为情绪化、更具前卫性质和带有艺术幻想特征的日常生活使这个部落脱颖而出。

较之"换妻族"的反传统性受到许多攻击不同，LAT 一族有其合理的社会动因。正如英国利慈大学社会学教授威廉斯说："这种现象被视为 20 世纪 60 年代以来的第三次两性关系革命。第一次是有关'泛爱'的讨论，认为性和婚姻是可以分开的；然后是在 20 世纪八九十年代，人们意识到我们没必要为了为人父母，而一辈子被婚姻束缚。'分开同居'是一种新鲜的模式。这颠覆了以前的概念，因为它主张人们没必要为了忠于伴侣而选择生活在一起。"

高速公路使人们的身体最大限度地发生对接，这里的集体经验可以实现个人的身体和性的自由。即是说，在 LAT 的关系里，人们无须跟伴侣的家人建立关系，也无须过问对方的家庭或财政问题，但又可以如传统男女关系般彼此分享喜怒哀乐。

社会学家指出，奉行 LAT 模式的男女主要有四类：一是离婚后结识新伴侣的人，由于离婚男女一般来说各自养儿育女，不少人选择与新恋人分开居住；其二是在不同城市、国家，甚至不同地区工作的专业人士；其三是各自拥有居所的年轻人，他们过着独立的生活；第四类是鳏夫寡妇，他们各有儿孙，都希望保证他们的儿孙继承自己的财产。

哦，秋天已经上路了。高速公路上奔跑的人啊，请等一等，再等一等吧！

---

① 麦克卢汉, 秦格龙. 麦克卢汉精粹[M]. 何道宽, 译. 南京: 南京大学出版社, 2000: 407-408.

让我们手拉手，穿过季节，像穿过丰满的人生。听，谁在呼唤？穿过深深的峡谷，照着我们要去的地方，那幽蓝的声音像一盏灯……

四、艺术热望与媒介先锋

高速公路作为一种承载货物、提升经济和传播文化的特殊媒介，某种程度上，它具有艺术热望的性格特征，就像开路先锋（与媒介先锋相暗合）一样，带着雷霆、闪电和风雨，把人们的思想、心情、愿望和期冀流水一样推向远方。一切既有的艺术模式以及现存的生活经历都无法打击它的敏锐，无法中断它前进的精神态势。它像一部时代史诗，又像一部厚重的小说，等待人们的阅读和评论。

众所周知，小说的出现是近代文化发展的产物，由于印刷业的发展，故事的传播由说变成了写，由听变成了读，故事的体积增大了，容量增加了，功能也变得复杂起来。从前的故事，除了打发时间，给人乐趣，故事一般只是具有道德教化的实用关怀，直接，简练，单纯，就像今天的高速公路坦荡无垠一样。

后来，小说背上了"主义"或者"理念"的沉重包袱，文化传播的含义越来越层级化、体制化。在托尔斯泰和雨果那里，小说具有史诗特质和民族精神，这些作家致力于用文字修筑他们一心向往的乌托邦，故事的帝国总是有着辉煌的过去。它跟高速公路文化有着完全相反的精神指向。高速公路是由泥泞的小道、乡村公路和高等级公路等一步步演变而来的，公路文化的过去是跟当时的经济、政治和文化紧紧联系在一起的。但公路的公共性与故事场域的消费特征是相一致的。

一般认为，故事的衰落是和古典主义哲学的终结一同到来的，当那些绝对理念变得可疑的时候，故事不再振振有词，英雄的背影渐渐走出历史的视线，卑微的，受苦的，甚至是可笑的个人，没有太多的吸引人的故事。那些在小道上拦截抢劫的绿林好汉，那些在盐道上用汗水写出来的感人故事，那些营道上走来的烟斗、马灯和文化道具，都成了故事的背景，成为艺术回乡的原始捷径。

卡夫卡就说他更愿意躺在地窖里，过着与世隔绝的日子。当时，他总是皱着眉头，大眼睛里深藏着恐慌和困惑，他非常固执地拒绝人群，拒绝故事。他重新回到寓言，一次短促的，离奇的行动，比如《在法的面前》，在寓言中撕毁寓言，撕毁寓言传播道义的功能，或者说对所象征的道义本身提出质疑：那个老人，终其一身，守候在敞开的门前，但这扇门不是为他敞开的，敞开的门对他来说，就是永恒的障碍。卡夫卡时代没有高速公路，没有电子邮件，他只能在抑郁的寓言中完成对艺术热望的再现。

就这样，一个习惯躺着、疏于行动的人，怎么会有故事呢？他把个人经验转化成了集体的体验，一个长长的并不完整的故事，就像生命本身一样。在高速公路时代的人们看来，现代小说家的厚厚文本不过是冗长的心理分析报告，既没有速度的快感，又没有时代的热度。他把个人经验幻化成喃喃自语。时间在路上流淌，就像没人管理的自来水一样，无数的记忆消失在历史的尽头。于是，在作家的感觉世界里，时间不再是流淌的长河，时间陷入淤泥之中，停滞不前。比如，《逝水流年》就是这样的范本，它把我们带进了无时间的晕眩状态中，世界的统一性被瓦解，集体经验失灵，个人经验的交流因此变得无比艰难。

而现在，高速公路来到路口，故事的传递被信息的传递所取代，这个世界发生了什么，比人们经历了什么显得更为重要。经验被信息所淹没。人的感受力钝化的后果，就是电脑在一步步取代人脑，甚至在取代人的情感体验。当手把着方向盘，操纵着自控速度和自动定位仪的时候，故事不再需要创作，只是文本的复制。细节的呈示也可以在非情感的投入下完成。

艺术热望和媒介先锋打了消费者一个耳光。传统的阅读习惯被改变，故事的表现形式也因此发生改变。当文学渐渐从上帝的梦魇中惊醒的时候，卡夫卡们的使命似乎完成了。但又一个梦魇接踵而至，那就是资讯时代。此时，小说该以怎样的方式继续说下去？正如昆德拉所言，在成为陷阱的世界中，人的可能性是什么？文本的意义在哪里？高速公路的传播动力在哪里？

探索之路总是有的，过程总是充满曲折的。故事从小说场域中渐渐引退了，它改头换面成为小报上耸人听闻的事故和秘闻，以及电视上的生活肥皂剧。就像高速公路必须要穿山打洞才能完成一样，小说的创作也必须在故事引退的地方重新诞生，在媒体和镜头无法伸入的地方，文字的魔力才得以显形。在快速行走的路上，读者必须去捕捉目光与声音之间难以觉察的实体，尘埃一样纤细精微，无声地落在个人恍惚的瞬间，灵魂的缝隙，这样的风景就是高速公路的生存主线，就是小说重叙的经历现场。

高速公路使用了一种独特的修辞风格，就像先锋作家的创作一样。卡尔维诺在《千年文学备忘录》中指出：今天的文字带有密度和重量，逼近事物的内部，把时间深深地忘却，缓慢再缓慢些："一个小说家如果不把日常生活俗务变作为某种无限探索的不可企及的对象，就难以用实例表现他关于轻的观念。"这里的"轻"，是智慧上扬的姿态，飞翔的感觉，穿越无限的可能性。高速公路找到了起点，故事仿佛又回到了初生时的纯净状态，有种柔韧的力量，孤独的个人，写和读，都是一个人，彼此抚慰。艺术让每一个人面对自己脚下的路做出反思，然后认清事物的本质。

在此背景下，道路仍旧在延伸，故事依然在徘徊。但这种延伸和徘徊并不是在森林或雾霭中，而是在自己的精神上。道路在方向里找寻直觉，故事在速度中延伸。道路的方向透明但不直接，故事的延伸暧昧但不晦涩。"一种万花丛中的红，一种包含着深思熟虑的轻"。在这一点上，和我们靠得最近的是昆德拉，而不是卡夫卡。老百姓爱的是故事，哪怕是改编的故事；而不是寓言，哪怕是最初的寓言。

在高速公路传播，媒介先锋的作用在于，一次次困惑被发现，接着又被消解，接着又是一次次发现，如此反反复复，这本身就是困惑至极。加油站就在前面，方向明朗，速度减缓，文本的叙事节奏放慢，语言不再泛滥，词汇依然有节制，在松弛中节制。此时，洞察力依然是警觉的，凝练和准确，小说的风格开始向诗歌靠拢，寓言向故事靠拢。因为现在大家的时间，现实生活中的时间都很宝贵，比如用镜头可以表现的东西，文字完全可以省略；用高速公路可以抵达的地方，决不会采用原先的公路。这样的阅读，这样的选择，需要特别的心智和特别的感受力，阅读无法轻松，行走就会艰难。因为纯粹的阅读必定是愉快的，是智性的活动，是一种智力的冒险。旅行只是借口，阅读才是真正的目的。无论是对人物的阅读还是对山水的阅读或文化的阅读，等等，都是这种心智的表现。由于时间的断裂，经验的迷失，故事由原来一道简单的加法题变成了方程式。博尔赫斯就是设置方程式的高手，卡尔维诺称他的作品为"百科全书"式的小说。它使花园变成交叉困惑的小径，迷宫一样难找。如果高速公路由博尔赫斯来设计，相信没有几个人能到达目的地。

另一个高手是杜拉斯，一个谜一样的女人，她用巫婆一般的手，花一生的精力孜孜不倦地写人的情欲，她沉湎于情欲的方程式中，成为难解的谜。博尔赫斯和杜拉斯这两位大师的辛勤写作，向我们表明，故事虽然引退了，小说依然有它继续存在下去的理由。① 就像高速公路虽然出现了，但是乡村小道、普通公路和历史上的盐道或茶道等依然有其存在的价值。

值得注意的是，高速公路把人们对小说的解读浓缩成一个民族寓言。我们当前所谓的娱乐基本上是一种政治形式，是民族寓言的镜像显现。好莱坞的政治实在是很多，但其意识形态的表现却是隐含在消费者的态度、个人的偏好和目标之中。这一切活动的具体实施都是由制片人和剧组主创人员等共同决定的，民族寓言展示的就是这种决定的文本。

在这个文本中，媒介作为社会的先锋，就像高速公路是速度的先锋一样，往往有着引领潮流的精神态势。绘画、音乐和诗歌中的先锋已经不复存在。媒介接过历史的重担，它的本身就是先锋，它不停地制造时尚和流行话语，并跟消费主义打得火热。

与此相类似，高速公路本身也就是先锋，是时代的先锋，是心灵的先锋，是思想的先锋，也是精神的先锋和文化传播的先锋。其意义在于：在高速公路文化场域中，我们总是能够看到皇帝的旧衣服，他的新衣服总是看不见的。这是因为，环境有一种奇怪的力量，它能够避开我们的知觉。过往的环境在受到新媒介的包围时，往往获得一种令人怀旧的魅力，它消解人们对于陌生环境的抵触情绪，又加深了对既往经验的温馨回忆。这一种美在高速公路的摄影作品中表现得淋漓尽致，因为它能够赋予一切风景、浮雕和人工制品以艺术的品质。

应当看到，每一种新的技术延伸都是集体的同类相残。艺术热望激发人

---

① 张念. 当故事引退之后[J]. 作品，2001(11)：65-66.

的创造热情，媒介先锋又将这种热情尽力挥洒出去，面貌由此大变，此前的环境被新环境囫囵吞掉，并被重新加工，以求得其中能消化的价值。高速公路填补了农田，覆盖了小道，架起了桥梁，打通了涵洞。于是，自然环境就由机械环境接替，道路变成了文本，公路沿线变成了新的工业环境的"内容"。①

但高速公路的使用者就像小说的创作者对自身文本的阅读一样，具有一种自恋的性质，而这种自恋往往通过自虐的方式表达出来。高速公路的自恋倾向是显而易见的，但它的自虐却是依靠滚滚车流从皮肤上碾过实现的。艺术热望与媒介先锋在此交汇：作为艺术的生活再现，一种媒介使用另一种媒介时，使用者就成为它的"内容"。汽车装在火车上运输时，汽车是在使用铁路，于是它就成为铁路的"内容"。同理，当装载它的是货柜车时，它使用的就是公路。依此类推，印刷术使用手稿、电视使用电影、电视使用剧场，文字作品使用声音等等，都是这样的情况。杂交也好，母体承载子体也好，艺术混合媒介也好，都要产生新的化合物，就像有声电影或无马拉动的车一样。

因此，无论什么艺术或媒介，绘画、雕塑、语言、服装、广播、电视，只要你使用它，你就是它的内容。构成艺术或媒介那种服务经验的，正是使用者本人。无论电视上放送的是什么，如果看电视的人是中国人，它就是一个中国人节目，就像电视上放的电影给人的感觉是电视节目一样。

换言之，在艺术的磁场中，你是自己任何一种延伸的内容，无论这延伸是什么：大头针、钢笔、铅笔、剑是这样，宫殿、纸张、歌曲、舞蹈、口语也是这样……这一切艺术或媒介的意义都是你的经验，你使用自己时获得延伸的经验，就是传播的价值所在。此时，意义不再是简单的"内容"，而是一种积极的关系，一种类似的网络的空间。

现代教室的空间就是这样的，它的安排建立在印刷书籍的基础之上。印刷机产生的那种同一的、可重复的数据封闭空间，有史以来第一次使老师和学生都可以在面前放一本相同的书……现代教室的座位安排一直按照铅字架

---

① 麦克卢汉，秦格龙. 麦克卢汉精粹[M]. 何道宽，译. 南京：南京大学出版社，2000：410-415.

那样的空间安排，铅字给我们送来了印刷书籍。高速公路的速度限制、监控仪、数据库和护栏、加油站等设施都是这种空间的延伸。

这种延伸对有艺术熏陶和媒介经验的人来说，没有任何突兀的地方。但是，对于因纽特人来说，他们觉得都市文明人真是多此一举。比如，他们不要私人电话，只想要并联的电话线，以便人人都能够听到大家说些什么。因此，他们拒绝在聚居地安装私人电话。他们坚持认为，每个人说话都应该让大家同时听到。[1]

在高速公路上奔走的人，就像因纽特人使用电话一样，认为"大路朝天，各占半边"，每个人都有权在高速公路上行驶。有时并不觉得真正需要，比如从时间和速度意义上讲，并不需要。因为人们去吃饭或会友并没有将时间安排得那么紧张。但人们仍然拒绝走普通公路。人们潜意识里认为，走高速公路主要显示一种文化身份，一种对时代的真实感受，一种放飞思维和轻松休闲的体验方式。

正因为此，高速公路好比一种使用的语言。一个民族的语言不仅是把他们在时间和空间上连接起来的共鸣之桥，而且是塑造和加工他们感知生活和心灵生活的媒介。高速公路关注的是凭借崭新的共鸣和节奏，释放和控制本民族集体的语言和传统经验。

透过既有的经验模式，佩特认识到，"艺术热望达到音乐的境界"，正如爱伦·坡发明了象征主义的间歇或缺口一样，他这个手法成为20世纪连接艺术和科学结构之间的桥梁。日本人认为，艺术给新旧经验之间架设桥梁，就像高速公路给政治、经济和文化架设桥梁一样。这样，在一个变化的世界之中，我们总是需要新的艺术去调节我们的感知，给其定调，使之"各就各位"。

本着这种认识，人们意识到，前文字社会的艺术家是可见世界和隐形世界的桥梁。他是一个权威，他的艺术作品可以是舞蹈、音乐或各种物质材料。他的艺术是创造设计、面具、力量和能量的漩涡，这些东西给公众"加油煽情"，结果，艺术热望成为媒介先锋。

---

[1] 麦克卢汉，秦格龙. 麦克卢汉精粹[M]. 何道宽，译. 南京：南京大学出版社，2000：420-433.

有人据此认为，哲学家和科学家在后视镜中进入催眠状态，他们都力图在19世纪工业机制和拥的背景上给人的形象聚焦。他们未能在老的形象和新的形象之间架设桥梁。人的意识通过电子技术延伸之后，人的形象和背景就合二为一了。作为整体的信息环境的神经系统得到延伸之后，人就把艺术和自然联系起来了。①

艺术热望，媒介先锋。高速公路既是艺术的表现形式，又是媒介的激情叙事，它使故事从史诗中解放出来，使小说脱离寓言的压抑，回归于青山绿水和花枝招展的大自然之中，与风雨虹霞为伴，每天接受日月星辰的诗意检阅——

把一颗红果留在那场雪
雪的这边是阳光
雪的那边是寄生相思的土地
收割过金黄的粮食

写满祖先叮咛的话语
我是在那场雪后上路的
归期是无法选择的词汇
远方在一杯青稞酒里醉了方向
夜夜都会在一封家书里跌倒
远方总是在看不见的地方摇晃

五、去魅与返魅

静静地打开，像一本书，在天空下，高速公路横亘大地。有一些雾霭笼罩，或明或暗的灯光，橘黄或者洁白。车流如水，没有声音，只有风吹起，哗

---

① 麦克卢汉，秦格龙. 麦克卢汉精粹[M]. 何道宽，译. 南京：南京大学出版社，2000：546-549.

啦啦，像一群鸟，向远方飞去。

魅啊，看不清的月光，如此神奇！在被免职的词语之夜，我的姐妹与我手牵手围绕着大地，围绕那被拆毁的字母表中唯一伫立的塔而跳跃歌唱。魅啊，打着呼噜，翻过身去。

从古老的河流走来，头上戴着香草或荆棘。如今，我的双手在颤抖，语词卡在我的喉咙里。给我一把椅子和一枚小太阳。门，被风打开，在睡醒之后。

此时，是早上七点，钟声，像一尾鱼，游入我的耳朵。高速公路漫热起来，笨重的货车跑了，像一匹老马。钟声来自小湖对面的学校。在提醒什么呢？也许有死者，在平行于阁楼的高度下棋，下得棋盘发黑。

死者不再。车流如水。四周的树林沉甸甸一片银白，和着连绵不绝的送葬者。这仪式，是一个人的还是一个世界的？每个人就是一个世界。所有的世界又被封存于唯一一具躯体之内。就是说，那些一还是一。不多不少。我数着自己的老。钟声钻进，每一刻钟裂开的一条缝隙。每一小时，先听不同的口音唱，再清清楚楚，锤下数字的钉子。二十四小时一个轮回，已经太长了。钟声，难道不比人更厌倦？我真的不知道。

魅啊，一再闯入。时间的主题，如此轻而易举，就变成非时间的主题。我要的无非一张床，一口能把万物盛在自己外面的石棺，盖上盖子，随钟声荡漾。仅仅跟随，阁楼就不大不小，刚好等于一个听觉。我躺进一个洞，一个坑，一个圆，四面八方是直径。到处是，无所谓始终的同一点。我从哪里来并不重要，重要的是我现在这儿：赤溜溜的，就像当初的来。一个一。一中无数的那些。回声震动。我不知道，或许有的唯一一次敲击发生于何时。只听见，自己绿绣斑驳的青铜外壳嗡嗡不停①……

这样的文字，这样的意境，这样的氛围，就是魅。高速公路的魅，在许多地方都发生过。一座灵气的古庙，不能倒下。一棵古老的大树，不能砍伐。高速公路来了，带着时代强音。对峙形成了。一群固执的村民手执刀斧守在路上。一些传说，一些迷信，一些对往事的回忆，一些对先祖的敬重，

---

① 杨炼. 那些一[J]. 台港文学选刊, 2003(01)：42.

等等。

魅至少有两种，一种是人们经常听到的魅力，是一种对美的展示，对神的敬仰，散发出神秘的光芒，受到人们的追捧。但也有另一魅，带着可怕的鬼影，不可预知的残忍，阴暗、潮湿的灵魂在空中漂泊。

高速公路的发展历程就是一个国家经济发展历程的缩影，其中的智慧、血泪和汗水，只有本国人民最清楚。其中一定会遇到许多麻烦，发生许多意想不到的事情，以及许多"魅"的产生和投放。对创造者而言，如果是鬼魅，就需要去掉。比如，一段时期，曾有一些西方国家对中国大肆妖魔化，这就是一种魅，是国际化的，我们应当坚决加以抵制。

一部高速公路的发展史就是一部民族的奋斗史，一部去魅与返魅的文化史。高速公路从局部到整体，从东向西，从富裕之都到贫困山村，其艰难历程，有如郑和下西洋一样，都是人类文明过程的一个阶段，都传播着一种声音，一个国家或一个民族对另一个国家或另一个民族的影响，以及一个地区对另一个地区、一群人对另一群人的影响。

放眼灾难深重的中国历史，我们的心不能不被揪痛：在距今600多年前的1405年，郑和率领庞大的明朝皇家船队，自福建五虎门启程。多少魅的展示，多少声音的呐喊！世界历史上不可思议、中国历史上难以忘怀的伟大远航，郑和七下西洋，从此开始了。

然而，魅起魅落，歧义丛生。一如高速公路的拆迁之舞。郑和身后600年的漫长岁月，远航在遗忘与追忆中，由历史变成神话，风雨苍黄，令人扼腕。

首先是遗忘。皇帝诏令，下洋船只悉数停止，曾经行巨浪泛沧溟、牵星过海的巨大的宝船，如今冷落地躺在渐渐淤积的南方港湾里腐烂。20年间，帝国皇家的龙江造船厂已经衰落到难以想象的程度，连当年宝船的尺度都忘记了。再过20年，成化皇帝当朝的时候，有人动起出洋的念头，才发现皇家档案库中郑和航海的档案已不翼而飞。

据说这些档案被车驾郎中刘大夏烧毁了，因为愤慨！远航劳民伤财，几十万钱粮几万人的生命，换回来的是帝王的奢侈品，奇珍异宝于国家何益？忘掉历史，也就是几代人的事。国朝盛事，已经变成"辽绝耳目""恢诡谲怪"

的传奇，在平话、在剧戏里，在街头巷尾的闲谈中。万历年间人钱曾感叹："盖三保下西洋，委港流传甚广，内府之剧戏，看场之平话，子虚亡是，皆俗语之流为丹青耳……下西洋似郑和一人，郑和往返亦似非一次，惜乎国初事迹，记载缺如，茫无援据，徒令人兴放失旧闻之叹而已。"

权贵昏聩，一叶障目。遗忘与无聊使历史变成传奇。高速公路打开了尘封而潮湿的记忆，那是冷讽的一页：明人罗懋登写《三宝太监西洋记通俗演义》，将郑和下西洋的故事神魔化，有"说不尽的古怪刁钻，数不清的蹊跷急懒"，三宝太监郑和，也变成一个蛤蟆精。

历史衰落与遗忘到人已经无法想象人的事迹，就只好将人的事迹神魔化。"魅"夺去了人们的辨识力。知识与经验的范围越小，幻想的空间就越大。《西游记》问世于1580年前后，《西洋记》问世于1597年前后，都是衰世的象征。玄奘和尚乘危孤征、不远万里去印度取经的历史变成神魔夹道的传奇。千百舟子当年牵星观斗的航行，现实到寻常，如今因为不可思议，只好让碧峰长老从中呼风唤雨、翻江倒海，成帝国水师西洋取宝之行。

锈迹斑斑的魅啊！无法相信人的事迹，神魔化是一种差强人意的解释，也是一种虚拟的安慰。鲁迅《中国小说的历史的变迁》解释《西洋记》成书的心理称：嘉靖后倭寇猖獗，无可奈何只能幻想妖魔法术。

在高速公路中心，历史带着针刺般的痛向我们逼来：郑和下西洋一边在民间被传奇化，一边在正史中被贬低与省略。《明史》"本纪"提到国初下洋，仅有只言片语。《郑和传》在"列传""宦官"中，简略不及千言。

遗忘并非偶然不经意，而是历史价值的选择。郑和下西洋在中国被遗忘的同时，在海外华人中却魅力无限，他被追忆、纪念、颂扬、奉祀。马来西亚的马六甲有三宝山、三宝井、三宝亭，吉隆坡、怡保有三宝庙，新加坡、泰国、菲律宾、文莱、柬埔寨都有三宝庙、三宝宫、三宝禅寺或三宝塔。东南亚以三宝命名的郑和纪念地，有庙、有井、有山，还有城。

而印尼中爪哇省省会三宝垄，是东南亚祭拜郑和的中心。相传郑和当年多次来访，副将王景弘还定居终老于此。城中有三宝山、三宝洞、三宝公庙，每年农历6月30日，当地都举行隆重的祭奠活动，马拉三宝公圣像游行，载歌载舞，到三宝公洞默祈拜祷。

郑和在国内轻松地被神魔化的同时，在海外却沉重地被神圣化，成为华侨的守护神。郑和如果泉下有灵，不知是该哭泣还是该欢笑？"华侨的信仰三宝公，的确较国内吃食店之敬关公，读书人的尊孔子，尤为强烈。他的地位，简直可以和基督教的耶稣，回教的穆罕默德相当，几成为一个宗教主了；所以在传说中，他是法力无边，万物听命的。"当地文字做出如此记载。

华侨神化郑和，自有其沉重的原因。唐代已有华人住蕃，宋代向海洋发展，闽粤先民移民东南亚者迅速增多。蒙元入主，宋遗臣远遁海外，在东南亚华人的经济移民中，又加入政治移民。这远远不是高速公路，而是一条血迹斑斑的屈辱之路。

元末明初，在爪哇的杜板、新村，苏门答腊的旧港，都出现有组织性聚居的华人社区。然而，华侨始终是个人自发的、纯经济性的移民，身后不但没有国家的支持，反而有国家的招抚追剿。他们孤立无援，有人数之众、经济力量之强，但始终没有国家政治军事力量保护，也无法逃避当地的迫害。

西方扩张，将国家军事政治甚至宗教力量，与民间海外贸易势力结合起来，殖民地有军队、自治政府，野蛮屠杀在马尼拉、巴达维亚的华人，每一次都不在万人以下。华侨，这些"没有帝国的商人""没有帝国的移民"，在苦难中唯一可以寄托梦想与期望的，就是当年郑和"耀兵异域，示中国富强"、"威震海外。自是诸番益钦其威信，凡所号令，罔敢不服从"的盛况。

这段历史对高速公路的建设者廓清心灵的积弊颇有裨益：大明帝国船队的帆影在那个沉醉的夏季最后消失在海面上，世界南方海域与南方世界一切如故，好像什么都没有发生。一度的辉煌很容易变成虚荣，壮丽也显得空洞。华夏文明带有浪漫主义色彩的帝国理想，是否借助这一系列盛大的远航创造出世界新秩序？葡萄牙的海外扩张开始了，他们在权力真空的世界南方海域，开创了一种"炮舰秩序"。这种"炮舰秩序"，创造了葡萄牙"海上帝国"、西班牙"日不落帝国"、大不列颠"日不落帝国"，最后是美利坚帝国，600年后，巡航在郑和船队去后的海域上的，是美国的太平洋舰队。谁称霸海洋，谁就称霸世界；失去海洋的民族，也将失去家乡！①

---

① 周宁. 光荣或梦想：郑和下西洋 600 年祭 [J]. 科技文萃, 2005(05)：135.

高速公路把陆地与海洋连接起来。认清目标，急起直追。曾经衰落的民族忍辱负重后重新腾飞，东方睡狮醒来了，发出了愤怒的吼声。千军万马挤上了时代的高速公路，一辆辆车子，一队队人马，一面面旗帜，在古老的东方燃烧起来——返回的魅比失去的魅来得更猛！

这是一场革命，一次史无前例的运动。高速公路拉起了后现代道德的原始性风景，从去魅到返魅，这漫长之旅，留下了多少深刻的记忆。作为后工业化运动的主战场之一，高速公路的心灵之旅就是马克斯·韦伯所说的"世界解除巫魅"（disenchantment of the world）的理性化的过程。去魅的过程，就是去掉世界有机性的过程。整个社会建构了以追求效率为目的的异化的社会控制体系。工具理性的异化，带来了"合法性危机""合理性危机"。在此情势下，又有人主张建立"返魅"有机论的后现代科学世界观，在信息和生命技术和怀特海有机主义过程哲学的基础上，建立"返魅"有机论的后现代科学世界观。这就构成了道德复归的背景。

这个复杂的背景，从郑和下西洋出发，经过沿途大大小小的国家，最后抵达19世纪的法国首都。高速公路在此起不了任何作用。事实上，在当时，这是不可能想到的事情。但历史将"返魅"的理智交到了巴黎歌剧院——这种人文之魅比高速公路本身更为耀眼和夺目。

事情的起因是：艾美本来是巴黎歌剧院一名默默无闻的小演员，在一次偶然的机会中，她顶替剧团生病了的首席女演员上台演唱。她那天使般美妙的歌声立刻受到了观众的热烈欢迎，并旋即成为巴黎剧坛的新宠儿。

艾美之所以能够有如此出色的表演，是因为有一位神秘的老师暗中教授她歌唱，这位被艾美称作"音乐天使"的老师其实就是巴黎歌剧院人人谈之色变的幽灵杰拉德。"幽灵"是一个集音乐家、建筑师和魔术师于一身的奇才。但不幸的是，他的面孔被毁了容，外表极其丑陋，因此常常使人受到惊吓并遭到人们的厌恶，所以他不得不戴上面具，栖身于巴黎歌剧院迷宫般的地下室中，成为传说中亦人亦鬼的"幽灵"。

艾美的精彩表演引起了她小时候的玩伴、英俊富有的拉乌尔的注意。拉乌尔向艾美表达了自己的爱意，而艾美也欣然接受。另一方面，艾美的善良与纯洁也深深打动了"幽灵"的心，他和拉乌尔同时爱上了美丽的艾美。

　　但艾美真正爱的则是拉乌尔，由于痴迷于"幽灵"展现给她的美妙的音乐世界，她随他来到了地下室。"幽灵"希望艾美留在自己身边，艾美出于好奇，趁"幽灵"不备揭开了他的面具，她立刻被掩藏在面具后的那张恐惧的脸震惊了。艾美的举动使"幽灵"狂怒异常，然而，他还是将艾美送回了地面。

　　不久，"幽灵"要求剧院让艾美担任剧团的主角，并提出了种种要求。而当这些要求未能得到满足后，他施展手段，在歌剧院中制造了各种各样令人心惊胆战的事故。而此时，拉乌尔向艾美保证，他要帮助和保护艾美，希望她不要再被"幽灵"的魅影折磨。两人相偎相依的时候，"幽灵"就出现在一旁，他深爱着艾美，艾美和拉乌尔的互相表白让他撕心裂肺，他觉得艾美背叛了他，他发誓要报复。

　　"幽灵"将艾美劫到地下室，拉乌尔随后赶到，不幸落入了"幽灵"设下的圈套。"幽灵"要艾美做出选择：是跟他走，还是眼看着自己的爱人以及歌剧院中所有的人一起丢掉性命。艾美在他的胁迫下含恨答应嫁给他。

　　就在这时，"幽灵"忽然转念，他决定放走这对年轻的恋人，因为他明白艾美永远不会爱他，他的一番苦心也永远不会有结果。从此以后，"幽灵"的身影便从巴黎歌剧院永远地消失了。道德战胜了情欲，爱情的毁灭带来了爱情的重生——这是"返魅"的价值所在。

　　其实，这样的故事在各个民族的传说中都有。对中国人而言，它的魅力远远不及《聊斋志异》那般情趣生动。在高速公路上奔走的人无论是看数字电视、看书还是沉湎于自己的幻想，无论是郑和下西洋的历史碎片还是夜半歌声的沉重记忆，留在心灵的魅力往往刻录在情感脆弱的部位上。

　　对于去魅与返魅之旅，高速公路要想获得大面积的共鸣，除了要达到一定的生活水平之外，还必须满足另一个条件：如果要一个人接受宣传，他至少需要最低限度的文化。可以说，凡是西方文化没有痕迹的地方，宣传是不可能成功的。这里说的当然不是智能，因为有些原始部落肯定是聪明的，但是他的聪明与人们的观念和习惯是格格不入的，需要一个基础——比如教育。不能读书的人听不进宣传，就像对读书无兴趣的人听不进宣传一样。

　　人们曾经认为，学认字就证明了人的进步；人们今天仍然欢庆文盲的减少是伟大的胜利；他们谴责文盲比例很大的国度，相信读书是通向自由之路——所有这一切都是可以争辩的，因为重要的不是能够读书，而是读懂，是思考和判断你读的东西。除此之外，读书没有意义——甚至会摧毁某些自然而然的记忆和观察的素质。

但是，如果探讨批评和洞悉的能力，那是在说远远高于小学教育的东西，那是在考虑很小很小一部分人。大多数人，也许占90%吧，知道如何读书，但是除此之外他们不再使用自己的智能。他们要么把权威和杰出的价值归诸印刷的词语，要么反过来完全将其拒斥于千里之外。因为这些人没有足够的知识去思考和洞悉，所以他们要不是一点不相信，就是完完全全相信他们所读的东西。况且，由于这些人选择的是最容易的而不是最困难的阅读材料，所以他们刚好处在能够被印刷词语俘虏的水平，刚好处在不加抵抗就被说服的水平。他们是完全适合宣传的对象。① 至少，对郑和的魅化就是这样的。

高速公路将世界打通了，将大陆与海洋联结起来，将城市与乡村联结起来。但是故事并未结束，思考并未停止，反思仍在继续。诗歌的动与童话的静，郑和的美与幽灵的魅，文化之舞与奔走之足，都浓缩在时代延伸的翅翼上。

霍尔在《无声的语言》中写道：今天，人实际上在他过去用身体所做的一切事情中，都完成了人的延伸。武器的演进开始于牙齿和拳头，终止于原子弹。衣服和住宅是人的生物学温度控制机制的延伸。家具取代了蹲在地上或席地而坐的姿势。电动工具、眼镜、电视和书籍使人的声音跨越时间和空间，这是物质延伸的例子。货币是将劳动延伸和储存的方式。今天的运输系统完成我们昔日用脚和背所做的事情。

事实上，一切人工制造物都可以被视为人的延伸，都是我们曾经用身体所做的东西的延伸，或者是我们肢体的某一种专门化的延伸。

今天，道路越过了断裂界限，把城市变成道路，马路本身也带上了都市的性质。另一个典型的逆转是，乡村不再是工作的中心，城市不再是闲暇的中心。实际上，大大改善的道路和运输使古老的模式发生逆转，城市变成了

---

① 麦克卢汉，秦格龙. 麦克卢汉精粹[M]. 何道宽，译. 南京：南京大学出版社，2000：559.

工作的中心，乡村变成了休闲和娱乐的场所。

早一些的时候，随着金钱和道路的增加而变得繁忙的交通，结束了静态的部落状态——汤因比称之为漂移的、采集食物的文化。在断裂界限上发生的逆转有一个典型的特征。这是一个自相矛盾的奇特现象：流动的人，在社会生活中是静滞不动的。相反，静坐少动的专业人士却是动态的、爆炸性的、进步的。富有吸引力的或世界性的大都会，将是静态的、老一套的、无所不包的。①

这一切，就是生活之魅、生存之魅，散发着神秘的气息，从去魅到返魅，从出发到折回，从起点到终点。浮出泥土的阳光，静静的山谷。记忆被洪水稀释，被大地吸纳，成为丘陵上的红木棉。时间像袅袅升起的白雾，厚重的历史躺在疲惫的睡眠中，仍然飘出怀乡的忧郁。

六、孤独之外的孤独

"在我的孤独之外，另有一种孤独。于其间的居者，我的孤寂竟是嘈杂的闹市。我的静默竟是纷乱的喧声。"这是高速公路中的信息空间带给人的文化孤独。四周是嘈杂的闹市，嘈杂的闹市带给我们静默，静默竟是纷乱的喧声：电话、电子邮件、手机短信等都营造了一个特殊的精神空间，在这样一个众声喧哗的世界里，你竟然感到孤独，感到无话可说！

高速公路可以把人轻而易举地聚在一起，可人已经没有促膝交谈的欲望了。彻夜不眠，秉烛长谈，已近神话故事。人们纷纷走进足浴城、桑拿房和酒吧，享受肉体的舒适和片刻的刺激，而不愿静下心来想一想人生的意义是什么。不过，在刺激和释放过后，一种不安和无根的感觉重新回到心灵。

因此，在一定条件下，人若能够远离嘈杂的人群，独处一室，反而会觉得踏实许多。唐朝著名诗人王维的《竹里馆》早就证明了这一点：

---

① 麦克卢汉，秦格龙. 麦克卢汉精粹[M]. 何道宽，译. 南京：南京大学出版社,2000：562-579.

独坐幽篁里，
弹琴复长啸。
深林人不知，
明月来相照。

远离人群，与清风明月为伴，反而感到身泰心宁，安闲自得。同时，这种独处因为有一种自我审视的愿望，一种自己跟自己灵魂对话的愿望而并不感觉有什么孤独。从高速公路下来的人生活的节奏过于紧张，思想显得肤浅，心情有些浮躁，他们无法做到"慎独"，无法与自己的心灵对话。他们把孤独深深覆盖起来，以为不去触摸就会忘记。这显然是错误的。

孤独不等于无聊，也不等于寂寞。著名学者周国平曾讲了这样一段话，对于孤独、无聊和寂寞的区分是比较清晰的："孤独是一颗值得理解的心灵寻求理解而不可得，它是悲剧性的；无聊是一颗空虚的心灵寻求消遣而不可得，它是喜剧性的；寂寞是寻求普通的人间温暖而不可得，它是中性的。"

换句话说，孤独是寻求真正的心灵沟通，它的对象可以是别人，也可是自身。而社会网络提供的多半是消除无聊，驱逐寂寞。车流如水，速度如电。高速公路将这种网络编织得密不透风。因此，希望在喧闹、熙攘中摆脱孤独的人，只能陷入曲终人散后更深的孤独。

一个显著的感受是：大多过惯城市生活的人，一旦回到农村，那乡间小路，那小桥流水，往往给人清新、宁静的感觉，撩拨起人们返璞归真的强烈的情愫。其实这是一种纯粹的主观感受。如果真的要现代城市居民移居远离城市的僻壤，可以肯定地说，绝大多数人耐不得清贫，也不愿失去他们早已习惯了的现代文明。能够与陶渊明老先生为伍者毕竟是凤毛麟角，何况当年的陶老先生因为"不为五斗米折腰"而自愿回归山林，与菊为伴。今天的人到哪里去找到心灵的菊呢？

毋庸讳言，现代都市里的人，每天面对越来越快的生活节奏，爆炸性的信息和知识膨胀，伴随而来的是环境的污染与噪声，以及形形色色的犯罪，越来越产生一种孤独感。不过，每个人所体验到的孤独感，在性质上，在深度和广度上是各不相同的。那么，为什么身居车水马龙的闹市，奔走在繁华热闹的高速公路上，反而倍感这种难以名状的孤独呢？我们可以从信息论中找到答案。

信息不同于自然信号和人工符号。信息只是包含在这些信号或符号中的客观事物的差异性。然而，只有被人脑所理解的差异性，才能产生社会或经济价值。而不被人脑所理解的或者被人脑拒绝接收的信息，则仍然作为一种冗余的信息由各种信号和符号所载荷，继续寻找新的信息受体。客观事物日益多样化，信息渠道日益多元化，而我们人脑可用的细胞是个常数。这就难免产生信息溢出和外界信号不停地骚扰的矛盾。于是一种人海茫茫、知音难觅的现代孤独感油然而生。

在这种孤独感的压迫下，你几乎放弃了曾经有过的飞行的梦——思想的、精神的或身体的飞行。而骨子里，你怎么可能没有渴望过飞行的梦？想一想，这梦其实是有其来处的。早在飞机发明以前，早在热气球腾空之前，那时，我们的祖先在山野和田里午休，枕着他们的猎具或锄头，梦见自己脚踏七色彩云，身披金甲圣衣，腾云驾雾，十万八千里一个筋斗。这筋斗可翻九九八十一个花样，那是梦的速度，风声虎虎，远在高速公路的体验之上，远在音速光速之上，也越过了李白的美髯和诗歌的轻舟："朝辞白帝彩云间，千里江陵一日还。"

应该说，梦见飞行是人类与世间所有无翼生物的共同点。你不知道在夜空之下，月亮泛起银色的潮汐，温柔地召唤万物的灵魂。她呼唤十二楼公寓中情欲缱绻过后的我们，也呼唤野地里泥泞中倦极而眠的蚯蚓，还有水里打呼噜的鱼儿。她极有耐性地一个接一个喊，就像诺亚在点名，唤我们鱼贯进入方舟。①

但是，这毕竟只是一种梦想，也许还是一种消极的回避现实，一剂自我麻醉药而已。现实生活却是信息如潮，那些信息甚至会塞满你梦想的空间，使你的梦想都背上了沉重的喘息。如果在夜深人静时，在都市自家的阁楼里，利用短暂的信号"真空"，将大脑存储的信息很好地整理整理，剔除过时的和效用不大的信息，保留最有用的信息，甚至提高自己有选择接收信息的

---

① 黎紫书. 梦见飞行[J]. 台港文学选刊, 2003(01)：46.

能力，把大量的规范化了的信息交给记忆工具，只把非规范的最有潜在价值的信息留给自己，那就不再会产生孤独。

孤独感并不一定是坏事，一个人在孤境中往往是能够真正发现自己的。闻名于世的意大利影星索菲娅·罗兰说过："在寂寞中，我正视自己的真实感情，正视我真实的自己。我品尝新思想，修正旧错误。"一个蜚声世界影坛、陷入千百万观众和崇拜者重重包围之中的艺术家，居然比普通的孤独者更感到孤独？然而罗兰毕竟是个聪明人，能利用这种孤独去修正自己，重新面对这个日益多样化的信息世界。

因此，如果现代孤独者能够找到一片净土，临时整理一下大脑存储的信息，重新认识一下自己，可能不是坏事。然而有些社会学家利用人们的现代孤独感，着力渲染回到田园生活的"理想"社会，甚至形成一种思潮，从政治上、经济上都要求回到无管理、无制约、完全自由的时代，这就成为一种非常有害的麻醉剂。

更令人难以理解的是，他们大多以现代科学技术作为实现这种新田园生活的支柱。其实人们追求随心所欲的自由并不是先天本性，而是后天的恶习。人的本性主要在于社会性，原始人只有在协作中才能存活下来，古代的人与猛兽角斗，只要两个身手敏捷的人配合默契就可以制服一头雄狮。人类五个层次的需求从生存、安全、交流到尊重和自我实现，哪一个层次都离不开人与人之间的协作。

其实，人一生下来最害怕的是孤独，步入老年以后更害怕孤独，身处僻壤者害怕孤独，视远方来客不亦乐乎，身处高楼大厦者害怕孤独，中国的社区活动必不可少，美国老人只好花钱雇人谈天说地。据说把一个人完全与任何信息或任何声音隔绝起来，过不了多久，这个人就会因精神分裂而死亡。追求一个人独往独来、随心所欲的自由，自古就是一批游侠和社会闲人士的专利，其实在他们独往独来了一番之后，还是要回到有人间烟火的地方大嚼一顿的。

高速公路拓宽了一个崭新的信息空间，在这个空间里市民可以凭此营造一个独立于意识形态之外的精神休养地。新古典经济学不能解释信息社会的财富问题："因此当信息以其自己的权利变成一种形式的财富时，经济学发现自己乱了方寸，以错误的概念工具去处理信息现象。"这种理论背后所依据的时间和空间概念，仅相当于 1860 年物理学的时空概念，严重过时。以这种时空概念做出的经济学推论，对于信息时代来说，是不可靠的。因此，我们应当按新一轮现代化要求，对时空概念进行重新梳理，将经济学中理性人假说对确定性(负熵现象)的解释，扩展到了对不确定性(熵增现象)的解释，并由此将信息问题移向经济解释的中心。

在高速公路的文化空间里，信息的作用并不仅仅是降低交易费用，信息的生产和交换本身也创造价值。因为经济效率问题被推广为"通过对特定活动水平所要求的物质资源如空间、时间或能源消耗的最小化而有效减少熵的产生率"。信息空间通过"信息—不确定性—熵"这三位一体的概念体系，把信息流为什么能整合资金流和物质流的道理，从资源配置到制度安排，总结到了新的高度。将经济学镜头中聚焦于物、聚焦于钱，成功转向聚焦于信息。因此，经济过程既不是使用价值的流转过程，也不是价值流转过程，而是信息流转过程。信息流转，要求人类系统，也就是它的文化、制度环境与之配合。信息流转的本质，是人类系统与环境系统进行对话交流中，有序程度不断发生变化的过程。①

就这样，一个个空间，双手交叉，或柔软，或温馨。信息涌来，又烟花般散去。城市的街灯渐次亮了，小鸟归巢，炊烟与岚风四起。而此时，在高速公路的入口处，有人背对夕阳的余晖，形单影只，享受孤独：我该不该吹响我的短笛，或只是在落寞深处，投递一波三折的眼神？透过喧嚣的城市，我发现从那古埙上走来的舞者清冷的一生，是一首美丽而又忧伤的歌——

> 我沐浴于黑夜的瀑布中
> 沐浴于我自身中
> 透湿于我自己的光辉里
> 我是划破夜晚的雷雨云和开启阵雨之门的燧石
> 在南方的天空之上

---

① 姜奇平. 负熵与文化——后现代经济解释之二[J]. 互联网周刊, 2004(24)：68-70.

种植火的花园

血的花园

它的珊瑚枝仍然擦伤无语者的前额

孤独是两颗流星相遇

不是岩石相互摩擦

点燃一次飞溅火花之吻这般固执

七、"望尽天涯路"与"关山度若飞"

现在一切都宁静下来，你梦幻的身姿翩然而至，你的命运是如此得轻盈而美好。从最初的睡眠到最后翼翅的收拢。

你浣洗的蝶姿起于一条河流，像一滴雨一样晶莹地飞翔，摇动微风的细浪，摆渡岁月的叶片到灵魂的窗前。

这是什么地方？场景依旧，氤氲的气息代替了泪水，伸出的纤足在裙裾下移动，一脚踏碎泪水，一脚踏响繁华。

在黑夜，我看见，兀自闪亮的植物，醒着的睡眠，怀抱着河流的歌者，神情迷离且飞扬，而在秋天流水的心境之上，谁的等待会一叶叶飘落，只留下千疮百孔的灵魂，六神无主？

哦，我在高速公路上奔驰，我看见祖先从时间之穗中剥出的玉米粒。祖先亲眼看见我在船长的瞳孔里诞生。是你，在那样一个地方，直立的大道，像剑一样锋利。是你，伸出手来，握住什么，在秋天边缘的闪电那里遇见我。我是一道不愈的伤口，小小的太阳石，望尽天涯。如果你击打我，这世界就会烧毁于火焰之中，你将在那里打开我的躯体阅读你命运的铭文。

……

一句句，一行行。文字的跳跃，密集的意境，古老而深邃，款款深情泛出蔚蓝色的光。高速公路上的诗意的叙事是如此丰富而细腻。然而，历史苍老了，触摸的手变得灰白，我从尘灰中弹出自己的记忆，翻开竹简上的《诗经》，一阵优美的声音从遥远的地方传来。

"瞻彼日月，悠悠我思。道之云远，曷云能来……"这是《诗经·雄雉》中的诗句。讲的是一位年轻的妇女思念远方的丈夫，望着天上的太阳月亮，想到道路如此遥远，不知丈夫何时才能回到家乡。

浆声频仍，我从书本回到现实。

我清楚地记得第一次驾车驶上高速公路，顿觉心旷神怡。这是京珠高速公路长沙至耒阳的一段，全长二百多公里，宽阔的行车道，一路没有红绿灯，车速达到每小时 120 公里，有一种飞的感觉。小车在山野间飞穿，两边的湖光山色转瞬即逝，只花了一个多小时就到了耒阳。如果走先前的 107 国道，至少得花七八个小时。如果遇到堵车，中途还要停车吃饭，时间就会更长。

据史书记载：三国时候庞统做了耒阳县令，有人告他整日喝酒，不问政事。刘备着人查处。张飞遂率队从长沙赶赴耒阳，尽管骑着挑了又挑的几匹神驹，且昼夜兼程，但还是走了整整三天。

这就是今人与古人的区别。古人为争取时间，追求神速，用车当工具。今人有了汽车还不够，修起了高速公路，千轮生风，朝发夕至。两点之间，直线距离最近。道路就这么简单，人生也这么简单。

茫茫九州，山高水远，曾使多少英雄豪杰"望断天涯路"。唐时王昌龄被贬到湖南黔阳，整日在芙蓉楼上喝酒。在京城的李白忽然想起了友人王昌龄，便写诗寄情："我寄愁心与明月，随君直到夜郎西。"

李白把黔阳比作夜郎国，荒凉而遥远。后来王昌龄读到这首诗，大哭。

现在的芙蓉楼边有了高速公路——邵阳至怀化高速公路。一条笔直的路，一下就把人们的距离拉近了。如果李白生活在今天，他还写不写这样的诗呢？想来王昌龄更不会大哭：大哥想我了，我就驾着车去看他吧。

今天，有了高速公路，真是"天堑变通途""关山度若飞"。高速公路把版图上不同的地名连接起来，把新屋和老屋连接，把城市和乡村连接，把现代和古代连接……

路，昨日载着古夕阳，是一只飘悠悠的牧笛；今天，是一条让世界变小了的手臂。

翻开世界文明史，欧洲人有着自己关于高速的概念。当清朝的"老佛爷"

坐一辆缓行的马车，视火车为怪物，甚至下令拆除铁道的时候，欧洲人却雄赳赳气昂昂地在大道上整装待发，要掀起工业革命，要凭坚船利炮开始全球性的掠夺。

这条路的前身，也许是一条黄泥路。昔日掠回的车车财宝，是不是就是从这条路上运回的呢？

欧洲人说，时间就是金钱，高速就是发展，就是无边的美景。路的拓展延伸，就是人思想让实践飞翔的彩缎华章。

而在中国，一个王朝的终结，总是从一条又一条路走来，险象环生，悲壮有加。

比如，康熙的龙椅，就溅满了明代文臣武将的热血。袁崇焕的慷慨悲歌，史可法的舍生取义等等，终究挽救不了朱家王朝覆灭的命运。接着便是林则徐、曾国藩、左宗棠……一个个弯弓射雕，谁不是抽刀断水、力挽狂澜的英雄？然而日月经天，江河行地，谈笑间樯橹灰飞烟灭，昏聩的皇权逆历史之路而行，少数知识精英又能支撑清廷大厦多久？

不过，总有那么多人愿意为这没落的王朝陪葬，比如后来的国学大师王国维，硬是拖着两根长辫子，感到无路可走，一觉醒来就自沉未名湖——北大从此少了一个孤瘦的背影，多了一声沉重的叹息。

高速公路浓缩了时空。当我还在北方泥泞的小弄里行走，迎面邂逅的就是江南一小镇。这小镇上有棵千年古樟，巨伞一样撑起小镇的风雨。

这古樟，是小镇沧桑岁月的标识，积淀了许多灵气。生不下孩子的妇女，来这里捡几块树皮回去，煎一锅药水，拿海碗一喝，小家伙就能顺利生产，并且苗壮成长。因此，当地人称古樟为"生命树"。

然而，一条高速公路修过来了，根据道路规划，要锯掉这棵古樟，否则，高速公路要拐个弯，从甲地到乙地就要多费些时间，多花不少银两。

利益的冲突如刀似锯。

小镇的人们要护树，修路的要锯树。此事居然惊动了央视，电视上两派辩论得好不热闹。

一种声音：难道泱泱神州，就容不下一棵树？

另一种声音：难道为了一棵老树，就值得用银子堆出另一条路？

第三种声音：在提笔做规划的时候，在进行大规模建设的时候，在修建高速公路的时候，历史、文化、环境和速度，能割裂吗？如何处理"发展"与"保护"的关系？

噪声：发展中的国家，要不要修高速公路？

逝者如斯，所有的声音都如落叶一样飘走，只留下一条高速公路，热闹，但是孤独。

时间使时间陈旧。

高速公路像一柄异质的刃，笔直地剖开了大地的胸膛一般，切割了落后和陈旧，也切开了鲜花和草莓。

于是，一个人的时候，便有了类似酒的微醉的恍惚，左一杯落寞，右一杯惶惑。那火焰一样烈烈的焦灼，在时间最孤独的深处，感受绵绵夜雨的寒冷。

望尽天涯路。总担心在什么地方翻了车，走不到天涯路，就跌进了阴沟。

关山度若飞。总担心在什么地方掉下来，摔得粉身碎骨，死无葬身之地。

八、一万年太久，只争朝夕

阴影散尽。阳光有如金子，打在高速公路上，活蹦乱跳。飞吧，飞啊，没有什么比挣脱肉体羁绊的飞行令人惬意的了。你还在犹豫什么！看，远处的火点了起来。像情绪一样的云朵在你的天空飘来飘去，在你的脚下，在你的头顶，在无处不在的你的四周。

如果你是炎黄子孙，怎么不明白我们体内流淌着泼墨写意的血？在高速公路上就应该有一种飞行的感觉。飞行是生命中必要的留白，是心灵深处的渴望。因此庄周晓梦，梁祝化蝶，才如此令人浮想联翩。事实上，很久很久以前，我们的祖先就已认定这人间已无净土。而唯有飞行，或可让我们以俯瞰的视角寻觅那一座沉没的伊甸园，或是远方极乐的西天。

可以说，我们古老的东方的祖先比谁都明白飞行的意义，因此，不要告诉我是西方人发明了热气球和飞机，那是因为我们的民族耽于梦想，而别人敢于实践。即便如此，我们心里明白那些笨重的工具，并没有真正实现人类对飞行的梦想。我们梦寐以求的飞行，比如纸鸢翻飞，要与风有紧密的肌肤接触，就像鱼和水一样亲密和融洽。因为风，飞行就是你与风相拥，在万里绵延的空中滑行，她拂触你，在一次又一次惊险的大回旋中亲吻你的脸颊和发丝。飞行要是不能感觉到风速，就像旧电影中只拉动背景的驾驶镜头一样滑稽而无感，也如同跑步机上虚拟的路途，没有任何风景。

飞行的质感比较接近滑雪或冲浪，极速中一种义无反顾的酣畅，仿佛闭上眼睛扑向死神的怀抱。当然，你得明白飞行者有二：一为鹏飞，二为蝉飞。鹏背不知几千里，有垂天大翼，宇宙之大只够它一圈短途旅行；蝉翼其薄如纸，力气未逮，志不在云霄九万里，累了就在榆树上栖息。我们这般凡俗，自然不敢望大鹏项背，蝉就好了，虽然生命匆匆一趟寒暑，却也奢华地自由了一生。

飞行并不是我们在远古所遗失的能力。我们的祖辈虽然明白飞行的意义和对飞行的极度渴望，但同时明白自己真正的肉体是从来不会飞起来的。正因为此，人类才会在千万年的抑郁中，挤压出对飞行的憧憬。我们向往一切能力以外的本事，飞啊，在天堂的大门外，在上帝的足踝边，在悬崖峭壁旁。我们总以为苍穹里有我们肉眼不得见的异次元空间，并假设那里要比人间的生活过得和乐与美好。我们相信，一如玄奘相信长路尽头有西天，西天有法，可渡众生。这法，会不会就是飞行本身？否则这"渡"，何以要作"超脱"诠释？

飞行所以可贵，在于梦是它唯一可以着陆的地方。你只能在那里等待，骑乘它。回头，你将看见世界就在你的脚下，它那么渺小，只是一座孤岛。[①]

在高速公路上疾走，总是令人想起速度、时间、梦想和飞行等情绪很浓的文字。一个伟大的民族，总不应该在扭曲的文化中作长久的等待。毛泽东有诗："一万年太久，只争朝夕。"无数的汽车在高速公路上飞驰，带着力量和激情。这是一条蓄势已久的奔向现代化之路。但是，我们也明白：远处，

---

① 黎紫书. 梦见飞行[J]. 台港文学选刊, 2003(01): 46.

仍有羊肠小道，仍有弯弯山道，仍有很多人在赤足行走。

背负历史重任的中华民族，在加速向前走，以各种背景、各种姿势。

五千年，弯弯曲曲，曲曲弯弯；直到新世纪，我们才挣脱自茧，跃上高速公路……

时间如白驹过隙，在高速公路上这种感觉尤其强烈。我永远不会忘记几年前驱车拜会长城的情节。对于长城，我跟许多人一样，已经拜会过无数回，但每次去京，都有再度拜见的渴望，像拜见一个不能说话的老人，每一次都有新的感受。说不清为什么，也许是一种深深的情结吧。而那一次，我是驱车去的，沿着宽阔的大道。这是一条高速公路，中央分隔带的两边，有三个车道。我从京城出发，直奔目的地。十多年前我去长城，走的是普通公路，来来往往的车辆很多，车子小心翼翼地走。现在，一条全立交、全封闭的高速公路把北京市区和长城、把关内和关外紧紧相牵，把全国人民乃至全世界华夏儿女的心紧紧地凝聚在一起。

我边走边看，边看边想。

这不，迎面就是山海关吧。车速慢下来，让我看得更真切。这天下第一关的城楼是那么雄伟，那么坚固，高高的箭楼，巍然耸立于蓝天白云之间。有一副对联令人叫绝——

山山海海山海关　雄关镇山海
日日月月日月潭　深潭映日月

往北看，万里长城好似一条长龙，顺着那连绵起伏的山势，由西北面蜿蜒而来，向着南面伸展开去。哦，雄关之上，昔日捍卫疆土的武士，还会来与我相会吗？还会来讲孟姜女的传说、金兀术与忽必烈的史实吗？这雄关，早已暗哑成了历史陈迹。而雄关的伟大体魄、忠贞灵魂，却永远刻在我的心中。

往下看，高速公路犹如一道彩虹飞起，从长城向远方的京城延伸。南来北往的车辆川流不息，风驰电掣。这是一条质量优良、行车畅通的空中走廊，是一个风景独特、雅致怡人的风光带。我从高速公路而来，从绚丽多彩的现代文明而来，猛地闯进五千年华夏历史的烟云。这高速公路，在往昔的年代，也许是一条古道？那风雨泥泞的古道上，那雪封的古道上，多少将士骑着战马出关，奔向边塞，去抵抗外寇的侵扰！

如果说万里长城是古代文明的辉煌，那么与长城相辉映的高速公路，无疑是现代文化的精品。还有什么地方能将这跨越历史时空的美结合得如此巧妙呢？

在欧洲，一位朋友说，世界上最早的高速公路是他们的发明。德国人为了二战需要，修建了第一条高速公路。而美国人说，罗斯福为了扭转经济危机，于1932年修了地球上最早的高速公路。

我回答说：不！高速公路是我们中国人的首创。秦始皇为了加强统治，为了调发士卒和转运粮饷的方便，以防御匈奴，做了两件大事：一是修筑长城；二是大修驰道。驰道以咸阳为中心，东至今浙江、江苏、山东、河北，南至湖北、湖南，西至今甘肃东部，北至今河北和山西北部。驰道宽50米，每隔三丈，植物一株，用铁锤夯打路基，使驰道平坦坚实。还修通直道，白云阳（今陕西淳化）直达九原郡，堑山堙谷，约一千八百里长。秦始皇每次巡游，都是沿着驰道而行。后来，驰道和直道，受岁月侵蚀，遭战争毁弃，已不复存在。但古老的遗址依然扬起高昂的头颅。

俯仰天地，思古鉴今。我想物质的路修在山坡、沟壑之上，而人生的路则修在人心之间。当《诗经》里的古驿道到了北宋朝代，已是尘土飞扬，时任密州太守的苏东坡告别亲友，要去弯弓射虎，左手牵着黄犬，右臂架着苍鹰，随从的武士威风凛凛，千骑奔驰。嘚嘚的马蹄声如急鼓敲打大地，飙飙的骏马如巨风卷过山岗。那时，外敌在边疆频频骚扰，年届中年的苏轼臂力犹在，雄心犹壮，"会挽雕弓如满月，西北望，射天狼"。

苏轼以天下为己任，写下了惊天地、泣鬼神的史诗，留下了浩然正气之壮美。多少人循着他的足迹，沿着那条驿道，壮士长啸而风起云飞。

路在脚下，在无穷无尽地延伸。我从小路走上高速公路，一路走来，感慨万千。如今，在这条中国奔向世界舞台中心的高速公路上，有一种清冽的声音在我的心头久久盘桓——

多么深的季节啊，河流静静地睡去
我宁静的心在雪之下
比爱情深刻的远山在雪之上
速度的天空，遥远的马蹄
那被擦亮的诗歌悠悠地笼罩着故园

参考文献

[1]Petras J. Imperialisme abad 21 [M]. Yogyakarta: Kreasi Wacana, 2002.

[2]Shariati A. On the sociology of Islam: lectures [M]. Berkeley: Mizan Press, 1979: 92-93.

[3]Barthes R. The semiotic challenge [M]. New York: Hill and Wang, 1988: 89.

[4]Geertz C. The interpretation of cultures: selected essays [M]. New York: Basic Books, 1973: 452.

[5]Shilling C. The body and social theory [M]. Sage, 1993.

[6]Jameson F. Postmodernism, or, the cultural logic of late capitalism [M]. London: Verso, 1991: 13-14.

[7]De Bary W T. The trouble with Confucianism [M]. Cambridge, Mass. ; London, England: Harvard University Press, 1991.

[8]Nunes M. Jean Baudrillard in cyberspace: Internet, virtuality, and postmodernity [J]. Style, 1995: 314-327.

[9]Calinescu M. Faces of modernity: avant-garde, decadence, kitsch [M]. Bloomington: Indiana University Press, 1977: 41-46.

[10]Brown L R. Who will feed China [J]. World watch, 1994, 7(5): 10-9.

[11]Mellencamp P. Logics of television: essays in cultural criticism [M]. Bloomington London: Indiana University Press BFI, 1990: 193-221.

[12]Kitses J. Horizons West [M]. Bloomington: Indiana University Press, 1969: 11-12.

[13]萨伊德. 文化与帝国主义[M]. 李琨, 译. 北京: 三联书店, 2003.

[14]萨伊德. 唐建清, 东方不是东方——濒于消亡的东方主义时代[J]. 张建民, 译. 天

涯, 1997.

[15] 伯格. 通俗文化、媒介和日常生活中的叙事[M]. 姚媛, 译. 南京：南京大学出版社, 2006.

[16] 马尔库塞. 单向度的人[M]. 上海：上海译文出版社, 1992.

[17] 酒井直树. 现代性与其批判：普遍主义与特殊主义的问题[J]. 白培德, 译. 台湾社会研究季刊, 1998(06)：205-236.

[18] 德里克. 全球主义与地域政治[J]. 少辉, 译. 天涯, 2000(3)：151-155.

[19] 帕克 R E 等. 城市社会学[M]. 宋俊岭等, 译. 北京：华夏出版社, 1987：47.

[20] 沙里宁. 城市——它的发展、衰败与未来[M]. 顾启源, 译. 北京：中国建筑工业出版社, 1986.

[21] 弗洛姆 E, 纪辉, 高地. 资本主义下的异化问题[J]. 哲学译丛, 1981(04)：68-75.

[22] 奈斯比特, 阿博顿妮. 2000 年大趋势 九十年代的十个新趋向[M]. 周学恩等, 译. 北京：东方出版社, 1990：300-305.

[23] 马斯洛等著. 人的潜能和价值[M]. 北京：华夏出版社, 1987.

[24] 库利. 人类本性与社会秩序[M]. 包凡一, 王湜, 译. 北京：华夏出版社, 1989：2.

[25] 艾略特 T S.《四首四重奏》之四 小吉丁[J]. 汤永宽, 译. 世界文学, 1983(5)：137-152.

[26] 麦戈尼格尔. 游戏改变世界：游戏化如何让现实变得更美好[M]. 闾佳, 译. 杭州：浙江人民出版社, 2012.

[27] 霍尔等. 荣格心理学入门[M]. 冯川, 译. 北京：三联书店, 1987.

[28] 波德里亚. 消费社会[M]. 刘成富, 全志钢, 译. 南京：南京大学出版社, 2000：61.

[29] 涂尔干. 社会分工论[M]. 渠东, 译. 北京：三联书店, 2000：204-205.

[30] 加缪著. 流放与王国[M]. 纽约：克诺甫出版社, 1958：32-33.

[31] 利奥塔. 后现代的条件[J]. 武波, 译. 天涯, 1997(01)：151-157.

[32] 卢梭. 社会契约论[M]. 何兆武, 译. 北京：商务印书馆, 2003.

[33] 布尔迪厄. 现代世界知识分子的角色[J]. 赵晓力, 译. 天涯, 2000(04)：134-141.

[34] 奈保尔 V S. 幽黯国度：记忆与现实交错的印度之旅[M]. 李永平, 译. 北京：三联书店, 2003.

[35] 柯里. 后现代叙事理论[M]. 宁一中, 译. 北京：北京大学出版社, 2003.

[36] 博伊德-巴雷特, 纽博尔德. 媒介研究的进路[M]. 汪凯, 刘晓红, 译. 北京：新华出版社, 2004：594-595.

[37]巴顿著. 城市经济学[M]. 北京：商务印书馆，1984：155.

[38]哈耶克. 自由秩序原理[M]. 北京：中国社会科学出版社，1997：3-18.

[39]费瑟斯通. 消费文化与后现代主义[M]. 刘精明，译. 江苏：译林出版社，2000.

[40]斯密. 国家财富的性质和原因的研究[M]. 郭大力，王亚南，译. 北京：商务印书馆，1997：346.

[41]詹京斯. 后现代历史学——从卡耳和艾尔顿到罗狄与怀特[M]. 江政宽，译. 台北：麦田出版社，2000.

[42]詹京斯. 历史的再思考[M]. 贾士蘅，译. 台北：麦田出版社，1996.

[43]海德格尔. 诗·语言·思[M]. 彭富春，译. 北京：文化艺术出版社，1990：82.

[44]伽达默尔，杜特. 解释学 美学 实践哲学：伽达默尔与杜特对谈录[M]. 金惠敏，译. 北京：商务印书馆，2005.

[45]恩格斯. 语言与神话[M]. 甘阳，译. 北京：三联书店，1988.

[46]韦尔施著. 重构美学[M]. 上海：上海译文出版社，2002.

[47]马赫. 感觉的分析[M]. 洪谦等，译. 北京：商务印书馆，1986.

[48]里尔克. 里尔克诗选[M]. 绿原，译. 北京：人民文学出版社，1996.

[49]柯司特. 流动空间：资讯化社会的空间理论[J]. 王志弘，译. 台湾城市与设计学报，1997(01)：1-15.

[50]麦克卢汉，秦格龙. 麦克卢汉精粹[M]. 何道宽，译. 南京：南京大学出版社，2000.

[51]张默. 张默诗选(六首)[J]. 诗江南，2016(04)：62-64.

[52]沈奇. 蓝调碧果[J]. 创世纪诗杂志，1995(06).

[53]章亚昕. 论台湾创世纪诗社的"大中国诗观"[J]. 山东社会科学，1999(01)：3-5.

[54]陈庆云. 赤子之心与现实关切[N]. 文艺报，2005-08-24.

[55]辜鸿铭. 中国人的精神[M]. 海口：海南出版社，1996：42-43.

[56]孔志国等. 文化的盟约 当代文化问题十二讲[M]. 北京：团结出版社，2003：11.

[57]徐崇温. 存在主义哲学[M]. 北京：中国社会科学出版社，1986：275-278.

[58]郭英剑. 带镣铐的文化帝国主义[J]. 民族艺术，2000(01)：88-94.

[59]子曰. 现代人精神病历本：以电影为例[M]. 长沙：湖南文艺出版社，2004.

[60]龙飞. 作家左琴科、阿赫玛托娃被迫害引出斯大林接班人之争[N]. 天津日报，2004-04-19.

[61]陈世旭. 陈世旭散文选集[M]. 天津：百花文艺出版社，2012.

[62]刘梦溪. 社会变革中的文化制衡——对五四文化启蒙的另一种反省[J]. 二十一世

纪, 1992(04).

[63] 瓦拉达雷斯, 雅科. 巴西利亚人的住宅是城堡[J]. 信使, 1999(9): 29.

[64] 张鸿雁. 侵入与接替: 城市社会结构变迁新论[M]. 南京: 东南大学出版社, 2000.

[65] 冯宗智. 中国传统文化元素有哪些? [N]. 中国经营报, 2005-06-30.

[66] 陶东风. 日常生活的审美化与文艺学的学科反思[J]. 中南大学学报(社会科学版), 2005(03): 308-318.

[67] 陶东风. 文化与美学的视野交融 陶东风学术自选集[M]. 福州: 福建教育出版社, 2000: 409-418.

[68] 朱青生. 创作札记——对"电视反录像装置"的自述阐释[J]. 方法, 1999(02): 58-60.

[69] 文池. 思想的境界: 在北大听讲座[M]. 北京: 新世界出版社, 2002: 116-117.

[70] 文池. 在北大听讲座. 第三辑, 思想的魅力[M]. 北京: 新世界出版社, 2001: 141-150.

[71] 罗钢, 王中忱. 消费文化读本[M]. 北京: 中国社会科学出版社, 2003.

[72] 冯克利. 哈耶克的知识论与权力限制[J]. 天涯, 2000(04): 128-133.

[73] 纪晓岚. 论城市本质[M]. 北京: 中国社会科学出版社, 2002: 3-4.

[74] 信春鹰. 后现代法学: 为法治探索未来[J]. 中国社会科学, 2000(05): 59-70+205.

[75] 李欧梵. 当代中国文化的现代性和后现代性[J]. 文学评论, 1999(05): 129-139.

[76] 李欧梵. 现代性的追求: 李欧梵文化评论精选集[M]. 台北: 麦田出版社, 1996: 290-291.

[77] 冯蕾. 高速公路如何实现新跨越[N]. 光明日报, 2003-03-10.

[78] 程欣, 邓碧波. 图表新闻纸质媒体的"图像化生存"[J]. 军事记者, 2004(07): 29-30.

[79] 叶秀山. 何谓"人诗意地居住在大地上"[J]. 读书, 1995(10): 46-51.

[80] 杨全. 诗与在——"诗意地栖居"何以是最好的存在[J]. 名作欣赏, 1998.

[81] 傅伟勋, 周阳山. 西方汉学家论中国[M]. 台北: 正中书局, 1993: 186-187.

[82] 刘菁, 郭远明. 江西: 构筑八小时经济圈[N]. 新华每日电讯, 2002-11-26.

[83] 肖亮中. 歧视与话语权[J]. 方法, 1999(03): 37-39.

[84] 墨墨. 解放西: 都市夜晚的迷幻盛宴[J]. 旅行, 2005(06): 118-121.

[85] 杨莹, 伊人. 城市面相[J]. 旅行, 2005(07): 78-79.

[86] 罗琴. 行为污染: 旅游不能承受之痛[J]. 旅行, 2005(06): 10.

[87]孙保罗. 迁徙会不会成为一种自由[N]. 南方周末, 1998-10-16.

[88]孙翠宝. 智者的思路——二十世纪西方哲学思维方式[M]. 上海：复旦大学出版社, 1989：318.

[89]朱立立. 时间之伤与个体存在的焦虑——试论白先勇的时间哲学[J]. 烟台师范学院学报(哲学社会科学版), 2003(01)：77-81+104.

[90]张兴杰. 跨世纪的忧患 影响中国稳定发展的主要社会问题[M]. 兰州：兰州大学出版社, 1998：50.

[91]姜奇平. 负熵与文化——后现代经济解释之二[J]. 互联网周刊, 2004(24)：68-70.

[92]姜奇平. "意境"与"信息空间"相通之道——自然经济与信息经济比较之三：从王国维《人间词话》到迈克尔·海姆的"网络空间"[J]. 互联网周刊, 2003(06)：48-51.

[93]姜奇平. 个性化经济的符号学阐释——后现代经济解释之三[J]. 互联网周刊, 2004(25)：68-70.

[94]刘淮南. 文论建设与"中国经验"[J]. 湘潭大学学报(哲学社会科学版), 2016, 40(06)：90-93.

[95]文卫华, 楚亚菲. 2015年电视综艺节目数量多类型杂[N]. 光明日报, 2016-01-18.

[96]张素芳. 观念地产的文化反省：建设还是破坏？[N]. 北京商报, 2004-08-06.

[97]周宁. 探寻世界文明的中华文化资源[J]. 东南学术, 2003(03)：81-90.

[98]周宁. 光荣或梦想：郑和下西洋600年祭[J]. 科技文萃, 2005(05)：135.

[99]熊培云. 文化传统如何保守？[N]. 东方早报, 2005-02-22.

[100]张兴成. 文化发展与中国形象[N]. 人民日报, 2003-06-10.

[101]林谷芳, 孙小宁. 十年去来[M]. 北京：台海出版社, 2003.

[102]祝勇. 文化主权与文化自信[J]. 书屋, 2004(11)：67-69.

[103]应笑我. 中国土地忧思录[J]. 南风窗, 2003(17)：42-46+48.

[104]汪丹, 汪兵. 论《仁学》与近代士人知识结构的转型[J]. 南京师范大学学报(社会科学版), 2000(02)：16-23.

[105]夏敏. 文化变迁与民俗学的学术自省[J]. 民俗研究, 1999(02)：14-18.

[106]高阳. 从传统电视到网络视频——互联网时代视听媒体传播内涵的嬗变[J]. 青年记者, 2017(21)：32-33.

[107]简光洲, 吴金蓉. 我国拟建北京——台北高速公路[N]. 东方早报, 2005-01-14.

[108]张彬, 陈爵. 和北京恋爱[J]. 旅行, 2005(07)：22-35.

[109]鲁虹. 关注都市亚文化[N]. 深圳商报, 2003-04-05.

[110]王一梁. 八十年代的青春：人和诗[J]. 橄榄树, 1998(10).

[111]王一梁. 朋友的智慧[J]. 橄榄树, 1997(Z6).

[112]孟芳竹. 把相思打开[M]. 台北：汉艺色研文化事业有限公司, 2001.

[113]张念. 当故事引退之后[J]. 作品, 2001(11)：65-66.

[114]杨炼. 那些一[J]. 台港文学选刊, 2003(01)：42.

[115]黎紫书. 梦见飞行[J]. 台港文学选刊, 2003(01)：46.

[116]孙中山. 孙中山全集第二卷[M]. 北京：人民出版社, 1998：567-568.

[117]孔志国等. 信任的危机：中国当代社会热点问题十三讲[M]. 北京：团结出版社, 2003：54.

[118]姜迪武. 技术·网络·人[J]. 财经科学, 2004(S1)：261-263.

[119]赖寄丹, 彭洋：奔驰在文化高速公路上[N]. 人民日报·华南新闻, 2004-07-20.

[120]李立. 魔幻与现实——时光隧道中的壶瓶山[J]. 旅行, 2005(07)：77.

[121]彭洋. 构建广西"文化高速公路"：站在时代前沿竞显风流[N]. 广西日报, 2005-03-18.

[122]叔本华. 作为意志和表象的世界[M]. 北京：商务印书馆, 1982：250.

[123]吴言生. 禅诗审美境界论[J]. 陕西师范大学学报(哲学社会科学版), 2000(01)：61-67.

[124]郗恩崇. 高速公路概论[M]. 北京：人民交通出版社, 2005：29-33.

[125]张光芒. 道德形而上主义与百年中国新文学[J]. 当代作家评论, 2002(03)：123-133.

[126]张祥龙. 为什么现象本身就是美的？[J]. 民族艺术研究, 2003(01)：4-14.

[127]朱又可. 时间陈旧时间[N]. 新疆经济报, 2000-10-30.

总跋　新文科时代的教学相长与学术自觉

聂茂

一

人的一生充满许多偶然性。我做梦也没想到，我的职业最终会定格在大学里。我做过农民，搞过"双抢"。跳出"农门"的第一份工作，是在一个乡下医院做检验士，抽血，化验，看显微镜，写检验报告单，每天重复着同样的工作。我压抑的内心被强大的"作家梦"驱使，毅然决然奔赴鲁迅文学院深造，幸运地与文坛大家莫言、余华、迟子建、严歌苓等人同堂听课。在汹涌澎湃的时代大潮中，个人的命运犹如浮萍，一阵飓风将我吹进了复旦大学。在那里，我进行了一场"黑+白"、"智力+毅力"的大比拼，最终考上了湘潭大学古典文学研究生，毕业后顺利地进入湖南日报社，成为一名编辑、记者。五年之后，我不安的心再次被大洋彼岸的世界所诱惑，果断辞掉了令人羡慕的工作，远赴新西兰留学。四年后，我学成归来，进入中南大学，教学、科研、写作，每天忙忙碌碌，一晃就是 17 年。

回顾这一路走来的辛苦与不易，我又想，所谓人生的偶然，难道不是生命历程的一种必然吗？如果没有农民性格的蛮劲和韧性，我又怎会成为一名乡下医院的检验士？如果不是因为强烈地爱好文学，我又怎会义无反顾地奔赴鲁迅文学院求学？如果不是北京和上海的人生苦旅，我又怎会成为一名古典文学的研究生，进而成为一名编辑、记者？如果不是古典文学的熏陶和编辑、记者工作的锻炼，我又怎会出国留学、然后被中南大学引进，直接破格晋升为教授和新闻系的学科带头人？更为重要的是，在中南大学新闻系工作五年后，根据个人兴趣和学院学科建设的需要，我再次转身，进入中文系现当代文学教研室。在大学工作的 17 年里，由我指导毕业的研究生达 50 多名，其中一半以上是新闻传播学、文化产业和文化传播学的学生，一小半是现当代文学、世界文学与比较文学的学生。这些年，我在文化产业学、哲学、审美文化学和现当代文学四个方向招收博士生，还包括三名国际留学生（其中两名博士、一名硕士）。所有这些，看似偶然，其实都有其必然的逻辑。这些看似偶然性的因素却为我眼前的这套书埋下了伏笔。

换言之，当新文科时代来临的时候，我顿时意识到，这完全也是偶然中的必然。因为，时代大潮的潮起潮落，有其内在的规律：潮起，有潮起的动因；潮落，有潮落的缘由。无论你是伫立岸边，还是身处潮中，重要的是你要关注洋流的方向，把握大潮的脉动。对高校广大教职员工而言，新文科既是新的挑战，更是新的机遇。

二

经常听人说，这是最坏的时代，也是最好的时代。可很少有人去深思：所谓"最坏"，"坏"在何处？你做好了应对"最坏"的准备吗？所谓"最好"，又"好"在哪里？你有过应对"最好"的措施吗？或者换一个角度，作为普通大众，你究竟是处在转型社会的夹缝中自暴自弃，顾影自怜，还是积极拥抱时代大潮，做勇敢的冲浪者，做灯塔的守护人？

像 99%的普罗大众一样，我所取得的任何一点成绩都凝结着个人的智慧、汗水和心血，都十分不易，弥足珍贵。2018 年我一次性推出 7 大卷、300多万字的《中国经验与文学湘军发展书系》，这是个人意义上的湖南文学史，别人看到的是这个浩大工程的巨型体量，而对创作者背后的孤独、寂寞、无助以及探索中的苦痛与跋涉中的艰辛并没有多少人去关注。实际上，这个书系是我进入大学后，特别是从事现当代文学 10 余年的集中思考和总结，牺牲了绝大部分的节假日、寒暑假和几乎所有的闲暇时光换来的，如果算上自 20

世纪 80 年代起从事文学创作以来我一直置身于文学现场持续不断的观察、研究与书写，时间跨度长达 30 余年，如此看来，300 余万字书系的出版就容易理解多了。

同样地，今天摆在我们面前的这套"21 世纪都市文化跨学科研究书系"也并非一挥而就，轻松完成的。作为从农村进入城市并有过漂洋过海经历的一线科研人员，我试图站在全球化语境下，用自己的方式审视城市，聚焦城市文化，全面阐释迅速崛起的中国和转型社会的阵痛对城市原居民与异乡者产生的种种影响。作为研究者，我要重视和分析这些影响，客观、真实、全面地了解产生影响的深层原因。从目前的学科分类来看，这些影响涉及文学、哲学、政治学、经济学、历史学、民俗学、心理学、传播学、媒介经营以及管理学、工程学、建筑学等等，这样一个庞大体系，一个人很难独立完成，团队合作是最佳选择，也是最现实和最有效的选择。

之所以强调团队合作，是因为每个人都有自己的知识盲点，每个人都有自己擅长的领域和短板。新文科重视跨学科研究，这种研究就是要进行学科交叉，就是要将学科壁垒打通，就是要将团队的智慧和活力发挥出来，在保"质"的基础上，提高"量"的饱有度。单打独斗的个人英雄主义时代越来越远离学术中心，新文科强调跨界重组后产生的强大力量。打个不一定恰当的比喻，学科建设如同手术室中的外科大夫，一个手术的成功与否，不是靠外科大夫个人的努力，还要靠麻醉师、药剂师和护士等一个团队的通力合作才行。学科建设一定要把握好"学术与现实的关系"。很长时间以来，学界对"现实"采取一种回避态度，好像介入现实，特别是介入带有意识形态的现实，学术就会大打折扣，学术就显得"动机不纯"，学术"高人"尽可能远离"现实"、回避"政治"，仿佛只有在"象牙塔"和"故纸堆"里做出来的学问才是所谓的"纯学问"、"真学问"，才是学术的高地，是学人最高的追求，结果便是：学术研究的路越走越窄，学人对时代的关切越来越漠视、对现实的回应越来越乏力，所有这些，正是新文科要着力打通和解决以及跨学科建设要努力突破的关键所在。

三

一个学问大家不只是专家，而且是杂家。西方三位百科全书式的学问大家苏格拉底、柏拉图与亚里士多德都是杂家，他们都有广博的知识、"冒犯"的兴趣和挑战的自觉。亚里士多德的著作涉及哲学、逻辑学、伦理学、政治学、生物学、自然科学等。他的老师柏拉图的著作同样涉及哲学、政治学、教育学、心理学、经济学、法学和自然学说等。柏拉图的老师苏格拉底不仅是哲学家、教育家，也是伦理学家、法学家、修辞学家等。

与此相类似，中国百科全书式的学问大家孔子也是一位杂家，他的著作涉及文学、文献学、典章制度、管理学、司法、礼仪、音乐和自然科学等。另一位百科全书式的学问大家老子，他的《道德经》涉及政治学、哲学、伦理学、自然学、人学、养生学、军事学、辩证法等。之所以如此，从溯源上讲，我们的知识，原本就是一个整体，在古代，像今天这样的学科分类并不存在。

新文科时代让我感受到教学相长的全新的意义。古人云："学然后知不足；教然后知困。知不足然后能自反也。知困然后能自强也；故曰教学相长也。"（《礼记·学记》）教学相长是中国优秀文化传统。人民教育家陶行知曾经指出："先生创造学生，学生也创造先生，学生先生合作而创造出值得彼此崇拜之活人。"这是对教学相长的最生动的诠释。新一代学人对新生事物有着天然的兴趣和探知欲，他们对老一辈学者颇有畏难情绪的新媒体语境，诸如数字仓储、云文本储存、数据可视化、虚拟现实和媒体出版等高科技带来的"数字人文"十分熟悉，他们着眼的问题意识、形成的书写形式、聚焦的研究兴趣与彰显的学术追求，与老一辈学者也有了明显的不同。他们心目中的"学术堡垒"、"同行相轻"或"门户之见"等传统观念也少了许多。他们更擅长将新科技融入到文学、哲学、历史等传统文科之中，不仅带来研究方法的变化，更大大拓宽他们的学术视野。

新文科建设既要把人文社科内部系统打通，又要把人文科学与社会科学之间的隔膜打通，还要将文科与理科、文科与工科、文科与医科以及文科与其他学科之间的"肠梗阻"打通，让工科、理科、医科等知识融入新文科教学和研究视野。对教者而言，只有不断地更新自己的知识，吸纳与时俱进的教学方法和研究理论，使自己始终处于"新"的精神状态，才能得心应手地工作。从这个意义上说，这是时代倒逼"传道"、"授业"、"解惑"的师者去努力适应社会，在学术探索中推陈出新，因为"道"是在不断变化之中，"业"也在不断变化之中，由此产生的"惑"也是不断变化的。因此，作为师者，如果不积极走出书斋，不愿置身于沸腾的生活现场，疏于与学生打成一片，不想倾听他们的呼声，完全漠视时代的需要，就很难做好自己的工作。

诚然，新文科对学生的要求也越来越高，他们不仅要掌握诸如新媒体技术、非线性编辑、数据挖掘等技术，还要懂得技术分析、GIS 建模和各类理论前沿的方法，将"要我学"变成"我要学"的自觉转变，让科学、新型的混合学习、智能学习、网络学习在"学习的革命"中发挥更大作用。新文科强调跨学科，所谓跨学科其实就是将学科进行"交叉"，取长补短，互相观照。这里的"交叉"至少包含三层意思：一是知识交叉，二是思想交叉，三是方法交叉。在带着弟子进行"21 世纪都市文化跨学科研究书系"的实践中，我对"交叉"二字感受很深，这里既有方法的挑战，又有观念的冲击，还有跨越黑暗的鸿沟后见到曙光的欣喜。

四

新文科时代要秉持学术良知和学术自觉，要追求学术的"博大精深"。这里的"博"指的是渊博，即把知识当成一个整体，广泛涉猎，采撷精华，融会贯通。"大"指知识的广度，追求应有的体量，包容并蓄，海纳百川，成就自我。"精"指知识的精度，这个"精"字好比知识的金字塔之塔尖，这样的塔尖必须建立在博大的地基之上才能牢不可破。"深"指知识的深度，从专业上讲，要有自己的专业深度和专业特色。跨学科不是混淆各学科的分界，而是要打通一切阻阂，要有丰富的人文情怀。例如"两弹一星"中的许多杰出科学家，他们都有很高的文学造诣，以及很高的诗词歌赋的写作能力和鉴赏水平。

与此同时，我们强调学术自觉。所谓学术自觉，首先指的就是在服务国家、服务社会、服务大众的进程中，学术研究要把创造性转化、创新性发展作为应尽之责。学术自觉，应该体现学人的生命自觉。生命自觉就是要弄清人的生命价值和意义。人既有自然生命/物质生命，又有文化生命/精神生命。人不是生来就具有"人"的本质，一个人没有经过文明的洗礼就有可能成为"野人"。梁漱溟先生指出："人之所以为人在其心；而今则当说：心之所以为心在其自觉。"梁漱溟强调的"心的自觉"，其实就是指生命的自觉。有了生命的自觉，学术自觉才有可能实现。

其次，学术自觉要有强烈的问题意识，要自觉地把学术研究立足于国情和民情，既要有国际视野，更要有民族精神，要努力做出中国风格、中国气派、中国味道的学术成果来。

第三，学术自觉要有自己鲜明的立场。自然科学可以没有国界，但社会科学一定是有国界的。我们倾听他人不是鄙视自己而是为了更好地审视自己，我们向西方学习不是忘却自己而是更好地建构自己。因此，我们追求的"中国特色"就是带有中国烙印、中国底蕴和中国文化 DNA 的学术成果。

第四，学术自觉应当建立在学术情怀之上。所谓学术情怀，是指学人对于学术研究的敬畏之心，对学术成果的价值判断，对学术使命的自觉意识，主要体现为"虚心做人"和"潜心治学"两个向度。学人，首先是"人"。人应当有人的诚信、人的尊严、人的个性、人的追求，等等。"板凳敢坐十年冷，文章不写半句空"，这种精神仍然是新一代学人的最高追求。这种学术情怀要求师者和学者均锤炼品德，自觉树立和践行健康的人生观、价值观，自觉用中华优秀传统文化培根铸魂、启智润心。这是我们的学术追求，也是我们的人生目标。

总之，城市在发展，城市文化在嬗变，我和我的团队爬过了一座小山，前面矗立着新的更高的山。我们没有停下，而是迎风而上，携手前行。

所有的关爱都是我披荆斩棘的精神支柱，我默默记住；

所有的支持都是我风雨兼程的力量源泉，我深深铭恩。

2021 年 5 月 16 日于岳麓山下抱虚斋